OS CRENTES

ZOË HELLER

OS CRENTES

Tradução de
Léa Viveiros de Castro

EDITORA RECORD
RIO DE JANEIRO • SÃO PAULO
2012

CIP-Brasil. Catalogação-na-fonte
Sindicato Nacional dos Editores de Livros, RJ

H419c Heller, Zoë, 1965-
Os crentes / Zoë Heller; tradução de Léa Viveiros de Castro. - Rio de Janeiro: Record, 2012.

Tradução de: The believers
ISBN 978-85-01-08986-1

1. Ficção inglesa. I. Castro, Léa Viveiros de. II. Título

11-1158.

CDD: 823
CDU: 821.111-3

TÍTULO ORIGINAL EM INGLÊS:
The Believers

Texto revisado segundo o novo Acordo Ortográfico da Língua Portuguesa.

Editoração eletrônica: Ilustrarte Design e Produção Editorial

Direitos exclusivos de publicação em língua portuguesa somente para o Brasil adquiridos pela EDITORA RECORD LTDA.
Rua Argentina, 171 - Rio de Janeiro, RJ - 20921-380 - Tel.: 2585-2000, que se reserva a propriedade literária desta tradução.

Impresso no Brasil

ISBN 978-85-01-08986-1

Seja um leitor preferencial Record.
Cadastre-se e receba informações sobre nossos lançamentos e nossas promoções.
Atendimento e venda direta ao leitor:
mdireto@record.com.br ou (21) 2585-2002.

Para Mary Parvin

O desafio da modernidade é viver
sem ilusões e sem ficar desiludido.

Antonio Gramsci

Prólogo

Londres, 1962

Numa festa em um conjugado próximo à Gower Street, uma jovem estava sozinha na janela, os cotovelos grudados no corpo numa tentativa de esconder as flores escuras de suor que brotavam nas cavas do vestido. A previsão fora de trégua na onda de calor que já durava uma semana, mas a chuva prometida não havia chegado. Agora, o ar pesado vibrava com uma claridade inerente e pombos tinham começado a se agrupar agitadamente nos parapeitos das janelas. Desenhados contra o céu pesado, cor de violeta, os topos dos edifícios de Bloomsbury tinham a aparência irreal, unidimensional, de silhuetas fixadas numa colagem.

A mulher se virou para examinar a sala, com a expressão tensa, desafiadora, de alguém tentando não sentir sua solidão como uma desvantagem. A maioria das pessoas ali era estudante e, exceto o homem que a trouxera, ela não conhecia ninguém. Dois homens, separadamente, haviam se aproximado dela desde que a jovem fora para a janela, mas com medo de ser tratada de forma complacente, ela os tinha despachado. Não era ruim, disse a si mesma, manter-se discreta num canto enquanto os outros se mostravam indiscretos e barulhentos. Sua indiferença, ela imaginou, despertava a curiosidade.

Já fazia algum tempo que estava observando um homem alto do outro lado da sala. Parecia mais velho do que as outras pessoas da festa. (Lançando-se no exótico território da velhice, calculou a idade dele em 30 e poucos anos). Ele tinha um cacoete de massagear os próprios braços, como se estivesse, discretamente, avaliando os músculos. E, de tempos em tempos, quando outra pessoa estava falando, levantava uma perna e balançava o braço para trás, numa mímica extravagante, fingindo lançar uma bola. Ou era muito charmoso ou muito irritante: ela ainda não tinha decidido.

— Ele é americano — disse uma voz.

Audrey virou-se e viu uma mulher loura sorrindo astutamente para ela. Usava um vestido violentamente verde e excesso de pó facial deixara o nariz e o queixo com um estranho tom alaranjado, muito destoante do resto da pele.

— Advogado — disse ela, fazendo um gesto na direção do homem alto. — O nome dele é Joel Litvinoff.

Audrey acenou cautelosamente. Não apreciava esse tipo de conversa feminina, conspiratória. Presumia-se que as preocupações eram compartilhadas, o que, em sua experiência, normalmente provava-se infundado; suas intimidades quase sempre eram um alçapão para alguma hostilidade subterrânea.

A mulher se inclinou para Audrey de tal forma que esta pôde sentir o calor da respiração dela em sua orelha. O homem era de Nova York, continuou ela. Estava em Londres com uma delegação para informar o Partido Trabalhista sobre o movimento americano em favor dos direitos civis.

— É extremamente inteligente, dizem. — Baixou as pálpebras e confidenciou: — Judeu, você sabe.

Fez-se um silêncio. Uma suave brisa entrou pela fresta da janela que era mantida aberta por uma pilha de livros.

— Você me dá licença? — perguntou Audrey.

— Ah! — murmurou a mulher, vendo a outra se afastar.

Abrindo caminho na multidão, Audrey imaginou se teria lidado corretamente com a situação. Houve um tempo em que teria se demorado mais para ouvir que característica engraçada ou sinistra a mulher atribuía ao fato de o homem ser judeu — que tino para os negócios ou frugalidade ou neurose ou agressividade ela atribuía à tribo dele — e, então, depois de ter deixado que as palavras incriminadoras fossem ditas, teria informado delicadamente à mulher que também era judia. Mas tinha se cansado desse jogo. Deixar os conterrâneos constrangidos por seus preconceitos nunca era tão gratificante quanto se poderia supor; eles, de alguma forma, nunca ficavam suficientemente constrangidos. Era mais seguro saborear em silêncio a sua vitória moral e deixar os filhos da mãe na dúvida.

Audrey parou ao ouvir alguém chamar seu nome. Uns metros à esquerda, um rapaz robusto de cabelos vermelhos estava parado entre dois homens mais altos numa disposição involuntária que os fazia parecer torres. Era Martin Sedge, seu par naquela noite. Estava acenando e chamando, formando pequenas espirais de fumaça no ar com o cigarro:

— Audrey! Vem cá!

Audrey conhecera Martin três meses antes, numa reunião da Aliança do Partido Socialista em Red Lion Square. Apesar de ser um ano mais moço do que ela, sabia mais a respeito de teoria política — era muito mais experiente como ativista — do que a jovem e essa diferença dera à amizade deles um tom um tanto pedagógico. Tinham saído juntos quatro vezes, indo sempre ao mesmo pub meio sujo na esquina de onde Audrey trabalhava, e em cada uma dessas ocasiões a conversa tinha adquirido rapidamente um caráter educativo, com Audrey bebericando discretamente um *shandy* ou mordiscando um ovo em conserva, enquanto Martin bebia canecas de cerveja e pontificava.

Não se importava com que Martin lhe desse aulas. Queria se instruir. (Na página de abertura do diário que estava escrevendo naquele ano, tinha anotado as palavras de Sócrates: "Só sei que nada sei".) Havia nela um traço feminino renunciador que certamente se comprazia da chatice de Martin. Que melhor prova poderia haver de seriedade dela — de sua rejeição ao mundano — do que a disposição em passar as noites de primavera num bar, ouvindo as ideias circunspectas de um rapaz sobre a Quarta Internacional?

Naquela noite, no entanto, Martin parecia estar se esforçando para se livrar da figura austera de professor. Em deferência ao clima e à natureza festiva do evento, trocara o velho colete de lã por uma camisa de mangas curtas que revelava os braços rosados, cobertos de pelos vermelhos. Mais cedo naquela noite, ao se encontrar com Audrey na estação de metrô da Warren Street, ele a tinha beijado no rosto — um gesto nunca antes arriscado na curta história do relacionamento deles.

— Audrey! — exclamou ao vê-la se aproximar. — Estes são os meus amigos! Jack, Pete, esta é Audrey.

Audrey sorriu e apertou as mãos úmidas de Jack e Pete. De perto, os três homens eram uma antologia de odores corporais.

— Sua bebida acabou? — perguntou Martin. — Me dá seu copo que vou buscar mais. Aquela cozinha está um caos.

Sozinhos com Audrey, Jack e Pete a avaliaram com olhares indiscretos. Audrey desviou a atenção, timidamente. Notou que as moças mais atrevidas da sala tinham tirado as meias. Podia ver as pernas brancas reluzindo na festa, como tochas num bosque.

— Então. — Jack quebrou o gelo. — Você é Audrey. Ouvimos falar muito de você.

— E vice-versa — respondeu.

— Como? — perguntou Pete, inclinando-se para a frente.

Audrey fez uma pausa, pensando se tinha usado a expressão corretamente.

— Também ouvi falar muito de vocês — disse.

Pete ergueu o queixo e tornou a baixá-lo vagarosamente, como se um grande mistério tivesse sido desvendado.

— Está um calor danado, não está?

— Sim! — Audrey estava imaginando como prosseguir com a conversa quando um homem barbado apareceu por trás de Jack e Pete e plantou as mãos carnudas nos ombros deles.

— Vocês conseguiram! — exclamou. — Como vão vocês, seus filhos da mãe? Estão se divertindo?

— Tom! — exclamaram Jack e Pete ao mesmo tempo.

O anfitrião, Tom McBride, era um estudante de pós-graduação na London School of Economics, conhecido pelas atividades demagógicas e provocadoras no diretório acadêmico e pelo tempo exagerado em que vinha trabalhando na tese de doutorado. Martin tinha se referido a ele em tons de adoração, mas Audrey, examinando-o de perto pela primeira vez, sentiu uma hostilidade instintiva. Ela o achou arrogante. E havia algo de perturbadoramente púbico em sua barba.

— Desculpe, amor — disse ele, olhando para ela sem maior interesse. — Não sei seu nome.

— Audrey Howard — respondeu. — Sou amiga de Martin Sedge.

— Amiga de... ah, Martin? Prazer em recebê-la, Audrey! — Tornou a se virar para Jack e Pete. — Agora, vocês dois, quero que conheçam uma pessoa. — Apontou para um homem parado atrás dele. Era quem Audrey estivera observando: o americano. — Joel! — gritou Tom. — Conheça Jack e Pete. — Ruborizados de prazer por receber o *imprimatur* da atenção de Tom, Jack e Pete sorriram avidamente para o estranho. — Joel é um advogado americano — disse Tom a eles. — Mas não tenham preconceitos. Ele é bem subversivo, na verdade.

Apesar dessa recomendação, as expressões de Jack e Pete se endureceram um pouco. Americanos, aparentemente, eram uma das categorias às quais se sentiam seguramente superiores.

Joel sorriu e se inclinou na direção de Audrey.

— Perdoe meu amigo mal-educado por não nos ter apresentado. Seu nome é Audrey, ouvi certo?

Audrey confirmou.

— Joel e eu estávamos falando agora mesmo sobre Paul Robeson — continuou Tom. — Vocês viram que foi internado de novo no hospital? Estão dizendo que foi exaustão. Joel aqui o conheceu.

— Bem, apenas brevemente — Joel corrigiu. — Quando era criança, eu costumava ir para uma colônia de férias chamada Wo-Chi-Ca, a Colônia de Filhos de Operários, em Nova Jersey. Um verão, quando eu tinha 12 anos, Paul Robeson passou uma noite lá.

Ele tinha o jeito americano de sorrir enquanto falava. E estava um tanto curvado, Audrey notou, como se estivesse tentando minimizar a diferença de altura entre ele e os ingleses. *Quer que gostem dele,* pensou.

— Era um grande herói para nós, é claro — continuou Joel. — Então ficamos empolgados. Ele visitou toda a colônia e então, à noite, depois de cantar para nós no refeitório, fez um pequeno discurso, pedindo para dedicarmos nossas vidas à luta contra a injustiça. Todo mundo ficou doido. Estávamos prontos para dar a vida por aquele cara. Bem, na manhã seguinte, por acaso acordei mais cedo, para fazer xixi, e em vez de ir até o banheiro dos meninos, desobedeci às regras da colônia e fui para o mato atrás da minha cabana. Quando estava ali parado, me aliviando, quem aparece? Robeson! Também tinha ido tirar água do joelho! Quando me viu, nem titubeou. Apenas sorriu e disse, naquela voz incrível dele, vocês sabem, "Acho que eu e você somos os madrugadores daqui". Aí foi procurar uma árvore e começou a urinar também. Então, como vocês podem imaginar, fiquei pasmo. O herói do movimento comunista americano estava ali na minha frente e nós dois com nossos paus para fora. "Ah, sim, senhor", disse. "Adoro acordar cedo." Embora, de fato, nunca tivesse acordado tão cedo na vida. E Robeson disse...

Martin apareceu do lado de Audrey, segurando dois copos de vinho tinto.

— Desculpe a demora. Um idiota qualquer perdeu o saca-rolhas.

Ela pôs um dedo nos lábios para silenciá-lo.

— Ah! Desculpe! — disse Martin, olhando para Joel e curvando os ombros num gesto exagerado de remorso. — Não tive a intenção de interromper.

Joel sorriu e continuou:

— Então Robeson disse: "Esse é um excelente hábito, meu jovem, e aconselho você a conservá-lo. A vida é curta demais para ser desperdiçada dormindo." E então, enquanto eu ainda estava pensando em algo inteligente para responder, ele se afastou da árvore, fechou a braguilha e foi embora!

Houve um momento de silêncio. Em algum ponto da história — talvez quando Martin foi silenciado — criou-se a expectativa de um desfecho engraçado. Então Tom deu uma risada.

— Ha! Ele simplesmente foi embora, certo? Bem!

— Fascinante — comentou Martin, secamente.

— Essa colônia que você frequentava parece muito interessante — disse Audrey, ansiosa para ajudar o americano a se recuperar.

Joel concordou.

— Sim, era um lugar encantador. Um tanto bizarro. Em vez de contar histórias de fantasmas em volta da lareira, cantávamos canções de louvor ao Tio Joe e prometíamos não contar piadas que debochassem de ninguém.

Ele riu. Jack e Pete, desconfiando de algo indulgente na gozação dele, comprimiram os lábios. Mais uma vez, a conversa pareceu se esgotar.

— Tenho tanta pena de Paul Robeson... — disse Audrey. — Ele sofreu tanto...

— *Robeson*? — exclamou Martin, espantado. Ele ainda estava irritado por ter sido silenciado. — Paul Robeson sofre num casaco muito bom e num ótimo carro. Não gastaria minha compaixão com ele se fosse você.

— Bem, não precisamos racionar a compaixão, precisamos? — respondeu ela. — Ela não corre o risco de acabar.

Martin piscou os olhos, espantado com a traição inesperada.

— Ora, Audrey — disse, com um risinho pouco convincente. — Ninguém mais leva Robeson a sério. Ele ainda está defendendo a Hungria, pelo amor de Deus!

Olhou em volta, buscando apoio no grupo. Jack e Pete concordaram com a cabeça, mas continuaram calados.

— Acho que você está sendo um pouco apressado aí — disse Joel.

— É mesmo? — O rosto de Martin tinha o ar de pânico de quem percebeu que nadara para muito longe da praia.

— Não compartilho todas as posições de Robeson — contrapôs Joel. — Mas acho que o cara fez por merecer nossa...

— *Eu* sempre achei — interrompeu Martin — que Robeson é basicamente uma figura de menestrel.

— Opa! — exclamou Tom.

— Você não pode estar falando sério — disse Joel. — Para seu próprio bem, espero que não. — Todos os traços de anedotista bem-humorado tinha desaparecido. — Paul Robeson fez mais pela humanidade do que você e eu jamais faremos.

— *Humanidade*, hein? — Martin sorriu com o sentimentalismo do vocabulário do americano. — Bem, sinto muito!

Devo estar pisando em alguma lembrança infantil muito importante.

Joel fez um gesto cansado, rejeitando o sarcasmo de Martin.

— Bem... vê se cresce, certo?

Uma vermelhidão surgiu no pescoço de Martin e logo subiu como vinho enchendo um copo.

— Ah, é? — respondeu. — Bem, talvez *você* é que precise crescer, camarada... — Seu pomo de adão estava sacudindo grotescamente. Os olhos estavam brilhando de lágrimas.

Por um momento, Audrey e os outros homens ficaram sem ação, presos no humilhante e fascinante espetáculo. Tom ergueu as mãos num gesto de paz.

— O que é isso, gente...

Mas Martin não queria ser acalmado. Balançando a cabeça, com um ar de nojo, ele saiu andando. Audrey hesitou um instante, procurando alguma brecha nas normas de etiqueta que pudesse livrá-la de ter de ir atrás dele. Então, com um aceno educado para os homens, também se afastou.

Depois que Jack e Pete tinham escapado, Joel virou-se para Tom.

— Aquela moça. Como era o sobrenome dela? — perguntou.

— Horton, acho. Não... Howard.

— Bonita ela, não? Ela é uma das minhas?

— O quê?

— Ela é judia?

Tom achava que provavelmente era — ela tinha um ar distintamente hebreu —, mas sem querer dar ao amigo a impressão de que a etnia de Audrey era importante, fingiu ficar espantado com a pergunta.

— Meu Deus, não sei. Nunca a vi antes. — Parou ao ouvir uma agitação do outro lado da sala. Um grupo de pessoas estava amontoado na janela, falando alto. — Bem, graças a Deus —

disse, espiando por cima das cabeças dos convidados. — Está chovendo, finalmente.

— Aqui é o americano mal-educado da noite passada — disse Joel, quando ligou para Audrey no dia seguinte.

— Ah — respondeu ela. — Você não é mal-educado.

— Teria ligado mais cedo — continuou Joel —, mas levei algum tempo para descobrir seu telefone. Sabe quantos A. Howards existem na lista telefônica? Falei com a maioria deles esta manhã.

— Você não precisava...

— Queria me desculpar pelo meu comportamento da noite passada. Acho que aborreci seu namorado.

— Ele não é meu namorado.

Houve um breve silêncio enquanto ambos registravam a avidez com que ela tinha negado a relação com Martin.

— E você não precisa se desculpar — continuou Audrey. — Ele se comportou muito mal.

Na volta da festa, ela e Martin se abrigaram da chuva sob a marquise de uma loja na Tottenham Court Road e Martin tentara beijá-la. Levada por um vago senso de gratidão, ela a princípio tinha deixado. Mas a sensação desagradável da língua dele em sua boca tinha vencido o instinto complacente e, após alguns instantes, havia recuado.

— Desculpe. Não dá.

— Não seja ridícula — resmungara Martin, puxando-a para ele.

Por alguns instantes, eles haviam lutado, balançando para a frente e para trás como lutadores de boxe num abraço hostil; então um dos sapatos altos de Audrey tombou na calçada e Martin a soltou.

— Sabe o que você é? — dissera ele, ofegante, enquanto ela se inclinava para pegar o sapato no meio-fio. — Uma porra de uma fingida, provocadora...

— Bem, você é muito gentil — dizia Joel no telefone. — Mas ainda gostaria de me redimir com você. Posso levá-la para tomar um café ou um drinque um dia desses?

— Eu...

— A questão é que tenho reuniões de dia e de noite na segunda-feira e volto na terça de manhã para os Estados Unidos, então tem de ser hoje.

— Ah, que pena...

— Você tem um compromisso?

— Bem, sim. Vou visitar meus pais esta tarde.

— Hum. E aposto que você é uma boa filha e que não daria o bolo nos pais só para ir tomar um drinque com um cara que você mal conhece.

Audrey pensou um pouco.

— OK — disse Joel, confundindo sua hesitação com uma recusa. — Acho que vou ter de ir com você visitar seus pais.

Ela riu.

— Acho que isso não daria certo. Eles moram em Chertsey.

— É claro que daria! — respondeu, animando-se com o papel de pretendente determinado. — Amo Chertsey! Onde fica isso?

— Fica a uma hora e meia de trem.

— Ótimo! Adoro trens! Vou me comportar muito bem, prometo.

— Não sei se você... quer dizer, não sei se você vai achar isso muito divertido.

— Deixe essa preocupação para mim.

Ela pensou um pouco. E então, para a própria surpresa, concordou.

Eles se encontraram debaixo do relógio de Waterloo. O aguaceiro da noite anterior tinha diminuído e agora estava apenas chuviscando. Joel usava uma capa de chuva bege, impecável, que parecia brilhar na luz fraca da estação. Audrey, que no último minuto tinha rejeitado as implicações servis de tentar ficar bonita, chegou vestindo um anoraque e um capuz esquisito de plástico transparente.

— Está vendo, consegui! — exclamou Joel.

— É verdade!

Eles riram, ambos um pouco atônitos pela impetuosidade com que tinham embarcado naquela aventura.

A bordo do trem, pairou um silêncio entre eles e procuraram refúgio na vista, fingindo estar encantados pelos flagrantes de subúrbios embaçados pela chuva que passavam pela janela: uma mulher parada, com as mãos na cintura, no quintal cheio de tralhas de uma casa geminada; um cachorro preto correndo num campo de futebol encharcado; um adolescente solitário num ponto de ônibus, enfiando a mão em um saco de batatas fritas.

Sob o ponto de vista ansioso de Audrey, como anfitriã, essas cenas pareciam ridiculamente melancólicas: uma paródia da melancolia inglesa. Ela ficou ruborizada de raiva pelo desalinho do seu país — e por ter levado aquele homem para testemunhá-lo. E pensar que tinha contado com a viagem de trem para fornecer a parte pitoresca da viagem! Olhou para Joel, ainda usando a embaraçosa capa de chuva, e pensou se deveria avisá-lo sobre seus pais. Ele observava o corredor, o lento caminhar do empregado da empresa ferroviária que empurrava um carrinho de chá e pãezinhos. Virando-se para olhar para Audrey, sorriu. Os dentes eram tão brancos e simétricos quanto ladrilhos de banheiro.

Joel estava imaginando se tinha cometido um erro ao insistir naquele passeio. Quem poderia saber quais estranhas regras de etiqueta ele estava obrigando a moça a quebrar ao impor sua presença desse jeito? Talvez ela temesse por sua virtude. Talvez... não, não ia se preocupar com isso. Não ia deixar que nada estragasse o prazer do passeio. Esta era sua primeira viagem a Londres — sua primeira viagem fora da América do Norte. Não havia nada que contemplasse que não o lembrasse de sua intrepidez. O couro vermelho desbotado dos assentos do trem. A esplêndida deterioração daquela estação que tinham acabado de deixar. O modo como Audrey estava sentada, toda empertigada, segurando o feio capuz de chuva. Ela era, ele concluíra, decididamente, romanticamente, inglesa? Uma figura saída... bem, de um livro sobre o povo inglês.

Começou a contar a ela sobre si mesmo. Descreveu seu trabalho com os Freedom Riders na Geórgia e no Mississippi.

— Os negros são as pessoas mais privadas de direitos civis na América — disse. — E estão lutando contra as pessoas mais poderosas da América: a elite branca.

Brincou sobre a vez em que tinha sido alvo de pontapés de um capitão da polícia na estação de ônibus de Jackson. Mencionou, com o que esperou ser a humildade adequada, que tinha sido recentemente convidado pelo reverendo Martin Luther King para se juntar à sua equipe. Mostrou a ela um pedaço de papel onde tinha copiado uma frase do juiz Oliver Wendell Holmes: "Como vida é ação e paixão, um homem deve compartilhar a ação e a paixão do seu tempo, sob pena de ser julgado como não tendo vivido."

— Carrego isto comigo aonde quer que eu vá — disse. — Só para não esquecer.

Audrey concordou com a cabeça, tentando disfarçar a apreensão. Não sabia quem era o juiz Oliver Wendell Holmes. Nunca tinha conhecido um "negro".

Joel olhou para ela, sentindo-se frustrado e mal-humorado. Por que ela não dizia nada? Por que não o cumprimentava por seus feitos ou demonstrava surpresa por um homem tão bem-sucedido a estar cercando de tantas atenções?

— Você não me contou nada a seu respeito — disse, pensando se teria deixado escapar algum fato crucial da biografia dela que pudesse explicar seu autocontrole.

A resposta dela foi um tanto relutante — não estava tão acostumada quanto ele a falar sobre si mesma —, mas pareceu narrar os fatos com bastante sinceridade. Os pais eram poloneses, começou a contar. Seu sobrenome original era Holcman. Tinha crescido em Hackney e era a caçula de duas irmãs. O pai era alfaiate, agora aposentado por sofrer do coração. Deixara a escola aos 16 anos. Trabalhava como datilógrafa numa importante firma de importação e exportação em Camden Town.

— Então você e eu somos trabalhadores — disse ele com um sorriso. — Não como aqueles rapazes de ontem à noite.

Era como ele tinha pensado. Ela não tinha nenhum destaque. Essa dignidade feminina, sem apoio no *status* nem no dinheiro, era um fantástico ato de levitação, sem dúvida. Mas ele estava ansioso para acabar com o truque — para saber qual era o segredo. Uma moça que *nunca* pudesse ser tratada com certa superioridade seria um pouco exaustiva a longo prazo.

Os pais de Audrey moravam no térreo de uma casinha modesta logo atrás da Chertsey High Street. A chuva deixara os tijolos vermelhos em um tom sombrio de marrom. Quando a porta da frente foi aberta, um cheiro desagradável, de refeições antigas, veio lá de dentro. A mulher que atendeu à porta tinha cabelos brancos e era drasticamente gorda. O vasto peito estava comprimido dentro do roupão estampado; os pés inchados derramavam-se sobre as bordas do chinelo como massa crescendo e escapando da forma. Audrey falou rapidamente em polonês. Após um ou dois minutos, o rosto da mulher se iluminou e ela estendeu uma mão gorducha para Joel.

— Entre — disse, com um forte sotaque polonês. — Seja bem-vindo.

O sorriso triste agiu em seu rosto como uma pedra atirada na água. A carne se ondulou; os queixos se multiplicaram. Só então, ao entrar na casa rançosa, foi que ele percebeu que aquela devia ser a mãe de Audrey.

No hall, outra porta foi aberta e ele entrou numa sala pequena, quente, cheia de enfeites, onde um homem idoso estava esparramado diante de um aquecedor elétrico. Audrey e a mãe começaram a falar com ele ao mesmo tempo, em polonês. Enquanto ouvia, ele avaliava Joel com os olhos. Finalmente, sorriu, como a esposa tinha feito, e se levantou para cumprimentar o visitante.

O Sr. Howard era tão magro e pequeno quanto a esposa era grande e gorda. Quando ele e Joel se cumprimentaram, os tendões dele estalaram como ossos de frango com o aperto de mão firme do rapaz. Joel foi aliviado do casaco e um gato foi enxotado de uma cadeira velha, com um paninho bordado no encosto. Audrey e a Sra. Howard saíram da sala para fazer um chá.

— Então, está gostando da Inglaterra? — perguntou o Sr. Howard quando Joel se sentou.

— Ah, sim, muito — respondeu Joel.

A sala onde estavam dava para a rua, então teve de se esforçar para ouvir a voz do Sr. Howard acima do barulho das crianças brincando e dos carros passando lá fora. De vez em quando, a sombra de um transeunte na cortina dava um susto nele.

— Mas as oportunidades de trabalho não são tão boas quanto na América, são? — perguntou o Sr. Howard. O rosto dele, com as bochechas afundadas e os olhos remelentos, poderia ser o símbolo da desgraça numa carta de tarô.

Joel fez uma pausa.

— Não, acho que não.

— A América é o melhor lugar para trabalhar. Se pudesse recomeçar a vida, iria para a América. Mas agora é tarde demais.

Olhou para Joel, como se o estivesse desafiando a negar essa conclusão melancólica.

Joel concordou com a cabeça. Estava começando a ficar nervoso com o calor e com a pobreza da sala. A cadeira onde estava sentado fedia fortemente a mijo de gato. O suéter do Sr. Howard estava todo manchado de comida. O mal-estar que pairava naquela casa não podia ser atribuído à pobreza, pensou. Limpeza não custava nada, afinal de contas. Os pais dele, apesar de pobres, sempre tinham mantido a casa impecavelmente limpa. Até aquele dia a mãe dele ainda insistia em lavar as capas dos estofados quando ia receber visitas. Não, a sujeira e a desordem ali sugeriam falta de disposição, um tipo de colapso moral.

— É muita gentileza sua permitir que me intrometa desse jeito numa tarde de domingo — disse.

O Sr. Howard ignorou o comentário.

— Quanto vocês pagam aos operários? Qual é o salário médio na América? — perguntou.

Ocorreu a Joel que o Sr. Howard estivesse apreensivo a respeito da profissão dele. Estava falando como se ele fosse um homem de negócios. Resolveu não corrigir o erro. Não queria correr o risco de contradizer o que Audrey tivesse contado aos pais sobre ele. E, em todo caso, parecia pedante insistir na verdade quando o Sr. Howard estava tão claramente contente com a mentira. Lembrando-se do traquejo de viajante, resolveu posar de empresário.

Logo depois, Audrey e a mãe voltaram com o chá. Audrey serviu. A Sra. Howard distribuiu biscoitos e sorriu satisfeita para Joel quando ele comeu um. O Sr. Howard disse alguma coisa para Audrey.

— Ele está dizendo que você é um homem inteligente — traduziu Audrey.

Animado pela opinião favorável do pai e pela emoção feminina da mãe, Joel ficou expansivo. Admirou o aparelho de chá da Sra. Howard e fingiu estar interessado na descrição de sua origem. Ouviu, franzindo de leve as sobrancelhas, o relato feito pelo Sr. Howard dos problemas cardíacos. Contou histórias engraçadas sobre o tempo passado na Inglaterra e se queixou bem-humoradamente do péssimo clima. O Sr. e a Sra. Howard rira com aquele jeito reservado e infeliz deles, e disseram a Audrey — o canal para todos os cumprimentos — que o Sr. Joel devia ser ator.

Mais tarde, quando os pais dela saíram brevemente da sala, Joel virou-se para Audrey.

— Estou me divertindo muito — disse, galantemente. — Seu pai é formidável. — Fez uma pausa, temendo que essa observação pudesse ter abalado sua credibilidade. Mas Audrey não se encolheu nem contestou o julgamento dele.

— Sim — concordou. — Ele é um homem muito bom.

A lealdade dela o espantou. Mesmo agora, aos 32 anos, Joel ainda revirava os olhos pelas costas dos pais quando os apresentava aos amigos.

Após cerca de duas horas, Audrey disse que estava na hora de ir. A Sra. Howard protestou, mas Audrey venceu. Os casacos foram trazidos. Houve mais apertos de mão. A Sra. Howard beijou Joel no rosto. A porta foi fechada e eles estavam de volta à rua, respirando o frio abençoado da tarde úmida. Joel estava alegre. Tinha lidado muito bem com a situação embaraçosa, pensou. E agora que estava livre do calor de estufa daquela salinha horrível, a visita estava começando a parecer engraçada: um rica adição ao seu estoque de experiências.

Na viagem de trem de volta a Londres, Audrey ficou calada e empertigada no assento. Joel a observava nervosamente. Gostaria de tocar nela, mas não conseguia pensar numa aproximação física que não fosse grosseira. Enquanto imaginava como se despediriam na estação, uma visão mais melancólica do dia começou a tomar conta dele. Aqueles pais não eram realmente divertidos, pensou. Eles — e a tristeza enorme, inespecífica, da casa deles — tinham sido horríveis. Que aventura tola aquela: que coisa sem sentido ter passado um dos seus últimos dias em Londres atrás de uma garota! Dentro de 48 horas iria embora e eles nunca mais se veriam.

Quando desembarcaram em Waterloo, ele se virou para Audrey com um sorriso resignado.

— Foi ótimo. Obrigado por se apiedar de um visitante estrangeiro.

— O prazer foi meu — disse Audrey, ignorando a mão estendida. — Vamos para o seu hotel?

Ele estava hospedado, com todos os outros americanos da delegação, em Bayswater: um hotel grego, decadente, com um saguão grandioso. Imaginou se teria problemas por levar uma mulher para o quarto, mas o recepcionista mal olhou para Audrey ao entregar a chave a ele.

No quarto espartano, de teto alto, Audrey tirou os sapatos e as meias úmidas e depois o anoraque. Joel notou pela primeira vez os braços longos e elegantes.

— Que lugar engraçado — estava dizendo quando ele se inclinou para beijá-la. — Você se sentiu solitário aqui?

Mais tarde, quando estavam deitados na cama, ele fez uma alusão brincalhona à diferença de idade entre eles.

— Estava praticamente na puberdade quando você nasceu — disse. — É estranho transar com um homem tão velho?

— Não fique esperando elogios — respondeu ela.

Audrey mordeu a unha do polegar. Não sabia ao certo quando a conversa deles tinha adquirido aquele tom provocador, implicante. Talvez ela é que tivesse começado. Mas gostaria de dispensá-lo. Ainda não conhecia bem o sexo e sua etiqueta, mas achava que a conversa pós-coito devia ser mais franca e gentil do que aquela.

Joel riu sem graça. Estava ficando cansado de se ver em posição desvantajosa. Por que ela tinha feito aquilo, pensou? Nenhuma mulher tinha se entregado a ele com tanta rapidez e com tão pouca relutância. Ela tinha se comportado como... como uma vagabunda. E mesmo assim, não estava mostrando nenhuma submissão ou arrependimento. Ele quis dizer alguma coisa que reafirmasse sua superioridade, alguma coisa que a fizesse corar ou gaguejar.

— Acho que devia levar você de volta para Nova York comigo — anunciou.

Ela ficou calada por um momento, tentando evocar suas parcas impressões daquela cidade distante, cheia de arranha-céus.

— Sim — disse. — Era isso que devia fazer: casar-me com você e levá-la para Nova York. O que você acha disso?

Ela sentou na cama e contemplou o quarto, olhou para o capuz jogado na pia, para a saia úmida amassada no chão. Casar-se. Casar-se com este homem!

— O que você acha? — repetiu, sorrindo.

O futuro se descortinava diante dela. Viveriam juntos num apartamento. Num arranha-céu, talvez. Seriam companheiros na luta contra a injustiça, compartilhando a ação e a paixão do seu tempo. Iriam a passeatas e dariam festas frequentadas por todos os amigos negros deles...

— Leve-me — disse, calmamente.

— O quê?

— Leve-me — repetiu. — Quero ir.

Parte Um

Nova York, 2002

Um

Quando amanheceu, no último andar de uma casa cheia de rangidos em Greenwich Village, Joel e Audrey estavam na cama. Por uma brecha nas cortinas, um dedo de luz se estendeu vagarosamente sobre a colcha. Audrey ainda estava dormindo profundamente. Joel estava em um estado próximo ao despertar. Ele se debateu, gemeu e sacudiu irritadamente os lençóis. Pouco depois, quando seus roncos aumentaram de intensidade, acordou e fez uma careta de dor.

Já fazia dois dias que era perseguido por uma terrível dor de cabeça: uma sensação gelada no fundo do crânio, como se um objeto pontudo de metal tivesse se soltado e estivesse rolando lá dentro. Audrey o estava tratando com Tylenol e insistindo para que bebesse mais água. Mas não era nem de líquidos nem de comprimidos que precisava, pensou: era de um mecânico. Ficou ali deitado por alguns instantes, com as costas da mão sobre a testa como uma heroína da era vitoriana seguraria seus sais. Depois se sentou na cama corajosamente e procurou os óculos na mesinha de cabeceira entulhada de objetos. Numa questão de horas, estaria pronunciando a abertura da defesa no caso dos *Estados Unidos da América versus Mohammed Hassani*. Na noite anterior, antes de dormir, tinha feito algumas modificações de última hora no discurso e estava ansioso para examiná-las:

> Às vezes, em nossa ânsia de proteger este grande país, podemos e acabamos cometendo erros. Erros que ameaçam minar exata-

> mente os direitos que estamos tentando proteger. Estou aqui para lhes dizer que a presença de Mohammed Hassani neste tribunal hoje é um desses erros.

Apertou os olhos e se afastou, tentando calcular o efeito da retórica. Hassani era um dos Seis Schenectady — um grupo de árabes americanos do Estado de Nova York que tinha frequentado um campo de treinamento da al-Qaeda no Afeganistão durante o segundo trimestre de 1998. Nos últimos dois meses, os cinco outros membros do grupo tinham feito acordos com os promotores. Mas Joel detestava acordos: a conselho dele, Hassani se negara a fazer um e se declarara inocente de todas as acusações.

> Vocês foram informados de que Mohammed Hassani é um aliado do terrorismo. Você foram informados de que ele odeia a América e quer ajudar e cooperar com aqueles que desejam destruí-la. Permitam-me dizer-lhes, agora, quem Mohammed Hassani realmente é. É um cidadão americano com três filhos americanos e uma esposa americana com quem está casado há 15 anos. É um pequeno empresário, dono de uma mercearia, patrocinador de um time da Little League — uma pessoa que viveu e trabalhou a vida toda no Estado de Nova York. Possui fortes crenças religiosas? Sim. Mas, lembrem-se, senhoras e senhores, não importa o que a promotoria esteja tentando insinuar, não é o islamismo que está sendo julgado neste tribunal. O Sr. Hassani fez críticas à política externa americana? Com certeza. Isso faz dele um traidor? Não, isso honra as liberdades constitucionais que são a base do nosso país.

O fundamento da argumentação de Joel era que seu cliente fora levado para o campo de treinamento sob falsas alegações. Um de seus conhecidos na mesquita que frequentava em Schenectady tinha falado enganadoramente do campo como um centro religioso.

> É isso mesmo: Hassani viajou para o Afeganistão pensando que ia participar de um retiro religioso. Nos dias subsequentes, os senhores irão ouvir como tentou, mais de uma vez, livrar-se do treinamento obrigatório com armas de fogo — machucando-se de propósito numa ocasião para não ter de operar um lançador de foguetes. Os senhores irão ouvir como recusou categoricamente convites dos líderes do campo para se envolver em ações violentas aqui nos Estados Unidos. As senhoras e os senhores podem discordar das ideias políticas e religiosas de Hassani. Podem achar que é culpado por ter escolhido um péssimo local para passar as férias. Mas não podem, em sã consciência, julgar esse homem como um terrorista ou mesmo um simpatizante do terrorismo.

Joel contemplou a esposa adormecida. Audrey discordava da estratégia dele nesse caso. Achava que ele devia estar defendendo Hassani com base na legitimidade da ira dos árabes. Audrey seguia uma linha política muito mais rígida do que a dele na maioria das vezes. Ele não se importava. Na verdade, ele até gostava da ironia de ser repreendido por seu radicalismo insuficiente pela mulher a quem um dia tivera de explicar os conceitos marxistas de "base" e "superestrutura". Quando reclamava que ela havia se tornado uma esquerdista radical na velhice, fazia isso no tom de voz indulgente que outro homem poderia ter usado para implicar com a esposa por gastar demais no shopping. Na opinião dele, era uma prerrogativa feminina defender ideias políticas pouco razoáveis. E, além disso, gostava de ter um extremismo antiquado em casa: isso o fazia sentir-se jovem.

Joel ainda estava lendo quando, às 6h30, o rádio-relógio da mesinha de cabeceira disparou. Tirou as calças suadas do pijama, formou uma bola com elas e as atirou com elegância na cesta de roupa suja. Havia sido um esportista talentoso na juventude — campeão de handebol de Besonhurst, Brooklyn — e nunca perdera o hábito de improvisar pequenas tarefas atléticas para si mesmo. Ele se levantou e se espreguiçou diante do espelho da porta do armário. Aos 72 anos, sua nudez ainda era formidável. As pernas eram fortes. O peito, coberto de pelos grisalhos, era largo. O pênis era grosso e longo o suficiente para bater nas coxas quando se dirigiu para o banheiro.

No hall, parou. Em algum lugar lá embaixo, podia ouvir o som de um aspirador de pó e o assobio desafinado de Julie, sua cunhada. Desde que Julie tinha chegado da Inglaterra, dois dias antes, com o marido, Colin, ela passava o dia inteiro subindo e descendo a escada da casa deles em Perry Street com baldes, espanadores e detergentes, como uma Florence Nightingale levando socorro a um hospital de guerra na Crimeia. Audrey estava irritadíssima com isso. O insulto implícito aos seus padrões de limpeza não a incomodava, segundo ela. (Isso era plausível: Audrey sempre se orgulhara de ser relaxada.) O que a incomodava era a fé de Julie no poder redentor da frescura do limão e o fato de ela achar que outros compartilhavam dessa fé. "Se ela quiser praticar sua higiene neurótica em casa, tudo bem", tinha dito, furiosa, ao se deitar, na noite anterior, "mas não vejo por que tenho de aturar seus malditos produtos perfumados para tapete na *minha* casa."

Joel acabou de se arrumar no banheiro, vestiu uma calça de moletom, uma camisa e desceu. Encontrou Julie no hall do segundo andar, colocando no aspirador de pó um bico especial para aspirar cantos.

— Bom dia! Bom dia! — disse, ao passar por ela. A fim de desencorajar conversas prolongadas com a cunhada, sempre se dirigia a ela como se estivesse falando da janela de um trem em alta velocidade.

No primeiro andar, Colin estava sentado à mesa da cozinha, lendo um guia de viagem sobre Nova York.

— Bom dia, gentil senhor! — exclamou, quando viu Joel aparecer. — Julie e eu vamos ao Marco Zero daqui a pouco. Há algum lugar por lá que você recomende para almoçarmos?

— Não, sinto muito — respondeu, atravessando apressadamente o hall. — Não posso ajudá-los nisso.

— Posso oferecer-lhe uma xícara de chá? — perguntou Colin.

— Não, obrigado. Estou saindo para comprar jornais.

Joel estava abrindo a porta da frente quando sentiu alguém empurrar do outro lado.

— Sou eu — disse uma voz. — Esqueci minhas chaves.

A porta abriu e o filho adotivo de Joel, Lenny, e a namorada, Tanya, estavam parados na soleira, com copos de café feitos de papel do Starbucks. Tanya estava usando uma jaqueta de pele de coelho por cima de um minivestido. Lenny estava tremendo com apenas uma camisa de malha. Ambos tinham a aparência de quem não dormia há muito tempo.

— Ah, o doce amor da juventude! — disse Joel, com uma reverência exagerada.

— Oi! — respondeu Lenny.

Era um homem alto com o rosto delicado, juvenil. Se não fosse pelo intervalo entre os dois dentes da frente e pelo olho esquerdo ligeiramente caído, ele seria bonito. Mas essas leves imperfeições pesavam na balança e o tornavam lindo.

— A que devo este raro prazer? — perguntou Joel. Lenny estava morando de novo em casa, mas dormia quase toda noite no apartamento de Tanya.

O rapaz passou a mão pálida pelo cabelo despenteado.

— Tanya deu uma festa na casa dela — respondeu. — Alguém mijou na cama, então...

— Jesus! — A veemência do tom de Joel deu a impressão de que alguém tinha mijado na cama dele. — Que tipo de amigos vocês têm?

Lenny fez um gesto com as mãos como se estivesse diminuindo o volume de um aparelho invisível.

— Não é tão grave assim, papai. O cara não teve a intenção de... Podemos entrar? Está gelado aqui fora.

— Como assim, "não teve a intenção"? — perguntou Joel. — Ele mijou na cama dela *sem querer*?

— Não importa. Esqueça. — Lenny passou, espremido, por Joel e foi para a cozinha. Tanya foi atrás dele.

— Ah, claro, entrem — Joel gritou atrás deles. — Podem pegar o que quiserem. *Mi casa es su casa...* — Ficou ali parado um instante, registrando a impotência da tirada sarcástica, e depois saiu, batendo a porta.

A caminho do armazém, ele foi resmungando, aborrecido. Não era razoável que um homem da idade e da posição dele desejasse um pouco de paz e solidão de manhã? Era pedir muito ter algumas horas para refletir calmamente sobre o início de um dia difícil no tribunal? Tentou se acalmar pensando na declaração de abertura, mas não adiantou: tinha perdido a tranquilidade.

Joel era um homem entusiasmado. Considerava sua visão otimista não como resultado do temperamento, mas como uma atitude política. Sua citação favorita — que dissera querer que fosse gravada em seu túmulo — era a frase de Antonio Gramsci sobre ser "um pessimista pela inteligência e um otimista por opção". Lenny, infelizmente, tinha uma rara habilidade para invadir o campo de força do seu pensamento positivo. Até o cheiro do rapaz estragava seu clima interno: deixava-o propenso a uma melancolia incômoda e a um arrependimento irritante.

Vinte e sete anos atrás, quando Lenny fora morar em Perry Street, Joel estava animado com a ideia de subverter os modelos tradicionais de família. Adotar o menino de 7 anos não era um mero ato de filantropia burguesa, tinha afirmado, mas uma atitude subversiva — a escolha de um sistema esclarecido, "tribal", de educação filial que um dia iria suplantar inteiramente a repressiva unidade nuclear. Lenny, entretanto, tinha se mostrado um participante pouco cooperativo no programa tribal. Enquanto criança, tiranizara a casa com violentas explosões de raiva. Na adolescência, fumava maconha na varanda de Perry Street e tinha sido apanhado diversas vezes furtando em lojas. Finalmente, quando adulto, os pequenos delitos juvenis tinham desembocado numa variedade de disfunções tristemente previsíveis e aparentemente irremediáveis. Joel não teria se importado — ou pelo menos não teria se importado *tanto* — se Lenny tivesse canalizado os impulsos rebeldes para algo justificável: por exemplo, fugir para se juntar aos sandinistas ou vandalizar postos de recrutamento do Exército dos Estados Unidos. Mas a impertinência do rapaz nunca tinha sido direcionada para nada além das próprias satisfações passageiras. "Lenny não está indo bem" era o eufemismo favorito de Audrey sempre que ele abandonava uma faculdade cara, ou era despedido do emprego que ela conseguira para ele no Habitat for Humanity, ou ateava fogo no cabelo enquanto fumava crack, ou era descoberto fazendo sexo com outra residente na sua clínica de reabilitação. Ela preferia atribuir essas ocorrências infelizes aos traumas de infância de Lenny. Mas Joel estava farto de toda aquela baboseira psicológica. O rapaz era um fracassado indolente e mentiroso, simplesmente — um lembrete humilhante de uma experiência fracassada.

Na volta da mercearia, Joel preparou diversas observações depreciativas para dizer para Lenny e Tanya, mas, ao entrar em casa, encontrou a cozinha vazia. Colin e Julie tinham saído para o passeio turístico e Lenny e Tanya desaparecido no andar de cima, deixando os copos de papel do Starbucks em cima da mesa da cozinha. Joel pegou os copos com um resmungo irritado e os jogou no lixo. Depois ligou a cafeteira e foi para a sala ler os jornais.

Naquela hora da manhã quase não havia luz natural na frente da casa e, antes de se sentar Joel teve de acender todos os abajures da sala. A maioria dos moradores daquela rua, que datava do século XVIII, tinha resolvido o problema das salas de teto baixo, viradas para o norte, derrubando as paredes divisórias do primeiro andar e criando ambientes integrados entre sala de jantar e cozinha, mas Joel e Audrey zombavam da extravagância *yuppie* dessas reformas. Nenhum deles era da geração que tinha aprendido a considerar aposentos cheios de sol como sendo um direito inato e apesar de estar conscientes de que design de interiores era uma categoria independente de interesse, eles a consideravam muito tola. Ao longo dos anos, tinham reunido artefatos e suvenires de viagens e atividades políticas — uma bandeira do Congresso Nacional Africano (CNA), a organização de Nelson Mandela, assinada por Oliver Tambo; um retrato a óleo de Joel, feito por um veterano dos motins de Attica; um tapete kilim mostrando cenas da luta palestina — mas não havia um só item de mobília ali que se pudesse dizer que representava uma escolha estética. O sofá de dois lugares, estofado de um tweed áspero, cor de mostarda, fora dado a eles pela mãe de Joel. O enorme armário de cerejeira e a coleção de miniaturas de sapatos de porcelana que abrigava eram uma herança da tia de Joel, Marion. Um conjunto de suportes de lenha banhados a prata, arrumados dos dois lados da lareira obstruída, fora dado por um cliente de Joel em troca de um serviço.

Joel sentou-se e, com a eficiência adquirida pela prática, começou a procurar nos jornais os itens dedicados a si mesmo e ao julgamento daquele dia. O *New York Times* e o *Washington Post* tinham dois relatos mais ou menos exatos do caso e mencionavam o nome dele, mas sem comentários. No *New York Post*, encontrou um editorial que fazia duas referências curtas a ele como "um radical de aluguel com uma longa história de antiamericanismo" e como "um homem cujo esquerdismo automático felizmente se encontra quase extinto no ambiente político de hoje".

Ficou olhando para a pilha de jornais por alguns momentos e depois tornou a examiná-los para ver se tinha deixado passar alguma coisa. Numa longa carreira defendendo párias, Joel tinha aprendido a esperar e a valorizar a hostilidade pública. Era o instrumento com o qual media a importância e a utilidade do seu trabalho. ("Joel nunca se sente tão vivo", Audrey gostava de dizer, "como quando alguém está desejando vê-lo morto.") Nos anos 1980, quando estava defendendo Al-Saddawi, acusado de assassinar o líder chassídico, o rabino Kosse, manifestantes tinham organizado comícios contra ele e pregado cartazes por toda Nova York que diziam "Litvinoff: judeu que odeia a si mesmo". Tinham até feito ameaças de morte contra as crianças. Considerando esses padrões, a animosidade gerada pelo caso Hassani tinha sido decepcionante: uma única ameaça de bomba ao seu escritório (considerada "sem credibilidade" pela polícia); duas pessoas gritando "Traidor!" na rua. E uma menção imbecil no *Post*. Tornou a examinar o editorial. Bem, eles o tinham chamado de antiamericano; isso já era alguma coisa.

Ouviu a esposa descendo a escada.

— Venha ver, meu bem — disse. — O *Post* está me detonando!

Alguns instantes depois, Audrey apareceu na porta da sala de estar — uma mulher magra de 58 anos, com cabelos cor de aço e os olhos escuros e fixos de um animal selvagem. Estava usando uma saia jeans e uma camiseta com os dizeres "Uma nação sob vigilância".

Joel sacudiu o jornal.

— Estão dizendo que sou um radical de aluguel.

— Ponto para você — respondeu Audrey.

— Você sabia que Lenny e Tanya estão aqui? — perguntou Joel.

— Eu os vi.

— Alguém urinou na cama de Tanya ontem à noite. Pode acreditar nisso? Quem são essas pessoas com quem eles andam?

Audrey franziu a testa, notando que havia outro taco solto no chão da sala.

— Ah, cala a boca, Joel — murmurou.

Cansaço era a atitude padrão de Audrey em relação ao marido. Ela o usava em parte à moda inglesa, como uma forma de demonstrar afeto manifestando o contrário, e em parte como uma estratégia para reafirmar o *status* privilegiado de cônjuge. As esposas dos grandes homens devem estar sempre defendendo ciumentamente sua posição contra o assédio dos acólitos e Audrey tinha decidido há muito tempo que se todo mundo ia rir das piadas de Joel e se render ao charme dele, sua diferença — a marca de sua intimidade única com aquela lenda — ia ser uma impassível indiferença. "Ah, eu me esqueci!", frequentemente dizia quando Joel estava embarcando numa de suas exuberantes anedotas. "Tudo se resume a você, não é?"

— O que você quer para o café? — indagou.

— Vou comer um *bialy* — respondeu Joel.

Audrey olhou para ele.

— *O que foi*? — perguntou, levantando os olhos por um momento. — Preciso comer carboidratos de vez em quando. Você quer que eu vá para o tribunal só com um potinho de iogurte no estômago?

Audrey foi para a cozinha.

— Não consigo achar os *bialys* — disse, passados alguns instantes. — Tem certeza de que os temos em casa?

Joel ergueu os olhos do jornal.

— Puxa! Achei que você ia comprar. Pedi para você ontem. — Deu um tapa no jornal. — Jesus!

Audrey voltou para a sala e olhou ironicamente para ele.

— É uma tragédia, eu sei. Que tal um ovo cozido?

— Quero um *bialy*, que droga!

Audrey ficou esperando.

— Tudo bem, esqueça — disse, mal-humorado. — Me dê o ovo.

Subiu para tomar banho e se vestir. Na cozinha, Audrey se serviu de café e pôs água para ferver. Já ia voltar para a sala para dar uma olhada no editorial do *New York Post* quando ouviu uma gritaria lá em cima. Largando a xícara, foi até o pé da escada.

— Joel?

Não houve resposta. Com um suspiro, subiu até o último andar e encontrou o marido furioso, segurando uma lata vazia de graxa de sapato preta.

— Será que ninguém repõe nada nesta casa? — perguntou. — Seria muito pedir para alguém comprar uma droga de uma graxa de sapato?

— Lenny deve ter usado o resto — respondeu Audrey calmamente. — Ele a usou outro dia, quando foi àquela festa black-tie com Tanya.

O detalhe do black-tie era uma provocação desnecessária, Joel pensou. Audrey tinha o hábito ignóbil de envolver Lenny para depois poder resgatá-lo.

— Jesus! — gritou, mordendo a isca assim mesmo. — O que estamos gerenciando aqui, uma pousada para desempregados? Da próxima vez, diga a ele para comprar a própria graxa.

— Esses sapatos não combinam mesmo com aquele terno — disse Audrey, indicando os sapatos que Joel tivera a intenção de engraxar. — Você usa os outros com o terno azul.

Ela se virou num silêncio triunfante e tornou a descer.

Logo em seguida, Joel também desceu. Com um pano de prato amarrado no pescoço para proteger a camisa e a gravata, comeu o ovo que ela tinha feito para ele e tomou o café. Depois a abraçou e beijou.

— Eu te amo — disse.

— É, é. — Audrey ajudou-o a vestir o paletó e foi com ele até a porta. — Boa sorte — desejou, quando ele se afastou.

Sem se virar nem diminuir o passo, Joel levantou a mão em resposta.

— Compre uns *bialys* — pediu.

No táxi em direção ao Brooklyn, a dor de cabeça de Joel piorou. O objeto de metal que estava alojado no cérebro tinha ido para o lobo frontal e parecia querer sair pela testa. O motorista de táxi pisava firme no freio e o movimento brusco do carro ao parar e arrancar no tráfego pesado da ponte o fez gemer alto. Ao chegar a Cadman Plaza, estava quase vomitando.

Parado no meio-fio, esperando a náusea passar, sentiu uma mão no braço. Ergueu os olhos e viu Kate, sua assistente, olhando preocupada para ele.

— Você está bem, Joel?

— Claro.

— Você está um pouco pálido.

— Estou com dor de cabeça, só isso. — Através do véu de dor, registrou algumas espinhas ao redor da boca de Kate e uma mancha de batom nos dentes.

— Quer que compre uma aspirina para você? — perguntou Kate.

Joel sacudiu a cabeça.

— Tomei uns cinquenta comprimidos de Tylenol nas últimas 24 horas. Acho que isso piorou a dor de cabeça.

— Que tal um pouco d'água? — Ela tirou uma garrafa plástica da bolsa.

Joel deu um sorriso cansado ao pegar a garrafa. A boa e fiel Kate. Como cuidava bem dele! Ficara em dúvida quando a contratou, não sabia se devia admitir uma moça tão sem atrativos. Imaginara se não seria desanimador contemplar as pernas de tronco de árvore e a pele horrível todas as manhãs. Mas a dedicação e a eficiência de Kate tinham mais do que compensado as deficiências estéticas. E depois de tantos anos de casos complicados com funcionárias, tinha de admitir que era um alívio não querer transar com a assistente.

— OK — disse, devolvendo a garrafa. — Estou bem.

Entraram pelas portas de vidro do Tribunal Federal e entregaram os celulares a uma senhora num cubículo antes de entrar na fila do controle de segurança. Um dos homens uniformizados parados ao lado da máquina de raios X levantou os braços para cumprimentá-lo.

— Eeeei! Aqui está ele! Como vai, Sr. Litvinoff?

Joel olhou para ele, fingindo estar consternado.

— O que aconteceu, Lew? — Tirou o relógio e o depositou, com as chaves, numa bandeja de plástico sobre a esteira rolante. — Ainda não se livraram de você? Achei que a esta altura já teria sido demitido.

Lew riu com gosto — um riso um tanto forçado, na opinião de Joel. Tudo bem. Importar-se o bastante para fingir achar graça era uma espécie de cumprimento. Joel passou pelo detector de metais e pegou a pasta, as chaves e o relógio do outro lado.

— Um caso importante hoje, certo? — perguntou Lew.

Joel sacudiu os ombros.

— São todos importantes, Lew, são todos importantes. Vejo você mais tarde.

— Tudo bem, Sr. Litvinoff, vá com calma.

No elevador, subindo para a sala de audiência, Joel se viu apertado contra uma moça loura.

—Bem! — Riu. — Meu dia de sorte.

A moça olhou para o chão desdenhosamente. Ele ficou sem graça por um momento pelo fracasso do galanteio e em seguida sentiu vontade de agarrar a mulher pelo pescoço e dar um bom tapa nela. Mas se controlou e continuou a conversar com Kate numa voz alta e animada até chegarem ao andar certo.

O advogado assistente de Joel, Buchman, um garoto da Virgínia de rosto rosado, já chegara à sala de audiência. Joel cumprimentou a equipe da promotoria e parou para dizer algumas palavras para a estenógrafa, uma velha simpática chamada Helen. Depois se sentou para conversar com Buchman. Logo o júri entrou, com a solenidade habitual de cidadãos cumprindo o dever cívico. Joel apoiou os cotovelos na mesa e descansou o queixo nas mãos. Estava se sentindo velho. A rejeição da mulher do elevador o tinha incomodado. A cabeça estava latejando. O longo dia de trabalho avultava-se diante dele como a parede de um penhasco.

Hassani foi trazido do encarceramento, acompanhado por três guardas corpulentos. Joel se levantou e estendeu os braços. "Assalmu Alaykum!" O rosto solene de Hassani ficou vermelho quando se viu preso num abraço apertado. Joel, cujas afeições pessoais tendiam a acompanhar as simpatias políticas e que raramente conseguia passar por um caso sem se apaixonar um pouco pelo cliente, era famoso pelas demonstrações públicas de carinho com os homens e mulheres que representava.

— Você está com ótima aparência, cara! — disse, quando finalmente soltou Hassani.

Esfregou a marca redonda que um dos botões do terno tinha deixado no rosto de Hassani. A energia que tinha despendido no abraço o deixara um pouco tonto, percebeu. Ele se sentou e ficou olhando para a frente, tentando se estabilizar.

O oficial de justiça entrou e pediu que as pessoas se levantassem para receber o juiz. Quando Joel se levantou, ouviu um barulhinho na cabeça — um estalo como um galho seco se partindo. Ao mesmo tempo, uma margem escura, embaçada, apareceu em seu campo de visão. Estava imaginando se deveria tornar a se sentar quando a sala se inclinou de lado.

Ninguém reagiu imediatamente quando ele caiu no chão. Diversas pessoas iriam admitir mais tarde que tinham confundido o colapso com um de seus truques no tribunal. Após alguns segundos, as coisas começaram a acontecer. A estenógrafa se inclinou e verificou o pulso de Joel. Jornalistas desceram correndo para ligar para as redações. Kate pediu a um policial para chamar uma ambulância. Hassani inclinou-se para Buchman e perguntou educadamente como deveria proceder para arranjar um advogado substituto.

Dois

Audrey estava sentada numa sala arejada, ladeada de estantes, no Central Park West, tomando chá com a amiga Jean Himmelfarb, antes de sair para o trabalho voluntário semanal na Coalizão para os Desabrigados. Uma equipe de operários tinha começado a reformar a cozinha de Jean naquela manhã e as duas mulheres sentiam dificuldades de escutar o que a outra dizia por causa do barulho que vinha do fim do corredor.

— É claro. — Audrey estava quase gritando, com um exemplar do *New York Post* na mão. — Esses fascistas gostam de caracterizar a posição de Joel como sendo antiquada e irrelevante. Não têm argumentos decentes, então tentam, simplesmente, marginalizá-lo.

— Hum — Jean encolheu os pés sobre a cadeira e abraçou os joelhos. Era uma mulher alta, de rosto corado, na casa dos 60 anos, com um ar de garota sapeca que tentava acentuar usando chapéus vistosos. Para desagrado de Audrey, estava trajando um gorro cor de laranja de entregador de jornais que a sobrinha-neta tinha tricotado para ela. — Ainda assim — disse —, dá para entender por que as pessoas ficam nervosas com homens do tipo de Hassani hoje em dia.

Audrey se inclinou para a frente.

— Pode repetir?

— Disse que é compreensível que as pessoas se sintam nervosas a respeito de terroristas e por aí vai.

— Mas o que você está *realmente* querendo dizer com isso?

O rosto de Audrey mostrou sua impaciência. Jean era muito pouco confiável quando se tratava de política. Quando se conheceram, num evento para arrecadar fundos para o CNA trinta anos atrás, Audrey tinha sido obrigada a censurá-la por se mostrar melindrada a respeito das "táticas brutais" da Organização para a Libertação da Palestina. Desde então, vinha se esforçando para corrigir algumas das concepções erradas de Jean a respeito de questões internacionais, mas com pouquíssimo sucesso. Jean era bem-intencionada — o coração estava no lugar certo —, mas, sem orientação, ainda tinha a tendência de considerar tudo o que lia nas páginas do *New York Times* como sendo verdade absoluta.

— Você entende, não é — perguntou Audrey —, que há uma grande caça às bruxas ocorrendo atualmente neste país?

— Ah, sim — concordou Jean. — Sim, *entendo*... mas às vezes os caçadores de bruxas pegam bruxas de verdade, não é?

— Bruxas de verdade? Meu Deus, Jean! O que você quer fazer, começar a juntar no mesmo saco todos os homens de pele morena na América? Porque, basicamente, é isso que esse governo está fazendo.

— Não, bem, é claro que isso é horrível. Mas... quero dizer, esse Hassani tinha mesmo a intenção de voltar e começar a jogar bombas em nome de Alá?

— Ah, não seja *tola* — disse Audrey. — Essa história de Alá não passa de um engodo. A al-Qaeda é uma organização *política*, e não religiosa. As pessoas fazem um estardalhaço a respeito de islamismo fundamentalista e de fanáticos religiosos, mas é óbvio que ninguém se inspira em Bin Laden por motivos *religiosos*.

— Não? — perguntou Jean. — Quer dizer, *algumas pessoas* da al-Qaeda não são muito motivadas pela religião?

Estava desejando, como normalmente fazia nessas conversas com Audrey, ter lido mais sobre o assunto. Tinha certeza de que Audrey estava enganada sobre a al-Qaeda, ou, pelo menos, não inteiramente certa, mas pôde perceber, mesmo antes de falar, que seu protesto aturdido estava condenado ao fracasso. Não havia nada de errado em dizer que as coisas eram mais complexas do que pareciam: essa era uma tarefa perfeitamente honrada e até necessária. Mas não fazia com que você vencesse uma discussão.

— Nããão, Jean — disse Audrey, sacudindo a cabeça com veemência —, de jeito nenhum. A raiva que motiva os homens-bomba é uma raiva política. Uma raiva perfeitamente racional contra a hegemonia americana.

Jean pôs a mão em concha na orelha.

— Contra o quê?

— Contra a *hegemonia americana*, Jean.

— Ah, sim — Jean concordou com a cabeça. — Mas eles também não nos odeiam porque somos infiéis?

— O quê?

— Estava dizendo que acho que deve ter algo a ver com religião.

Audrey revirou os olhos. *Pelo amor de Deus.*

— É nisso que o governo Bush quer que você acredite, Jean, "eles odeiam nossas liberdades... isto é um choque entre civilizações... estamos bombardeando o Afeganistão para que as pobres meninas afegãs possam ir à escola." É tudo enganação. Estão brigando conosco porque nós apoiamos Israel e todos os outros regimes de merda do Oriente Médio. E estamos brigando com eles porque há um enorme oleoduto que atravessa o Afeganistão.

Jean ficou calada. Não duvidava da existência de mentiras e malfeitorias envolvidas nessa questão do Afeganistão, mas toda essa conversa de oleodutos e conspirações... não passava de um nível mais elevado de fofoca, certo? Como Audrey poderia saber?

— Bem — disse —, mas o Talibã era mesmo um regime terrível.

Audrey largou a xícara de chá e se espreguiçou languidamente.

— Querida — disse. — O mundo está *cheio* de regimes terríveis.

Jean suspirou. Havia pessoas que tinham um dom para a convicção — um talento para traçar um linha no meio dos fenômenos complexos das questões internacionais e dizer "Estou por dentro: esta é a minha posição". Audrey tinha esse dom. Todos os Litvinoffs tinham, em certa medida. Talvez fosse uma coisa genética. Jean vira um filme sobre uma tropa de soldados franceses durante a Primeira Guerra Mundial encarregada de levar um canhão para os companheiros de farda, que foi apanhada sob fogo inimigo. Durante semanas eles empurraram o canhão pelos campos e iam diminuindo de número. Alguns foram mortos. Outros desertaram. Outros desmaiaram de exaustão. Porém, por mais que a situação se tornasse desesperadora, mesmo quando perceberam que o canhão devia estar com defeito, o capitão do grupo continuou a avançar, recusando-se a desistir. O apego de Audrey ao seu dogma era um pouco assim, Jean pensou. Já fazia décadas que ela vinha arrastando o mesmo incômodo fardo de convicções a priori, acreditando-se obrigada a protegê-lo a todo custo contra a destruição. Nenhuma informação nova, nenhum argumento racional era capaz de desviá-la da missão. Nem mesmo os eventos cataclísmicos de 11 de setembro a tinham desviado disso por mais de umas poucas horas. Por volta da hora do almoço no dia em que as torres caíram, quando o resto de Nova York ainda estava em estado de choque, Audrey já estava comemorando o fim do mito da excepcionalidade americana e comparando o evento ao bombardeio americano de uma fábrica de aspirina sudanesa em 1998. A velocidade com que tinha processado a catástrofe e a assimilado à sua visão de mundo tinha sido formidável a seu modo e, ao mesmo tempo, na opinião de Jean, um tanto assustadora.

— Por falar em religião — disse, na esperança de mudar de assunto. — Como vai Rosa? Ela ainda está...?

Audrey fechou a cara.

— Ah, sim — respondeu, melancolicamente. — Ainda dançando a *hora*. É horrível.

Rosa era a filha mais nova dos Litvinoffs. Pouco menos de um ano e meio antes, ela voltara de uma estada de quatro anos em Cuba anunciando que sua lealdade à causa do socialismo revolucionário tinha chegado ao fim e que não acreditava mais em soluções políticas para os problemas do mundo. Recentemente, dera um soco infinitamente mais forte no queixo da família ao informá-la de que começara a frequentar uma sinagoga ortodoxa no Upper West Side.

— Ela fala muito sobre isso? — perguntou Jean. — Quer dizer, sobre a religião?

— Não — respondeu Audrey. — Ela é terrivelmente convicta em relação a isso. Não perderia o tempo dela compartilhando suas ideias conosco, reles pagãos. — Olhou pela janela com um ar tristonho. — Joel ficou muito abalado. Realmente achou que ela havia amadurecido. Estava até falando em pagar para ela voltar para a faculdade de direito. Agora está convencido de que ela está passando por algum tipo de depressão.

Jean balançou a cabeça.

— Bem, ela pode estar mesmo um pouco deprimida. Talvez não fosse má ideia ela fazer um pouco de terapia...

— Ora, que bobagem! — exclamou Audrey. — Rosa não está *deprimida*. Só foi para Cuba para mostrar a todo mundo como era especial e interessante. Agora cansou de brincar de camponesa e quer ver quanta atenção vai conseguir tornando-se a Rainha dos *Matzoh.*

— Bem, mas...

— Deprimida! — Audrey continuou, indignada. — Ela é tão alegre quanto Larry, andando por aí com seus novos amigos, judeus. Se precisa de alguma coisa, Jean, não é de terapia, é de uma boa trepada.

— Ah, *Audrey* — disse Jean, sacudindo as mãos, envergonhada.

— Estou falando sério. Acho que ela não fica com um homem desde que voltou. O que é isso? Rosa sempre foi um tanto pudica. Acho que é por isso que se sente atraída por essa história de religião. Tudo tem a ver com sexualidade reprimida, não é?

A última parte da observação de Audrey foi abafada por uma furadeira sendo usada na cozinha.

— Puxa — disse Jean. — Esse barulho está intolerável, não acha? Talvez fosse melhor você voltar na semana que vem, quando tiverem terminado a demolição.

Audrey sacudiu a cabeça.

— Não, estou bem — disse, com firmeza. — Um pouco de barulho não me incomoda.

A reforma de Jean era, na verdade, a principal razão da visita de Audrey naquela manhã. Lenny largara recentemente o trabalho de pintor em Williamsburg e Audrey queria convencer Jean a dar alguma tarefa para ele na cozinha dela.

— Estive pensando — disse, num tom de meditação. — Lenny está livre no momento. Talvez ele pudesse poupar um pouco seu tempo se viesse ajudá-la com a pintura da cozinha.

Jean balançou a cabeça devagar.

— É muita gentileza sua, Audrey — respondeu. — Mas acho que Darius vai dar conta do trabalho.

— Mas você sabe que esses caras estão sempre tentando economizar contratando algum adolescente para fazer a pintura. Você precisa de um pintor profissional se quiser que o trabalho fique bem-feito.

— Sim...

— Você se lembra daquele belo trabalho que Lenny fez na sua casa de campo? Você adorou aquilo, Jean.

— Ah, sei, sim. — Jean enrubesceu.

A verdade, como Audrey sabia muito bem, era que Lenny nunca terminara o trabalho na casa de campo. Logo depois de começar, ele tivera uma de suas recaídas. O pouco que tinha feito antes de desaparecer fora executado de forma tão desleixada que Jean teve de pagar para que fosse refeito.

— A questão — continuou Jean — é que não acho que Darius possa contratar alguém sem rever seu, você sabe, seu orçamento...

— Ah! — Audrey disse. — Bem! Se é uma questão de *dinheiro...* — Olhou zangada para a mesinha de Jean.

Audrey sempre se referia a Jean num tom ofendido como "a herdeira". Não sabia exatamente quanto dinheiro Jean havia herdado da fortuna em produtos farmacêuticos do pai; nunca fizera nenhum esforço para descobrir. Conhecer a soma exata significaria reconhecer que havia limites para o capital de Jean — que havia, de fato, coisas que Jean não podia comprar. Assim, a noção fantasiosa da riqueza infinita da amiga permitia que ela achasse que tudo o que acontecia ou deixava de acontecer na vida de Jean era uma pura expressão da vontade de Jean, livre de preocupações normais com despesas. Isso, por sua vez, tornava possível a ideia consoladora de que Jean era avarenta e "pouco criativa" com seu dinheiro.

Houve uma pausa na conversa. Audrey, que estava segura de que qualquer embaraço causado pelo silêncio era culpa de Jean, se recostou na cadeira e esperou.

— Bem — disse Jean, finalmente. — Talvez possa conversar com Darius...

Audrey balançou a cabeça, concordando sabiamente.

— Acho que é uma boa ideia, Jean. Você estaria mais segura com...

Em algum lugar, nas profundezas da bolsa de Audrey, um celular começou a tocar. Jean aproveitou a oportunidade para se levantar e levar alguns utensílios de chá para a cozinha. Quando voltou, Audrey estava gritando no telefone.

— Como assim? Qual é a gravidade?

Jean olhou para ela, assustada.

— Está bem — disse Audrey. — Me diga o endereço. — Anotou alguma coisa no verso do talão de cheques. — Estou indo agora. — Guardou o celular na bolsa. — Tenho de ir — disse. — Joel desmaiou no tribunal. Eles o levaram para um hospital no Brooklyn.

— Oh, Audrey! — exclamou Jean, pondo a mão na testa. — Posso fazer alguma coisa? Quer que vá com você?

— Não, não, não seja tola. — Como que para provar o quanto estava calma, pegou sua xícara e bebeu o resto do chá antes de se dirigir para o hall.

— Você me telefona quando souber como ele está? — pediu Jean, indo atrás dela.

— Sim, é claro.

— Não deixe de me ligar se precisar de alguma coisa. Vou ficar em casa o dia todo.

Jean entregou a Audrey o casaco dela e abriu a porta. A meio caminho do elevador, Audrey parou e se virou.

— Você não vai esquecer o que falei sobre Lenny, vai?

Jean balançou enfaticamente a cabeça.

— Não, é claro que não. Vou falar com Darius sobre isso hoje mesmo.

Convencendo o taxista a fazer algumas manobras ilegais, Audrey conseguiu chegar ao hospital de Long Island, em Cobble Hills, em menos de 40 minutos. Encontrou Kate, a assistente de Joel, sentada sozinha na sala da UTI reservada a família e amigos.

— O que foi que aconteceu? — perguntou.

Kate começou a descrever o que tinha ocorrido no tribunal.

— Sim, tudo bem, querida — interrompeu Audrey. — Não preciso de um boletim de ocorrência. O que disseram que ele tem?

Kate tapou a boca com a mão.

— Ah! Pensei que você tinha sido informada. Acham que ele sofreu um derrame...

— Um derrame!

— Bem, foi o que os homens da ambulância disseram. Não falei com mais ninguém. Um médico deve vir conversar conosco daqui a pouco.

Audrey sentou-se numa poltrona. As paredes da sala tinham sido pintadas com uma técnica especial para dar a impressão de afrescos. Na parede atrás do sofá onde Kate estava sentada havia um conjunto de gravuras náuticas: escunas sobre um mar opaco. Sobre uma mesinha baixa no canto da sala havia uma pilha de exemplares velhos de *American Business* e de *American Bany.*

— Bem, isto aqui é um buraco, não é? — comentou Audrey, pegando o celular na bolsa.

Kate fez um pequeno ruído e apontou para uma placa na parede: FAVOR NÃO USAR CELULARES NA UTI.

— Ah, *puta merda.* — Audrey parou, pensando se obedeceria ou não, e então se levantou. — Tudo bem, vou lá para baixo. Tome conta da minha bolsa e venha me chamar se acontecer alguma coisa.

Do lado de fora da entrada principal do hospital, ela tirou do bolso do casaco um maço de cigarros e se dirigiu a um homem que estava encostado numa coluna.

— Tem fogo?

— Não. — O homem respondeu no tom enfático e piedoso de um não fumante.

Audrey sentiu uma mão no ombro. Ela se virou e viu uma mulher alta, negra, de turbante, estendendo um isqueiro para ela. A mulher ficou olhando intensamente enquanto Audrey acendia o cigarro e quando Audrey quis devolver o isqueiro, sacudiu a cabeça.

— Pode ficar com ele.

— Não, querida — Audrey protestou. — Você não precisa fazer isso.

— De verdade — disse a mulher, sorrindo. — Tenho outro na bolsa.

Audrey olhou desconfiada para ela. Havia alguma coisa no jeito dela — uma esperteza ou uma intimidade injustificada — que pareceu anunciar perguntas impertinentes e confidências não desejadas. Sentiu arrepios.

— Tudo bem, então — disse bruscamente, guardando o isqueiro no bolso. — Obrigada.

Ela se afastou e foi se sentar num banco para fazer uma ligação. Karla, a filha mais velha, não atendeu. Nem Lenny ou Rosa. Deixou um recado propositadamente vago para cada um: "Só para avisar, papai passou mal. Telefone quando puder." Depois ligou para o escritório da Coalizão para os Desabrigados para avisar que não poderia ir. Havia outras pessoas que precisava informar: a mãe de Joel; sua irmã, Julie. Mas não se sentia disposta a lidar com toda aquela histeria feminina no momento. Ela ia pedir a um dos filhos para ligar para elas depois. Guardou o telefone e ficou sentada no banco por um momento, apreciando a ofensiva normalidade do ambiente à sua volta. Uma mãe passou empurrando um carrinho. Do outro lado da rua, um homem se debruçou na janela da cabine de um caminhão de entregas e gritou uma obscenidade para uma mulher que passava. Franzindo a testa, Audrey apagou o cigarro e tornou a entrar no hospital.

Quando saiu do elevador no quinto andar, viu o jovem colega de Joel, Daniel Leventhal, falando com uma enfermeira na outra extremidade do corredor. Estava com a camisa amassada para fora das calças e tinha pendurado o paletó no ombro no estilo glamourosamente descuidado de um detetive de TV. A enfermeira com quem estava falando olhava para ele do modo como as Virgens Marias contemplam seus parrudos meninos Jesus nos quadros renascentistas.

Os lábios de Audrey franziram-se num sorriso irônico. Daniel tinha o dom de provocar um comportamento vexatório nas mulheres. Ela mesma nunca vira nenhum charme nele. Aceitava o fato de ele ser atraente assim como aceitava a existência da gravidade — era a explicação mais plausível para diversos fenômenos que de outra forma teriam permanecido um mistério —, mas, na opinião dela, Daniel era um espécime inteiramente banal. Havia algo de afetado e efeminado nele, algo de adulador e fundamentalmente *leviano*. Se tal palavra fosse permitida em seu vocabulário, teria dito que a aparência dele era comum.

Daniel olhou na direção dela quando ela se aproximou, mas não fez menção de tê-la visto e só quando estava parada bem na frente dele foi que ele tornou a olhar para ela.

— Audrey! — exclamou, com uma falsa expressão de surpresa.

Audrey suspirou com aquele teatro gratuito. Daniel era mestre em insultos furtivos. Se alguma vez tivesse ousado desrespeitá-la abertamente, ela não teria tido nenhum problema em arrasá-lo, mas ele era esperto demais para isso. Sua insolência só se aventurava em ataques súbitos, sob a aparência de uma escrupulosa polidez. Ela já ia dizer algo azedo quando ele levantou a mão num gesto impeditivo.

— Desculpe, Audrey, você pode esperar um pouco? Estamos no meio de uma coisa importante aqui. — Sorrindo, virou de costas para ela e retomou a conversa com a enfermeira.

Audrey ficou um momento parada, absorvendo o choque da audácia dele, antes de dar meia volta e se afastar. A ousadia daquele micróbio! Ela e Joel tiveram ao longo dos anos discussões acaloradas a respeito de Daniel. Joel tendia a classificar as reclamações dela a respeito da impertinência de Daniel como "paranoia". Afirmava que Daniel era um jovem advogado brilhante, uma das mentes mais astutas que já tinha encontrado. Uma ou duas vezes, tinha até dado a entender que gostaria que Daniel assumisse seu escritório quando se aposentasse. Audrey, que se recusava a acreditar que o sagaz marido tivesse avaliado tão mal os talentos do outro, acusava-o de só manter Daniel para poder aparecer. Era um filho da mãe tão vaidoso, ela dizia, que preferia proteger um cara medíocre a se arriscar a ser ofuscado por um jovem realmente talentoso.

Na ausência de Audrey, duas mulheres robustas e chorosas tinham se instalado na sala da UTI de parentes e amigos. Uma delas, ao que parecia, tinha acabado de ser informada de que o marido tinha um câncer no cérebro.

— Disseram que é do tamanho de uma bola de golfe — estava se gabando para Kate quando Audrey entrou.

— Danny está aqui — disse Kate a Audrey. — Ele foi ver se...

— É, eu o vi — interrompeu-a Audrey. — Ele está no corredor, se fazendo de importante e paquerando uma das enfermeiras.

Kate sorriu nervosamente.

— Estou vendo que ninguém veio nos dizer nada — constatou Audrey.

Kate sacudiu a cabeça. Audrey fez um barulhinho com a língua.

— Filhos da mãe.

Logo em seguida, Daniel apareceu.

— Audrey. Como vai? — perguntou. — Desculpe por não ter falado com você naquela hora. Estava tentando descobrir o que está acontecendo.

— Deduzi. — respondeu Audrey. — E o que foi que você conseguiu apurar na sua missão?

Espantadas com o sarcasmo na voz dela, a mulher do câncer de cérebro e a amiga dela ficaram atentas.

— Bem — começou —, estão certos de que teve um derrame...

— Sabemos disso — retrucou Audrey.

— E estão fazendo uma bateria de exames neste momento...

— Certo — disse Audrey. — Eu ouvi.

Daniel sorriu para ela com a paciência de um tio amável lidando com uma sobrinha malcriada.

— Parece que acham que o estado dele agora é estável — prosseguiu. — Mas não podem dizer mais nada antes de terminar os exames. Um médico virá conversar conosco assim que tiverem uma posição.

— Entendo — disse Audrey, lentamente. — Então, de fato, você não descobriu nada.

Fez-se silêncio na sala por um momento. Audrey se levantou para pegar uma revista na pilha sobre a mesinha e viu Daniel revirando os olhos para as senhoras de um jeito bem-humorado. Elas sorriram simpaticamente para ele. Audrey pegou um exemplar de *American Baby* e, virando as páginas ruidosamente, começou a folhear um artigo sobre treinamento para uso de penico.

Passado algum tempo, uma jovem de ascendência chinesa entrou na sala e pediu para falar com os parentes de Joel Litvinoff.

— Sou colega dele — disse Daniel, levantando-se e estendendo a mão.

Audrey permaneceu sentada.

— Sou esposa dele.

— Oi — cumprimentou a mulher. — Sou a Dra. Wu. Se vierem até o corredor, eu lhes direi como ele está.

Audrey examinou rapidamente a médica: a boca pequena vermelha parecendo um balão, as fivelas prendendo o cabelo.

— Não há alguém mais graduado com quem possa falar? — perguntou.

A médica deu uma tossidinha desnecessária.

— Acho que não. Sou a pessoa mais graduada lidando com este caso.

Audrey se levantou e saiu da sala. No corredor, Daniel tirou do bolso do paletó um bloco e uma caneta.

— A situação é a seguinte — disse a médica. — Joel foi trazido esta manhã depois de sofrer uma isquemia, ou o que às vezes chamamos de "miniderrame." Infelizmente, sofreu um derrame mais sério enquanto tentávamos estabilizá-lo. Neste momento ainda está inconsciente...

— O quê? — interrompeu Audrey. — O cérebro dele vai ficar bom?

— Neste momento não podemos dizer exatamente qual é a extensão do dano. Quando tivermos certeza de que todos os órgãos vitais estão funcionando como devem, poderemos...

— Como assim, "dano"?

— Sequelas. Como disse, nós...

— Mas você deve fazer alguma ideia do...

— Sra. Litvinoff, só podemos dar um passo de cada vez.

— Diga-me, ele está tomando anticoagulantes? — perguntou Daniel ansiosamente, com o bloco e a caneta a postos.

Enquanto ele e a médica falavam sobre os medicamentos de Joel e os exames que estava fazendo, Audrey olhou para um ponto do corredor onde um operário estava trepado numa escada, removendo um dos painéis do teto. Quando o painel foi retirado, um emaranhado de tubos e fios pulou para fora, como vísceras num desenho animado. *Não comprei a broa dele*, pensou. *Ele só queria uma droga de um* bialy *e o despachei para o trabalho com apenas um ovo no estômago.*

— Acho que ele será levado em breve para o quarto — continuava a médica. — Se vocês puderem tentar manter a atmosfera a mais calma e positiva possível, isso vai ajudar.

Audrey virou-se para Daniel e Kate.

— É melhor vocês dois irem embora.

— Mas, Audrey, eu gostaria de vê-lo — disse Daniel.

Audrey sacudiu a cabeça.

— Não, não acho que seja uma boa ideia. À esta altura, acho que só a família deveria ter acesso, não é, doutora?

A Dra. Wu sacudiu os ombros.

— Bem, estritamente falando...

— Estão vendo? — interrompeu Audrey. — Não vamos agitá-lo com um monte de gente entrando no quarto.

Daniel deu a impressão de que ia protestar, mas então concordou com um gesto e guardou o bloco e a caneta no bolso.

— Entendi — disse. — Amanhã eu volto.

Audrey sorriu docemente.

— Vamos ver primeiro como ele vai estar passando, certo?

— OK, Audrey — murmurou. — Como você quiser.

Três

As boias no porto de Nova York estavam pulando e balançando como dançarinas de vaudevile quando a balsa de Staten Island se aproximou de Manhattan. No convés superior, dez meninas usando camisetas do East Harlem GirlPower estavam comemorando o fim da visita ao Museu Infantil de Staten Island.

— Renée não sabe nadar! Vou atirá-la na água!

— É? Se eu cair, você vai junto.

— Você precisa ajeitar o cabelo, Ren. Está parecendo uma mendiga.

— Chanel está cuspindo no pássaro! Chanel, isso é maldade!

Uma das meninas virou-se para uma mulher branca, alta, que estava sentada no banco atrás dela.

— Rosa! Podemos cuspir?

Rosa Litvinoff ergueu os olhos da bolsa, onde estava procurando o celular.

— *Não* — disse, com irritação.

Ela passou os olhos pelo convés. Perto do corrimão, uma das meninas estava sozinha, praticando passos de dança.

— Chianti! — chamou Rosa.

A menina não respondeu.

Rosa estava preocupada com Chianti. Nos últimos meses, deixara de ser uma criança doce, de olhos grandes e redondos, e se transformara numa pré-adolescente mal-humorada. As tranças e as meias até os joelhos tinham desaparecido, substituídas por seios fartos e um hálito de cigarro. Não queria mais fazer ímãs de geladeira e flores usando limpadores de cachimbo; queria exibir o sutiã sujo, verde limão, fazer sua dança vulgar e conversar com rapazes mais velhos do lado de fora do GirlPower Center. As outras meninas, usando de falso moralismo para disfarçar a inveja, contavam que ela fazia boquetes nos rapazes.

Um homem magro, de pele amarelada e cabelo rastafári, entrou no convés.

— Não queira saber como estão aqueles banheiros — resmungou, ao se sentar ao lado de Rosa.

— Veja só aquilo — disse Rosa, apontando para Chianti, que estava agachada, com as mãos apoiadas nas coxas e as nádegas empinadas.

— "Don't ever fake it, fake it" — estava cantando. — "Be sure and make it, make it, ahuh, ahuh, *goo-ood*".

— Meu Deus — disse Raphael. — É Lil' Kim.

Rosa fez uma careta.

— Não tem graça nenhuma, Raphael. Ela está fora de controle... Chianti! Pare já com isso!

Chianti olhou para onde eles estavam. O vento deixara seu rosto cor de ameixa.

— *O quê?*

— Você não parece legal dançando desse jeito — disse Rosa. — Você parece burra.

— Não pareço não.

— Parece sim.

Chianti olhou para Raphael.

— E aí, Raph, por que você não diz nada quando ela começa a implicar comigo desse jeito?

— Uh, uh — Raphael negou, rindo. — Não me meta nisso. Estou fora. Isso é entre vocês, garotas.

Rosa virou a cabeça para tirar do rosto as mechas de cabelo que o vento tinha soprado. Sempre ficava irritada quando Raphael se fazia de “coleguinha” das garotas. Considerando que estudara com Rosa na Little Red Schoolhouse e que seu pai queniano era professor titular em Rutgers, a tentativa de se fazer passar por “enturmado” era de mau gosto. Mas Raphael sempre tivera uma péssima tendência de adaptar seu estilo ao gosto da plateia. Nas poucas ocasiões em que Rosa havia-o acompanhado a bares gay ao longo dos anos, ficara envergonhada ao ver como o comportamento dele mudava na presença de outros gays: como revirava os olhos como Al Jolson e chamava todo mundo de “criança”: “Criança, essa camisa é o *máximo*”; “Criança, vou te contar, aquele filme é *genial*.” Uma ou duas vezes chamara a atenção dele para a postura oportunista, mas ele nunca mostrou nenhum arrependimento ou vergonha. “Rosa, querida,” dizia, “eu sou múltiplo.”

Rosa voltou a revirar a bolsa até encontrar o celular. Havia cinco mensagens para ela: duas da mãe e três da irmã, Karla. O tom de urgência na voz delas ia ficando mais acentuado a cada mensagem, como uma escala.

“Rosa, só para avisar, papai passou mal.”

“Rosa, por favor, ligue para mim.”

“Onde você está, Rosa? Ligue para mim.”

“Rosa, alô?”

“Pelo amor de Deus, Rosa. É sobre seu pai. Por que você não está atendendo?”

— Rosa! — gritou uma das meninas. — Chanel está cuspindo de novo.

— Pare com isso, Chanel — disse Rosa. Ela se virou para Raphael. — Fique de olho nelas, está bem? Tenho de ligar para minha mãe.

— Por onde você andava? — perguntou Audrey quando atendeu. A voz dela estava furiosa.

— Saí com as meninas. Não chequei o telefone. O que aconteceu?

— Que barulho é esse?

Rosa se levantou do banco e entrou na parte fechada da balsa. O barulho do motor e do vento foi substituído por um silêncio quase sepulcral. Casais de turistas vestindo parcas contemplavam placidamente as águas escuras pelas janelas sujas. Um cheiro de óleo de cozinha velho vinha de uma lanchonete no fundo.

— Estou na balsa de Staten Island. Aconteceu alguma coisa com papai?

— Aconteceu alguma coisa com papai? — repetiu a mãe, imitando-a. — Sim, aconteceu. Ele teve um derrame. Dois derrames. Está no Hospital de Long Island, no Brooklyn.

— Não!

— Está inconsciente.

— Ah, meu Deus.

— Tudo bem, nada de drama. Isto aqui não é a *Oprah*, merda.

Rosa suspirou. Era uma questão de princípios para a mãe que as más notícias fossem tratadas com o mínimo de estardalhaço. Quanto pior o assunto em questão, mais ela insistia numa atitude despreocupada. Joel gostava de contar que uma vez, no início do casamento deles, quando Audrey tivera um aborto no trem, ligara para Joel de um telefone público com o sangue escorrendo pelas pernas e dissera que "não estava se sentindo muito bem". Joel — que ainda não tinha aprendido a interpretar suas simplificações dogmáticas — sugerira impacientemente que ela tomasse uma aspirina e ligasse para ele mais tarde, porque estava muito ocupado. E Audrey, uma inglesinha valente, não protestara nem se queixara: simplesmente pegara outro trem e fora para a emergência do St. Vincent. Rosa sabia que devia ficar impressionada com essa história sobre a coragem da mãe, mas nunca entendera por que a recusa de uma jovem esposa a pedir a ajuda do marido num momento de crise era tão admirável. Se a história lhe ensinou alguma coisa, foi a futilidade do estoicismo exibicionista da mãe.

— Já liguei um monte de vezes para você — Audrey estava dizendo. — Não posso acreditar que você não tenha se dado o trabalho de checar suas mensagens. Seu egoísmo me deixa assustada. — A reclamação dela soou como uma declamação. Rosa logo viu que a mãe tinha ensaiado a revolta. Olhou pela escotilha para as meninas no convés. As camisetas estavam infladas com o vento, como estandartes festivos. Chianti estava fazendo sua dança horrorosa de novo. — Você está ouvindo, Rosa? — disse Audrey.

— Sim, estou ouvindo.

— Porque não posso falar muito. Estou no hospital. Não se pode usar celular aqui.

— Quando foi que isso aconteceu, mamãe?

— Não tenho tempo para entrar em detalhes, Rosa. O primeiro derrame foi no tribunal. O outro foi, não sei bem, por volta das 10h30.

— O que os médicos estão dizendo?

— Como assim, o que estão dizendo? Estão dizendo que ele está muito doente.

— Já estou indo — disse Rosa. — Tenho de levar as meninas de volta, mas depois vou direto para o hospital.

— Ah, é muita bondade sua — comentou a mãe. — Não tenha pressa...

— Mamãe...

— Ele precisa de um ambiente calmo, então, pelo amor de Deus, não faça uma cena quando chegar aqui.

— Por que faria uma cena? — perguntou Rosa. Mas a mãe já tinha desligado.

Lenny estava vagando pelo corredor da UTI quando Rosa chegou ao hospital.

— Papai está fazendo exames — disse. — Estivemos um pouquinho com ele, mas depois o levaram embora de novo.

Rosa estudou o rosto do irmão.

— Você não está *chapado*, está?

— Não.

— Vou considerar essa resposta como um sim. Onde está mamãe?

Lenny levou-a até a sala reservada à família, onde Audrey estava sentada com Karla, contemplando a parede com um ar desamparado como uma garotinha numa sala de achados e perdidos no parque.

— Olá, mamãe — Rosa cumprimentou.

A expressão de Audrey endureceu.

— Ah, finalmente ela chegou.

Rosa olhou para a irmã.

— Tem mais alguma notícia?

Karla, que trabalhava como assistente social em um hospital, era a mais habilitada para absorver e compreender qualquer informação médica que tivesse sido dada.

— Fizeram uma tomografia — respondeu. — Ela mostrou a existência de atividade dos dois lados do cérebro dele, o que é muito animador. Ele deve ter tido alguma perda, mas até onde eles sabem, foi no córtex motor, o que sugere que a fala dele não foi afetada...

— Ah, nenhum deles sabe o que está dizendo — reclamou Audrey. — São todos uns cretinos. Por isso é que estão trabalhando nesta porcaria, e não num hospital decente em Manhattan.

Karla tirou um lenço de papel amassado do bolso e começou a enxugar os olhos.

— Não comece a choramingar, Karla, *por favor* — pediu Audrey.

Houve um silêncio na sala.

— Essas pessoas nem mesmo sabem quem Joel *é* — disse Audrey, em seguida. — Puseram uma porra de uma *garota* para cuidar dele, pelo amor de Deus.

— Não me diga, alguém do sexo *feminino*? — perguntou Rosa, com um sorriso seco.

Registrar as observações antifeministas de Audrey era um hobby dela. Tinha uma fantasia de que um dia iria compilá-las num livro para dar de presente de Natal para a mãe.

— Não me venha com isso — respondeu Audrey. — Estou dizendo, ela é uma *adolescente*. Parece até que ainda não ficou menstruada.

— Você não deve se preocupar — disse Karla. — Estou certa de que ela sabe o que...

— Merda, onde está minha maconha? — interrompeu-a Audrey e bateu freneticamente nos bolsos. — Lenny, onde pus a maconha que você me deu?

Os cantos da boca de Lenny viraram para baixo numa expressão de complacente ignorância.

— Não sei.

— Você se lembra de quando a viu pela última vez? — perguntou Karla.

Audrey ignorou-a.

— Merda, merda, merda — disse, se levantando.

Karla ficou de quatro para espiar debaixo das cadeiras.

— Será que você deixou no banheiro?

Lenny procurou displicentemente atrás do sofá.

— Puta que pariu — murmurou Audrey, examinando o chão em volta dos pés. — Onde foi que *guardei*?

Rosa ficou olhando os irmãos procurando pela sala, dois satélites cautelosos do sol de Audrey.

— Ah! — exclamou Audrey de repente, tirando um saquinho de um dos compartimentos laterais da bolsa. — Está aqui! Fim do pânico.

— Muito bem, mamãe! — disse Karla.

— Quer ir puxar um fumo? — perguntou Lenny. — Vou até lá fora com você.

Audrey sacudiu a cabeça.

— Não seja idiota, Lenny. E se trouxerem seu pai enquanto eu estiver fora?

Tornou a se sentar no sofá e fechou os olhos. Os filhos ficaram olhando para ela.

-- Outra coisa sobre aquela médica — disse, passados alguns momentos. — Ela tem uma boca horrorosa. Parece um cu.

Lenny e Karla riram. Rosa ficou olhando para o chão, aborrecida. A mãe estava sempre se gabando da franqueza, da disposição de expressar livremente o que as outras pessoas estavam pensando. Mas ninguém, pensou Rosa, tinha aquela visão negativa do mundo que Audrey tinha. Não era a verdade de suas observações que fazia as pessoas rirem, era a injustiça delas, sua crueldade surreal.

— Você devia comer alguma coisa, mamãe — sugeriu Karla. — Posso comprar alguma coisa na cafeteria.

— Meu Deus, não. — Audrey fez uma careta. — Não consigo nem pensar em comer.

— Você vai se sentir melhor se comer — retrucou Karla. — Você precisa manter as forças.

Audrey abriu os olhos.

— Quer parar de falar em comida, Karla?

Karla ficou olhando para as mãos.

— Para falar a verdade, Karla — disse Lenny —, eu bem que gostaria de uma Almond Joy ou algo assim.

Rosa olhou aborrecida para o irmão.

— Vá comprar sua Almond Joy você mesmo, Lenny.

— Tudo bem — disse Karla. — Posso ir.

Lenny sacudiu os ombros.

— Se ela quer ir...

— Não seja tão preguiçoso — insistiu Rosa.

— Eu posso ir — repetiu Karla.

— Pelo amor de Deus, deixe-a ir, Rosa — interveio Audrey, secamente.

— Você pode trazer um café também, já que vai até lá? — pediu Lenny. — Puro, com duas colheres de açúcar?

Rosa se levantou.

— Vou com você, Karla.

No elevador, as duas irmãs sorriram sem jeito uma para a outra.

— Como vai Mike? — perguntou Rosa.

— Vai bem. — O rosto de Karla assumiu uma expressão defensiva. — Virá assim que puder. Está participando de uma reunião muito importante no sindicato esta tarde. Vão anunciar os resultados da eleição estadual amanhã.

— Ah, é? — perguntou Rosa, amavelmente. Karla sempre falava do trabalho de Mike no sindicato com a reverência de uma esposa de missionário descrevendo o trabalho de evangelização do marido em Bornéu. — Estou vendo que mamãe continua gentil como sempre — Rosa disse.

— Bem, ela está muito estressada, Rosa.

Rosa suspirou. Era difícil conseguir estabelecer qualquer contato mais íntimo com Karla. A maioria dos irmãos — por mais afastados uns dos outros — conseguia encontrar um ponto em comum na irritação com os pais. Mas Karla se recusava a estimular qualquer crítica em relação a Audrey e Joel. Havia algo de trágico, Rosa pensou, nessa intransigente lealdade filial. Karla sempre recebera menos atenção do que os irmãos, tivera de se esforçar mais do que todos para despertar um pingo de interesse ou aprovação dos pais. Mas por um estranho processo, seu *status* secundário na família apenas intensificara seu ardor pela instituição familiar. Ela fazia Rosa se lembrar daquelas pessoas que passavam quatro anos na faculdade, infelizes, sem amigos, e apareciam anos depois como presidente do clube de ex-alunos.

No ambiente melancólico e mal iluminado da cafeteria, cada uma pegou uma bandeja e foi andando pelo balcão, examinando o conteúdo dos mostruários de plástico. Karla parou um pouco para examinar um pastel doce velho.

— Eu não comeria isso — comentou Rosa. — Parecem estar aí há uma semana.

Examinou rapidamente a irmã. Karla tinha engordado muito ultimamente. A camada de carne em volta da mandíbula estava se expandindo lentamente e ela estava começando a se movimentar com o andar pesado, inclinado para trás, de uma pessoa gorda. Rosa não se considerava uma pessoa preocupada demais com aparências. De fato, não aprovava a beleza física. A boa vontade que sua aparência provocava em pessoas inteiramente desconhecidas sempre fora um embaraço para ela; tendia a considerar outras pessoas atraentes como participantes de um jogo de mentiras do qual estava tentando sair. Mas o peso de Karla não era uma questão estética, era uma questão ética. Evidenciava um nível repugnante de gula: uma falta de respeito próprio.

Rosa se dirigiu ao setor de frutas, querendo dar o exemplo. Depois de examinar uma cesta de maçãs enrugadas e bananas quase pretas, ela se decidiu relutantemente por uma laranja de aparência duvidosa. Karla já estava na caixa, pagando o doce. Ela o guardou rapidamente na bolsa quando Rosa se aproximou.

— Meu Deus! — exclamou Rosa, olhando o interior da bolsa, abarrotada de coisas, de Karla. — Você tem um kit de sobrevivência aí dentro. — Apontou para uma latinha de talco. — Por que você carrega *isso* na bolsa?

Karla enrubesceu e fechou a bolsa.

— É... é para minhas pernas, na verdade. Quando fico muito tempo de pé, a parte de dentro das minhas coxas fica assada, sabe...

— Ah, certo — disse Rosa, tentando não deixar seu horror transparecer. — Que droga.

Lá em cima, Joel fora trazido de volta dos exames e Audrey e Lenny estavam com ele num dos quartos da UTI.

— Você não vai ficar aqui, querido — dizia Audrey quando Rosa e Karla entraram. — Vou ligar hoje à noite para o Dr. Sussman e providenciar para que você seja transferido para o Centro Médico da Universidade de Nova York.

Joel estava deitado, imóvel, na cama, com o cabelo branco grudado no crânio em mechas úmidas, amareladas, os pulsos ossudos saindo das mangas largas da camisola de hospital como badalos de um sino. Em alguma parte infantil da mente de Rosa, ela estava esperando que a grandeza da personalidade do pai tivesse sobrevivido à catástrofe física. Ela o tinha imaginado sentado, fazendo brincadeiras, impondo-se neste novo ambiente com seu entusiasmo costumeiro. Mas o que restava daquele homem nesta criatura frágil não estava aparente. No azul desbotado do traje hospitalar, o pai tinha se tornado apenas outro soldado no grande exército dos doentes e moribundos.

— Tem certeza de que precisa de tudo isso, querido? — perguntava Audrey num tom de brincadeira, apontando para a profusão de tubos que saíam do couro cabeludo, da boca e dos pulsos dele. — Acho que você está se exibindo com tudo isso. — Parou de repente. — Do que é que *você* está rindo? — se dirigiu a Karla.

Rosa olhou para a irmã. Um dos tristes subprodutos da personalidade subserviente de Karla era uma tendência inconsciente a assumir a expressão facial e, em alguns casos, o tipo de discurso e o sotaque das pessoas ao redor. Naquele momento, estava tão imersa na performance de animação da mãe que seu rosto tinha adquirido um ricto de alegria tola.

— Desculpe — Karla disse, torcendo as mãos. — Eu não estava...

— Pelo amor de Deus — criticou Audrey, furiosa. — Não fique aí parada como uma idiota. *Você* é quem deveria saber se comportar num quarto de hospital.

— Deixe ela em paz, mamãe — pediu Rosa calmamente.

Audrey continuou a olhar zangada para Karla.

— Anda. Fale com ele!

— Quer deixá-la em paz, mamãe? repetiu Rosa.

— *Como*? — Audrey se virou lentamente para ela.

— Você vive implicando com ela — reclamou Rosa. — Isso não é justo.

— Está tudo bem — disse Karla. — De verdade...

Audrey cruzou os braços.

— Ah, estou entendendo. Agora que você finalmente nos deu a honra da sua presença, quer me ensinar como devo me comportar, é isso?

— Só acho que você não precisa agir como uma megera com Karla, só isso — disse Rosa.

— Não briguem — pediu Karla.

Audrey deu um passo na direção de Rosa.

— Você me chamou de *megera*?

O lábio inferior de Rosa começou a tremer ligeiramente.

— Eu só estava dizendo...

— Fora daqui! — berrou Audrey.

Rosa hesitou.

— Anda! — gritou a mãe. — Fora!

Rosa caminhou lentamente até a porta.

— Isso mesmo! — gritou a mãe para ela depois que a filha já tinha saído do quarto. — Já vai tarde!

Tinha chovido um pouco enquanto Rosa estava no hospital e enquanto ela caminhava até o metrô, cheia de adrenalina e indignação. As árvores ao longo de Henry Street derramavam gotas de água gelada em sua cabeça. A mãe era intolerável. *Intolerável.* Com a velhice, ela estava se tornando uma daquelas déspotas paranoicas que veem em cada gesto desobediente insignificante a semente de uma grande revolução. Você atirava uma pedrinha, ela empunhava um canhão. Rosa jamais iria perdoá-la por isso.

Quando virou em Clark Street, o celular tocou. Era Raphael, ligando do GirlPower Center.

— Você está bem? — perguntou ele. — O que está havendo?

— Não sei. Ele ainda está inconsciente.

— Droga. Quer que vá aí para o hospital?

— Não. Estou indo para casa agora. Tive uma briga com mamãe. Ela me expulsou.

— *O quê?*

— Ela estava maltratando Karla, então disse para ela parar e ela surtou.

— Ela *expulsou* você?

— Isso mesmo.

— Meu Deus, Ro. Quer que me encontre com você no seu apartamento?

— Não. Acho que vou me deitar.

— Tem certeza?

— Tenho sim. Olha, já estou na estação. Falo com você amanhã.

Rosa desligou o telefone, sentindo-se obscuramente aborrecida. A fé absoluta de Raphael na sua versão dos fatos servira apenas para despertar dúvidas nela. Ao passar pela roleta e entrar no elevador da estação do metrô, sentiu sua raiva prazerosa se transformando em remorso. Não devia ter provocado uma briga — não quando o pai estava tão mal. Tinha se achado generosa por estar defendendo a irmã, mas Karla não queria ser defendida. E chamara a mãe de megera! Ela, que se orgulhava de não usar nunca essa palavra feia e sexista. Agora, em consequência de sua petulância infantil, fora banida da cabeceira do pai na hora em que ele mais precisava dela.

O trem estava vindo quando ela chegou à plataforma. O vagão que pegou estava cheio de anúncios de um dermatologista de Manhattan de ar sinistro, chamado Dr. Z. Debaixo do olhar multiplicado do médico de olhos tristes e pele translúcida, ela refletiu sobre seus pecados.

Culpa — culpa genuína, pessoal, em contraste com um senso abstrato, obrigatório, de vergonha que se tem por ser uma americana branca e rica — era uma adição muito recente ao repertório emocional de Rosa. Durante a maior parte da vida, fora imunizada contra o sentimento de culpa pelas certezas de sua crença socialista. Toda a sua decepção moral tinha sido reservada para outros — colegas de escola que não resistiram à tentação da fruta sul-africana, conhecidos de escola que não se preocupavam o suficiente com o destino dos angolanos que lutavam por sua liberdade, pais burgueses que fingiam possuir uma virtude socialista. Quando adolescente, fora instada várias vezes pelo pai a equilibrar seu zelo revolucionário com alguma compaixão pela fragilidade humana. "Só as ideias são perfeitas. As pessoas nunca são", Joel costumava dizer a ela. "Quando você tiver vivido mais um pouco, vai se tornar mais benevolente." Mas Rosa desprezara essas tentativas de aplacar sua ira. Para uma pessoa tão revoltada com as injustiças e as desigualdades como ela era — tão comprometida em mudar o mundo —, um certo grau de crueldade era imperativo, na opinião dela. Sua resposta habitual ao pai era citar a defesa de Lenin das táticas bolchevistas: "Consideração com a humanidade é possível numa luta tão feroz como esta? Qual é o parâmetro para medir a quantidade de golpes necessários e desnecessários numa luta?"

Agora, entretanto, essa era paradisíaca de justiça tinha chegado ao fim. Após uma longa e corajosa batalha contra a dúvida, finalmente desistira da fé política e, com ela, do filtro grosso da abstração doutrinária através do qual estava acostumada a enxergar o mundo. Pela primeira vez, Rosa estava traçando seu caminho sem as estrelas guias dos princípios revolucionários. Dizer que isso era uma coisa deprimente não exprimia nem de longe sua desolação. Durante toda a vida adulta, imaginara a si mesma avançando na vanguarda da história, como uma daquelas heroínas musculosas dos cartazes soviéticos. Agora tinha sido atirada de volta nas fileiras vergonhosas do liberalismo burguês. Tornara-se apenas mais uma pessoa bem-intencionada que pretendia "fazer diferença" levando meninas pobres a museus. Não queria — não podia — voltar às ilusões, mas como ansiava pela segurança que sentia quando era escrava delas!

Na rua 110, saltou do trem e, depois de parar um momento na Broadway para verificar o relógio, foi rapidamente para a Ahavat Israel Shul, na Amsterdam Avenue. As orações da noite já tinham começado quando entrou no prédio. Na recepção, um homem estava parado debaixo de duas bandeiras gigantescas dos Estados Unidos e de Israel, distribuindo *chumashes* e *siddurim*. Rosa passou por ele e atravessou um corredor escuro. Nos fundos do prédio, subiu um lance de escadas e entrou no setor das mulheres. Havia apenas outra mulher presente naquela noite — uma senhora idosa com uma touca cheia de babados, parecendo um guardanapo, na cabeça. Rosa se inclinou sobre o corrimão do balcão e olhou para baixo, para o santuário, onde um punhado de homens idosos se balançava para a frente e para trás, rezando.

Visitara a Ahavat Israel pela primeira vez três meses antes. Numa manhã de sábado, em dezembro, quando estava passando pelo prédio, tinha visto dois homens com chapéus pretos entrando no local e resolvera ir atrás deles. O impulso nasceu de uma leve, turística curiosidade, e não de uma ânsia espiritual: nunca estivera no interior de uma sinagoga ortodoxa antes e achou que seria interessante ver o que judeus sérios faziam quando rezavam.

Logo depois de ter entrado no prédio, dera um sério passo em falso sentando-se no setor da sinagoga reservado aos homens. Seguiu-se uma agitação embaraçosa, culminando com sua remoção do santuário por dois homens de rosto vermelho e sua condução à galeria das mulheres. Àquela altura, com as expectativas a respeito de antigos tabus e da estranheza ritualística tão prontamente atendidas, teria ido embora satisfeita. Mas lá em cima, na galeria, se viu cercada de mulheres rezando. Sem querer chamar mais atenção para si mesma passando por cima delas ao tentar sair, resignara-se a permanecer no lugar até o fim da cerimônia.

Não tinha entendido quase nada do que estava acontecendo, é claro. O *siddur* hebraico que lhe tinha sido entregue não tinha tradução para o inglês e sua ignorância dos ritos judaicos era tal que ela não tinha nem certeza de haver identificado corretamente o rabino. A sinagoga em si foi uma decepção. Com as cadeiras de plástico, o tapete verde desfiado e os tristes vasos com flores de seda empoeiradas, parecia um consultório dentário que ela havia frequentado quando criança. Até o mosaico da parede — uma abstração devocional do meio do século executada em amarelo mostarda e ouro — tinha a natureza desleixada e ordinária da arte exposta em consultórios dentários. Mesmo assim, gostou da estranha mistura de formalidade e informalidade com que os fiéis se comportavam — o modo como passavam do fervoroso balançar de cabeças durante a oração para passeios e conversas no templo. E havia algo de doce, achou, no modo como manejavam a Torá — despindo-o, embalando-o e desfilando com ele como se fosse um bebê adorado. A coisa toda tinha um caráter ligeiramente ridículo, maçônico, mas não deixava de ter seu charme antropológico.

No fim da cerimônia da Torá, quando o pergaminho estava sendo recolocado na arca, a congregação começou a entoar uma prece lenta, lamentosa. Rosa, que raramente, talvez nunca, reagia a uma música sem saber e aprovar o que ela *dizia*, ficou surpresa ao perceber que estava comovida. Alguma coisa na austera melodia da prece deixou seus pelos arrepiados. Uma ideia surgiu em sua mente, tão claramente como se tivesse sido soprada em seu ouvido. *Você está conectada a isto. Esta canção é a sua canção.* Quando tornou a olhar para o *siddur* aberto em suas mãos, ficou assustada ao ver as marcas transparentes de suas lágrimas sobre as páginas finas.

Durante vários dias depois desse incidente, Rosa tentou tranquilizar a si mesma dizendo que sua reação tinha sido um insignificante reflexo somático. Estava cansada. Estava se sentindo vulnerável. Música, combinada com certos ambientes majestosos, tinha uma famosa tendência de provocar esses momentos falsamente sublimes: insinuações artificiais de verdades transcendentes, pressentimentos grandiosos sobre a natureza do universo. Era tudo bobagem. Suas lágrimas não tinham sido diferentes das que as pessoas derramavam ao ver um comercial sentimental pela televisão. Representavam apenas uma momentânea e lamentável submissão ao *kitsch*.

Na semana seguinte, entretanto, ela se viu atraída de volta à sinagoga. Disse a si mesma que só ia para provar que sua reação anterior tinha sido uma aberração. Mas a segunda visita mostrou-se tão bizarra e perturbadora quanto a primeira. Mais uma vez, sentiu uma sensação misteriosa e eufórica de pertencer àquilo; mais uma vez, foi arrastada para uma corrente irresistível de lágrimas tolas. Na semana depois daquela, foi a mais duas cerimônias noturnas além do sabá. Cada vez que entrava na sinagoga, jurava que ia permanecer distante e racional. E toda vez sua compostura era abalada pela mesma voz murmurando em seu ouvido. Ela era parte daquilo. Ela sempre fora parte daquilo.

Deu aos pais a notícia da inexplicável semirrevelação sabendo muito bem qual seria a reação deles. Joel e Audrey desprezavam todas as religiões, mas o judaísmo, a única manifestação de blá-blá-blá teísta com a qual estavam ligados ancestralmente, sempre havia despertado neles o mais veemente desprezo. Rosnavam ao avistar menorás. Franziam os lábios à menção de *Seder*. Eles se recusavam a comparecer a qualquer cerimônia que acontecesse numa sinagoga. Até os *bar mitzvahs* dos filhos de amigos deles — cerimônias descontraídas, de caráter progressista, nas quais nada de mais solene ocorria além do surgimento de uma fonte de chocolate no fim — eram proibidos. (Joel fazia questão de devolver todos os convites para esses eventos com as palavras DEUS NÃO EXISTE rabiscadas grosseiramente sobre as palavras impressas.) Mesmo assim, nunca ocorreu a Rosa *não* contar isso aos pais. Ela não tinha nenhum talento para subterfúgios — especialmente aqueles que poderiam tornar sua vida mais fácil. Via de regra, quanto mais fortes os argumentos pragmáticos que incentivassem a descrição, mais se sentia moralmente obrigada a uma total franqueza.

A reação inicial de Audrey tinha sido debochar dela. Cantava trechos de *Hava Nagila* e perguntava se ela pretendia se casar com um daqueles velhos fedorentos que usavam *payot*. Foi Joel quem ficou realmente furioso. O fato de Rosa ter sucumbido, ainda que temporariamente, à idiotice da fé era terrível, ele disse à filha. O fato de ela ter escolhido o judaísmo só podia ser entendido como um ato parricida.

— Isso é uma babaquice! — berrou, num determinado momento. — Conheço você! Você é, por natureza, incapaz de acreditar nesse tipo de conto de fadas. Você nunca acreditou nem em fada do dente, pelo amor de Deus!

Rosa tinha sorrido ao ouvir isso. Não estava tão aérea a ponto de não enxergar a comédia desta sedução espiritual: uma filha dos Litvinoffs, uma terceira geração de ateus, uma inimiga de todas as formas de pensamento mágico, entrando numa sinagoga um dia e descobrindo a judia que havia dentro dela. Mas ali estava. Alguma coisa tinha acontecido com ela, alguma coisa que não podia ignorar nem negar. E havia a sensação de que era precisamente a improbabilidade, a terrível *inconveniência* daquela situação, que a tornava tão forte.

Agora, na sinagoga, a cerimônia tinha terminado. Do seu lugar na galeria, Rosa ficou vendo um velho sair se arrastando do santuário. Estava tão curvado pela idade que parecia procurar moedas perdidas no chão. Pensou no pai na cama de hospital, imóvel como uma efígie num túmulo. Passados alguns instantes, baixou a cabeça e começou a rezar.

Quatro

Já fazia quase uma hora que Lenny e Karla estavam tentando convencer Audrey a deixar que a levassem para casa para ela descansar um pouco. A mãe se recusava a admitir a ideia de deixar Joel passar a noite sozinho no hospital, então, finalmente, decidiram que Karla acompanharia a mãe de volta a Manhattan para que pegasse algumas roupas enquanto Lenny ficaria lá até Audrey voltar.

Quando Karla e Audrey chegaram a Perry Street, Julie estava na frente da casa batendo um tapete.

— Olhe para ela — resmungou Audrey. — Gostaria que alguém *a* deixasse em coma.

— Olá, Aud — cumprimentou Julie, disse assim que saltaram do carro. — Quais são as notícias?

Audrey ignorou a pergunta.

— Desinfetou tudinho, não foi? — resmungou ao passar.

— Ah, não se preocupe comigo — disse Julie. — Gosto de fazer isto!

Dentro da casa, Audrey e Karla encontraram Colin saindo do banheiro de baixo, onde tinha prendido um purificador de ar de perfume floral no vaso sanitário. Estava usando luvas de borracha e um dos aventais de Audrey estampado com a imagem de um punho negro e a palavra "Amandla!"

— Aud — disse, precipitando-se na direção de Audrey com os braços estendidos. — Como ele está?

— Olá, Col. — Audrey desviou dele com habilidade, deixando Karla para fingir que aquele abraço era para ela.

— Ah, sua mãe está com uma aparência horrível — murmurou Colin no ouvido de Karla enquanto Audrey descia para o porão.

— Então, o que está acontecendo? — sussurrou Julie, aparecendo atrás deles.

Karla fez um breve relato ao tio e à tia sobre o estado de Joel. Ficaram de queixo caído e taparam as bocas com as mãos num gesto de horror e pena.

— Não posso acreditar nisso — disse Julie. — Estava tão bem hoje de manhã, não estava, Col?

Colin acenou em concordância.

— Tivemos uma conversa tão agradável com ele, não foi?

Colin tornou a concordar, com menos convicção desta vez.

— Ele tem feito coisas demais — continuou Julie. — Eu disse ainda ontem para Colin, isso não está certo, o modo como vive correndo. O marido da minha amiga teve câncer no ano passado. — Baixou a voz e começou a sussurrar. — *Câncer no ânus.* E os médicos disseram à minha amiga que era cem por cento relacionado ao estresse. *Cem por cento...*

— Acho — interrompeu Karla num tom de voz calmo — que é melhor eu descer para ver se mamãe está bem.

O porão da Perry Street era o caótico escritório de Joel. Xícaras sujas de café e pirâmides balançantes de livros e papéis cobriam quase toda a escrivaninha e uma boa parte do chão ao redor dela. Uma foto grande de Joel apertando a mãos de Martin Luther King estava pendurada sobre a mesa, mas, fora isso, as paredes eram nuas. Audrey estava sentada de pernas cruzadas no chão enrolando um cigarro de maconha quando Karla desceu. O casacão, que não tinha tirado ainda, formava uma poça ao redor dela, como uma vela derretida.

Karla puxou uma das cadeiras giratórias do escritório.

— Quer que eu suba e faça uma mala para você?

— Acho que posso pegar minhas próprias calcinhas, Karla — respondeu Audrey.

— Ah, eu sei. Só achei... — Ela se levantou. — É melhor eu ligar para Rosa para dizer o que está acontecendo.

Audrey sacudiu a cabeça.

— Ela mesma pode ligar se quiser saber.

Karla mordeu o lábio, nervosa. Estava se sentindo péssima por causa da discussão no hospital. Se não tivesse sorrido como uma idiota, Rosa não teria se sentido obrigada a defendê-la. Mesmo assim — olhou rapidamente para Audrey — não valia a pena agitar ainda mais a mãe. Teria de ligar para Rosa mais tarde. Começou a andar pela sala, recolhendo xícaras sujas de café.

— Não faça isso — repreendeu Audrey.

— Eu podia aproveitar, mamãe...

— *Pare com isso.*

Karla tornou a sentar-se.

Audrey observou-a com insatisfação.

— Você parece ter engordado.

— Obrigada.

— Não fique zangada. Ninguém mais vai dizer isso.

— OK — disse Karla, calmamente.

— Que tipo de resposta é essa?

— Não sei. Apenas... OK.

Rosa costumava brigar com Karla por sua passividade diante das observações de Audrey a respeito do seu peso. "Por que você atura isso?", perguntava. "Por que você não diz a ela para ir para o inferno?" Mas Karla nunca reagia. Não poderia ter explicado isso a Rosa, mas havia algo na franqueza brutal das tiradas da mãe que a agradava. A mãe tinha razão: ninguém mais diria essas coisas para ela. Ninguém mais teria coragem de falar a temida palavra "gorda" em sua presença. Não tanto por falta de coragem quanto por falta de interesse. Simplesmente jamais ocorreria a qualquer outra pessoa que o corpo de Karla merecesse comentários.

Seus problemas com peso não eram, afinal de contas, um fenômeno recente. Fora mandada para sua primeira colônia de férias para gordos em Berkshires quando tinha 12 anos. Embora o problema de suas medidas fosse uma saga intensa e permanente para *ela* — um drama diário de rosquinhas nobremente renegadas e mais tarde tiradas freneticamente do lixo; de almoços de iogurte sem gordura anulados pelas batatas fritas do lanche; de perdas mínimas de peso e ganhos terrivelmente súbitos — para a maioria das pessoas, ela sabia, seu peso não era motivo de comentários. Era um fato consumado, um aspecto imutável e portanto insignificante da paisagem. Só sua mãe, ao que parecia, ainda se importava o suficiente para notar quando ela emagrecia alguns gramas ou engordava. Só sua mãe ainda tinha fé na possibilidade de uma Karla não obesa. Embora Audrey não gostasse de falar nisso, ela também tivera problemas de peso quando era jovem. Uma vez, muito tempo atrás, mostrara a Karla um retrato dela aos 9 anos — uma criança de rosto zangado e redondo como um balão, espremida dentro de um vestido de nylon de festa como uma salsicha. "Você puxou a mim, querida", dissera, tristemente. "E puxei à minha mãe. A única solução é disciplina. Disciplina constante."

— Você vai fazer alguma coisa a respeito disso? — perguntou Audrey. — Do seu peso?

— Sim.

— É importante, você sabe. Mike pode não dizer nada, mas acredite em mim, ele ficaria felicíssimo se você perdesse uns vinte ou trinta quilos.

Karla ficou calada, imaginando se o marido tinha sido desleal a ponto de discutir o peso dela com a mãe.

— E — Audrey continuou —, além de tudo, isso provavelmente a ajudaria a engravidar. O excesso de gordura não ajuda.

Karla concordou.

— Aham.

— E como vai indo?

— O quê?

— A tentativa de engravidar?

— Mamãe!

— Qual é o problema?

Lá fora, a campainha tocou.

— Deve ser Mike — disse Karla, se levantando. — Pedi a ele para se encontrar comigo aqui.

— Fique aqui — ordenou Audrey. — Julie vai atender. O que você ia dizer sobre tentar engravidar?

— Não ia dizer nada. Não há nada a dizer.

— Ah, tudo bem. Seja uma mulher misteriosa.

Houve uma pausa e Karla teve esperança de que a mãe já tivesse esgotado o assunto da fertilidade dela.

— Então — Audrey deu uma tragada longa no cigarro de maconha. — Quanto você está pesando neste momento?

— *Mamãe...*

A mãe deu um risinho forçado.

— Tudo bem. Pode dar o fora. Você não precisa me pajear.

Karla encontrou Mike, Colin e Julie na sala da frente, com o ar ligeiramente ofendido de parentes que foram postos à margem de um drama familiar. Ao verem Karla, eles largaram suas xícaras e se levantaram. Mike se aproximou de Karla e encostou o rosto dele no dela.

— Onde está sua mãe? — perguntou. — Posso ir falar com ela?

Karla balançou a cabeça.

— Eu esperaria um pouco. Ela vai subir logo.

— Eu disse a ele que era melhor esperar — explicou Julie, aborrecida. Era óbvio que ela achara o comportamento de Mike muito atrevido para alguém que sequer era parente de sangue.

— Acho que vou descer — disse Mike.

Karla pôs a mão no braço dele.

— Não, Mike, de verdade, eu não faria isso.

A presença de Mike na casa dos pais sempre deixava Karla tensa. Quando estava sozinho com ela, ele costumava falar mal de Joel e Audrey. Ele os acusava de serem socialistas autocomplacentes bebedores de champanhe e afirmava — não sem alguma razão — que eles o achavam chato. Entretanto, sempre que ia à Perry Street, todo traço de animosidade desaparecia e ele ficava ansioso para agradar e impressionar. Flertava com Audrey e puxava o saco de Joel. Pontificava sobre política e usava incorretamente um monte de palavras rebuscadas. (Uma vez, depois de Karla ter observado delicadamente que a expressão correta era "questão discutível", em vez de "questão discursiva", que ele vinha usando a noite inteira com os pais, ele passara três dias sem falar com ela.) Nunca ocorreu a Karla dar o nome de hipocrisia à diferença entre as afirmações feitas em particular por Mike e seu comportamento em público. Achava tocante que, apesar do compreensível ressentimento de classe, ele ainda buscasse a aprovação de seus pais. Só queria, pelo bem dele, que pudesse relaxar um pouco e não se esforçar tanto. Rosa e Lenny estavam sempre debochando dos modos serviçais dele por suas costas. E até Audrey e Joel, que não eram avessos às formas mais sutis de bajulação, às vezes pareciam embaraçados com os elogios exagerados do genro. "Ele é um bom rapaz", Joel tinha observado uma vez depois que Mike saíra, "mas, meu Deus, queria que ele parasse de puxar meu saco."

— Você acha que Aud está com fome? — perguntou Colin. — Ela devia comer algo.

Karla, que não tinha comido nada depois do queijo no hospital, se levantou depressa.

— Vou ver o que tem na geladeira.

— Não, não — protestou Julie. — Deixa que eu vou. Você teve um dia longo.

Karla sentiu um certo pânico diante da possibilidade de ser obrigada a se sujeitar às escolhas culinárias de outra pessoa. Gostava de preparar a própria comida.

— Sinceramente, Julie, não é trabalho algum.

— Mas *quero* fazer isso.

A luta educada, mas intensa, sobre quem seria o autor da refeição ainda estava acontecendo quando Audrey apareceu.

— Mãe! — disse Mike, avançando rapidamente pela sala. Deu um abraço apertado na sogra, depois segurou-a com os braços esticados, para examinar seu rosto. — Você parece cansada. Venha sentar-se.

Karla olhou para a tia e o tio. Colin estava olhando para Mike do mesmo jeito que uma plateia de circo observa um domador colocando a cabeça dentro da boca do leão: em parte admirando a coragem, em parte querendo ver uma cena sangrenta. Julie, se aproveitando da distração, estava tentando ir sorrateiramente para a cozinha. Sem aceitar a derrota, Karla foi atrás dela.

Quando as duas mulheres voltaram para a sala, 15 minutos depois, com uma bandeja de sanduíches, encontraram Audrey parada na frente da lareira.

É uma vergonha! — dizia. — É uma porra de um fingimento!

Colin estava sentado, ruborizado, numa poltrona, fingindo ler uma revista. Mike estava andando de um lado para outro.

— O que aconteceu? — perguntou Karla. — Qual é o problema?

— Francamente, Karla — disse Audrey. — Não sei como você pode tolerar isso. Não teria coragem de mostrar a cara se fosse você.

— Do que é que você está falando, mamãe?

— Do endosso! Seu marido não lhe contou? A sua merda de sindicato está planejando apoiar a reeleição do governador.

Karla abriu e fechou a boca. Olhou para Mike.

— É verdade?

Mais cedo naquele ano, o governador republicano tinha prometido dois milhões de dólares para aumentar os salários dos trabalhadores da categoria e houvera uma grande especulação de que ele estivesse comprando o apoio do sindicato para sua reeleição. Karla tinha se recusado a acreditar nisso. O governador restabelecera a pena de morte em Nova York. Vetara o aumento do salário mínimo. O sindicato a que pertencia, ela insistira, jamais faria acordos com um homem daqueles.

Mike aprumou o corpo desafiadoramente.

— Não há do que nos envergonharmos — retrucou. — O governador tem sido um bom amigo do sindicato.

— Que vergonha! — gritou Audrey.

Julie pôs a bandeja de sanduíches em cima da mesinha.

— Chegou a comida!

Audrey sacudiu a cabeça.

— Não tenho tempo para comer. Tenho de voltar para o hospital.

— Ah, Audrey — protestou Julie. — Você precisa comer alguma coisa. Veja, fiz sanduíches de queijo e maionese, exatamente como você gosta.

— Vou pegar minhas roupas — disse Audrey, saindo da sala.

Segundos depois, chamou Karla da escada. Karla correu até a porta.

— Sim, mamãe?

— Lembre-se, Karl — gritou a mãe. — Só dois sanduíches, certo?

Karla e Mike ficaram calados quase o tempo todo da viagem de metrô até o Bronx. Mike penteou o cabelo com a escova militar que mantinha na pasta e leu o jornal. Karla examinou os anúncios dos institutos de tecnologia — "Você está pronto para uma carreira promissora em gerenciamento de dados?" — e contemplou o túnel pela janela.

— Estou preocupada — disse, finalmente. — Acho que papai pode morrer.

— Não fale assim. — A voz dele estava irritada, rouca.

Karla olhou para ele.

— Sinto muito que você tenha discutido com mamãe esta noite.

Ele virou a cabeça, contemplando seu perfil na janela do trem.

— Já esperava. Ela não entende de política de sindicato. Acha que sabe mais do que os líderes sobre o que é melhor para os associados.

Karla concordou com a cabeça. Ele tinha razão, é claro. Os representantes sabiam o que estavam fazendo. Se acharam que apoiar o governador era o melhor para o sindicato, não cabia a Audrey — ou a Karla — duvidar disso.

— Nós... nós vamos ter de votar nele? — perguntou.

Mike enfureceu-se.

— O que você acha? Não adianta um endosso se os membros não seguirem a diretiva.

— Certo, não, é claro. Só estava pensando.

Mike ergueu os olhos quando o trem parou na estação da 242.

— É a nossa.

Karla e Mike moravam num quarteirão sombrio, de antes da guerra, perto do Jardim Botânico. Os corredores do prédio cheiravam a um produto de limpeza de cor turquesa chamado Fabuloso que o zelador usava para lavar o chão duas vezes por semana. Ao entrar no hall, Karla sempre tomava cuidado para respirar apenas pela boca durante cinco segundos para abrandar o choque olfativo inicial.

Naquela noite, enquanto esperava diante do elevador que Mike checasse a caixa de correio, as portas da máquina se abriram e uma filipina de meia-idade, usando meias até os joelhos e sandálias de plástico, saltou.

— Olá, Sra. Mee — saudou Karla. - Como vai?

A mulher olhou para ela com a expressão de sofrimento de um cão de caça.

— Horrível — respondeu, sacudindo lentamente a cabeça. — Hor-rí-vel.

— Puxa. — Karla inclinou a cabeça de lado, compadecida. — Sinto muito.

A Sra. Mee, que morava com os três filhos adultos e o marido no apartamento ao lado do de Karla, era uma mulher de sofrimentos barrocos: uma mártir não apenas de sua ingrata família e do trabalho mal remunerado num salão de beleza em Manhattan, mas também sofria de doenças crônicas, como dor nas costas, asma e angina.

— Hoje, no trabalho, o ar-condicionado estava desligado — disse a senhora. — E o esmalte de unha afetou tanto minha garganta que mal conseguia respirar. Eu disse a eles...

Mike apareceu. Parou na frente de Karla, como que para protegê-la fisicamente das queixas da Sra. Mee.

— Olá, Sra. Mee — disse. — Sinto muito, mas Karla não pode conversar agora. O pai dela teve um derrame hoje de manhã. Ela passou a tarde inteira no hospital e precisa descansar.

— Ah! — exclamou a Sra. Mee, agitada com as más notícias e, ao mesmo tempo, um tanto ofendida por ter tido seu sofrimento inferiorizado. — Claro, claro. Então podem ir. — Deu um tapinha no punho de Karla. — Falo com você amanhã.

O casal subiu até o quarto andar e atravessou em silêncio o corredor até a porta do apartamento. Lá dentro, Mike sentou-se à mesa da cozinha para examinar a correspondência e Karla foi até a sala verificar a secretária eletrônica. Não havia mensagens. Ficou parada um momento no escuro, olhando em volta. Mesmo na luz suave da noite, havia algo de excessivamente austero e higiênico no apartamento. Fizera esforços consideráveis ao longo dos anos para tornar o lugar acolhedor e lhe dotar de, como diziam nos programas de reforma de casa, "personalidade", mas por mais que espalhasse objetos interessantes e capas coloridas, nunca conseguira eliminar a atmosfera triste de dormitório.

Mike entrou e acendeu a luz. Segurava um teste de ovulação que ela fizera de manhã. O resultado tinha sido positivo, indicando que em algum momento nas próximas 24 horas ela poderia liberar um óvulo.

— Quer tentar esta noite? — perguntou. O tom de voz dele era extremamente lógico. — Quer dizer, se você estiver chateada e tudo mais, não tem importância. Mas não devíamos desperdiçar...

— Não, não. Acho que devemos.

Mike concordou com a cabeça e se sentou numa poltrona para assistir ao fim de um documentário sobre Robert Oppenheimer. Karla entrou no banheiro para se preparar.

Dois anos atrás, Mike a convencera a procurar um ginecologista para tratar suas terríveis cólicas menstruais. Karla tinha uma menstruação abundante e muito dolorosa desde a adolescência, mas até o marido falar no assunto, nunca pensara em procurar ajuda médica. Simplesmente aceitara que seu destino era passar cinco dias por mês em uma muda agonia, medicando-se com punhados de "Advil Extra Forte". Ela não achava adequado fazer um tumulto por causa de algo tão insignificante quanto sua menstruação. Mas Mike tinha sido insistente. E como Karla não marcava hora, ele mesmo fez isso.

O ginecologista era um senhor amável, com mãos delicadas e o hábito tranquilizador de conversar sobre resultados de beisebol enquanto a examinava. Depois de fazer um exame interno, pediu uma laparoscopia. Poucos dias depois, ficou comprovado que Karla estava sofrendo de uma combinação de cistos uterinos, fibromas e endometriose estágio 2.

— Você acertou a trifeta! — anunciou o ginecologista, animadamente.

Explicou que os diversos problemas eram com certeza quase absoluta responsáveis por ela não ter conseguido engravidar durante os três anos em que Mike e ela estavam casados. O sistema reprodutor dela estava prejudicado e se ela queria mesmo um bebê, ia ter de começar a tomar remédios para melhorar a fertilidade.

Mike tinha recebido mal a notícia. Vinha de uma família grande, de origem irlandesa — tinha vinte e três primos só na região de Nova York — e sua expectativa era ter pelo menos quatro filhos. "Não entendo" dissera a Karla. "As mulheres da nossa família nunca tiveram esse tipo de problema."

De sua parte, Karla tinha reagido à notícia com uma estranha calma, o que fez com que uma noite Mike a acusasse de saber o tempo todo que era "estéril". Mais tarde se arrependeu de ter dito isso, é claro, e pediu mil desculpas. Karla não guardou nenhum rancor dele. Era natural, ela pensou, que se sentisse zangado e enganado. E, de certa forma, ele tinha razão: Karla sempre soubera — não que seus órgãos reprodutores eram defeituosos, mas que seu corpo, de forma estranha e misteriosa, estava contra ela. Sempre fora gorda. Nunca fora capaz de dançar ou de agarrar uma bola. O cabelo caía para o lado errado e a pele era do problemático tipo "misto". Quando viu uma foto num livro retratando um estágio avançado de endometriose — a bagunça nojenta nos ovários de uma mulher — ela se viu concordando com a cabeça, como se reconhecesse aquilo. É claro, pensou consigo mesma, *é claro*: sou tão feia por dentro quanto por fora.

Depois do trauma inicial do diagnóstico, Mike se recuperara rapidamente. Uma noite, Karla voltou do trabalho e viu que ele havia feito um plano de ação. Ela ia começar a tomar o remédio para ovular que o médico havia receitado. Se dentro de dois anos não tivessem concebido ainda, iriam adotar uma criança. (Ele já tinha descartado a ideia de usar uma barriga de aluguel, disse, porque isso era uma exploração de mulheres pobres e, de todo modo, era muito "esquisito".)

Mike logo se tornou um especialista em fertilidade e se envolveu em todos os aspectos da saúde reprodutora de Karla. Nenhum detalhe era pequeno ou insignificante demais para ele negligenciar. Comprava e preparava para ela alimentos que aumentavam a fertilidade. Recomendou suplementos à base de óleo de peixe e proibiu Coca Diet. Frequentava salas de bate-papo on-line para obter conselhos de outros casais com o mesmo problema. Passou horas pesquisando verificadores de ovulação em sites e rompeu com a costumeira frugalidade do casal ao comprar o modelo mais caro e complicado do mercado. Daí em diante, insistia em entrar no banheiro todo mês junto a Karla para assistir com ar sério enquanto ela fazia o teste de ovulação com tiras de papel de litmus e tubos de ensaio com sua urina. (Karla dissera uma vez, delicadamente, que podia fazer o teste sozinha, mas Mike olhara para ela de forma tão magoada e espantada que ela imediatamente desistira do assunto.)

Alguns meses antes, houvera um alarme falso quando a menstruação de Karla atrasou um dia. Ela havia mantido segredo, querendo esperar pelo menos 48 horas antes de dar esperanças a Mike, mas ao voltar do trabalho naquela noite, viu que Mike já fizera os cálculos e comprara um teste de gravidez. Mas ela começou a sangrar enquanto ele ainda estava lendo as instruções do teste.

Apesar desses episódios, Karla ficou surpresa ao descobrir que estava gostando do projeto de produção de bebê. Gostava do suspense. Muitos dos livros sobre fertilidade que Mike apanhara na biblioteca diziam que era perigoso deixar que o desejo de conceber se tornasse mais forte do que tudo. "Quando um de vocês ou os dois se tornam obcecados com a 'meta' de reprodução", Selena e Kenneth Daniels escreveram no livro *Making Love, Making Babies*, "podem surgir dificuldades em manter os aspectos espontâneos e divertidos do sexo." Mas como nem a espontaneidade nem a diversão jamais tinham sido aspectos importantes na vida sexual do casal, os dois haviam sido poupados dos efeitos deprimentes de lento abatimento nessas áreas. Karla até achava que o desafio de produzir um bebê tinha melhorado um pouco as coisas entre eles, sexualmente. Agora, pelo menos, seus breves encontros no quarto tinham um objetivo mais digno.

Mas o tempo estava se esgotando. Vinte e dois meses de "tentativa" já tinham se passado. Outro dia mesmo, Karla tinha encontrado um pedaço de papel no bolso do jeans de Mike com o endereço de uma agência de adoção em Manhattan.

No chuveiro, Karla cheirou o ar com desconfiança. Ultimamente, começara a detectar o cheiro de Fabuloso se infiltrando no apartamento. Uma ou duas vezes, tivera de se levantar no meio da noite e escovar os dentes outra vez, só para tirar da boca o gosto horrível do desinfetante. Fechou a água e passou um pouco de loção perfumada no corpo úmido, antes de vestir a camisola e se dirigir apressadamente para o quarto gelado.

O aquecimento era muito ruim no prédio. Mike vivia se queixando com o proprietário, mas, aparentemente, a única solução seria substituir todo o sistema. À noite, os dois soltavam gritos de angústia quando corriam pelo chão gelado até a caverna fria de cobertores e de manhã acordavam com a pele úmida e a boca seca, cozinhando em sua biosfera tropical.

Karla ouviu o triste solo de violoncelo que acompanhava os créditos finais do programa de Mike e, logo depois, o zumbido da escova de dentes elétrica no banheiro. Ela se enroscou como um camarão, tentando gerar algum calor.

Antes de se casar com Mike, a experiência sexual de Karla havia se limitado a três parceiros e a, precisamente, sete relações sexuais. Comparado com os relatos da maioria de seus amigos, esse era um número discreto, realmente, mas Karla nunca tinha se considerado carente. Em sua opinião, a vida de solteira lhe fornecera uma visão adequada dos fundamentos eróticos. Às vezes, quando a conversa entre as colegas de hospital ficava desbocada, faziam-se alusões a práticas ou posições com as quais não estava familiarizada. Mas mesmo assim não sentia nenhuma curiosidade. Tinha certeza de que aqueles atos a que as outras se referiam não tinham nada a ver com sexo *de verdade*. Ela sabia tudo sobre sexo de verdade. Tinha uma ordem simples, teleológica: beijos, carícias — coisas que podiam ser razoavelmente agradáveis —, seguidos de penetração, que raramente era agradável. Em circunstâncias raras e lamentáveis, um tenso episódio oral era inserido na rotina. (Ela não se importava de fazer, mas não suportava receber.) E essa era a fórmula universal do coito.

Mike entrou e começou a se despir. Depois de dobrar a roupa suja e colocá-la na cesta para lavar, foi até o armário e começou a escolher o que iria usar no dia seguinte. Karla observou-o movimentar-se pelo quarto, o corpo rijo e branco brilhando como um peixe prateado no escuro: *Jack Sprat could eat no fat.** Quando o marido finalmente terminou, subiu na cama, programou o despertador e deitou a cabeça no travesseiro, suspirando.

Mesmo em noites como aquela, quando ocorrera um acordo explícito de que aconteceria uma relação sexual, Mike sempre abordava Karla de um modo inseguro — como um caranguejo — com mãos rastejantes, incertas. No início do casamento, Karla tinha achado essa hesitação charmosa. Ela a atribuíra a uma espécie de cortesia da parte de Mike; uma relutância de incomodá-la com suas necessidades vis, masculinas. Mas então, uma noite, poucos anos atrás, quando ela se virara para receber os avanços de Mike com mais presteza do que habitualmente, o tinha apanhado desprevenido, com um ar de tal infelicidade que ela quase chorou de pena. A expressão dele era de repulsa e resignação em partes iguais — uma espécie de angústia estoica, como uma criança obrigada a comer espinafre. Só durara uma fração de segundo e fora substituída por um sorriso insípido. Mas a importância daquela careta não podia ser ignorada. Seu marido, ela tinha percebido, desempenhava a obrigação conjugal com tão pouco gosto, possivelmente até menor, quanto ela.

Chegando mais perto, Mike lambeu os dedos da mão direita e enfiou-os entre as pernas dela. Karla fechou os olhos e tentou se concentrar no que estava acontecendo. (Um estudo que Mike lera numa das salas de bate-papo sugeria que as mulheres tinham mais probabilidade de conceber quando tinham orgasmos.) Mas sua mente se recusou. Pensou no derrame do pai. Pensou no doce que comprara na cafeteria do hospital —

---

* "Jack Sprat" é uma cantiga de ninar de língua inglesa na qual o personagem Jack Sprat não podia comer gordura, enquanto sua esposa não gostava de comida magra. (*N do E.*)

aquele peso úmido nas mãos, o líquido amarelo que escorrera quando ela mordeu a guloseima...

Veio-lhe à mente uma imagem dela sentada na mesa da cozinha em Perry Street, com o irmão e a irmã, vendo o pai preparar rabanadas. Tinha sido uma tradição, quando eram pequenos, Joel levantar-se cedo no domingo e preparar o café da manhã deles enquanto Audrey dormia até mais tarde. O pai considerava essas ocasiões como uma grande oportunidade de ficar em dia com os filhos e de conversar a respeito das ideias filosóficas e políticas que eram importantes para ele. Como estava quase sempre fora durante a semana, fazia questão de manter esse ritual de domingo e muito depois de os filhos terem entrado na adolescência, continuou a insistir que todos participassem do café da manhã de domingo, por mais tarde que tivessem ido dormir na noite anterior.

Naquele dia, o assunto da aula dele foi a ética da luta armada. Esse era um tema de importância especial para a família porque os pais biológicos de Lenny foram ambos fundadores de um grupo revolucionário subversivo chamado New York Cong (o pai de Lenny morrera tentando fabricar uma bomba, quando o filho ainda era bebê. A mãe estava cumprindo prisão perpétua por matar um policial durante um assalto a banco malsucedido.) Joel caminhava pela cozinha, quebrando e batendo ovos. Estava usando o traje padrão de café da manhã: chinelos de couro, gastos atrás pelos calcanhares cinzentos, gigantescos, e um velho roupão. De vez em quando, os dois lados do roupão se abriam como cortinas, revelando o arco frontal da virilha e uma visão rápida e aterradora dos pelos pubianos.

"Em certas situações", Joel estava dizendo, "algumas pessoas sentem que a não violência já não é eficaz e que precisam avançar um passo e usar de violência." Estava molhando fatias de pão branco no ovo batido e arrumando-as numa frigideira com óleo quente. Lenny não estava prestando muita atenção, andando em volta da mesa de um jeito entediado, parando de vez em quando para passar a mão no cabelo de Rosa.

Rosa e Karla estavam atentas.

— Você quer dizer, matar pessoas, papai? — perguntou Karla.

— Às vezes, sim, até matar pessoas...

Lenny começou a imitar o barulho de uma metralhadora, fingindo atirar em Joel.

— Pare com isso — ordenou Joel, friamente.

Lenny lançou-lhe um olhar triste por baixo dos cílios longos e desistiu.

— Bem — retomou Joel, voltando ao tom de didatismo jovial. — A ideia de uma revolta armada é legítima e já ocorreu a muitas pessoas em todo o mundo ao longo da história. — Levou uma travessa de rabanadas para a mesa e as crianças começaram a comer. — De fato, o nosso país, os Estados Unidos, foi construído por meio da luta armada. As pessoas se cansaram de viver sob o jugo do rei inglês...

— Jogo — disse Lenny, sonhadoramente.

Joel ignorou-o.

— George III — disse Rosa.

— Isso mesmo, querida. — Joel sorriu. — George III. Então elas começaram a matar os soldados britânicos entre Lexington e Concord...

Karla, que estava querendo contribuir com alguma coisa, exclamou:

— Nada de impostos sem representação!

Mas Joel não ouvia. Olhava para Lenny, que fingia ser um soldado britânico e se atirou no chão numa agonia teatral.

— Pelo amor de Deus! — gritou Joel. — Sente-se, Lenny! Tente não agir como um imbecil por dez minutos!

A cozinha ficou silenciosa. De cara feia, Lenny se levantou e tornou a se sentar à mesa. Joel olhou furioso para ele.

— Por que você tem sempre que bancar o idiota?

Karla, que detestava essas brigas entre Joel e Lenny, tentou distrair o pai fingindo querer uma explicação.

— Então... então... algumas vezes é OK matar pessoas, papai?

Joel recuou.

— Não, nunca é "OK" matar pessoas, Karla. É sempre uma coisa muito séria e ruim. Mas em certas circunstâncias pode ser justificado. Se você examinar a história, vai ver que as pessoas que lutam por seus direitos são muitas vezes chamadas de terroristas, guerrilheiros ou seja o que for. Mas quando vencem, quando ganham a briga contra a opressão, tornam-se heróis nacionais. Tornam-se o novo governo.

— Como os sionistas que fundaram Israel — completou Rosa.

Joel concordou.

— Exatamente, meu bem. Esse é um bom exemplo.

Lenny saiu da cozinha. Ia procurar Audrey, como sempre fazia nessas manhãs de domingo. Karla imaginou-o abrindo a porta do quarto dos pais, subindo na cama alta e deitando na depressão quente deixada pelo corpo de Joel. Como ela invejava a indiferença de Lenny por Joel, sua recusa a participar da batalha pela aprovação paterna!

— *Karla!* — Joel exclamou de repente. — O que você está fazendo? — A menina deu um pulo. Joel apontou para a mão dela, que estava prestes a pegar a última fatia de rabanada na travessa. Ele sorriu, tentando aliviar um pouco a advertência. — Você não acha que já comeu bastante, querida?

Karla largou o garfo e baixou os olhos, arrependida.

Mike parecia estar nos últimos estertores. Os dentes estavam rangendo, as narinas tremiam. Quando Karla abriu a boca para lançar alguns gemidos encorajadores, ele ficou imóvel e desmoronou, saciado. Ela ficou parada, registrando o desenlace familiar — a sensação de coisas quentes ficando frias, de algo inchado encolhendo; o pequeno ruído molhado quando Mike escorregou de dentro dela.

Antes do tratamento de fertilidade, essa teria sido a dica para Karla ir buscar uma toalha molhada com água morna. (Mike gostava de ser lavado antes de dormir.) Mas agora ela não precisava mais fazer isso. Mike ia buscar a toalha molhada para Karla ficar deitada, com as pernas levantadas, por 20 minutos, para que a força da gravidade auxiliasse na concepção. Mike havia sugerido que adotassem esse método depois de ler sobre ele num dos livros sobre fertilidade. Karla não acreditava muito na eficácia, mas sendo ela o parceiro deficiente no processo reprodutivo, não se sentia em posição de contestar nenhuma das ideias cada vez mais desesperadas do marido. No escuro, colocou um travesseiro debaixo das nádegas e levantou as pernas. Outra técnica recomendada por Selena e Kenneth Daniels era visualização positiva:

> Aqui vai uma para as damas: tente enviar pensamentos positivos para o esperma do seu parceiro quando eles iniciarem a viagem na direção do seu óvulo. Não temos nenhuma prova científica de que esse tipo de estímulo funcione, mas, ei — mal isso não vai fazer!

Karla tentara isso uma ou duas vezes — fechando bem os olhos e imaginando a silenciosa luta pela vida que estava sendo iniciada lá dentro: a horda barulhenta de espermatozoides correndo pelo escuridão do canal cervical; o óvulo no quarto falopiano cor-de-rosa, aguardando languidamente os admiradores. Mas em certo momento as imagens positivas eram sempre substituídas por imagens negativas. Os espermatozoides que tinham iniciado a viagem com tanto vigor ficavam cansados e começavam a se atrasar. Ou grandes fibromas parecendo cogumelos surgiam em seu útero, impedindo a passagem deles. Ou o óvulo estava aprisionado, como uma princesa de conto de fadas, dentro do bosque cerrado de tecido endometrial.

Não acreditava realmente na possibilidade de que coisas boas acontecessem em decorrência da simples força do desejo. Na verdade, tendia a acreditar que o oposto era verdadeiro. Quando você desejava demais uma coisa, o universo se aborrecia com seu choramingo e impedia que aquilo acontecesse. Para conseguir as coisas, você não podia se importar muito com elas, exatamente como Rosa fazia. A irmã, que usava um rabo de cavalo malfeito no cabelo louro, vestia sapatos ordinários até eles se desmancharem em seus pés e lavava o rosto com água e sabão, mas ainda assim parecia uma atriz de cinema francesa...

Mike estava dizendo alguma coisa em seu ouvido com uma voz zangada. Parecia ser, "para cima, para cima!"

— O quê? — Karla perguntou com uma voz sonolenta. Abriu os olhos e viu o rosto zangado de Mike olhando para ela no escuro.

— Levante as pernas! — disse. Sentiu o pé dele batendo na coxa dela. — Os 20 minutos ainda não terminaram.

Parte Dois

Cinco

— Sra. Audre-ey!

Audrey acordou de uma soneca no sofá da sala e viu Sylvia, a faxineira, inclinada sobre ela.

— Estou com o aspirador aqui — disse Sylvia, de forma irritante. — A senhora não tem uma cama lá em cima?

Audrey gemeu. Quando sentou para ler o jornal, a sala estava fria e escura. Agora, o sol entrava pelas janelas sujas, formando listras na blusa e queimando o veludo do sofá. Era enervante ver Sylvia encontrá-la deitada e roncando no meio do dia. Para disfarçar um pouco o mal-estar provocado por ter uma latina idosa para esfregar suas privadas, Audrey geralmente fingia estar muito ocupada sempre que Sylvia ia lá.

— Vou me levantar — disse. — Me dê um minutinho.

— OK. — Sylvia sacudiu o dedo. — Não demore muito!

Audrey observou-a sair da sala. Manter o teatro de uma relação de igualdade com a empregada às vezes era muito cansativo. Particularmente, ela achava que sua consciência socialista geraria a um pouquinho mais de deferência por parte de Sylvia. Fechou os olhos e tentou recordar o sonho interrompido. Mas as poucas imagens esparsas que haviam sobrevivido à intromissão de Sylvia já estavam desaparecendo — escorregando de suas mãos como os prêmios de uma máquina de parque de diversões caindo da mão mecânica. Após algum tempo, desistiu e tornou a abrir os olhos. Avistou o relógio. Ia se encontrar com Rosa no Brooklyn dentro de uma hora para levar a mãe de

Joel, Hannah, para visitá-lo. Ainda nem colocara gasolina no carro. Ela se levantou e começou a procurar as chaves dentro da bolsa.

Audrey detestava dormir de dia. Era deprimente. Ela se sentia uma velha. O problema era que não estava dormindo bem à noite; não estava *planejando* as coisas com eficiência. De dia, ficava sentada ao lado de Joel num estupor catatônico; de noite vagava pela casa como uma semente solitária dentro de uma vagem. Sua vida doméstica, que durante quarenta anos tinha sido definida pela presença exigente e ruidosa do marido, tornara-se, algo caótico e solto. Passava o tempo assistindo a televisão sem nenhum interesse, fumando maconha, entrando e saindo da cozinha para abrir e fechar a geladeira — sempre adiando o momento de subir as escadas para se deitar. A procrastinação não tinha nada a ver com medo do escuro ou do bicho-papão: era simplesmente porque, sem Joel, ela não tinha a iniciativa, a disciplina, de dar seu dia por terminado.

As chaves não estavam na bolsa. Foi até a cozinha e começou a procurar entre as pilhas de jornais e de correspondência sobre a mesa.

Sentia agora uma espécie de nostalgia culpada pelos primeiros dias, agitados, da doença de Joel. Na primeira semana após o derrame, a crise lhe envolvera como um casulo dentro do qual nada que desse a impressão de normalidade pudesse ser admitido. Joel havia sido submetido a duas cirurgias de emergência para estancar sangramentos no cérebro. O coração parara de bater duas vezes. Ela acampara na UTI — dormindo na cadeira ao lado da cama do marido à noite e tomando banho na ala da maternidade de manhã. Rosa e Karla tinham conseguido licença nos empregos. E todo dia uma procissão de amigos, colegas e antigos clientes de Joel passava pela sala reservada à família e aos amigos. Às vezes chegava a haver vinte pessoas amontoadas na pequena sala, contando histórias sentimentais sobre Joel e encomendando bagels e salmão defumado na delicatéssen do outro lado da rua. Uma noite, Judy Collins tinha aparecido e todos tinham cantado "We Shall Overcome".

Após seis semanas, aquele redemoinho de comoção provocado pela catástrofe tinha perecido. Joel, ainda mergulhado no universo indecifrável do coma, fora rebaixado ao *status* de "subagudo" e removido para um centro de reabilitação em Manhattan. O escritório de advocacia fora fechado e a pequena equipe — na opinião de Audrey com uma eficiência desalmada — buscara novos empregos. Rosa e Karla voltaram ao trabalho. Audrey fora para casa.

Todo mundo havia lhe assegurado que ir para casa era o mais sensato a ser feito. Joel provavelmente ficaria meses no centro de reabilitação e seria uma bobagem, as pessoas disseram, esgotar-se em demonstrações histéricas de santidade. Precisava poupar energias para depois. Os enfermeiros foram instruídos a telefonar imediatamente caso o estado de Joel mudasse em sua ausência e, em caso de emergência, ela chegaria no hospital em menos de meia hora.

Ainda assim, uma parte de Audrey estava horrorizada com sua decisão. Joel estava em coma havia seis semanas — apenas seis semanas — e a esposa já estava fazendo escolhas baseadas no que era prático e conveniente? Quando criança, ela fantasiara muitas vezes que seu fracasso em executar certas tarefas — não pisar em rachaduras na calçada no caminho da escola para casa ou tocar no corrimão da escada antes que a porta do quarto se fechasse — iria resultar em desastres cósmicos. Agora, quando se deitava no sofá, tarde da noite, ouvindo os estalos familiares da casa silenciosa, era visitada por pressentimentos semelhantes. E se ficar com Joel tivesse sido um teste da sua devoção? E se a presença dela à sua cabeceira tivesse sido a única coisa que o mantivera vivo e que, ao ir para casa, ela o tivesse condenado à morte?

Algumas noites antes, Jean convencera Audrey a acompanhá-la a uma reunião contra a guerra, em Chelsea. Audrey precisava sair e recarregar as baterias, disse a amiga. Precisava mudar de ares. Na hora, a ideia parecera boa. Mas a saída acabou sendo um erro terrível. Audrey ainda não estava preparada para colocar sua calamidade pessoal na perspectiva que a vida social exigia. Não se sentiu mais tranquila ao ver que o mundo continuava a girar como antes: considerou aquilo uma ofensa.

A reunião, que fora marcada para planejar manifestações de protesto contra uma invasão do Iraque pelos Estados Unidos, foi quase toda dedicada a um debate sobre a conveniência ou não de se inserir na plataforma oficial contra a guerra uma posição pró-Palestina. No fim, a reunião se transformara numa discussão pouco produtiva a respeito da propriedade de se usar atores como oradores em manifestações.

— Todo mundo quer ter Susan Sarandon nessas manifestações porque ela é bonita — disse um homem. — Mas até que ponto ela é realmente bem informada?

Metade dos participantes concordou. A outra metade ficou furiosa. Os defensores de Sarandon acusaram o homem anti-Sarandon de ser sexista. (— E quanto a Tim Robbins? — gritou uma mulher, zangada. — Você vai deixar Tim Robbins falar e não vai deixar Susan Sarandon?) A facção anti-Sarandon exigiu, indignada, uma retratação. (— Também não gosto de Tim Robbins — insistiu o homem.) E assim foi. Audrey escutara tudo com lágrimas de raiva borrando sua visão. Joel estava deitado, inconsciente, numa cama de hospital e essas pessoas estavam brigando a respeito da boa fé da Susan Sarandon, porra?

Depois, no bar, diversas pessoas tinham se aproximado dela para perguntar sobre a saúde de Joel. Esperara impacientemente por alguma manifestação das pessoas nesse sentido, mas assim que isso se deu, ela percebeu que não era isso o que queria. Alguns dos interessados ofereceram conselhos médicos: histórias inspiradoras de recuperação de coma colhidas da mídia, de textos apócrifos da internet sobre as propriedades milagrosas de câmaras hiperbáricas. Algumas pessoas se gabavam do quanto ficaram "abaladas" com a notícia da doença de Joel — como tinha provocado pensamentos assustadores a respeito da própria mortalidade. Outras, depois de murmurar condolências, caíam num silêncio compungido e ficavam olhando para Audrey, esperando que ela os salvasse de sua inépcia. Audrey tentou fingir, tentou ser corajosa e jovial. Mas, aparentemente, errou o tom — exagerou um pouco. Algumas pessoas ficaram visivelmente chocadas com sua jovialidade imprópria. O resto pareceu convencido de que Joel não estava assim tão mal, afinal de contas. Um homem com quem ela falou concluiu a conversa pedindo a ela para dar lembranças ao marido. *Lembranças*. Como se Joel estivesse preso em casa por um ataque de gota!

Audrey ainda estava vasculhando a mesa da cozinha. Debaixo de uma pilha de cartas não abertas, sujas de café, ela encontrou um exemplar do livro *9/11* de Noam Chomsky, sobre o 11 de Setembro. Ela se sentou e ficou olhando desconsoladamente para a capa. Poucas noites antes do derrame de Joel, se recusara a fazer amor com ele porque queria ler esse livro. (Joel, que conhecia Chomsky sem muita intimidade, ameaçara de brincadeira escrever para ele, reclamando que a crítica do imperialismo americano escrita por ele estava prejudicando sua vida sexual.) Agora, o livro continuava sem ter sido lido. Ela nunca passara das três primeiras páginas. Era horrível ter perdido o que foi talvez sua última chance de fazer amor com Joel por causa de Chomsky! Sacudiu a cabeça. Esse tipo de remorso era inútil; era sentimental. Na enorme saga islândica de um casamento, esses pequenos fracassos não eram nada. Eram, no máximo, notas de rodapé. A vida matrimonial era como a saúde: não adianta ter uma boa saúde se você não pode abusar dela de vez em quando ou considerá-la uma coisa natural.

Sylvia estava descendo as escadas, fazendo a casa tremer com seus passos pesados.

— Sra. Au-drey — chamou.

Audrey se levantou e foi até o corredor.

— Encontrei isto aqui na pia do banheiro — disse Sylvia, sacudindo as chaves de Audrey sobre o corrimão. — A senhora precisa delas?

— Você está atrasada — disse Rosa, quando Audrey chegou ao apartamento de Hannah.

Audrey limpou cuidadosamente os pés no capacho.

— E boa tarde para você também, querida.

— Não vou poder ir até o hospital com vocês — declarou Rosa, fechando a porta e seguindo a mãe pelo corredor. — Está muito tarde. Tenho um compromisso às 15h.

— Não seja idiota — respondeu Audrey. — Você sabe que não consigo lidar sozinha com Nana e a cadeira de rodas.

O ar na sala escura de Hannah tinha o cheiro de loja de roupas usadas típico da casa de uma pessoa velha. Hannah estava dormindo na cadeira de rodas motorizada de espaldar reclinável, com a tesoura e a lente de aumento que usava para recortar artigos de interesse do *New York Times* ainda no colo.

— Tenho um compromisso — repetiu Rosa.

Audrey foi desligar o rádio, que ficara sintonizado entre duas estações e naquele momento emitia um rugido da sinfonia de Bartok misturado com a KISS FM.

— Telefone e diga que vai chegar atrasada — disse.

Formando um semicírculo sobre a lareira, havia um grupo de porta-retratos com fotos da família: Hannah, aos 3 anos, no estúdio de um fotógrafo no Brooklyn, logo depois de ter chegado à América, de Odessa, em 1912. O pai de Joel, Irving, fazendo o seu primeiro discurso numa reunião da Trade Union Unity League em 1924. O irmão de Hannah, Lou, usando o uniforme do Batalhão Abraham Lincoln, entrando num navio para a Espanha em 1933. Joel, com 7 anos, marchando pela Quinta Avenida com os pais, no Desfile do May Day de 1937. Audrey se virou com uma careta. Jamais gostara de retratos antigos. Todos aqueles parentes mortos olhando reprovadoramente do passado para você, entoando seu canto fúnebre a respeito da vaidade dos desejos humanos. Era a mesma coisa que decorar a casa com caveiras, pensou.

— Aonde você tem de ir? — perguntou, virando-se para Rosa.

— Vou passar o fim de semana em Monsey.

— Muncie? Onde fica, em Idaho?

— Não, Monsey, no norte do estado.

Audrey olhou para a saia azul-marinho de Rosa na altura das canelas e para a blusa preta de gola alta. Estreitou os olhos.

— É alguma comemoração judaica?

— Na verdade, vou a um Shabbaton.

— E que porra é essa?

— É um sabá esticado, com palestras e coisas assim. — Rosa fez uma pausa. — Vou me hospedar com um rabino e sua família.

— Ah, pelo amor de Deus...

— Não vou discutir sobre isso, mamãe.

Hannah acordou e olhou em volta, cheia de indignação.

— Onde está Magda?

— Acho que ela deu uma saidinha — respondeu Audrey.

Magda era a polonesa rabugenta que ia cozinhar e limpar a casa de Hannah cinco vezes por semana. Audrey havia passado por ela ao chegar, fumando um cigarro na frente do prédio.

Audrey se agachou ao lado da cadeira de Hannah.

— Como vai você, Nana?

— Vou bem — disse Hannah, secamente. Começou a mexer nos vidros de remédio que estavam na mesinha ao lado da poltrona. Sob a luz leitosa do abajur, o rosto dela, com seu emaranhado de rugas, parecia a superfície do oceano vista de um avião.

— Você está procurando alguma coisa, Nana? — perguntou Audrey.

— Não consigo achar... ah, aqui está.

Hannah pegou o controle remoto da cadeira e começou a apertar os botões. Ouviu-se um som alto e promissor de engrenagens, mas a cadeira não se mexeu.

— Quer que ajude?

— Não — respondeu Hannah, com irritação. — Você não sabe como isto funciona.

A cadeira cara e complicada de Hannah tinha sido o presente de 90 anos de Joel para ela. Tinha cinco ângulos de inclinação e três tipos de massagem e Hannah não sabia operar nenhum deles. Consequentemente, passava uma porção substancial do tempo cavalgando para a frente e para trás nas embreagens duras de veludilho, recusando qualquer ajuda.

— Vamos, Nana — insistiu Audrey. — Deixe-me dar uma olhada.

— Não! — Hannah apertou ciumentamente o controle contra o peito.

A cadeira deu um salto súbito e violento e se inclinou para trás, jogando no chão ruidosamente a tesoura e a lente de aumento. Quando Audrey deu um passo à frente, preparando-se para arrancar o controle da mão de Hannah, a cadeira veio zunindo para a frente, deixando Hannah outra vez numa posição sentada.

— Está vendo? — disse Audrey. — Bem feito, Nana!

Hannah, agora sentada tão reta quanto uma rainha egípcia, baixou as pálpebras, constrangida.

— Não precisa me cumprimentar, querida. Não sou uma mentecapta. — Olhou para a neta. — Rosa! Sobre o que estávamos conversando ainda agora?

— Estávamos discutindo o artigo do *Times*, Nana.

— Ah, é.

— Que artigo? — perguntou Audrey.

Hannah apontou para a pilha de jornais no chão, perto da cadeira.

— Hoje saiu uma entrevista com o chefe do sindicato de Karla.

Audrey balançou a cabeça. Tivera a intenção de ler o artigo naquela manhã, mas adormecera antes.

— Ah, *isso*. Não tive paciência para ler. Não quero ouvir Judas tentando se justificar.

O rosto de Hannah se contraiu.

— Não, não, querida — disse. — Você está pondo a culpa nas pessoas erradas. Se os democratas tivessem feito alguma coisa nos últimos vinte anos para apoiar o movimento dos trabalhadores, o sindicato não teria sido obrigado a fazer esse tipo de acordo.

— Bem, mas o movimento dos trabalhadores não deveria defender *todos* os trabalhadores? — retrucou Audrey.

Hannah fechou os olhos.

— Talvez, Audrey, se você algum dia tivesse feito parte de um sindicato...

Audrey deu um risinho.

— Acho que não podemos mais chamar o sindicato dos trabalhadores da saúde de sindicato, podemos, Hannah? Parece-me que eles se tornaram um tipo de grupo que busca vantagens especiais.

Hannah não considerou a observação dela.

— O movimento operário exige solidariedade e solidariedade exige disciplina e disciplina...

— Dane-se a disciplina! — Audrey interrompeu-a. — Se Karla tivesse um pingo de sensatez, sairia do sindicato.

Hannah sorriu de leve e começou a cantarolar baixinho.

Rosa se levantou.

— Tenho de ir.

— O quê? — disse Hannah.

— Já tenho de ir, Nana.

— Rosa não lhe contou? — perguntou Audrey. — Não vai ao hospital conosco. Tem um encontro muito importante com um rabino.

Hannah emitiu um som gutural de reprovação.

— Ora, ora. — Audrey sorriu maldosamente. — Não devemos falar mal dos amigos religiosos de Rosa. Ela vai ficar zangada conosco.

Rosa suspirou.

— Mamãe, você podia...

— Deixe-me dizer-lhe uma coisa, Rosa — interveio Hannah. — Meus pais viajaram milhares de quilômetros num navio para chegar a este país...

Rosa olhou para o chão com uma paciência calculada.

— Ficaram três semanas no mar — continuou Hannah. — Na terceira classe. Com duas crianças pequenas. E o que você acha que minha mãe fez no dia em que o navio entrou no Porto de Nova York e ela avistou a Estátua da Liberdade pela primeira vez?

Rosa esperou.

— Tirou o lenço da cabeça e o atirou no mar! E, você sabe, isso era uma coisa extremamente escandalosa, uma *shanda*, uma judia mostrar o cabelo em público. As pessoas começaram a gritar com ela, dizendo que ela iria atrair a ira de Deus sobre elas, mas minha mãe não ligou. "Sou americana agora", declarou. "De agora em diante, vou ser uma mulher livre. Não vou mais aceitar que os rabinos me digam o que comer e como me vestir. Vocês podem fazer como quiserem, mas minha decisão é esta." Você pode imaginar quanta coragem ela precisou para fazer isso? Quase a atiraram no mar! E por que ela fez isso? Para que seus filhos e os filhos dos seus filhos não tivessem de crescer sob a tirania da religião, como ela. O que você acha que ela diria hoje se pudesse ver sua bisneta envolvida com essa besteira toda que ela rejeitou um século atrás?

— Bem, eu espero, Nana, que ela iria respeitar minha liberdade de escolha em relação a isso.

— Não gaste sua saliva com Rosa — disse Audrey, segurando as mãos dela. — Vamos pôr o pé na estrada, certo?

Hannah suspirou. Falar sobre a mãe a tinha deixado melancólica.

— Que coisa horrível, visitar o próprio filho no hospital! Você não pode imaginar o que é para uma mãe ver o filho desse jeito.

— Bem, não é fácil para nenhum de nós, Nana — respondeu Audrey secamente.

— Quando penso nele lá deitado, sozinho...

— Ele não está sozinho. Passo a maior parte do tempo com ele. E ele recebe um monte de visitas também.

Hannah ficou mais animada.

— Sim, Karla me contou que Jesse Jackson esteve lá outro dia. Ficou mais de uma hora, ela disse. Não foi gentil da parte dele?

Audrey bocejou.

— Jesse é legal — admitiu. — Mas força um pouco a barra.

A expressão de Hannah mostrou certa impaciência com essa recusa a se deixar impressionar com políticos famosos.

— Ainda assim — disse, voltando ao assunto anterior —, não é certo que Joel esteja doente e eu esteja bem. *Eu* é que devia estar numa cama de hospital. Já vivi muito.

— Ah, *Nana* — protestou Rosa.

Audrey, que achava que Nana tinha certa razão, ficou calada.

Um dos pacientes da clínica de reabilitação de Joel estava comemorando o aniversário naquela tarde. Buquês de balões de hélio tinham sido presos nas paredes da ala principal e uma faixa de plástico com os dizeres FELIZ ANIVERSÁRIO pendia do teto sobre o posto de enfermagem. Quando Audrey e Hannah passaram pela sala de recreação, avistaram o aniversariante de olhos vidrados, sentado numa cadeira com uma coroa de papel enfiada na cabeça frouxa. Três enfermeiros tentavam em vão atrair o interesse dele para o bolo. Audrey fez uma careta e apressou o passo.

Ao chegarem à porta do quarto de Joel, avistaram o neurologista, Dr. Krauss, parado ao bebedouro no fim do corredor. Audrey deixou Hannah rapidamente perto da cama de Joel e saiu.

— Olá — gritou. — Pode esperar um instante?

Krauss, pálido e magro num terno marrom, virou-se e olhou para ela, que se aproximava dele em passos rápidos.

— Ah, olá, Sra. Litvinoff.

— Estou tentando marcar um encontro com o senhor há dez dias — disse Audrey.

— É mesmo? — O Dr. Krauss bebeu sua água e se inclinou para pegar mais. — Isso não é bom. A senhora pode ligar para meu consultório e marcar uma hora, sabe disso.

— Queria conversar sobre meu marido.

— É claro. — Dr. Krauss enchera demais o copo de papel. Ele o segurou com o braço esticado para não derramar água nos sapatos. — Mas esta não é uma boa hora...

— Estou preocupada com o tratamento que Joel vem recebendo aqui.

— O que a senhora tem a fazer é marcar uma hora.

— Ele está aqui há duas semanas e nada aconteceu.

— O nome da minha secretária é Pam. Se a senhora ligar para ela...

— Quero falar com o senhor *agora.*

Dr. Krauss riu como um Papai Noel de loja de departamentos. *Ho Ho Ho.*

— Bem, qual é exatamente o problema, Sra. Litvinoff?

— Não acho que o tratamento de Joel seja bom o suficiente. Passo o tempo todo aqui e ele praticamente só fica ali deitado como um peixe.

— Acho que Joel está cumprindo um esquema rigoroso de fisioterapia...

— Sim, mas não é suficiente. E quanto aos tratamentos que tenho visto na internet, estimulação sensorial, terapia-G? Por que ele não está fazendo nada disso?

Dr. Krauss fechou os olhos, como se a ideia de tentar transpor a enorme lacuna de conhecimento que havia entre ele e Audrey o deixasse exausto.

— Bem, Sra. Litvinoff, muitas dessas pseudoterapias têm pouca ou nenhuma base na ciência.

— Li um artigo outro dia sobre um médico, não um charlatão, um médico de verdade, que está implantando eletrodos nos cérebros dos pacientes em coma e conseguindo que eles comecem a se comunicar.

— Sim, isso é fascinante, não é mesmo? Mas acho que a senhora vai descobrir que aqueles pacientes responderam minimamente a tratamentos anteriores.

Audrey sacudiu a cabeça com impaciência.

— Só acho que o senhor não está tentando tudo o que podia com Joel.

— Posso assegurar-lhe — disse o Dr. Krauss, enrubescendo — que não é verdade. De fato, eu a desafio a encontrar outra clínica na América que estivesse disposta a proporcionar a Joel um esquema mais intensivo de terapia do que o que estamos aplicando. — Fez um movimento com o pescoço, como uma galinha, enquanto afrouxava a gravata. — É importante — continuou — estabelecer parâmetros adequados para nossas expectativas.

— Como assim?

— Bem, Joel não é jovem. Ele sofreu um grave acidente vascular cerebral...

— Sei disso — interrompeu-o Audrey. — Dr. Sussman disse que ninguém sabe com certeza como Joel irá evoluir. Ele disse que o prazo para melhoria é de pelo menos um ano e que até esse prazo acabar, o céu é o limite.

— Sim... — Dr. Krauss parecia estar pensando como contradizer um colega sem parecer contradizer um colega. — Estritamente falando, o que o Dr. Sussman disse é correto. Não podemos ter certeza absoluta do que vai acontecer com Joel, mas podemos fazer algumas suposições inteligentes com base em precedentes. — Fez uma pausa. — Quer saber, este não é o lugar adequado para esta conversa, eu preferiria discutir a situação de Joel no meu consultório quando tiver mais tempo.

— O que o senhor está dizendo?

Dr. Krauss deu um suspiro profundo.

— Joel está num estado vegetativo. Cada dia a mais que ele permanece nesse estado, as chances de recuperar uma qualidade de vida aceitável diminuem. Sei que a senhora mostrou enorme resistência a assinar uma Ordem de Não Ressuscitamento para seu marido, mas a maioria das famílias em casos como o de Joel percebe o bom senso dessa...

Enquanto ele falava, Audrey ia arregalando os olhos. Agora, já estavam quase saltando das órbitas.

— Qual é o problema com o senhor? — gritou. — O senhor não estava na faculdade de medicina no dia em que fizeram o juramento de Hipócrates?

— Sra. Litvinoff, preciso...

— Ora — Audrey fez um gesto com a mão. — Vá se foder, certo?

Enquanto caminhava pelo corredor, esfregou os olhos com os nós dos dedos como uma criança. Ia denunciar aquele médico ao Conselho de Medicina. Ia acabar com ele. Cerrou os punhos, deixando marcas de unhas nas palmas das mãos.

No quarto de Joel, Hannah estava encostada na grade da cama, conversando com o filho. Audrey parou na porta, vendo as partículas de poeira voando preguiçosamente na luz acinzentada do quarto, ouvindo o murmúrio tranquilo da conversa unilateral da sogra. Em seguida, foi para perto dela. Todo dia, na percepção de Audrey, a essência do marido — sua pessoa — ia desaparecendo um pouco mais. Além dos fios ligados ao peito e do cateter na bexiga, agora tinha um tubo de traqueostomia no pescoço, uma sonda na barriga e um monitor de pressão intracraniana embutido no crânio. Em breve, pensou, iria desaparecer por baixo desse emaranhado de aparelhos médicos.

Misturada com a fúria contra o médico, havia uma percepção acanhada da própria hipocrisia. Ela e Joel nunca haviam sido sentimentais em relação à morte. Ao longo dos anos, as conversas sobre a mortalidade de cada um deles tinham sido sempre de um exibicionismo fleumático. "Quando chegar o dia em que eu não puder mais mijar sozinho", dissera Joel a ela alguns anos antes, quando começou a ter problemas com a próstata, "quero que você mande fazer picadinho de mim, OK?" Quantas vezes tinham sacudido a cabeça indignados com gente que defendia a santidade da vida e insistia em manter seus entes queridos vivos quando eles não eram mais do que vegetais? Quantas vezes se orgulharam do fato de que, sendo ateus, estavam preparados para encarar o fim da vida com dignidade? "Não temos nada a temer" Joel sempre dizia. "*Sabemos* que não existe nada além".

Entretanto, agora que a discussão tinha saído do ambiente confortável da sala de jantar — agora que ela se via diante da possibilidade de determinar a morte do marido — ela compreendia como as antigas bravatas tinham sido covardes. Todas aquelas piadas sobre não desperdiçar dinheiro público e sufocar um ao outro com sacos plásticos não passavam de uma fuga. De uma recusa a encarar o horror da extinção.

Esticou o braço e tentou afagar a mão dele por baixo da braçadeira anticontraturas. Sempre gostara das mãos de Joel: das palmas carnudas e secas, dos dedos longos e nodosos. O toque de suas mãos, ela costumava dizer brincando, era sua arma secreta, o bálsamo para todos os ressentimentos conjugais.

Recordou um dia, trinta e quatro anos antes, quando ele foi visitá-la na ala da maternidade do Mount Sinai depois que tivera Karla. O bebê tinha nascido de uma cesariana de emergência na noite anterior, enquanto Joel ainda estava tentando voltar de Boston, tomada pela neblina. Quando finalmente entrou apressado na enfermaria, ela já estava ali deitada, sozinha, havia 12 horas. Olhou zangada enquanto ele dançava pela enfermaria, encantando as enfermeiras com seu charme, cantando para o bebê "Soliloquy" de *Carousel.*

Minha garotinha,
Cor-de-rosa e branca
Como pêssegos com creme.
Minha garotinha
É tão linda
Quanto devem ser todas as garotas!

— Obrigada por aparecer aqui — resmungou, quando ele finalmente entregou o bebê para as enfermeiras e o casal ficou sozinho.

— Ah, pobrezinha. — Joel fechou a cortina em volta da cama e se deitou ao lado dela.

— Você foi um sacana, me deixando aqui para fazer isto sozinha.

— Tentei voltar, querida...

— Você não tinha nada de ter ido! Ninguém vai para Boston deixando a mulher grávida de nove meses.

— Querida... — Por baixo dos lençóis, as mãos dele vagaram pelos seios inchados, pelas ataduras na barriga, e desceram para a região pantanosa entre as pernas.

— Ah, estou nojenta — resmungou ela. — Está tudo vazando.

Joel não se importou. Não tinha nenhuma frescura em relação à fisiologia feminina. Amava tudo no corpo dela, até as secreções.

— Desculpe, amor, desculpe. Doeu *muito* quando cortaram você?

— Nem tanto — admitiu. — Foi como se alguém estivesse remexendo na minha gaveta de meias.

Ele riu.

— Garota corajosa.

Começou a cantar de novo uma canção de *Carousel*, só que baixinho desta vez, só para ela.

Dezenas de rapazes correm atrás dela,
Muitos fazem tudo para atraí-la
Para longe do seu fiel papai.
Ela tem alguns
Rapazinhos brancos e cor-de-rosa...
Mas minha garotinha
Fica com fome toda noite
E volta para casa, para mim...

— Jesus — murmurou ele em seguida, e pôs a mão dela em seu membro. — Quanto tempo vamos ficar sem transar?

Mais tarde, quando Audrey estava estacionando o carro em casa, ela viu Jean atravessando a rua na direção dela.

— Olá, querida! — disse Jean. — Que sincronia excelente!

Audrey tinha esquecido que Jean iria lá. Lançou um olhar infeliz para o jeans de cintura alta e para a boina vermelha da amiga. Sempre ficava envergonhada quando se via em público com Jean. O contraste entre as duas — Jean, alta, de quadris largos, ela, baixa e magra — fazia com que formassem uma dupla cômica. E também, graças aos trajes esquisitos, masculinizados, de Jean, havia sempre a desagradável possibilidade de que as pessoas as tomassem por *lésbicas*.

— Não está uma tarde linda? — perguntou Jean. Ela estava apontando para oeste, na direção do rio Hudson.

O sol, rodeado por nuvens luminosas, cor-de-rosa e laranja, tinha começado a se pôr sobre Jersey City e ao longo do canteiro central da West Side Highway, arbustos compridos e finos presos a estacas de metal balançavam as flores para os carros que passavam. Audrey sorriu. Muito tempo antes, assim que chegara a Nova York, estava absorvida demais pelo melodrama da cidade para notar bolsões de beleza como esse. Naquela época, o encanto da cidade residia na capacidade que tinha de intimidá-la — nas ruas escuras e nos subterrâneos úmidos. Mas a metrópole escura e perigosa da sua juventude tinha se suavizado e encolhido com o uso: agora, quarenta anos depois, se tornara um lugar de pores do sol e pés de magnólia.

As duas mulheres começaram a caminhar, erguendo as cabeças para receber no rosto os últimos raios tépidos de sol.

— Como estavam as coisas no hospital? — perguntou Jean.

— Tudo bem. Rosa se mandou e tive de levar Hannah até o hospital e de volta para casa sozinha.

Audrey não quis contar a Jean sua discussão com o Dr. Krauss. Se Jean não ficasse tão ofendida quanto ela, se Jean achasse que o médico tinha certa razão, Audrey não conseguiria suportar.

Vindo da outra extremidade da rua, uma mulher negra, de meia-idade, estava se aproximando. O cabelo rastafári comprido e grisalho estava amarrado num rabo de cavalo e carregava uma mochila nas costas que subia e descia acompanhando o ritmo dos passos. Audrey teve a sensação de conhecê-la de algum lugar, mas passaram uma pela outra sem se cumprimentar.

Do lado de fora da casa, Audrey tirou as chaves da bolsa, pensando se teria leite em casa para o chá. Quando ela e Jean subiram a escada, avistaram a mulher negra voltando pela rua. Talvez esteja perdida, Audrey pensou.

— Com licença — uma voz disse. — Audrey?

Audrey se virou.

A mulher estava parada no pé da escada, tirando a mochila das costas.

— Meu nome é Berenice Mason. Posso falar um instante com você?

— Sobre o quê?

A mulher hesitou.

— Sobre seu marido. Sobre Joel.

— Sim? — Audrey avistou um folheto de restaurante preso entre a porta da frente e o tapete do hall e se agachou para tirá-lo.

— Preferia não falar aqui fora — disse a mulher. — É um tanto delicado. Posso entrar por um minuto?

Audrey lançou um olhar irônico para Jean. *Um tanto delicado*. A mulher devia ter ensaiado aquela expressão afetada.

— Você é repórter? — perguntou Jean.

A mulher sacudiu a cabeça.

— Não, não.

Audrey ficou de pé e analisou-a. Era uma mulher grande, de seios fartos, vestida de forma um pouco inadequada para a idade, pensou, com uma saia comprida roxa e tênis de corrida.

— Então, como você conhece Joel?

A mulher sorriu.

— Sou amiga dele. Uma boa amiga.

— É mesmo? — disse Audrey. Identificara a mulher agora. Era uma fã. Uma seguidora. Uma ou duas dessas almas perdidas apareciam todo ano em Perry Street, querendo estabelecer — ou imaginando já existir — um relacionamento especial com Joel, seu herói radical. Na maioria das vezes, eram criaturas infelizes, mas não valia a pena dar trela para elas. Por baixo daquele jeito subserviente, normalmente se escondia uma vontade de ferro.

— Bom, prazer em conhecê-la — disse, secamente. — Mas não tenho tempo para conversar agora. Joel não está aqui e estou muito ocupada. — Ela se virou para entrar em casa. — Vamos, Jean.

A mulher começou a subir a escada.

— Desculpe — disse Audrey, tornando a se virar. — Acabei de dizer que Joel não está aqui.

— Sei disso — insistiu a mulher. — É com você que preciso falar.

— Certo. Bem, uma outra hora...

A mulher enfiou a mão na mochila e puxou um retrato.

— Realmente — disse Audrey. — Eu não...

— Veja! — A mulher estendeu o retrato para mostrar à outra.

Audrey desistiu e o pegou. A foto revelava a mulher sentada sobre uma manta num parque, com um bebê no colo. Agachado atrás dela, com as mãos em seus ombros, estava Joel. O cabelo dele estava espetado em mechas verticais como uma nuvem de cristais de gelo. Deve ter sido tirada durante algum comício, Audrey pensou. As pessoas costumavam pedir a Joel para posar para fotografias nesses eventos e Joel, que nunca se sentiu incomodado com a fama, sempre concordava.

— Veja, Jean — disse Audrey. — Que foto boa.

Jean sorriu.

— Muito boa.

— Obrigada por me mostrar — agradeceu Audrey, virando-se de novo para a mulher. — Mas agora preciso entrar. — Entregou a foto.

— Espere — disse a mulher. — Você não entendeu...

— *Já chega.* — Audrey apertou a foto contra o peito da mulher. — Guarde isso. Agora me deixe em paz.

A foto caiu no chão. Audrey abriu a porta e entrou puxando Jean atrás dela.

— Por favor! — A mulher gritou quando a porta bateu.

Audrey passou o ferrolho.

— Já chega! Vou chamar a polícia! Jean, pegue o telefone.

Jean correu para a cozinha.

— Se você não for embora agora mesmo — gritou Audrey de trás da porta. — Vou começar a discar!

Não houve resposta. Audrey foi até a sala e olhou pela janela. Não havia sinal da mulher. Do outro lado da rua, um gato malhado estava deitado numa varanda, tomando sol. Dois homens passaram pela casa, de mãos dadas e rindo de alguma coisa. Audrey ficou alguns segundos olhando para eles, ouvindo o som de suas risadas sumindo na rua.

— Está tudo bem — avisou, quando Jean voltou com o telefone sem fio. — Ela foi embora.

— Bem — disse Jean, indo para a cozinha atrás de Audrey. — Isso foi *muito* desagradável.

— Não foi? — concordou Audrey. Agora estava sem graça por ter ameaçado chamar a polícia. Ela e Joel sempre afirmaram que brancos privilegiados não deviam buscar a ajuda da polícia, exceto em casos de extrema emergência.

— O que você acha que ela queria? — perguntou Jean.

— Ora, quem pode saber? Acho que nem ela mesma sabe. Ela é doida, não é? — Audrey parou subitamente. — Ah, meu Deus.

Jean olhou para ela.

— O que foi?

— Já a vi antes.

— Não!

— Sim! Ela estava no hospital no dia que Joel teve o derrame. Estava parada do lado de fora.

— Audrey, você tem certeza?

— Juro! Ela me deu um isqueiro.

— Que coisa estranha.

— Que coisa *arrepiante*, isso sim. O que ela estava fazendo lá? Como ela soube que Joel estava lá?

— Quem sabe ela estava no tribunal quando ele desmaiou? — perguntou Jean. — Quer dizer, se ela é mesmo uma perseguidora, deve ir a todos os julgamentos dele.

— Não diga isso. E se for uma doida como aquele homem que matou John Lennon?

Jean fez uma careta.

— Talvez fosse melhor contar isso à polícia, Audrey. Quero dizer, acho que ela é inofensiva, mas sempre é melhor prevenir...

Do hall veio o som da caixa de correspondência fechando.

Audrey olhou para Jean.

— Deus — murmurou. — Você acha que é ela de novo?

Jean inclinou a cabeça e ficou escutando.

— Não sei. Quer que vá dar uma olhada?

— *Não* — disse Audrey, baixinho. — Fique aqui. E se ela estiver olhando pelo buraco da caixa de correio?

Fortalecida pelo medo de Audrey, Jean se levantou.

— Vou dar só uma espiada.

Instantes depois, voltou com um pedaço de papel dobrado na mão.

— Isto estava caído no tapete.

Audrey pegou o bilhete e o pôs na mesa à sua frente. Estava endereçado à Sra. Audrey Litvinoff.

— Deve ser dela, certo?

Jean concordou com a cabeça.

— Imagino que sim.

— O que você acha que está escrito?

— Por que você não lê, querida?

Audrey estendeu a mão e tornou a recolhê-la.

— Ah, não consigo. Lê para mim.

Jean abriu o papel e começou a ler alto:

Cara Audrey

Como você se recusou a falar comigo, não tenho outra escolha a não ser comunicar-me por carta. Sei que o que tenho a dizer vai causar-lhe muito sofrimento e sinto sinceramente por isso. Mas acredito que a verdade é importante e que, mais cedo ou mais tarde, todos nós temos de enfrentar a vida não como gostaríamos que ela fosse, mas como ela realmente é. Agora que

Joel está doente, está na hora de revelar a verdade. Durante três anos, entre *1996* e *1999*, Joel e eu fomos amantes. Em *1998*, tive um filho com Joel — um lindo menino a quem demos o nome de Jamil.

— Meu Deus! — exclamou Jean, levantando os olhos. — Ela é mesmo doida.

— Continue — disse Audrey.

Jean voltou a ler:

Embora Joel e eu não estejamos mais envolvidos romanticamente, nossa amizade se manteve e o elo que nos une como pais de Jamil jamais poderá ser quebrado. Joel sente uma afeição especial pelo filho e sempre o apoiou financeira e emocionalmente.

Audrey, fico muito triste em pensar no choque e na tristeza que você deve estar sentindo ao ler isto. Sei que nada poderá apagar sua infelicidade neste momento. Mas, por favor, acredite quando digo que Joel e eu nunca tivemos a intenção de magoar você. Com o tempo, espero que você aceite o que aconteceu e reconheça que existe um elo importante entre nós, pelo menos pelo bem dos nossos filhos. Estou mandando meu telefone, assim como meu email, e peço, Audrey, que você entre em contato comigo assim que puder.

Em paz,

Berenice Mason

— Que coisa! — disse Jean. — Joel alguma vez mencionou uma Berenice?

— É *claro* que não! — exclamou Audrey. — Não há um pingo de verdade nessa carta.

— Não, é claro que não. Só estava perguntando.

Audrey foi até a geladeira e tirou duas cenouras cinzentas da gaveta de baixo. Para ser justa com Jean, não era *inconcebível* que algo tivesse acontecido entre Joel e aquela mulher. Não a questão do filho, obviamente — isso era bobagem —, mas era possível que Joel tivesse dormido com ela. Ela não era exatamente o tipo de Joel, é claro: grande demais, estranha demais. Mas as escolhas sexuais de Joel tinham surpreendido Audrey antes. Talvez estivesse agitado uma noite e a doida da Berenice fosse a única coisa disponível.

Jean estendeu a carta.

— O que você quer que eu faça com isto?

— Jogue no lixo.

Audrey viu Jean rasgar cuidadosamente o papel ao meio e jogar os pedaços na lixeira.

— Eu disse que ela era uma doida, não disse? — Pegou uma das cenouras e partiu-a ruidosamente com os dentes. — Completamente louca.

Seis

Parada na esquina da rua 47 com a Quinta Avenida, esperando o ônibus para Monsey, Rosa comemorava silenciosamente sua fuga do bate-boca vulgar da mãe e da avó. Audrey e Hannah estavam em guerra uma com a outra desde que Rosa se entendia por gente. O assunto da briga podia variar, mas a fonte do conflito era sempre a mesma: quem compreendia melhor Joel, quem o amava mais apaixonadamente, quem merecia mais a afeição dele. Houve uma época em que Rosa e Karla também participavam dessa competição degradante, mas já fazia muito tempo que Rosa se afastara da briga — bem, a irmã nunca fora uma oponente séria: ela se contentava em tocar a bainha da roupa de Joel de vez em quando. Audrey e Nana, entretanto, nunca iriam desistir desse fantasma. Continuariam a brigar uma com a outra como fãs na porta do teatro até o amargo fim. Na verdade, agora que Joel estava doente, a batalha entre elas só se intensificara, porque em seu silêncio Joel se tornou um troféu passivo, um símbolo infinitamente interpretável: uma esfinge cuja posse e significado elas podiam disputar para sempre, sem medo de uma negação definitiva.

Rosa examinou a multidão de judeus ortodoxos que estava com ela esperando o ônibus. Quase todos os homens usavam ternos escuros e chapéus pretos grandes demais. A parte feminina do grupo tinha um modo de vestir um pouco menos formal, mas não menos identificável, que envolvia saias compridas, perucas e uma agressivamente zelada superposição de blusas, suéteres e cardigãs. Rosa se sentiu exposta e um tanto envergonhada por estar, em plena luz do dia, misturada com um grupo tão ostensivo de judeus ortodoxos. Pensou, meio nervosa, se algum dos pedestres caminhando pela Quinta Avenida a confundiria com alguém daquele clã. Ela se virou e fitou seu reflexo numa vitrine de loja. A roupa que escolhera era modesta o suficiente para afastar o olhar mais lascivo. Mas, podia ver agora, não corria o risco de passar por uma autêntica judia ortodoxa. Parecia mais uma louca governanta vitoriana tentando ocultar uma doença de pele.

— Rosa?

Ela se virou e viu um homem de short e camiseta olhando para ela com uma expressão irritante de surpresa — olhos arregalados e boca aberta.

— R*osa*, é você?

Agora não, pensou. *Por favor, agora não.*

— Sou o Chris — gritou o homem. — Chris Jackson? De Bard?

Rosa bateu de leve na testa.

— Ah, é claro! Desculpe, Chris, estava com o pensamento muito longe daqui. Como vai você?

— Vou bem, muito bem. — Ele examinou rapidamente os trajes dela. — O que há de novo? Alguém me disse que você estava morando em Cuba.

— É, estava, mas já faz mais de um ano que voltei. — Falou baixo, na esperança de que Chris fizesse o mesmo.

— Uau, isso deve ter sido fantástico! Ouvi dizer que Cuba é incrível.

— É. — Rosa não sabia o que a incomodava mais: ser observada pelos judeus conversando com um não judeu escandaloso e seminu ou ser descoberta por Chris misturada a personagens de uma história de Isaac Bashevis Singer.

— Então — disse ele —, o que você anda fazendo agora?

— Estou trabalhando num programa de complementação escolar para meninas no East Harlem.

— Ah, é? Que legal.

O enorme ônibus branco para Monsey se aproximou assobiando e soltando fumaça. Tinha janelas de vidro fumê e as palavras TRILHAS DE MONSEY coladas dos lados.

— E você? — perguntou ela. — Você está morando em Nova York agora?

— Sim. Estou produzindo documentários. Montei minha empresa.

— Que ótimo!

— É, vamos lançar um filme no próximo trimestre.

— Isso é realmente maravilhoso, Chris. Que bom para você.

As portas do ônibus tinham sido abertas e as pessoas estavam entrando.

— Quer dizer, não vai ser nenhum grande sucesso nem algo assim — disse Chris. — Mas estamos muito animados com ele...

Rosa fez um gesto na direção do ônibus.

— Desculpe, Chris, mas tenho de ir.

Chris olhou em volta.

— Você vai embarcar nisso?

— Vou passar o fim de semana no norte do estado.

— *Ahhh.*

— Foi ótimo rever você — disse Rosa.

— Você tem um cartão ou algo assim? Podíamos nos encontrar uma hora dessas.

— Um cartão? Não.

— Então me dê seu telefone. — Pegou o celular, preparando-se para anotar o dela. Após um instante de hesitação, Rosa disse o número. — OK, então! Ligo para você. — Ele apontou para a mala dela. — Deixe-me ajudá-la com isso.

Antes que Rosa pudesse impedir, ele ergueu a mala e começou a subir os degraus do ônibus.

— Uau, isto é muito interessante — disse alto, espiando para o interior escuro do ônibus.

Subindo atrás dele, Rosa viu uma cortina preta pendurada no meio do corredor com homens sentados de um lado e mulheres do outro. Ela se virou para Chris e o empurrou de leve na altura do peito.

— Pode ir — disse, com firmeza. — Agora cuido disso.

O rabino que ia hospedar Rosa tinha mandado por email informações detalhadas sobre como ir do ponto de ônibus até a casa dele, mas mesmo assim ela conseguiu se perder. O que deveria ter sido uma caminhada de dez minutos acabou sendo um percurso confuso pelas ruas de Monsey. Parou uma hora para pedir informações a um homem que estava passando, mas ele se afastou como se ela fosse um animal selvagem e saiu apressado, com a mão segurando o grande chapéu preto, sem dizer uma palavra.

A casa do rabino, quando finalmente a encontrou, era mais imponente do que tinha esperado: uma mansão de tijolos vermelhos dos anos 1930, com um grande gramado na frente e o que parecia um quintal ainda maior atrás. Uma mulher de meia-idade com um vestido bege e meias compridas atendeu à porta.

— Você deve ser Rosa — disse. — Sou a Sra. Reinman. Você está atrasada! Perdeu o acendimento das velas!

— Desculpe — disse Rosa. — Me perdi um pouco...

A Sra. Reinman fez sinal para ela entrar e pegou o casaco de Rosa.

— Foi uma pena você não ter chegado a tempo. Esperamos o máximo que podíamos... — Apontou para os pés da visitante. — Você se importa?

Rosa olhou para ela, confusa.

— Seus sapatos — disse a Sra. Reinman.

Rosa se inclinou para tirar os sapatos pretos. Estava imaginando qual seria o decreto judeu que exigia que as pessoas ficassem descalças no sabá quando a Sra. Reinman apontou para o tapete verde claro.

— Desculpe, mas ele é novo e fica marcado com facilidade.

Na sala de estofados vistosos e cheia de enfeites dos Reinmans, um pequeno grupo de mulheres e meninas tomava limonada.

— Bem, aqui está ela, finalmente! — anunciou a Sra. Reinman. Levantou os braços na direção de Rosa e tornou a abaixá-los. — Antes tarde do que nunca!

Rosa, que achou indelicado da parte da anfitriã chamar tanta atenção para o atraso, acenou se desculpando.

— Oi, pessoal.

A Sra. Reinman apontou para cada pessoa na sala, identificando-a. Havia duas filhas, Rebecca, de 12 anos, e Esther, de 6; uma sobrinha grávida, Leah, que morava em Dallas e estava ali de visita; e uma jovem amiga da família, Karen. Os homens ainda estavam na sinagoga. Depois de fazer as apresentações, a Sra. Reinman voltou para a cozinha, instruindo Karen a mostrar a Rosa onde ela iria dormir.

— Você e eu vamos dividir um quarto — disse Karen, dirigindo-se para o hall. Olhou em volta, com um ar desafiador. — Espero que você não se importe.

— Ah, claro que não — respondeu Rosa.

Enquanto subiam a escada, avistou meias soquetes brancas por baixo da saia comprida de Karen.

O quarto de hóspedes, no terceiro andar da casa, tinha duas camas assustadoramente estreitas, numa das quais Karen tinha arrumado a camisola e dois livros aparentemente sobre religião.

— Essas coisas são minhas — disse Karen, apontando.

— Certo.

Karen olhou para ela com olhos claros e avermelhados.

— Sei que você não conhece bem os ritos judaicos. Se tiver alguma dúvida sobre o que fazer ou como se comportar enquanto estiver aqui, pode me perguntar.

— Obrigada.

Karen mostrou o caminho para o banheiro e avisou a Rosa que as luzes do quarto se apagariam automaticamente às 23h.

— Você sabe que não se pode acender e apagar luzes durante o *Shabbos*? — perguntou.

Rosa indicou que sim. Ficou curiosa em saber o que as pessoas faziam se quisessem apagar a luz *antes* das 23h, mas, sem querer incentivar Karen no papel de docente religiosa, não disse nada.

Voltaram para a sala. Leah serviu um copo de limonada para Rosa e a convidou a sentar-se no sofá.

— Esta sala é especial, não acha? — perguntou. — Minha tia tem tanto bom gosto... — Apontou para as cortinas franzidas, de um azul brilhante, atrás de Rosa. — As cortinas não são lindas?

Rosa fez um ruído evasivo.

— O que você faz em Dallas? — perguntou.

Leah pareceu intrigada com a pergunta.

— Bem, eu me casei recentemente. — Baixou os olhos para a barriga. — E vou ter um bebê em outubro, *baruch Hashem.*

— Ah, sim. Parabéns. Menino ou menina?

Leah sacudiu a cabeça com um ar de censura.

— Não tentamos descobrir essas coisas — respondeu. — Ficaremos felizes com o que *Hashem* nos mandar.

Rosa não sabia ao certo se Leah estava se referindo às preferências dela e do marido em relação a "essas coisas" ou a alguma proibição mais geral por parte da comunidade. Em todo o caso, não encontrou mais nada para dizer em relação ao tema da gravidez. Olhou para as irmãs Reinman, que estavam sentadas de pernas cruzadas no chão, examinando um maço de folhas impressas em computador.

— Em que ano você está, Rebecca? — perguntou.

— No 6º.

— Foi o que pensei. Sabe, trabalho num programa de complementação escolar com meninas da sua idade.

Rebecca não pareceu muito interessada nessa informação. Balançou a cabeça e olhou para seus papéis com um ar envergonhado.

— O que você está lendo? — insistiu Rosa.

A irmã mais moça, Esther, se virou.

— Comentários sobre a *parsha* desta semana — respondeu.

Era uma menina bonita, de rosto sério, que tinha acabado de perder os dois dentes da frente. Dois dentes novos, com as extremidades serrilhadas como selos, estavam começando a nascer.

— Ela quer dizer comentários sobre o trecho da Torá — esclareceu Rebecca. — Lemos um trecho da Torá toda semana. — Cutucou a irmã. — Gentios não sabem o que é *parsha*, sua boba!

— *Não* sou uma gentia — disse Rosa, indignada.

Karen deu um risinho de desprezo. Rosa se levantou.

— Onde fica o banheiro?

O banheiro social dos Reinmans ficava logo no fim do corredor, indicado por uma placa de porcelana que dizia TOUCADOR. Depois de se trancar lá dentro, Rosa sentou-se no tampo do vaso e respirou o ar perfumado de *pot-pourri*. Estava terrivelmente desapontada. Tinha imaginado que a casa do rabino Reinman era um lugar humilde, aconchegante, algo do tipo *Um violinista no telhado*, cheio de crianças barulhentas e travessas de *kugel* e com pelo menos uma avó idosa contando histórias do *shtetl*: em vez disso, fora parar num harém de peruas suburbanas discutindo trivialidades.

Pensou nas opções de fuga. Uma intoxicação alimentar era uma possibilidade, mas duvidava que tivesse a necessária habilidade teatral. A desculpa mais simples — a que os anfitriões teriam mais facilidade de aceitar — seria fingir ligar para a mãe e ser informada de uma piora no estado do pai. Mas não era corajosa o suficiente para arriscar as repercussões cósmicas de uma mentira dessas. E, além disso, tinha quase certeza de que não era permitido usar celular no sabá. Não, teria de ficar e aguentar firme. Ela se levantou e ajeitou o cabelo em frente ao espelho. Estava sendo infantil, disse a si mesma. Era uma tolice rejeitar essa experiência simplesmente porque não tinha correspondido aos clichês esperados. Onde estava seu espírito de aventura? Sua curiosidade?

Quando abriu a porta, ficou espantada ao ver Karen parada em frente.

— Não apague a luz! — gritou Karen. Mas o dedo de Rosa já estava apertando o interruptor. Karen deu um gritinho quando o banheiro ficou escuro. — Achei que você ia esquecer — disse. — Foi por isso que vim lembrar a você.

Rosa trincou os dentes.

Ah, *Deus*. Desculpe. Eu não... Quer que acenda de novo?

— Não! — exclamou Karen. — Você não pode.

Vozes no hall indicaram a volta do grupo que estava na sinagoga.

Karen cruzou os braços.

— Bem — disse. — Agora ela vai ter de ficar apagada até o fim do *Shabbos*.

Na sala, Rosa foi apresentada aos homens: rabino Reinman e os três filhos adolescentes, o marido de Leah, Michael, e o pai da Sra. Reinman, muito idoso e careca, o Sr. Riskin.

— Ah, sim! — O Sr. Riskin disse quando Rosa lhe foi apresentada por Leah. — A moça levada que perdeu o *lichts-bentschen*!

Rosa olhou desanimada para ele. A calva tinha a aparência frágil e manchada de um ovo de codorna. No meio dela, havia uma depressão rasa que parecia pulsar como a moleira de um bebê.

— O que foi que atrasou você? — perguntou, arreganhando os dentes para ela com ar agressivo. — Estava ocupada demais conversando com os namorados?

— Vovô! — exclamou Leah, com um ar indulgente.

A boca do Sr. Riskin começou a tremer, anunciando a aproximação de outra gracinha.

— Ouvi dizer que você apagou a luz do banheiro. Você quis nos obrigar a fazer xixi no escuro esta noite?

Leah cobriu a boca com as mãos, fingindo ter ficado escandalizada com o canalha do avô.

— Sua família não respeita o *Shabbos*? — perguntou o Sr. Riskin.

Os lábios de Rosa ficaram finos.

— Não.

O Sr. Riskin olhou para Leah e ergueu os braços num gesto de impotência.

As pessoas estavam começando a sair da sala de visitas. Na pequena e formal sala de jantar, do outro lado do corredor, a arrumação da mesa prometia uma refeição longa e complicada. Rosa observou rapidamente os cartões indicando os lugares e verificou, desapontada, que tinha sido colocada entre Karen e Rebecca, bem defronte ao Sr. Riskin. Já ia puxar a cadeira quando Karen agarrou seu braço com força.

— Ainda não! Primeiro damos boas-vindas aos anjos do *Shabbos*!

Segundos depois, todos em volta da mesa baixaram as cabeças e começaram a cantar.

Shalom aleichem malachei ha-shareis
Malachei elyon
mi-melech malchei ha-melachim
Ha-Kadosh Baruch Hu

Depois que o cântico terminou, o adultos se sentaram e os filhos dos Reinman se aproximaram do pai, um por um, para receber a bênção. Depois o rabino se levantou para cantar sozinho. Era um homem baixo e delicado, com mãos pequenas e brancas e uma boquinha vermelha que ardia sob a barba espessa como uma fogueira no meio da floresta. A voz era surpreendentemente forte e ressonante. Karen explicou a Rosa num sussurro que ele estava cantando *Ayshet Chayil* dos Provérbios, "uma canção de louvor a uma esposa". E quando Rosa olhou para a outra ponta da mesa, viu que a Sra. Reinman estava com os olhos timidamente abaixados. Havia algo de ridículo naquele homem pequenino cantando um hino em homenagem à esposa matronal na mesa de jantar: ridículo, mas também comovente. Suas refeições em Perry Street, quando criança, tinham sido sempre desleixadas, sem guardanapos na mesa, presididas por uma mãe irritada para quem fazer comida era o foco de todos os ressentimentos. Quando tentou imaginar Audrey sentada no lugar da Sra. Reinman, com Joel cantando para ela, a imagem foi tão contrastante que quase caiu na gargalhada.

Passado algum tempo, depois que o *kiddush* foi dito, todo mundo lavou cerimoniosamente as mãos e o *challah* foi abençoado, o jantar foi servido.

— Então, minha jovem... — disse o Sr. Riskin para Rosa quando uma tigela de sopa foi colocada diante dela. Rosa olhou para ele, esperando impacientemente que o resto da frase abrisse caminho pelos seus neurônios bambos. — O que achou do canto do meu filho?

O rabino Reinman fez um gesto para ele se calar.

— Leon, por favor...

— Gostei muito — disse Rosa. — O rabino Reinman canta muito bem.

O rabino ergueu a mão para interromper os elogios.

— Ah, você é amável, mas não sou nenhum cantor. Você devia ouvir Michael. — Apontou para o marido de Leah. — Michael é um grande cantor.

Michael sacudiu o dedo.

— Não, não, Marty. Sou apenas um cantor mediano. Cresci numa família de músicos, então sei muito bem que meus dons são limitados.

— Michael vem de uma longa linhagem de cantores — explicou o rabino a Rosa. — O pai dele, abençoada seja sua memória, era Shlomo Lamm, um dos melhores e mais famosos cantores do Canadá.

Michael riu, admitindo modestamente a ascendência famosa.

O rabino foi distraído por um dos filhos, que lhe mostrou as notas num recente teste de matemática. Karen se inclinou para o Sr. Riskin por cima da mesa.

— Rosa trabalha com crianças, sabia, Sr. Riskin?

— Você é professora? — perguntou o Sr. Riskin.

— Não — respondeu Rosa. — Ajudo a coordenar um programa que oferece atividades extracurriculares e durante as férias.

— Ah, sim? — o Sr. Riskin disse. — Onde é isso?

— Ele tem dois núcleos em Manhattan, um no Centro e outro mais afastado. Trabalho no núcleo do East Harlem.

O Sr. Riskin pensou um pouco.

— Você toma conta de crianças negras?

— A maioria das crianças é negra, sim.

— Entendo! E... você gosta desse trabalho?

— Gosto.

O Sr. Riskin sacudiu os ombros.

— Para mim, uma pessoa devia cuidar da própria comunidade antes de começar a ajudar os outros.

— Bem, essas meninas *são* a minha comunidade — rebateu Rosa. — Elas são tão nova-iorquinas quanto eu.

O Sr. Riskin pôs a mão no peito e engoliu um arroto.

— Iguaizinhas a você, hein?

Rosa sorriu calmamente e se virou para Rebecca, que estava sentada do outro lado.

— Você deve estar prestes a ter o seu *bat mitzvah* — comentou.

Rebecca sacudiu negativamente a cabeça.

— Não, nós...

— Não fazemos isso — interveio o Sr. Riskin. — Comemorações de *bat mitzvah* não são ortodoxas.

— Ah, entendo — disse Rosa, sem entender nada.

— O *bat mitzvah* é uma coisa que os judeus reconstrucionistas inventaram para que as meninas não se sentissem "excluídas" — explicou o Sr. Riskin. — Depois a Reforma gostou da ideia e agora isso é um grande negócio.

— Ah.

O Sr. Riskin passou o guardanapo no lábio inferior.

— Suponho — disse — que você é o tipo de mulher feminista que acha que nossas meninas são excluídas porque não têm um *bat mitzvah.*

— Bem, eu não entendo muito disso, Sr. Riskin. Mas entendo que algumas meninas queiram...

— Sim — interrompeu-a o Sr. Riskin. — Bem que desconfiava! Você é uma dessas mulheres que querem ser um homem. As mulheres feministas acham que é degradante ser mulher, mas na religião judaica valorizamos nossas mulheres. São as sacerdotisas de suas casas.

Rosa olhou para a colher de sopa e pensou em amassar o crânio horrendo, pulsante, do Sr. Riskin com ela. Por que era obrigada a ser solícita em relação às sensibilidades religiosas dele? Ele não estava preocupado em não ofendê-la.

— Bem — conseguiu falar, após alguns instantes. — Eu diria que uma mulher pode ser uma sacerdotisa *e* ter um *bat mitzvah*. Não acha?

O Sr. Riskin abanou a mão.

— Você está dizendo bobagens, minha jovem!

A altercação entre eles tinha atraído a atenção de outros membros da família.

— Leon, por favor — interveio o rabino Reinman da cabeceira da mesa. — Você não deve incomodar nossa hóspede...

— Você acha que está falando de religião — disse o Sr. Riskin, sacudindo o dedo deformado de artrite na direção de Rosa. — Mas não está. Você tem é despeito.

Depois do jantar, o rabino Reinman chamou Rosa de lado e fez sinal para ela entrar em seu escritório.

— Acho que meu sogro foi um pouco duro com você esta noite — disse, depois que se sentaram.

— Não, não — protestou Rosa. — A culpa foi minha. Sinto muito por tê-lo ofendido.

— Não se preocupe com isso. Ele é bem resistente. Espero que mesmo assim você tenha conseguido se divertir esta noite. Quero que você se sinta em casa aqui.

— Estou gostando muito. Adorei a cantoria no jantar.

— Ótimo. — O rabino balançou a cabeça. — Então, Rosa... Gostaria de saber um pouco mais sobre você. Como foi que passou a se interessar pela religião judaica?

Rosa olhou para o chão.

— Não sei ao certo. Venho de uma família que nunca se interessou por religião.

— Entendo. Perdoe a pergunta, mas você tem algum parentesco com Joel Litvinoff, o advogado?

— Sim, ele é meu pai.

— Achei que devia haver alguma relação. Sei um pouco sobre ele. É socialista, não é?

Rosa sorriu, recordando todas as discussões que tivera com Joel sobre a autenticidade do socialismo dele.

— De certa forma, sim.

— E ateu?

— Ah, sim. Um ateu, com certeza. Um antiteísta, de fato.

O rabino se inclinou para a frente.

— Um antiteísta? O que isso quer dizer?

— Bem... Acho que quer dizer que ele considera a religião uma coisa ruim.

— Entendo. — O rabino sorriu. — Então ele *desaprova* o Deus no qual não acredita.

— É um homem bom — disse Rosa, sentindo-se de repente protetora. — Está muito doente no momento.

— Sinto muito por isso. O que ele tem?

— Teve um derrame seis semanas atrás. Está em coma.

O rabino sacudiu a cabeça.

— Isso é terrível. Deve ser muito duro para sua família.

Houve uma pausa. Rosa olhou para o teto.

— Então — continuou o rabino, delicadamente. — Você ia me falar sobre seu interesse pelo judaísmo. Você, pelo que entendi, *não* é uma antiteísta.

— Bem, por um longo tempo fui. Até pouco tempo atrás, teria descrito a mim mesma como uma marxista.

O rabino ergueu as sobrancelhas.

— Marx, hein? Você sabe, suponho, o que Marx escreveu sobre os judeus?

Rosa sacudiu a cabeça.

O rabino se levantou e começou a procurar na estante. Após um momento, tirou um livro grosso e começou a ler. "A emancipação da barganha e do dinheiro, do verdadeiro judaísmo, seria a autoemancipação do nosso tempo" — citou. — "O dinheiro é o ciumento Deus de Israel ao lado do qual nenhum outro Deus pode estar."

Rosa fez uma cara cética.

— Marx escreveu isso?

— Sim. O seu Marx era um dos antissemitas mais ferozes. Os pais dele se converteram ao cristianismo quando ele era menino, sabe... — Parou e sorriu. — Desculpe, estou falando demais. Esse é um mau hábito que a maioria dos rabinos tem. Nossa *deformation professionelle*, como dizem na França. Continue. Você foi uma marxista por um longo tempo. E como se curou disso?

— Bem, morei quatro anos em Cuba e...

— Minha nossa! Como isso aconteceu?

— Fui para lá no verão do meu 2º ano de direito. Foi um trabalho de férias organizado por um grupo da Solidariedade Cubano-Americano. Fomos para lá para reformar centros de saúde. Enquanto estava lá conheci um homem...

— Ah! Você se apaixonou!

Rosa riu.

— Por Cuba, talvez. Quando os outros voluntários voltaram para os Estados Unidos, resolvi ficar e morar com esse homem e a família dele. Eles tinham uma fazenda de criação de porcos num lugar chamado Vinales. Era muito precária, apenas dois casebres. Não havia banheiro dentro de casa, nem água corrente...

— Minha nossa!

— Mas a família era muito acolhedora e generosa. Durante o primeiro ano que passei com eles, fui realmente feliz.

— E depois do primeiro ano?

— Bem, acho que comecei a ver um monte de problemas no sistema. Um monte de repressão e injustiça.

— Mas você ficou lá?

— Bem... — Rosa hesitou.

As pessoas sempre pareciam pensar que você parava de acreditar nas coisas de uma forma súbita, numa revelação instantânea de perda. Para ela, pelo menos, o processo de desencantamento tinha sido penosamente lento. Sua fé em Cuba viera junto com um complicado sistema de defesas para lidar com provas que lhe fossem perniciosas, e durante muito tempo não tinha havido quase nenhuma contradição no interior do regime, nenhum fato constrangedor sobre as privações do povo cubano que ela não pudesse derrubar com seu estoque de racionalizações pré-fabricadas. *Não se pode avaliar os fatos de um modo estatístico: os fatos têm de ser entendidos dinamicamente. Sofismar sobre "direitos humanos" mostra que você não se libertou das atitudes burguesas. Qual foi a sociedade que alcançou a democracia perfeita? A revolução ainda está em processo. A propaganda é uma ferramenta perfeitamente legítima para manter a disciplina revolucionária. O sucesso da revolução é mais importante do que a liberdade de expressão dos inimigos da revolução.*

— Acho... — disse ao rabino — acho que não queria ir embora.

— Bem, você com certeza aprendeu sua lição da forma mais dura!

Rosa sorriu sem jeito. Por mais desacreditada que sua antiga fé estivesse, havia uma parte dela que cultuava sua memória, que ainda sofria quando debochavam dela. Não estava pronta para ter sua história interpretada como uma fábula conservadora.

— E o judaísmo? — perguntou o rabino. — Como você chegou a ele?

— Por acaso, na verdade. — Contou a ele o que ocorrera quando entrou pela primeira vez em Ahavat Israel. — Foi como se houvesse uma parte enorme da minha herança que ignorei durante anos. Senti algo...

O rabino balançou a cabeça incentivando-a a prosseguir.

— Sim?

— Senti algo muito forte no fato de estar ali no meio dos meus companheiros judeus, de perceber que fazia parte de algo maior... — parou, envergonhada da própria banalidade.

— Isso é maravilhoso, Rosa. Maravilhoso! Acho que não foi por acaso que você entrou naquela sinagoga aquela manhã. Foi o que chamamos em hebreu de *bashert*, intencional. — Fez uma pausa. — Agora me diga, como você pensa em proceder?

Rosa apertou os olhos.

— Eu não... o que você quer dizer exatamente com "proceder"?

— Bem. Algo aconteceu com você, Rosa. Você pertence a uma família não religiosa. Nada na sua vida, até agora, a incentivou a se interessar por questões religiosas. De fato, você foi firmemente desencorajada. Entretanto, você sentiu uma *pintele yid*, uma pequena centelha de judaísmo dentro de você, que a levou a uma sinagoga, que a trouxe aqui a Monsey. Estou imaginando o que você vai fazer com essa centelha.

— Ah... Você quer dizer, se vou me tornar praticante?

O rabino olhou para ela com uma alegria otimista.

— Acho que não estou pronta para isso — disse Rosa.

— Entendo. E o que você acha que precisa acontecer para ficar pronta?

Rosa pensou um pouco.

— Posso ser completamente franca com você, rabino?

— Não espero outra coisa.

— Bem, é verdade que ir à sinagoga foi uma experiência importante para mim. E entendo agora que muitas das ideias negativas que tinha sobre religião tinham origem na ignorância. Mas não tenho certeza de que algum dia estarei pronta, você sabe, para viver como você e sua família vivem.

O rabino concordou calmamente.

— Diga-me, Rosa, você acredita que a Torá é a palavra de Deus?

Rosa hesitou, tentando avaliar o quanto de franqueza essa conversa poderia suportar.

— Acho... — disse devagar. — Acho que teria muita dificuldade de aceitar que ela é *literalmente* a palavra Dele.

— Posso saber quanto da Torá você já leu, Rosa?

— Não muito.

— Já leu as Profecias?

— Não.

— Aconselho você a dar uma olhada nelas. Elas contêm coisas que irão deixá-la estarrecida, coisas que não poderiam ter sido previstas por homens dois mil anos atrás. "E o Senhor vos espalhará entre todos os povos... e nem ainda entre as mesmas gentes descansarás nem a planta de teu pé terá repouso... E então o Senhor, teu Deus, irá voltar... e tornar a juntar-vos..." Essa é a história do nosso povo, a história de Israel, você entende?

Rosa trincou os dentes nervosamente. Não queria ter uma discussão sobre sionismo.

— Mas esse é um argumento circular, não é? — disse. — Quer dizer, os judeus não teriam pensando em criar uma pátria em Israel se não tivessem tirado essa ideia da Bíblia.

— E os judeus também tiraram a ideia da Diáspora da Bíblia? Eles se espalharam de propósito para provar que as Profecias estavam certas? Eles inventaram os nazistas? Vá olhar, Rosa! "Então os provocarei com os que não são povo, com uma nação vil os despertarei a ira." Isso não provoca uma certa dúvida em você?

Rosa baixou os olhos. Por que era tão importante para ela considerar essas profecias uma tolice? Obviamente, se ela se orgulhava da sua mente racional, seria conveniente *considerar* a possibilidade de que elas vinham de Deus?

— Não racionalize — disse o rabino. — O que sua intuição diz?

Rosa sorriu, meio se desculpando.

— Minha intuição diz que o mundo não foi criado por Deus em seis dias.

— Sabe, Rosa, os ensinamentos ortodoxos não são necessariamente incompatíveis com a teoria da evolução. Maimônides disse que "o que a Torá escreve sobre a História da Criação não é para ser tomado ao pé da letra, como as massas acreditavam". Há muitos pesquisadores ortodoxos respeitados que acreditam que a palavra em hebraico *yom*, que é normalmente traduzida por "dia", também pode se referir a um período indefinido de tempo.

— Então existem darwinistas ortodoxos?

— Como em todas as áreas, existe um amplo espectro de opiniões. Obviamente, um judeu ortodoxo não acredita que os processos de evolução são aleatórios. — Ele se levantou e começou a procurar de novo na estante. — Há um médico israelense que fez um trabalho muito interessante no sentido de reconciliar a teologia judaica com a ciência moderna. Tenho um livro dele em algum lugar. Ele afirma que o uso do carbono para determinar datas é um método muito menos confiável do que se acredita. Também sustenta que fósseis mostram que a mutação foi um fenômeno insignificante.

— Então ele basicamente tenta desacreditar Darwin.

— Bem, por que tem tanta certeza de que Darwin estava certo? Você mesma estudou fósseis e datação por carbono e assim por diante? Ou simplesmente adotou as crenças de outras pessoas, do seu pai, por exemplo?

Rosa fechou a cara. Isso não era justo. Ninguém desafiou mais a autoridade paterna do que ela. Seria possível que o rabino só estivesse interessado nela por seu pai ser quem era? Converter a filha do notoriamente ateu Joel Litvinoff sem dúvida seria considerado um golpe de mestre no meio dos rabinos...

— Encontrei! — O rabino entregou-lhe o livro que estava procurando. — Espero que você não pense que eu a estou coagindo, Rosa, mas isso é importante. Você disse que era marxista. De vez em quando você não se deparava com conceitos nos textos de Marx que eram intrigantes ou obscuros para você? E aí você simplesmente desistia, dizendo, "Chega! Não posso concordar com isso!"? Não, você insistia. Você estudava com mais afinco e torcia para que as coisas se tornassem mais claras para você. Bem, aqui estamos nós, falando sobre *Hashem*, um poder e uma inteligência que ultrapassam a compreensão humana. Você não acha que Ele merece pelo menos a mesma cortesia que você demonstrou ao Sr. Marx?

Rosa sorriu, subitamente envergonhada por ter imputado motivos cínicos a esse homem doce. Analisou a capa do livro. Talvez ele tivesse razão. Talvez ela tivesse mesmo aceitado a teoria da evolução com base na confiança.

— Há um lugar na cidade de Nova York que gostaria de recomendar para você — disse o rabino. — É um instituto de educação para mulheres judias que querem aprender mais sobre sua religião. A diretora do centro é a esposa de um amigo meu e os professores de lá são bons. Acho que você o consideraria muito interessante.

Rosa concordou educadamente.

— Obrigada. Vou pensar nisso.

O rabino olhou atentamente para ela.

— Sei como você está se sentindo, Rosa. Você deu um passo enorme ao sair de sua zona de conforto e agora está se vendo num mundo em que muita coisa é desconhecida e até perturbadora. Só o que peço é que você viva com esse desconforto por algum tempo. Não fuja. Fique. Explore esse mundo e veja o que acontece.

Mais tarde, quando Rosa foi se deitar, encontrou Karen debaixo das cobertas, lendo um livro chamado *Viagem a Jerusalém*.

— Você gostou da conversa com o rabino Reinman? — perguntou Karen. Ela parecia ressentida.

— Sim, foi muito interessante.

Karen ficou olhando para ela, esperando mais informações.

— O rabino Reinman é um homem muito instruído. É uma grande honra, sabe, ele ter se interessado tanto por você.

— Sei disso. — Rosa tirou a escova de dentes da mala.

— Você não pode escovar os dentes! — disse Karen. — Isso não é permitido no *Shabbos*. Conta como trabalho.

Rosa arriou os ombros, desanimada.

— Ninguém escova os dentes de sexta-feira à noite até sábado à noite?

Karen sacudiu a cabeça.

— E também não tomamos banho. Você pode comer uma bala de hortelã de manhã se quiser refrescar o hálito.

Rosa olhou para a escova de dentes e depois para Karen. Será que as obrigações para com os anfitriões chegavam ao ponto de afetar sua higiene oral? Ainda estava refletindo sobre esse difícil problema de etiqueta quando o *timer* das luzes funcionou, fazendo o quarto mergulhar na escuridão. Suspirou, guardou a escova de dentes na mala e foi às cegas até a cama.

Sete

Em algum lugar na ala geriátrica do Columbia Presbyterian uma mulher estava chorando. Os soluços soavam como um alarme de carro: *AI ai! AI ai! AI ai!* Karla, que estava no corredor esperando uma enfermeira terminar de mudar o curativo do próximo paciente, ficou ouvindo com interesse. Durante todos os anos de trabalho no hospital, ela nunca deixara de se impressionar com a variedade sonora do sofrimento humano. Havia uma uniformidade na aparência e no cheiro das pessoas doentes, mas os *sons* que emitiam eram sempre extremamente pessoais. Algumas choramingavam. Outras rugiam. Outras gritavam como crianças. Havia rainhas do drama que gemiam palavras e frases — "Ah De-eus, ah nã-ão!" — e estoicas que só emitiam chiados abafados de dor. Havia até pessoas que gritavam como se tivessem aprendido a gritar nas histórias em quadrinhos. Os modos de expressar o sofrimento eram infinitos.

A porta ao lado da qual Karla estava esperando abriu e uma enfermeira saiu apressada, com as mãos cobertas de látex estendidas na frente dela como duas marionetes.

— É melhor você voltar mais tarde — disse, olhando mal-humorada para Karla. — Ela teve um acidente com a bolsa. Vai demorar um pouco para limpar.

Karla subiu para o quinto andar. O paciente seguinte acabara de ser internado e antes de entrar no quarto dele ela verificou suas anotações.

Jameson, Nicholas, n. 4-5-85. Paraplégico de nascença. Pais falecidos. Morou até recentemente com parentes no endereço acima. Atualmente sem casa. Não tem cadeira de rodas. Usa uma tábua de skate para se locomover. Admitido na emergência em 19/5/02, reclamando de "dores nas costas". Exame preliminar mostrou grave ferimento de faca nas costas. Paciente diz não saber como foi ferido, mas disse que já tinha sido atacado por pessoas desconhecidas enquanto dormia na rua. Comportamento agressivo e não cooperativo.

O rapaz pareceu estar dormindo quando Karla abriu a porta. O rosto dele era coberto de acnes e a certa distância parecia que estava usando uma máscara. Os enfermeiros o tinham deixado recostado na cama, de modo que o torso sem pernas estava apoiado nos travesseiros formando um ângulo de 45 graus. Karla teve a sensação culpada de estar examinando um espécime de história natural.

— Nicholas? — chamou.

O rapaz abriu os olhos na mesma hora.

— Esse não é o meu nome.

Karla olhou meio em dúvida para a letra infantil da enfermeira no alto da ficha.

— Aqui diz...

— Meu nome é Monstro — ele a interrompeu. — É assim que todo mundo me chama.

Karla fez uma pausa.

— Entendo.

Ele riu, revelando dentes podres, e ergueu os braços grossos e musculosos num gesto de monstruosidade. Anos passados suportando seu peso nas mãos as tinham transformado em algo parecido com cascos. As palmas tinham o tom de amarelo de um queijo parmesão.

— Meu nome é Karla O'Connor — disse, puxando uma cadeira. — Sou assistente social. Queria ver se poderia ajudá-lo com algumas coisas. Em primeiro lugar, fiquei sabendo que você não tem uma cadeira de rodas no momento.

O rapaz olhou para ela.

— Não uso uma cadeira de rodas desde os 6 anos. Só quero a prancha de skate que tiraram de mim quando cheguei aqui.

Karla balançou a cabeça em concordância. Nicholas fizera uma confusão tão grande quando os enfermeiros da emergência tentaram separá-lo do skate que quase fora mandado para a ala psiquiátrica. Era obrigado a usar uma cadeira de rodas enquanto estivesse no hospital, mas os enfermeiros disseram que sempre que ficava sozinho se atirava no chão e saía se arrastando sobre as mãos.

— Bem, você não pode usar uma prancha de skate no hospital — informou-lhe Karla. — Não é seguro. Prometo que sua prancha será devolvida quando você sair daqui.

— Não é seguro porra nenhuma! — O rapaz exclamou. — É muito mais seguro do que a cadeira de rodas, porra.

Karla sorriu.

— Você deve ter razão. Cadeiras de roda podem ser muito complicadas. Ainda assim, acho que seria útil se você tivesse uma, para ir a lugares onde não deixam você usar seu skate.

O rapaz ficou calado. Enquanto Karla esperava que ele respondesse, repassou mentalmente o que trouxera de casa para almoçar: um potinho de queijo cottage; uma maçã pequena; uma bala de hortelã diet. Já se comportara mal naquele dia e a caminho do trabalho comera dois croissants de amêndoas. Então, para ficar dentro da dieta de 1.500 calorias que estava fazendo, teria de jogar fora metade do queijo cottage e ficar sem jantar.

Nicholas fez um ruído súbito e explosivo:

— Sai daqui, porra! — gritou. — Não quero você aqui!

Karla balançou a cabeça.

— Entendo. Não vou demorar muito, Nicholas. Mas preciso conversar com você sobre moradia. Se você permitir, gostaria de dar alguns telefonemas esta tarde para...

— Você vai me colocar num abrigo?

— Bem, gostaria de conseguir algo melhor do que isso.

— Não vou para nenhum asilo!

— Você não quer continuar a dormir na rua, quer?

— Só tem retardados e aleijados morando nos asilos. Eles nem são limpos.

— Mas, Nicholas...

— *Tenho* um lugar para morar.

— A casa da sua tia, você quer dizer? — Karla tinha falado naquela manhã com uma tia furiosa no telefone. *Não! Não estou mais ligando para o que possa acontecer com ele. O filho da mãe pegou meu dinheiro e quando disse a ele para me devolver, me atacou com uma faca! Por mim ele pode morar na rua...* — Liguei para sua tia, Nicholas — continuou. — Ela não quer que você volte para lá neste momento.

Nicholas fechou os olhos.

— Ela só está enchendo o saco.

— Bem, talvez, mas...

— Ela vai me aceitar de volta.

— Ela disse que você roubou dinheiro dela.

— Qual é! Quantas vezes ela ficou com minha pensão de invalidez!

— Tudo bem...

— Sai daqui, porra!

Karla cruzou os braços com força na altura do umbigo.

— Por favor, não grite, Nicholas...

— Você veio até aqui para me acusar de ladrão!

— Não estou acusando você de nada, Nicholas. Sua tia...

— Sai daqui, porra! Sai daqui!

Nervoso, Nicholas começou a balançar o tronco de um lado para o outro. Ao fazer isso, sua camisola subiu e revelou dois cotos finos saindo de uma fralda de adulto. Apontando para a fralda, começou a chorar.

— Por que... Por que vocês puseram *isso* em mim?

— Não sei — disse Karla, calmamente. — Você tem tido problemas para...

— Não vou sujar as calças! — soluçou. — Não sou um bebê!

— Nicholas... — Karla pôs a mão no ombro dele.

Num segundo, ele agarrou o pescoço dela com as mãos grandes e amarelas e a arrancou da cadeira. O rosto dela ficou pressionado sobre aquele colo aleijado e suas pernas estavam penduradas para fora da cama, balançando no ar. Tentou gritar, mas o único som que conseguiu emitir foi um guincho abafado. Ele apertou com mais força. Ela podia senti-lo torcendo seu pescoço como se fosse uma tampa emperrada de garrafa. *Ele vai me matar*, pensou.

Por muitas razões (dentre elas o fato de que seu cadáver seria encontrado usando uma saia claramente identificada como GG), Karla não queria ser assassinada. Mas era uma mulher prática, acostumada a ter expectativas realistas, e já estava quase aceitando a própria morte quando sentiu uma pressão súbita e intensa nas costas. Alguém tinha subido nas costas dela e estava tentando arrancar os dedos de Nicholas do pescoço dela.

Ouviu pessoas correndo, depois gritos de intensidades variadas. A luta para soltá-la pareceu durar um longo tempo, mas finalmente Nicholas diminuiu a pressão e a pessoa que estava sentada em suas costas saiu de cima dela. Ela rolou para o lado. Uma multidão de enfermeiros e funcionários da manutenção do hospital cercava Nicholas. No meio daquele emaranhado de braços, avistou o rosto aterrorizado do rapaz. Tinha um olhar desvairado, os dentes arreganhados num esgar.

— Por favor, não o machuquem... — gritou.

Uma enfermeira apareceu com uma seringa e se enfiou no meio da confusão.

— Pronto! — exclamou segundos depois, brandindo triunfantemente a seringa.

Nicholas arriou.

Toda a gritaria cessou. Por um momento, o único som no quarto era a respiração ofegante de enfermeiros e funcionários.

— A senhora está bem? — perguntou uma voz.

Um homem de meia-idade, de pele marrom, rosto largo e enrugado e nariz prodigiosamente grande, estava debruçado sobre Karla. Os olhos piscavam devagar e davam uma impressão de grande gentileza.

— A senhora está bem? — repetiu. — Temo que a tenha machucado quando subi nas suas costas.

Ao redor dos lábios dele havia uma linha formada de pele pálida, ligeiramente levantada, como os fiapos dos gomos de uma tangerina. Karla teve vontade de passar os dedos sobre ela para testar sua maciez.

— A senhora consegue me ouvir? — perguntou.

Ela se ergueu devagar e pôs a mão no pescoço que latejava.

— Quer um pouco d'água? — ofereceu-lhe o homem, entregando-lhe uma caneca de plástico.

Era um homem grande, ela pôde perceber, com mãos e orelhas em escala tão monumental quanto o nariz. Calculou que ele devia estar uns quinze quilos acima do peso. (Muita gente pensava que Karla, por ser uma pessoa gorda, tinha padrões estéticos menos exigentes do que pessoas mais magras, mas isso não era verdade. Os anos que passara assistindo a seus fracassos físicos a tinham deixado mais sintonizada com as nuances das imperfeições corporais. Suas amigas, muitas das quais se compraziam culpadamente por não serem tão gordas quanto Karla, teriam ficado chocadas se soubessem como ela era rigorosa ao avaliar os corpos delas.)

O pessoal da manutenção estava saindo do quarto, lançando olhares respeitosos para ela. Uma enfermeira se aproximou de Karla.

— Você está bem? — Era uma mulher loura, de rosto esperto, muito limpa e arrumada. Seu uniforme cor-de-rosa era todo estampado com ursinhos.

— Estou bem — respondeu Karla.

— Não se levante ainda — disse o homem. — Vá devagar.

— E o senhor é? — A enfermeira se dirigiu a ele.

— Trabalho lá embaixo — respondeu o homem. — Na banca de jornal. — Apontou para um carrinho com jornais e revistas parado no corredor. — Estava fazendo umas entregas e então ouvi gritos...

— Entendo. — A enfermeira tocou no próprio rosto e no cabelo como que para se assegurar da maciez e do perfume. — Bem, acho que temos a situação sob controle agora, obrigada.

O homem olhou para Karla.

— A senhora vai ficar bem se eu for?

Karla não queria parecer estar endossando a grosseria da enfermeira, mas queria muito ficar sozinha. Fez que sim com a cabeça.

— OK — concordou o homem. — Cuide-se.

— Obrigada por ajudar — agradeceu, depois que ele já saíra do quarto. Mas não teve certeza de que ele tivesse ouvido.

A enfermeira virou-se para Karla e revirou os olhos de forma conspiratória.

— *Árabe* — murmurou.

Mais ou menos uma hora depois, quando Karla estava passando pelo saguão do hospital para almoçar no jardim, viu pela parede de vidro da banca de jornal o homem que a tinha ajudado. Ele fez sinal para ela esperar e veio falar com ela.

— A senhora não devia estar deitada? — perguntou.

— Não, não, estou bem. Não agradeci direito ao senhor. Sou muita grata pela ajuda.

Ele sacudiu a mão.

— Por favor. Qualquer pessoa teria feito o mesmo.

— Peço desculpas pela... grosseria daquela enfermeira.

— Ah, ela. Ela não gostou de mim, não foi? — Apertou os lábios, imitando a expressão afetada da enfermeira. — "*Acho que a situação já está sob controle.*"

Karla riu, surpresa com a perfeição da imitação dele. E então, por não querer que ele pensasse que ela considerava o racismo da equipe do hospital como algo risível, sacudiu a cabeça com severidade.

— Acho que ela não é uma mulher muito agradável.

O homem apontou para o saco de papel marrom na mão dela.

— Vai almoçar lá fora?

— Sim.

— Você se importaria se eu comesse com você?

Karla hesitou. Tinha vergonha de comer na frente de estranhos. Apontou para a loja.

— Você não tem de...?

— Não, posso fechar a banca. Basta colocar uma placa na porta.

— Ah, tudo bem.

— Tem certeza?

— Claro.

Ele estendeu a mão.

— Ainda não me apresentei. Meu nome é Khaled.

Karla, consciente da umidade da palma de sua mão, apertou de leve as pontas dos dedos dele.

— Sou Karla.

Ele foi até a loja pegar o almoço e trancar a porta. Quando voltou, eles saíram para o jardim.

— Vamos sentar na sombra — disse ele, apontando para uma árvore do outro lado do gramado.

Karla concordou, embora preferisse sentar-se num banco. Sempre se sentia desajeitada quando se sentava na grama. E estava usando uma saia, então teria de tomar cuidado para não deixar nada de fora.

Quando chegaram à árvore, Khaled tirou o paletó e o estendeu na grama.

— Por favor, sente-se aqui. Senão você vai sujar o vestido.

— Não, não — protestou Karla. — Não preciso disso.

Parada atrás dele, pôde ver o espaço que estava começando a ficar careca no cocuruto da cabeça dele: um pedacinho redondo e marrom, parecendo uma moeda.

— Por favor — insistiu ele.

— E quanto a você?

— Ah. — Khaled mostrou o jeans que estava usando. — Para mim não faz diferença. Por favor, sente-se.

Parecia não haver jeito de continuar recusando sem parecer indelicada. Karla ajoelhou-se cuidadosamente sobre o paletó dele.

Khaled tirou da mochila de náilon uma colher, um garfo, um guardanapo e algumas tigelas de Tupperware com arroz e um ensopado de legumes.

— A esposa do meu irmão prepara isso para mim — disse, com um sorriso acanhado. — É comida egípcia. Espero que o cheiro não a incomode.

— De jeito nenhum! — disse Karla depressa. — Gosto do cheiro.

Era verdade. O que quer que houvesse naquelas tigelinhas, o cheiro era delicioso. Timidamente, enfiou a mão na bolsa e tirou o queijo cottage.

— Então... você é do Egito?

— Sim, de Alexandria.

— E há quanto tempo trabalha na banca de jornal?

— A banca é minha — corrigiu-a Khaled. — Eu a tenho há dois anos.

— É mesmo? Que bom.

A posição ajoelhada de Karla estava começando a deixar as batatas da perna e os pés dormentes. Ela esticou as pernas tomando o cuidado de não expor muito da meia-calça.

— Diga-me, o que vai acontecer agora com aquele rapaz aleijado? — perguntou Khaled. — A polícia foi informada?

— Não, não! Nós... eu não daria queixa dele. — Fez uma pausa. — Não nos referimos mais a pessoas como Nicholas como sendo aleijadas...

Khaled não pareceu registrar aquela leve reprovação.

— Não acho justo que o hospital deixe que senhoras lidem com gente assim. É perigoso demais. Ele parecia um animal selvagem! E se eu não estivesse do lado de fora do quarto quando ele a atacou?

— Bem, fico feliz que você estivesse lá, obviamente. Mas, sabe, Nicholas não é realmente *mau*. Ele é só um rapaz muito revoltado e infeliz.

— Vou discordar de você. Eu o vi. Estava tentando estrangulá-la! Você não pode dizer que alguém como ele é bom.

Karla sacudiu a cabeça.

— Você tem de pensar no que uma pessoa como Nicholas é obrigada a enfrentar todos os dias. Imagino que não seríamos muito simpáticos se tivéssemos a vida dele.

Khaled olhou para ela com admiração.

— Você é uma pessoa muito boa. Alguma vez você fez um teste de eneagrama?

— Não sei o que é isso.

— É um teste de personalidade. Você preenche um questionário detalhado e então fica sabendo qual o seu tipo de personalidade dentre oito tipos. É de uma precisão espantosa.

— Ah. — Karla fez o ar educado que usava ao ouvir as crenças implausíveis de outras pessoas.

— Tenho certeza de que você seria um tipo dois. O dois é o Prestativo. Muito gentil e generoso. É por isso que você faz esse trabalho.

Karla franziu a testa ao ver o contorno avantajado de suas coxas e pôs a bolsa cuidadosamente sobre elas. As pessoas estavam sempre dizendo que ela era uma "assistente social nata". Na verdade, entretanto, sua primeira inclinação tinha sido o direito. Quando criança, adorava ver o pai atuar no tribunal e passava horas no quarto reencenando julgamentos históricos com suas Barbies e seus bichinhos de pelúcia. Foi só no fim da adolescência que seu interesse por aquela área diminuiu. Seguindo algumas pistas familiares — o ar de ceticismo sempre que falava em seguir a carreira do pai, as especulações da mãe a respeito de uma certa dislexia dela — Karla entendeu que tinha superestimado horrivelmente seu potencial. Ao perceber o erro, rapidamente o corrigiu e quando se formou no ensino médio, suas aspirações tinham baixado a um nível que satisfazia todos. Antes de se inscrever na faculdade, tivera até a precaução de perguntar aos pais se achavam que o ensino superior valia a pena para ela.

— É claro — disse a mãe. — Por que não? Talvez você possa fazer um curso profissional em algum lugar.

— Você devia entrar para uma dessas profissões de cuidar com os outros — sugeriu o pai. — Enfermagem ou algo assim. Você é uma protetora.

Não escapara a Karla que ser uma protetora ocupava um posto muito baixo na hierarquia de valores dos pais. E ela tinha duvidado se merecia aquela designação. Sob o exterior plácido, tinha a impressão de abrigar muitas emoções pouco protetoras. Raiva. Frustração. O desejo bastante frequente de quebrar a cara da mãe. O argumento a favor de sua natureza compassiva vinha de um incidente infantil em que levara para casa um passarinho machucado. (Mais tarde, o passarinho morrera de fome sob seus cuidados.)

Contudo, ela estava numa idade em que ser interpretada, sob qualquer perspectiva, era vagamente envaidecedor e qualquer preocupação que tivesse sobre a avaliação que o pai fazia dela era contrabalançada pelo prazer de ser o objeto da atenção dele. Agora, dezesseis anos depois, a ideia de que tinha um instinto protetor se tornara tão arraigada na história familiar — tão importante para a compreensão de quem ela era — que fazia muito tempo que Karla havia parado de questionar sua veracidade. Só muito ocasionalmente, quando alguma pessoa bem-intencionada como Khaled reafirmava confiantemente sua disposição amável, ela sentia a sombra da velha dúvida e um leve renascimento da raiva como sua verdadeira vocação.

— Espere — disse Khaled. — É só isso que você vai almoçar?

Karla ergueu os olhos e o viu apontando para o tubo de queijo cottage.

— Sim. Tem muito queijo aqui.

— Nãaoo. Isso não é suficiente! Daqui a uma hora você vai estar com fome.

— Sério, estou bem.

Ele sacudiu a cabeça.

— Coma um pouco da minha comida. É demais para uma pessoa só.

A recusa de Karla foi ficando meio desesperada.

— Obrigada, mas não costumo comer muito no almoço, de verdade.

Voltou a comer o queijo em movimentos rápidos e ansiosos, como se estivesse esperando ser atacada a qualquer momento.

Khaled enfiou uma garfada de arroz na boca e mastigou vagarosamente.

— Posso fazer uma pergunta... você está de dieta?

— Eu? — Karla apontou comicamente para seu corpo. — Pareço estar de dieta?

Ele olhou preocupado para ela.

— Desculpe. Acho que a ofendi.

Karla tentou ganhar algum tempo fingindo estar com a boca cheia.

— Não, de jeito nenhum — negou, passados alguns instantes. Mas, ao dizer isso, uma lágrima grossa e quente pingou em seu queijo cottage.

— Ah, meu Deus — gritou Khaled. — Sou um burro. Não tive a intenção de...

— *Por favor.* Está tudo bem. — Queria bater nele.

— Mas aborreci você. — Khaled parou de comer e apertou as têmporas com os dedos.

— A culpa não é sua. Isso não tem nada a ver com você. É... é outra coisa. Uma coisa particular. Desculpe ter estragado seu almoço.

Lágrimas escorriam pelo rosto dela. Pôs a tampa de volta no queijo cottage, guardou-o na bolsa e se levantou. Olhando para baixo, viu que suas nádegas tinham deixado duas grandes depressões ovais no forro do paletó de Khaled.

— Não vá — pediu ele.

Ela não conseguiu mais dizer nada. Sacudindo a cabeça, atravessou rapidamente o gramado.

No banheiro do saguão do hospital, lançou um olhar longo e punitivo para o reflexo no espelho. O nariz estava inchado e brilhando, parecendo um nariz postiço de palhaço. A blusa tinha subido, revelando diversas marcas cor-de-rosa e brancas onde a cinta apertava a barriga. Soltou um gemido de desespero. Tinha chorado — tinha chorado *por ser gorda* — na frente de um estranho. Duas mulheres entraram e pararam de conversar para registrar a aparência lamentável dela. Entrou rapidamente num dos compartimentos e ficou lá, ouvindo o bater de portas e o rugido dos secadores de mão até as mulheres irem embora. Depois saiu, lavou o rosto com água fria e subiu para seu escritório.

Pretendia trabalhar, mas assim que se sentou à mesa, descobriu que a tela do computador tinha congelado. Apertou diversas teclas e depois começou a socar o lado do gabinete.

— Calma, calma — disse uma voz atrás dela.

Ela se virou e viu um dos funcionários da manutenção do hospital parado na porta.

— Olá, Ray.

Ele deu uma risadinha lúgubre.

— Você está ocupada?

— Um pouco.

Ray era um homem atarracado e indolente, de uns 60 e poucos anos. O estilo pesado, de um pessimismo extravagante e astucioso, o fizera muito impopular entre os colegas de hospital. Karla, sintonizada no zumbido agudo, de mosquito, da sua carência, sempre se sentia obrigada a ser especialmente amável com ele.

— Ouvi dizer que você teve um problema hoje de manhã — comentou Ray. — Um cara no quinto andar tentou estuprar você.

— Não, não, foi...

— Ah, que horror. Eles deviam pagar uma taxa de periculosidade para você.

Karla não gostava de visitas no escritório. O cubículo mal dava para acomodar uma pessoa; duas naquele espaço minúsculo eram forçadas a uma intimidade física que beirava a indecência. Roy estava tão perto de Karla que naquele momento ela podia ver as remelas nos cantos dos olhos e os pelos nas orelhas. Sutilmente, para não ofendê-lo, se inclinou para trás, encostando a cabeça num arquivo.

— Deve ser a lua cheia — continuou Ray. — Estão todos agitados ultimamente. Um doido no terceiro andar jogou o almoço no vaso sanitário ontem e causou uma enchente... foi como se estivéssemos num país do Terceiro Mundo aqui dentro. Disse a eles, vai ser um milagre se não contrairmos disenteria.

— Ah, céus — disse Karla.

— Sim, bem, sempre a velha história... Qual é o problema com o seu computador?

— Congelou. Acho que vou ligar para o suporte técnico.

— Nossa. — Ele revirou os olhos. — Boa sorte. Você vai esperar um bocado por aquele pessoal. Estão todos muito ocupados lá sentados jogando pôquer...

No espaço triangular entre o torso de Ray e o braço dobrado, o rosto de Khaled apareceu subitamente.

— Desculpe — disse — Estou atrapalhando?

Ray virou-se para ele com um olhar sardônico.

— Você quer falar com Karla?

— Só se não for incômodo...

— Não se preocupe comigo. Tenho mesmo que voltar. — Lançou um olhar astuto para Karla. — Então vou deixar vocês dois a sós. Vejo você mais tarde, Karla.

— Tchau, Ray. — Karla observou Ray se afastar pelo corredor com um olhar desamparado.

— Espero não estar me intrometendo — disse Khaled. — Vim me desculpar por ter deixado você nervosa ainda agora.

— Não precisava — respondeu ela, secamente. — Estou bem. — Havia algo quase sádico na forma como o homem a perseguia, pensou. Qual é o *problema* dele?

— Eu me sinto péssimo. Você passou por esse episódio horrível com o rapaz e fui dizer uma coisa estúpida que a deixou magoada...

— Honestamente, não foi nada. Só estou com um humor estranho hoje. Não tem nada a ver com você.

Ele se inclinou e tirou da pasta um pacote de M&Ms.

— Trouxe isto para você.

— Ah, não! Francamente...

A falta de tato daquele presente a deixou estarrecida. Esse foi o único gesto de conciliação em que ele conseguiu pensar? Será que a gula se sobrepunha de tal maneira a todas as suas outras qualidades identificáveis?

— *Por favor* — disse Khaled. — Se você não aceitar, vou saber que você ainda está zangada.

Ele parecia tão infeliz que por um momento Karla esqueceu sua dignidade e a tragédia de sua obesidade.

— OK — disse, aceitando o pacote e depositando-o sobre a mesa. — Muito obrigada.

— Amigos de novo?

Karla confirmou.

— É claro. Nunca deixamos de ser amigos.

— E você aceita minhas desculpas?

— Claro.

Khaled olhou em volta.

— Então é aqui que você trabalha. — Apontou para um retrato de Mike e Karla no painel de cortiça. — Aquele é seu namorado?

— Marido — Karla corrigiu.

Ela contemplou o retrato. Fora tirado numa festa do sindicato sete anos antes, logo depois de ter começado a namorar Mike. Ele, com uma lata de cerveja na mão, estava olhando para a câmera. Ela, recém-saída de uma dieta de sopa de repolho e laxantes, estava usando jeans tamanho 44 e fazendo sinal de paz. Ainda recordava a animação daquela noite: a alegria que sentira por estar em público de braços dados com Mike. Ele era um dos melhores partidos do sindicato naquela época. As enfermeiras costumavam ficar vermelhas e agitadas quando o viam gingando pelos corredores do hospital com um palito enfiado entre os dentes. As mulheres no escritório do sindicato olhavam para a bunda dele e trocavam olhares significativos quando ele passava por suas mesas.

Todo mundo tinha ficado estarrecido quando ele resolveu ter um romance com Karla — ela talvez mais do que todos. Passara a maior parte do início do namoro esperando descobrir que fora vítima de uma brincadeira de mau gosto. Mike tinha sido sempre muito doce e tranquilizador a respeito de sua falta de qualificações para ser namorada dele. Podia haver mulheres mais bonitas, disse a ela, mulheres mais bonitas e mais inteligentes, com corpos mais bem-feitos do que o dela, mas ele não ligava para coisas superficiais como essas. Estava buscando alguém com quem pudesse conversar, alguém que entendesse seus valores e compromissos. Alguém que pudesse *respeitar*. E Karla, apanhada no delírio de seu não sonhado e não buscado privilégio, achara aquilo a coisa mais doce que um homem já tinha dito a ela.

— Ele é uma pessoa divertida? — perguntou Khaled.

— Sim — disse Karla depressa. — Muito.

— Vocês têm filhos?

Ela ficou tensa.

— Não... ainda não. Estamos... tentando.

— Ah. Isso é bom. Filhos são bons. Passo muito tempo com meus sobrinhos. Meu irmão e a família dele moram perto de mim, então costumo levar os meninos ao McDonald's e coisas assim. — Apontou para a escrivaninha dela, cheia de papéis. — Você trabalha muito, estou vendo.

Karla sacudiu a cabeça numa negativa modesta.

— Nem tanto.

— Trabalha sim. Vejo a hora em que as pessoas saem daqui e você sempre trabalha até mais tarde.

Karla deu um riso nervoso, sem saber se ficava envaidecida ou amedrontada por ele ter observado seus movimentos.

— Bem, não estou trabalhando muito agora. Meu computador está congelado. Eu ia ligar para o suporte técnico.

— Entendo um pouco de computadores. Quer que eu dê uma olhada?

— Não, obrigada. Vou...

— Mas pode ser uma coisa bem simples. Deixe-me tentar.

Relutantemente, Karla se levantou e se espremeu contra a parede para deixar Khaled sentar.

— Acho que temos de reiniciá-lo — sugeriu ele.

Karla olhou indecisa para o ponto calvo na cabeça dele.

— Você estudou computação?

— Não, mas passo muito tempo no computador. Internet coisas assim. Sou solteiro, então é uma maneira boa de fazer amigos.

Karla sentiu-se um tanto oprimida com essa visão não desejada da vida particular, solitária, dele. Será que acessava serviços de namoro pela internet? Ou sites pornográficos?

Khaled virou-se subitamente para ela.

— Não gosto de ver imagens indecentes nem nada disso. Não quero que você pense...

Karla ficou vermelha.

— Não, é claro que não.

Após alguns momentos, ele disse:

— Bem, isso foi fácil.

— É mesmo? Está funcionando de novo?

— Só o que fiz foi reiniciá-lo. Às vezes isso basta.

Karla deu uma olhada na tela.

— Uau. Obrigada.

Ele se levantou.

— É melhor deixar você em paz agora.

— Bem, tenho de trabalhar.

— Você acha que podemos almoçar juntos outra vez um dia desses? Prometo não tornar a aborrecê-la.

Karla sorriu.

— OK.

— Ótimo! — Pegou a pasta. — Semana que vem nos falamos.

Assim que ele fechou a porta, Karla pegou o pacote de M&Ms e o abriu. Que homem estranho aquele! As perguntas que fazia! Inclinou a cabeça pra trás para enfiar os confeitos na boca. Ele era amável, de um modo único e desajeitado. E não era nada bobo. Dava para ver que *sacava* as coisas só pelo modo como tinha imitado aquela enfermeira. Ela passou a língua num pedacinho de M&M que tinha ficado preso num dos molares. Será que fora sincero ao dizer que queria almoçar de novo com ela? Parte dela desejava que não tivesse. Seria um alívio não ter de suportar a tensão de outro encontro. Outra parte dela queria que tivesse sido sincero — nem que fosse apenas para que ela pudesse desmanchar a péssima primeira impressão que deixara.

Oito

— Lenny, você viu minha bolsa? — Audrey estava no pé da escada, esperando uma resposta. Segundos depois, tornou a gritar. — Lenny?

— O que é? — respondeu uma voz grogue.

— Você viu minha bolsa?

— Não.

— Bem, anda logo. Temos de sair daqui a um minuto.

Audrey e Lenny iam visitar a mãe de Lenny na Penitenciária de Bedford, em Westchester. Visitar Susan era uma tarefa que Audrey normalmente tentava evitar, mas Lenny ficara sem carteira de motorista desde a última vez que fora condenado por dirigir embriagado e se ela não o levasse naquele dia ele seria obrigado a pegar o ônibus da prisão. Quando ela entrou na cozinha, o telefone tocou.

— Oi, Audrey — gorjeou Daniel.

— Ah, é você — respondeu ela. — Tinha esquecido que você existia.

Daniel agora estava trabalhando numa firma de advocacia especializada em direito ambiental. Fazia várias semanas que não visitava Joel.

— Bem, ainda estou aqui — disse ele.

— Salvou alguma baleia nos últimos dias?

Ele deu uma risadinha.

— Não, ainda não. Como vai você, Audrey?

— Vou indo, obrigada. Esta ligação tem algum motivo?

— Estava pensando se podia marcar uma hora para ir visitar você, na verdade.

— Para quê?

— Preciso conversar com você sobre uma coisa.

— O quê?

— Prefiro não dizer pelo telefone.

Audrey deu uma risada falsa. Daniel tinha a mania de fazer mistério sobre coisas totalmente insignificantes. Essa era uma das muitas maneiras de ele tentar se fazer de importante.

— Não seja idiota, Daniel. Fala logo.

Lenny entrou na cozinha, carregando a bolsa dela. Ela fez uma cara espantada, do tipo "onde foi que você a encontrou", e jogou um beijo para ele.

— Não ficaria bem, Audrey — estava dizendo Daniel. — É uma coisa que só pode ser discutida pessoalmente. Mas é muito urgente, então se você pudesse me receber hoje...

— Não posso. Vou levar Lenny a Bedford para visitar a mãe dele.

— A que horas você acha que vai voltar?

— Que diabo, Daniel, isso não pode esperar até amanhã?

— Hoje seria melhor.

Audrey resmungou, irritada:

— Tudo bem. Espero você aqui às 17 horas.

Ela desligou e se virou para Lenny.

— Garoto esperto! Onde ela estava?

— No hall.

— É mesmo? Que estranho! Você está pronto para ir?

— Estou.

Ela o olhou de cima a baixo.

— Você não quer fazer a barba?

Lenny passou a mão no queixo.

— Não.

Saindo da cidade, pararam para abastecer o carro. Audrey mandou Lenny pagar enquanto ela enchia o tanque. Quando ele voltou, ela viu que ele usara o troco para comprar um Gatorade e um cachorro-quente cor de pele de boneca.

— Por que você não esperou? — perguntou, quando voltaram para o carro. — Teria parado num lugar decente se soubesse que você estava com fome.

— É, mas eu estava faminto — disse Lenny. — Não comi nada no jantar ontem.

Audrey olhou para ele, fazendo a curva para entrar na Houston Street.

— Por que não, bobinho?

Lenny deu uma mordida no cachorro-quente.

— Não tinha dinheiro.

— Ah, *Lenny*.

Nos últimos três meses Audrey tinha começado a dar uma mesada de cem dólares por semana para Lenny. Isso, com alguns trabalhos esporádicos que ele estava fazendo para Jean e outras amigas, deveria sustentá-lo até ele achar um emprego.

— Eu me sinto um lixo, mamãe — disse Lenny. — Mas tive de devolver a Tanya o dinheiro que devia a ela. E então tive de pagar as corridas de táxi para ir visitar papai e...

— Táxis! Lenny, existe uma coisa chamada metrô.

— Pedi um adiantamento a Jean — comentou Lenny. — Mas ela só quer me pagar quando eu terminar o trabalho.

— Ela não quis dar nada para você? — exclamou Audrey. — Nem vinte dólares?

Lenny sacudiu a cabeça tristemente.

— A questão é que não quero mais pedir dinheiro emprestado a Tanya...

— Está bem, está bem — interrompeu Audrey. — Já entendi. Minha bolsa está no banco de trás. Pode pegar cinquenta dólares.

Houve um silêncio. Lenny continuou a mastigar o cachorro-quente.

Audrey deu o sorriso complicado de alguém que se submete voluntariamente a um chantagista.

— Cem, então, nem um tostão a mais.

— Tem certeza?

— Não me venha com essa. Pegue logo o dinheiro.

Joel vinha dizendo a Audrey há muitos anos que Lenny era um perdulário, que não merecia a indulgência dela. Ele a acusara uma vez de tratar Lenny como se ele fosse seu gigolô. Mas nenhuma dessas censuras a fizera mudar de atitude. Audrey tinha orgulho de sua devoção cega ao filho. Ouvir alguém falar mal de Lenny despertava nela o sentimento heroico de defendê-lo contra o mundo.

Vinte e sete anos antes, na noite em que a mãe de Lenny foi presa por assalto a banco, Audrey foi encarregada de ir buscar o menino de 7 anos que estava com a babá. Houvera uma tempestade de neve na cidade naquele dia e ela levara uma hora para dirigir pela ilha branca e silenciosa até o Harlem. Gastara mais uma hora rodando, tentando localizar o endereço, e quando, finalmente, entrou no pequeno apartamento sobre uma barbearia em St. Nicholas Avenue, já passava muito da meia-noite. Encontrou Lenny enroscado no chão da sala, assistindo a desenhos animados, com um gigantesco bull-mastiff ao seu lado.

— Alguém vai me pagar? — perguntou a babá. Acabara de pintar as unhas e estava sacudindo as mãos num movimento vagaroso, para cima e para baixo, como se estivesse secando as mãos ou lançando um feitiço. — Porque as horas extras custam mais cinquenta por cento.

— Quando a mamãe vai chegar? — indagara Lenny, sem tirar os olhos da televisão.

Até aquele momento da vida, Audrey nunca experimentara um pingo de sentimentalismo em relação a crianças. Embora as visse como uma categoria independente de indivíduos, tendia a considerá-las como seres humanos em treinamento. Como adultos inadequados. Gostava bastante das filhas — queria que fossem felizes e assim por diante —, mas não despertavam nela aquela paixão louca, animal, que outras mães diziam sentir. Ainda sentia um certo choque em relação à escravidão da maternidade — o trabalho penoso e mal-agradecido. Limpar sujeira que não fora feita por ela e preparar comida que não queria comer. Alimentava as meninas regularmente, escovava os dentes delas duas vezes por dia e providenciava para que se vestissem adequadamente de acordo com o clima, mas fora a sensação de satisfação por ter cumprido suas obrigações maternas, não sentia nenhum prazer em realizar aquelas tarefas. Por mais que tentasse, não conseguia sentir as alegrias e tristezas das filhas como sendo suas. Os pequenos dramas de suas vidas diárias a entediavam, para dizer a verdade. Quando Karla ou Rosa acordavam de noite, reclamando de pesadelos, ela as instruía irritadamente a pensar em coisas agradáveis e as mandava de volta para a cama. Quando chegavam da escola reclamando de alguma maldade dos colegas, Audrey dava de ombros e dizia para não serem tão frescas.

— O que importa o que aqueles imbecis pensam de vocês? — perguntava, soltando nuvens de fumaça de cigarro pelo nariz enquanto lia o jornal.

Nunca se sentira culpada pela falta do ardor de ser mãe. Tinha uma reação sadia em relação à maternidade, era o que pensava. Os maníacos de olhos brilhantes que encontrava quando deixava as filhas na escola — as sorridentes supermães e pais que ficavam por ali depois que o sino tocava, reclamando "mais acesso" à sala de aula dos filhos e se preocupando com os esforços da Associação de Pais para financiar um laboratório de idiomas para o jardim de infância —, *eles* eram os malucos. Ela achava que havia algo de infantil naquela identificação apaixonada com os filhos. Obviamente, estavam tentando compensar alguma lacuna ou carência das próprias vidas.

Mas algo tinha mudado na noite em que encontrou Lenny no apartamento do Harlem. Ao fitar seu rosto com olhos de coruja — ao ver o bigode de achocolatado no lábio superior, a mancha de baba de cachorro nas calças — sentiu algo se abrindo, uma luzinha se acendendo lá no fundo dela. As têmporas latejaram. Teve uma sensação de pânico, de tempestade interna. Sentiu vontade de pegar o menino no colo e — não sabia bem o quê — apertá-lo, beijá-lo, engoli-lo.

Na manhã seguinte, tentara descrever esse bizarro drama fisiológico para Joel.

— Foi como ter um ataque de ansiedade ou algo parecido — disse.

— Sim, bem, é muita responsabilidade ficar com o filho de outra pessoa — resmungara Joel. Ele estava vestindo as calças naquele momento, com pressa de encontrar Susan na delegacia. Olhou para Lenny, que estava deitado ao lado de Audrey na cama deles, ainda adormecido. — Não se preocupe. Vai ser só por uns dois dias.

Mas ele não tinha entendido. Não era o peso da responsabilidade que a deixara tão transtornada; era o aparecimento inesperado do instinto maternal.

Desde então, o apego de Audrey por Lenny fora uma fonte frequente de tensão no casamento deles. Joel, apesar de pregar criação comunitária de filhos e tribos, ficou profundamente ressentido com a ideia de que Lenny conseguisse despertar a paixão de Audrey e suas filhas "de verdade" não.

— Karla e Rosa são sua carne e seu sangue — dizia para ela.

Mas esses apelos à lealdade dos laços de sangue não tinham nada a ver, na opinião dela. Justamente o fato de Lenny não ser seu filho é que tornava mais fácil para ela amá-lo. Como coautora de Karla e Rosa, ela só conseguia olhar para elas com o olho insatisfeito de um artista avaliando sua obra defeituosa. Lenny, por outro lado, era uma doação não solicitada: Audrey estava livre para desfrutar daquele presente sem o peso da responsabilidade genética pelas imperfeições do menino. Tinha *escolhido* amá-lo. A disparidade de seus sentimentos em relação às filhas e ao filho era lamentável, mas não era algo que ela pudesse corrigir.

Os portões ainda estavam fechados quando Audrey e Lenny chegaram à penitenciária. Depois de Lenny ter enfiado o que tinha nos bolsos nos compartimentos da porta do carro, eles se juntaram aos visitantes reunidos do lado de fora do prédio. No fim da pista, um ônibus parou e um grupo de passageiros, na maioria mulheres e crianças, saltou. Um menino parecia ter acabado de vomitar, e sua avó — uma mulher de aparência cansada, usando calças de lycra cor-de-rosa — estava limpando o rosto dele com toalha de papel.

— Fique parado! — gritou, quando ele se encolheu. — Você quer entrar fedendo para ver sua mãe?

Audrey olhou para Lenny. Quando ele era menino, sempre vomitava durante a viagem até Bedford. Ela tinha de parar pelo menos uma vez, às vezes duas, em algum posto para limpá-lo e trocar a roupa dele. Ele nunca vomitava em outras viagens de carro; era o estresse de visitar a mãe que o deixava enjoado. Mais tarde, na sala de visitação, ele se agachava na cadeira, fedendo a bile, pedindo a Susan para explicar, mais uma vez, como ela fora apanhada, qual erro crucial de planejamento a levara à prisão. Quando a sineta tocava anunciando o fim da visita, ele se agarrava a ela, soluçando, implorando para ela voltar para casa com ele.

— Por que você não foge? — perguntara uma vez. — Você podia pular uma janela. Se você correr bem depressa, eles não conseguirão agarrá-la.

Audrey achara essas visitas insuportáveis. Ficava enraivecida ao ver que Susan tinha o privilégio da devoção de Lenny quando era ela, Audrey, quem se dedicava ao menino, contando histórias, cantando músicas de ninar e limpando o vômito dele. O que Susan jamais tinha feito pelo menino, exceto abandoná-lo na mão de gente relapsa enquanto se mandava para brincar de guerrilha urbana?

Os portões foram abertos e a fila começou a avançar lentamente em direção à recepção de visitantes. Havia uma janela com um balcão onde se podia deixar comida e roupas para os prisioneiros. Um cartaz manuscrito preso no vidro dizia: "É proibido tanga, fio-dental, biquíni e sutiã de renda ou transparente." Audrey e Lenny passaram pelos detectores de metal, atravessaram um corredor e entraram numa sala grande, que parecia uma cafeteria, com máquinas de venda de comida ao longo de uma das paredes.

Susan estava sentada numa das mesas. Abriu um largo sorriso ao vê-los entrar.

— Ei — disse baixinho, alongando a sílaba. Ela se levantou e abraçou Lenny com força, embalando-o para a frente e para trás por vários segundos. Lenny, Audrey ficou feliz em notar, fez um ar envergonhado.

Eles se sentaram, com Susan de um lado da mesa e Lenny e Audrey do outro.

— Que bom ver você, cara — disse Susan, segurando a mão de Lenny e olhando-o solenemente nos olhos.

Durante seus tempos de subversão, Susan tinha sido uma figura notoriamente assustadora. Usava macacão masculino e um corte apavorante de cabelo à inglesa. Carregava uma faca "para matar porcos" no cano da bota. Logo depois da prisão de Charles Manson e seus seguidores, ela redigira um infame comunicado vietcongue, elogiando Manson como "um irmão na luta contra a América burguesa". Mas o encarceramento ou a idade — ou ambos — tivera um efeito emoliente sobre ela. O cabelo agora era comprido e branco e ela o usava solto na altura dos ombros no estilo profetisa preferido por velhas cantoras de folk. A retórica da matança de porcos de antigamente fora substituída havia muito tempo por uma arenga sonhadora de cura e conciliação. Ao longo dos anos em Bedford, criara programas educacionais para as colegas presidiárias, inclusive um de prevenção da AIDS e outro — que provocava um escárnio secreto em Audrey — sobre "como criar filhos". O sistema de alfabetização, no qual as presidiárias eram encorajadas a escrever e encenar peças sobre suas vidas, era tão bem-visto que programas pilotos baseados no projeto original dela foram aplicados em prisões por todo o país.

— Então, o que há de novo, cara? — perguntou. — Como vai sua banda, Lenny? Vocês têm tocado ultimamente?

Lenny sacudiu a cabeça.

— Não muito.

— Ei, Lenny, cara, não descuide da sua música.

Audrey virou o rosto para disfarçar o sorriso. A banda de Lenny não era realmente uma *banda*: era alguns caras drogados com guitarras que se encontravam uma vez por mês para fazer canções desafinadas e irônicas sobre temas domésticos menores. A assinatura deles — seu hino, mais ou menos — era um tributo pseudo-heroico ao gato do baterista:

> Você come atum e Cap'n Crunch.
> Sua cara parece com a de Alice em Brady Bunch.

Susan estava sempre tentando, do seu jeito ansioso, dar seriedade aos projetos vagos de Lenny. Se ele arranjava emprego num restaurante, estava "entrando no ramo de alimentação", o que era ótimo, porque alimentar as pessoas era uma coisa muito especial. Se Lenny descolasse uma viagem a Marrocos com um dos amigos ricos e drogados, estava "explorando a cultura árabe", o que era fantástico, porque era muito importante que os jovens lutassem contra o bairrismo e o fanatismo norte-americanos. Audrey adorava essas interpretações equivocadas de Susan porque eram provas da estupidez dela.

— E o que mais você tem feito? — perguntou Susan. — O que está acontecendo no mundo?

— Bem, aconteceu um monte de coisas com Joel — disse Lenny. — Mas Audrey vai contar para você. (Por respeito aos sentimentos de Susan, nunca se referia a Audrey e Joel como mamãe e papai na presença dela.)

Susan virou-se.

— Audrey, como vai indo?

Audrey olhou azeda para ela. Nunca se sentia respeitada por Susan. Havia uma polidez exagerada na forma como a outra falava com ela — uma condescendência — que parecia indicar certa dificuldade de se relacionar com uma mulher tão convencional quanto Audrey. *Você é uma dona de casa certinha*, o tom dela parecia dizer, *e sou uma renegada destemida, mas estou fazendo o possível para me relacionar.* Audrey ficava louca com isso.

— A ousadia daquela mulher! — costumava reclamar com Joel. — Fracassou em um assalto a banco, fabricou um par de bombas fajutas e não usou desodorante durante dez anos. Com isso ela acha que pode me olhar de cima como se fosse a porra da Alexandra Kollontai?

— Joel não está tão mal — respondeu. — Teve algumas infecções mas se recuperou muito bem delas...

— É, Joel é um camarada durão — disse Susan.

As narinas de Audrey tremeram como as de um cavalo nervoso. Referir-se a Joel de forma irreverente era um direito que ela reservava a si mesma e a pouquíssimas outras pessoas — e Susan não estava entre elas. Sem contar que Audrey ainda não havia acabado de falar sobre as condições do marido.

— E quanto a *você*, Audrey? — perguntou a mulher. — Está se mantendo forte?

— Aham. — Audrey escondeu as mãos nos bolsos para evitar que Susan tentasse segurá-las. — Nós estamos levando bem, não é, Len?

Susan sorriu para Lenny.

— É mesmo? Você está bem?

Lenny confirmou.

Houve uma breve pausa. Susan olhou em volta.

— Recebi uma carta de Cheryl esta semana — disse. Cheryl era uma presidiária porto-riquenha com quem Susan tinha se envolvido romanticamente alguns anos antes. Já fora solta e estava morando com o namorado, mas ela e Susan continuavam se correspondendo. Susan escrevia poemas de amor para ela, alguns dos quais lera para Lenny.

— Ela está treinando para ser conselheira em um programa sobre AIDS — continuou Susan. — Estou tão orgulhosa dela!

Audrey fechou os olhos. A mulher era descarada, pensou. Depois de mencionar Joel em três frases, agora estava virando a conversa para ela própria e seu sórdido romance lésbico. Joel sempre disse que era injusto criticar presos cumprindo sentenças longas por serem egocêntricos. Era inevitável, ele dizia, que o mundo exterior se tornasse abstrato e um tanto irreal para eles. Mas Audrey não concordava: Susan sempre fora uma narcisista que gostava de bancar a altruísta.

No fim da visita, Susan pediu a Lenny para pegar um refrigerante para ela numa das máquinas. Quando ele se afastou, ela se virou para Audrey.

— Ele está bem?

— Está ótimo — respondeu Audrey.

— Ele não está tomando drogas de novo, está?

Audrey se encrespou.

— Não. Por que você está perguntando isso?

— Não sei. Ele está meio vago hoje. Não me parece bem...

— Ele não fez a barba, só isso. Ele está bem.

— Tem certeza?

Audrey cruzou os braços e sorriu.

— Acho que eu saberia, Susan.

Lenny estava carrancudo na viagem de volta. Audrey tentou alegrá-lo, mas a conversa só pareceu agitá-lo. Após algum tempo, ela aceitou a derrota e continuou dirigindo em silêncio. Na metade do caminho, Lenny disse que precisava urinar, então deram uma parada em um lugar que costumavam visitar nas idas a Bedford: um shopping acanhado, com uma loja de revistas, um McDonald's e uma franquia de pães de canela chamada Snack Attack. Enquanto Lenny ia ao banheiro, Audrey ficou fumando um cigarro no estacionamento. O dia tinha esquentado e o ar cheirava a hambúrguer e fumaça de carro. Observou um grupo de idosos obesos com camisetas de "Uma Só Nação Governada Por Deus" descer do ônibus e caminhar pelo asfalto na direção dela. Joel sempre odiara lugares como aquele: shoppings, megalojas, parques de diversão — qualquer lugar onde fosse forçado a encarar conterrâneos suburbanos em massa. Audrey bem que gostava dos encontros com a América plebeia. Mesmo depois de tantos anos no país adotivo, ainda era estrangeira o bastante para se sentir satisfeita com visões em tamanho real de americanos malvestidos se entupindo de gordura trans enquanto faziam compras.

Terminou o cigarro e entrou no shopping para comprar um café. Quando Lenny finalmente reapareceu, eles se sentaram e tomaram seus lattes do lado de fora, num banco que dava para o parquinho do McDonald's.

— Olhe para ele — disse Lenny, apontando para um menino que estava sentado no alto do escorrega. — Acabou de morder a menina na frente dele, o sacana! — Riu com um misto de admiração e incredulidade.

— Você se animou um pouco — observou Audrey. Olhou cobiçosamente para o pãozinho de canela que tinha comprado para ele. Brilhava na caixinha de plástico como a espiral que enfeitava o fim do corrimão da escada de Perry Street. — Você não vai comer isso?

— Não estou com fome.

— Anda, come.

— Come você. Não quero.

— Vamos, Len. Você não comeu nada depois daquele cachorro-quente.

— *Jesus*, mamãe...

— Está bem, está bem. — Audrey pegou o pãozinho e o jogou no lixo. Olhou para o filho. — Len...

— Sim?

— Você me contaria se estivesse usando drogas de novo, não é?

Lenny se encostou no banco e revirou os olhos.

— Para com isso.

— Não fale assim — protestou Audrey. — Só estou perguntando. Você me contaria, não é?

— Sim. Mas não estou.

— De verdade?

— De verdade. Um baseado de vez em quando e é só isso, juro.

Audrey sorriu.

— Foi o que pensei. Susan é que queria saber. Ela disse que você estava com um jeito esquisito. Se não fosse isso, eu não teria perguntado.

Ele se inclinou e deu um beijo no rosto dela.

— Bem — disse com um suspiro. — Fico feliz por *você* confiar em mim.

Audrey deixou Lenny no apartamento de Tanya no East Village antes de voltar para Perry Street. O tráfego estava horrível na direção do West Side e ela encontrou Daniel esperando por ela na porta ao chegar em casa. Ele estava usando calças justas verdes, do mesmo tom fúnebre do terno de Babar, e tinha passado um gel no cabelo que o deixou espetado como um mar congelado.

— Eles o obrigam a se vestir assim na sua nova firma? — perguntou Audrey logo que abriu a porta. — Ou foi você mesmo que escolheu esse look?

Daniel sorriu tolerantemente.

— Já ia embora. Achei que você não viria.

— Estou dez minutos atrasada, Daniel. Não precisa dar um piti. — Ela se encaminhou para a cozinha.

— Olha — disse Daniel quando se sentaram. — Vou falar sem rodeios. Sei que Berenice Mason veio falar com você umas semanas atrás...

— Ah, *ela*. — Audrey deu uma risadinha. — Ela começou a perseguir *você* agora? Ela lhe contou sobre o romance do século que teve com Joel?

Daniel ficou calado.

— Ora, Daniel. O que foi? Você acha que Joel transou com ela?

Ele baixou os olhos.

— Mais do que isso, lamento dizer. Ela e Joel têm um filho.

Audrey acendeu um cigarro e exalou um fio de fumaça na direção do teto.

— Sim, ela me disse isso. A mulher está mentindo.

— Audrey, isso não é uma piada. Falei com a assistente de Joel. Aparentemente, já faz algum tempo que ela sabe dessa mulher.

Audrey sentiu um aperto no estômago.

— Kate? — perguntou. — Ela é só uma garota. Acreditaria em qualquer coisa.

— A mulher tem provas, Audrey.

— De que tipo?

— Ela tem um formulário de Reconhecimento de Paternidade com a assinatura de Joel.

— Bem, qualquer pessoa pode falsificar um formulário desses.

— Ele não é falso. Eu vi. E tem outras coisas também...

— Ah, *por favor* — interrompeu Audrey. Mas, enquanto falava, sentiu sua descrença desaparecendo como uma bruma. Ela se virou e olhou pela janela da cozinha. Num banheiro no terceiro andar da casa em frente, um homem nu estava saindo cuidadosamente do chuveiro. — Quantos anos?

— Como?

— Quantos anos tem essa criança?

— Ah, 4 anos, eu acho. Sim, 4.

— E quais são as outras coisas?

— O quê?

— Você disse que havia outras coisas. Outras provas.

— Ela tem registros dos depósitos mensais que Joel depositava na conta dela...

— *Depósitos*?

— Você sabe, tipo pensão para a criança.

— Ah. — Audrey apertou o nariz entre o polegar e o indicador.

— Ela também tem um monte de correspondência — disse Daniel. — Poemas, cartões...

— Poemas! Está vendo, agora sei que é invenção dela. Joel nunca escreveu um poema na vida.

— Não sei o que lhe dizer, Audrey.

— Por que ela está inventando isso agora? O que ela quer?

— Não sei ao certo. Acho que quer, você sabe, deixar tudo às claras. E mencionou que gostaria que a criança tivesse um relacionamento com o irmão e as irmãs...

— Puff!

— Também precisa de dinheiro. Os depósitos de Joel pararam desde que ele foi para o hospital.

— Espere. Ela pensa que pode inventar uma história qualquer de ter transado com meu marido e que vou dar uma *mesada* para ela? Ela não tem um emprego?

— Ela é artista.

— *Ahhh*. Uma artista!

— Bem, uma fotógrafa.

— *Super*.

— Acho que você deve levar isso a sério, Audrey. Não é algo que você queira que vá parar nos tribunais.

— Ela está ameaçando isso?

— Não, não, ela não está ameaçando nada. Mas é o próximo passo, na minha opinião. Ela tem direito legal ao sustento do filho.

— Quanto ela diz que Joel estava dando a ela?

— Bem, variava, acho. Mas nos últimos dois anos, cerca de 1.200 dólares por mês.

Audrey franziu a testa. Nunca fora muito boa em matemática.

— Quanto é isso por ano?

— Catorze mil e quatrocentos.

— Catorze mil? — Audrey não sabia se ficava com raiva pelo significado da quantia ou se ficava envergonhada pela insuficiência. Tornou a olhar pela janela. O homem em frente tinha enrolado uma toalha na cintura e estava examinando o rosto no espelho sobre a pia. Nos anos vindouros, pensou, sua recordação desta conversa estaria ligada a uma imagem de pele rosada e toalha branca vista através de um janela embaçada.

— Se você me der sinal verde — disse Daniel —, terei prazer em tentar negociar um acordo com ela.

Audrey sacudiu a cabeça.

— Não, obrigada.

— Audrey...

— Se houver algum acordo para ser feito, eu mesma vou tratar disso, Daniel.

— Tem certeza de que é uma boa ideia?

Ela olhou para ele.

— Acho que você pode ir agora.

— Sinto muito, Audrey. Sei que isso deve ser...

Ela virou de costas para ele.

— Até logo, Daniel.

Audrey ficou um bom tempo sentada ali à mesa, depois que ele saiu, passando o dedo distraidamente num dos arranhões que Lenny tinha feito com uma caneta na superfície do móvel. Uma parte dela parecia estar pairando no ar, observando desinteressadamente suas reações. *Você está um pouco tonta. Será que vai chorar? Isso não parece irreal?* Ela se lembrou do espanto — da afronta — que tinha sentido anos antes quando, ainda menina, estava num shopping com a mãe e encontrou por acaso sua professora da 2ª série, Srta. Vale, comprando maçãs com o noivo. Até então, Audrey tinha, como a maioria das crianças pequenas, a tendência de olhar o mundo como um desfile estático de pessoas e cenas que só ganhavam vida em sua presença. Nunca havia ocorrido a ela que a Srta. Vale pudesse ter uma existência independente fora da sala de aula, com companhias masculinas e apreciação por frutas. A agressão à sua ilusão de onisciência fora devastadora. Compreendera subitamente que a realidade não era uma série de quadros discretos encenados unicamente por causa dela, mas, sim, vasta, caótica e incontrolável. Até pessoas que ela via todo dia — incluindo a própria *família* — continham mundos que ela jamais iria conhecer completamente.

Mas Audrey esquecera daquela lição infantil, ao que parecia. Durante os últimos quarenta anos, confundira proximidade com intimidade — acreditando que decifrara todos os mistérios do marido — quando passara o tempo todo fazendo amor com a sombra dele. Não era a infidelidade que a deixava chocada: sempre se orgulhara do seu realismo em relação àquela parte da vida conjugal. A primeira vez em que apanhara Joel traindo-a, ainda não tinham quatro meses de casados. Rasgara as roupas e arrancara os cabelos por uma semana mais ou menos e então, com a tolerância solene de alguém de 19 anos, depois de arrancar dele a promessa de que isso nunca mais iria acontecer, o tinha perdoado. Seis meses depois, uma amiga de Audrey vira Joel em Washington Square, de mãos dadas com uma garota da Students for a Democratic Society. E não muito tempo depois disso, Audrey encontrara um bilhete de amor no bolso das calças dele — um papel com perfume de patchuli —, de uma cantora adolescente de música folk chamada Spanish Wells. E assim por diante.

Houvera fases no casamento deles em que ele tinha sido fiel — pelo menos ela achava que sim —, mas elas nunca duravam muito. "O grande erro das mulheres é ver o sexo pelo lado pessoal", Joel um dia disse a ela. "Trepar é só um reflexo, sabe. É como coçar." Vagarosamente, penosamente, ao longo dos anos, conseguira aceitar a lógica dele. Não que tivesse deixado de se importar com os casos do marido. Sempre se importara. Mas com um considerável esforço psicológico, aprendera a equilibrar sua infelicidade. O que importava se umas putinhas se gabassem de ter dormido com Joel Litvinoff? A infidelidade era curta, a vida de casado era longa. Ela ia continuar sendo a esposa de Joel e a mãe dos filhos dele muito depois que todas aquelas trepadas ordinárias e sem amor tivessem sido esquecidas. Algumas vezes, quando um caso parecia correr o perigo de se transformar em algo mais sério, fora obrigada a agir discretamente — chamar a mulher em questão e alertá-la para se afastar. (Joel, ela percebia, normalmente ficava grato com essas intervenções.) Mas na maioria das vezes ela tinha simplesmente esperado os casos esfriarem sozinhos.

Como parecia patético agora — *trágico*, para dizer a verdade — ter se esforçado tanto, por tanto tempo, para aprender a fazer concessões e ajustar suas expectativas, só para descobrir no último momento que fora uma idiota, afinal. Que até a infeliz da assistente de Joel sabia mais sobre seu casamento do que ela.

Ela se levantou de repente e foi até a gaveta da cozinha. Depois de procurar por alguns instantes, pegou o caderninho de telefone e folheou as páginas cheias de manchas de gordura e de dobras até encontrar o número de Kate.

— É Audrey — disse, quando Kate atendeu. — Acabei de receber a visita de Daniel...

A voz de Kate soou fraca e assustada.

— Acho que sei por que você está ligando, Audrey. Só quero dizer...

— Não, não, não quero ouvir o que você tem para dizer. Só quero que você responda uma coisa. No dia em que Joel teve o derrame, você ligou para aquela mulher e disse a ela para ir para o hospital?

Houve uma pausa do outro lado do telefone.

— Não *disse* a ela para ir — respondeu Kate finalmente. — Só disse a ela o que estava acontecendo. Achei que tinha o direito de saber.

— É só isso — disse Audrey, e desligou.

Mecanicamente, começou a preparar um chá. Enquanto enchia a chaleira, seus olhos bateram numa fileira de copos que Sylvia deixara no secador da pia. Pôs a chaleira no fogo e então, vagarosamente, de uma forma quase experimental, passou o braço pelos copos, atirando-os no chão. Ficou parada por alguns instantes, observando a bagunça que fizera. Depois abriu o armário e começou a tirar mais copos: copos d'água, taças de vinho, taças de conhaque, cálices de licor. Um por um, ela os atirou no chão. Depois de algum tempo, a destruição se tornou entediante, mas como havia começado o projeto, ela se sentiu obrigada a ir até o fim. Enfiou a mão no fundo do armário e retirou o resto: três taças de champanhe que Lenny roubara do Hotel Plaza. Um cálice de Martini onde estava gravado "É hora de coquetel!" Um copo de Murano que alguém dera a eles no vigésimo aniversário de casamento.

Depois que tudo foi reduzido a cacos, tirou a chaleira do fogo e voltou para a mesa da cozinha. Ela se sentou e olhou pela janela para a casa em frente, procurando o homem do chuveiro. Mas ele havia desaparecido e o banheiro estava escuro.

Parte Três

Nove

O Centro de Estudos para Mulheres Judias ficava no térreo de um prédio residencial na West End Avenue, num apartamento que fora doado à organização uma década antes por uma viúva piedosa chamada Rivka Danziger. Não havia sido feita quase nenhuma alteração nos cômodos e na decoração originais desde a morte da velha senhora: a quitinete tinha torneiras e ladrilhos anteriores à guerra, os banheiros tinham banheiras. O carpete da antiga suíte principal, que agora servia de sala de conferências, ainda tinha quatro marcas redondas onde ficavam as colunas da cama de casal da Sra. Danziger. Era numa dessas depressões escurecidas que Rosa estava distraidamente enfiando a ponta da sandália numa noite quente de junho, enquanto ouvia sua professora, Sra. Greenberg, discutir o mandamento da *poroh adumah*, ou "vaca vermelha", no trecho daquela semana da Torá. Segundo o mandamento, uma vaca perfeitamente vermelha devia ser sacrificada e queimada para que suas cinzas pudessem ser usadas numa cerimônia de purificação para aqueles que tinham entrado em contato com os mortos. O paradoxo era que enquanto as cinzas purificavam aqueles que tinham sido contaminados, também contaminavam as pessoas que realizavam a purificação.

— Os mandamentos na Torá estão divididos em três categorias gerais — afirmava a Sra. Greenberg. — Há os *eidos*, mandamentos que testemunham eventos passados, como a observância do *Shabbos* e dos Dias Sagrados. Há os *mishpatim*, mandamentos que nós entendemos instintivamente, como não roubar, não matar e assim por diante. E há os *chukim*, mandamentos que não podem ser explicados em termos lógicos, que desafiam a razão humana. A "vaca vermelha" pertence a essa categoria. O próprio rei Salomão declarou "Eu disse que sou sábio, mas esse assunto está distante de mim".

Rosa se aproximara do centro com um espírito cético, com a noção de que qualquer instrução destinada especificamente a mulheres estava fadada a ser banal. Imaginara a aula de *parsha* como uma espécie de reunião social religiosa: um grupo de mulheres sorridentes que comiam bolo enquanto discutiam o que Deus significava para elas. Mas o estudo da Torá, ela descobrira — mesmo nesse nível bastante elementar — era uma tarefa rigorosa e desafiadora. Não havia digressões nem piadas na aula da Sra. Greenberg e não se toleravam de forma alguma opiniões pessoais e superficiais. A Sra. Greenberg começava toda semana fornecendo uma visão geral do significado dos eventos descritos no *parsha* e, em seguida, fazia uma análise minuciosa, frase por frase, expressão por expressão, de uma determinada seção do trecho — referindo-se, quando apropriado, a comentários rabínicos. No fim, oferecia uma breve interpretação do propósito espiritual do texto.

Rosa adorava o processo metódico de revelar as camadas de significados da Torá. Adorava a humildade que o processo exigia. Acima de tudo, adorava a atmosfera de camaradagem estudiosa — de compromisso compartilhado em decifrar um texto complexo e difícil. Tinha a impressão de que ao pesquisar a sabedoria dos sábios rabínicos, estava descobrindo algo especialmente judeu na forma pessoal de pensar.

— Agora a Torá especifica que a vaca vermelha é "o decreto da Torá" — continuou a Sra. Greenberg. — Por que isso? Por que esse *chukim* tão misterioso, esse mandamento que deixou confuso até o rei Salomão, é valorizado desse jeito? Porque a "vaca vermelha" representa a suspensão voluntária da lógica em deferência à vontade divina e essa humildade diante de *Hashem* é a lição central, a própria base da Torá. Quando seguimos verdadeiramente o caminho de *Hashem*, não pedimos explicações. O que nos motiva não é a lógica, mas nossa aceitação do jugo divino. — A Sra. Greenberg pousou as mãos abertas sobre o púlpito. — Isso, senhoras, é tudo por hoje. Espero vê-las na semana que vem.

As estudantes começaram a se dispersar. Rosa guardou seu *Chumash* e saiu para o saguão. Uma das trabalhadoras voluntárias do centro, uma bela mulher usando uma saia comprida de sarja e um lenço na cabeça, estava sobre uma cadeira, prendendo um aviso no quadro.

— Ei — chamou ela.

Rosa acenou.

— Oi, Carol.

— Como vai seu pai? Tenho rezado por ele.

— Ah, está na mesma... Mas obrigada.

Carol desceu da cadeira.

— Boa aula?

— Ótima.

— Ouvi dizer que você é muito estudiosa. A Sra. Greenberg estava dizendo outro dia que o anjo deve ter tocado muito de leve no seu lábio.

Rosa olhou para ela sem entender.

— O Talmude diz que toda criança no útero da mãe aprende a Torá inteira através de um anjo. Quando nasce, outro anjo toca o lábio do bebê e todo o conhecimento é esquecido. Então, quando uma pessoa tem um dom natural para aprender a Torá, dizemos que o anjo tocou de leve em seu lábio.

— Ah — Rosa sorriu, incerta.

Carol estava contando uma fábula ou acreditava mesmo em anjos visitando o útero? Era difícil dizer. Rosa gostava de Carol. Era inteligente e séria. Mas a intensidade da sua dedicação religiosa fazia com que conversar com ela fosse um tanto exaustivo. Ao contrário da maioria das moças do centro, Carol fora criada numa família não praticante. Quando adolescente, teve oportunidade de ir a festas e namorar rapazes gentios e até de se envolver com a seita *wicca*. Foi só durante seu primeiro ano na Universidade de Boston, depois que começou a andar com um grupo de estudantes da União Ortodoxa, que começou a imaginar se não haveria um vazio em sua vida que poderia ser preenchido por Deus. Depois de varar muitas noites conversando com amigos da União Ortodoxa, ela passara a ver a falta de interesse dos pais na religião não como tinha imaginado, como uma extensão lógica do seu afável agnosticismo, mas como um sintoma do ódio por serem judeus. Também tomara conhecimento, com infinita tristeza, de que o irmão, que recentemente ficara noivo de uma jovem indiana, estava contribuindo para "o genocídio silencioso da nação judia". Em três meses, se tornara uma *ba'alat teshuvah*, uma judia arrependida. Em seis meses, abandonara o curso de antropologia para estudar em uma *yeshiva* em Jerusalém.

Agora, cinco anos depois, estava casada, com três filhos e morando numa comunidade ortodoxa em Washington Heights. Mantinha o cabelo coberto em público. Não carregava chaves nem empurrava um carrinho no sábado, a menos que estivesse dentro dos limites da *eruv* comunitária. Quando comprava roupas novas, ela as mandava para um laboratório especializado em *shatnez* para ter certeza de que não violavam a ordem bíblica de não misturar lã com linho. E toda vez que evacuava, dizia uma oração, agradecendo a Deus por ter criado seus "dutos e aberturas".

A história da transformação de Carol provocava sentimentos complexos em Rosa. Ficava horrorizada, é claro, com a ideia de uma mulher culta e urbana apagando de propósito qualquer vestígio de modernidade para se transformar numa habitante de gueto medieval, mas isso também lhe inspirava certa inveja. Ao se submeter às restrições da ortodoxia, Carol não apenas executara um ato impressionante de abnegação — um ato que atraía a sensibilidade ascética de Rosa —, mas também se libertara do peso de tentar improvisar seu próprio código moral. Agora, sempre sabia qual era a coisa certa a fazer e se não soubesse, conhecia um rabino que sabia. Cada aspecto de sua vida diária era regido por suas convicções. Como Rosa podia comparar as próprias experiências fajutas de religiosidade com as dela? Professava alguma lealdade espiritual com o judaísmo, mas se recusava a observar qualquer aspecto da vida judaica. Estudava a Torá, mas se recusava a admitir a possibilidade de que qualquer de suas injunções se aplicasse a ela.

Rosa olhou para o folheto que Carol prendera no quadro de avisos.

O MODO DE VIDA JUDEU

Começando em julho, a voluntária do CEMJ Carol Baumbach irá promover uma série de excursões destinadas a explorar diversos aspectos da cultura judaica. Nossas explorações incluirão uma visita guiada a Crown Heights, uma visita a um mikvah, uma ida a uma padaria kosher e muito mais! A participação é gratuita e todas são bem-vindas! Procurem Carol para saber mais detalhes.

— O que você acha? — perguntou Carol, acompanhando o olhar de Rosa. — É a primeira vez que faço algo assim. Estou animada.

— Parece divertido — Rosa respondeu.

— É mesmo? Você estaria interessada em participar de alguma dessas excursões?

— Claro — Rosa deu de ombros. — Quer dizer, se eu arranjar um tempo, adoraria ir.

— Olha, eu estava para perguntar há um tempo — disse Carol. — Quer almoçar na minha casa este sabá?

Rosa ficou ruborizada.

— É muita gentileza sua, mas não vou poder.

— Não faz mal. Você pode ir uma outra vez.

— Bem, para dizer a verdade, Carol, normalmente trabalho aos sábados durante o verão.

— Ah.

Rosa ficou ainda mais ruborizada.

— Desculpe. É o meu trabalho, sabe...

Carol balançou a mão.

— Não, não, entendo. Todo mundo tem de caminhar em seu próprio ritmo.

Rosa hesitou.

— Bem, não sei ao certo se...

— No começo é sempre muito difícil. Você vê todos os *mitzvot* e eles parecem uma montanha impossível de se escalar. Acredite em mim, estive lá. Mas você tem de lembrar, Rosa, que Deus não espera que você faça tudo ao mesmo tempo.

Rosa olhou para o relógio.

— Vou ter de correr. Tenho uma entrevista com a mãe de uma das meninas com quem trabalho.

Carol deu um tapinha na mão dela.

— Vá. Mas lembre-se, Rosa, desde que você esteja caminhando na direção certa, não faz mal dizer para Deus "Sei que devia fazer isso, mas ainda não posso".

O calor que aguardava Rosa na West End Avenue era tão forte e abafado que nos primeiros dois minutos depois de sair do saguão, ela não conseguiu pensar em mais nada a não ser em evitar o pânico. Mas aos poucos, enquanto caminhava na direção do GirlPower Center, começou a se acostumar com o desconforto causado pelo calor e seus pensamentos voltaram-se para a conversa que acabara de ter com Carol. Repassou o papo encorajador de Carol com uma indignação crescente. Desejou não ter se desculpado por trabalhar no sabá. Como Carol era pedante! Parecia incapaz de conceber que uma pessoa tivesse objeções racionais à prática ortodoxa que não tivessem raízes no medo ou na negação; falava como se a única coisa que impedia Rosa de ser devota fosse a falta de coragem. Rosa não estava *com medo*: não estava convencida. Nos últimos seis meses, descobrira uma forte afinidade com o judaísmo e, graças a certas intimações inefáveis que experimentara no Ahavat Israel, chegara ao ponto de dizer que sua falta de fé em Deus fora abalada. Mas nada disso a deixou inclinada a abrir mão de ostras e bacon ou a agradecer a Deus toda vez que evacuasse. Jamais iria querer viver do jeito que Carol vivia — jamais veria *o sentido* de viver do jeito que Carol vivia — e era irritante da parte da outra insistir no contrário.

Numa sala grande e cheia de eco sobre uma igreja metodista na rua 113, as meninas do GirlPower estavam fazendo colagens sobre o tema "O que me deixa zangada". No alto de uma prateleira cheia de tabuleiros de jogos e material de arte, um aparelho de som estava tocando Mariah Carey.

— Oi, Rosa — cumprimentaram as meninas, com vozes cantantes. — O que você está fazendo aqui?

Terça-feira era o dia de folga de Rosa. Fora chamada para uma reunião de emergência sobre Chianti, cujas faltas e cujo mau comportamento estavam ameaçando fazê-la ser expulsa do programa.

Rosa encontrou Laura, a chefe do programa GirlPower, reunida com Raphael, Chianti e a mãe de Chianti no pequeno escritório ao lado da sala principal. Laura e Raphael a cumprimentaram com um ar falsamente animado. A mãe de Chianti tomou conhecimento da presença dela com um leve baixar de pálpebras.

— Raphael estava pondo a Sra. Gates a par de alguns dos problemas que temos tido com Chianti ultimamente — disse Laura. — Você quer continuar, Raphael?

— Claro. — Raphael inclinou-se para a frente, descansando as mãos nos joelhos. — Como estava dizendo, Chianti tem faltado muito nos últimos dois meses. Faltou cinco dias nas últimas duas semanas...

— Isso não é justo — interrompeu a Sra. Gates. — Outras meninas faltam. Não as vejo pagar por isso. — Era uma mulher bonita, com um nariz longo em forma de flecha e uma cabeleira negra e cacheada. As sobrancelhas tinham sido arrancadas e redesenhadas com linhas finas e inclinadas, como o desenho infantil das asas de um corvo.

— Isso não é verdade, Sra. Gates — interveio Laura. — As mesmas regras se aplicam a todas as meninas neste programa.

— E, se me permite, Sra. Gates — Raphael acrescentou —, não é *só* uma questão de frequência. Mesmo quando está aqui, Chianti tem se comportado de uma forma realmente inapropriada e não cooperativa.

— Tipo? — perguntou a Sra. Gates.

— Bem, a última vez em que ela esteve aqui foi na quinta-feira e ela passou a maior parte da tarde do lado de fora do prédio, fumando e conversando com amigos que não estão no programa.

A Sra. Gates sugou ar pelos dentes.

— Isso é verdade? — perguntou à filha.

— Só fui lá fora uma vez.

— Não, Chianti — disse Rosa. — Isso não é verdade...

— Você estava fumando? — perguntou a Sra. Gates.

Chianti sacudiu os ombros.

Calmamente, quase naturalmente, a Sra. Gates se inclinou e deu um tapa no rosto da filha.

— Por que você faz isso?

Rosa e Raphael fizeram menção de se levantar.

— Sra. Gates! — gritou Laura.

A Sra. Gates continuou se dirigindo à filha.

— Eu disse que se pegasse você fumando ia bater em você — deu outro tapa em Chianti.

Laura se levantou.

— Sra. Gates, se a senhora continuar batendo em Chianti, vou ter de pedir para a senhora sair.

A Sra. Gates empurrou a bochecha com a língua e fixou os olhos a meia distância.

— A questão neste momento — disse Laura, tornando a se sentar — é como proceder. Todos queremos manter Chianti no programa. Mas para fazer isso, ela tem de começar a respeitar as regras. — Ela se virou para Rosa. — Você tem alguma ideia?

Rosa ainda não se recuperara do choque de ver a Sra. Gates bater na filha. Ela sacudiu a cabeça.

— Realmente não sei...

— Diga-me uma coisa, Chianti — interveio Raphael. — *Você* quer ficar no programa?

Chianti sacudiu os ombros.

— Isso é um sim ou um não?

— O que vocês fazem aqui é tudo bobagem.

Laura fez um ar severo.

— Essa não é uma atitude muito positiva, Chianti. Estamos todos tentando ajudar você...

Raphael levantou a mão.

— Você me permite, Laura? — Sorriu para Chianti. — Quero fazer uma pergunta para você. Pode me dizer que tipo de coisa você *gostaria* de fazer no GirlPower?

Chianti puxou a barra do jeans.

— Não sei.

— Bem, pense nisso. O que não seria uma bobagem?

Chianti ficou calada.

— Essa não é uma pegadinha — garantiu-lhe Raphael. — Só estou querendo saber quais as atividades você gostaria de fazer. Sei que você gosta de dançar, certo?

— Sim.

Raphael virou-se para Laura.

— E se organizássemos uma sessão de dança duas vezes por semana? Teria algum problema?

— Nenhum problema.

— O que você acha disso, Chianti? — perguntou Raphael. — Quem sabe você pode se encarregar da coreografia?

Chianti ergueu a cabeça cautelosamente.

— De verdade?

— Espere — disse Laura. — Para isso acontecer, você teria de se esforçar muito para limpar sua barra. Vamos exigir frequência e pontualidade da sua parte. Vamos querer ver uma atitude positiva. Nada de insolência, nada de fumar, nada de nada. Você acha que consegue?

Chianti balançou a cabeça afirmativamente.

— Tem certeza?

— Tenho.

— Você entende que estamos confiando em você, Chianti? Na primeira bobagem que você fizer, ficar do lado de fora em vez de entrar, responder desrespeitosamente aos monitores, seja lá o que for, essa história de dança acaba na mesma hora, certo?

— Certo.

— O que a senhora acha disso, Sra. Gates?

Os cantos dos lábios da Sra. Gates curvaram-se para baixo, numa expressão de concordância mal-humorada.

— Desde que ela não fique pela rua com rapazes.

— Bem, OK! — disse Laura, batendo palmas. — Acho que temos um plano. Quero ver você aqui amanhã de manhã, Chianti, às 9h. Não às 9h10 ou 9h15. Às 9 em ponto. Aí vamos começar a planejar a formação do grupo de dança.

Ao se dirigir para o metrô, Raphael estava animado.

— Funcionou muito bem, não foi?

— Claro — respondeu Rosa. — Se você ignorar o fato de que a Sra. Gates quase fraturou o crânio da filha.

Raphael deu uma risadinha.

— Cara! Ela não é fácil, não é?

— Ela é um monstro — respondeu Rosa enfaticamente. — Se bate na filha desse jeito em público, você consegue imaginar o que faz em casa?

— Bem, ela se importou o suficiente para aparecer. Isso já é alguma coisa.

Rosa arregalou os olhos, fingindo espanto.

— Meu Deus, Rapha, você tem razão! Vamos imediatamente indicar o nome dela para o prêmio de Mãe do Ano.

— Qual é o problema com *você*? — Raphael perguntou.

Rosa sacudiu a cabeça.

— Não sei.

Tinham entrado na rua 110. No lado norte da rua, um grupo de homens suados estava esparramado sobre os degraus de um hotel, resmungando palavras hostis uns para os outros. Ao sul, atrás das grades do Central Park, dois garotinhos estavam pescando no Harlem Meer.

— Não sei se entendo bem a razão — disse Rosa de repente. — É como se estivéssemos nos matando para encontrar uma forma de manter Chianti conosco. E uma parte de mim sente que não faz diferença se ela fica ou vai embora.

Raphael fez uma cara espantada.

— Você está brincando? É claro que faz diferença. Faz muita diferença. Se ela ficar, é menos provável que engravide, é menos provável que comece a usar drogas, é mais provável que tire notas melhores...

— Sim, sim — concordou Rosa impacientemente. — Eu sei. Sei de tudo isso. Mas ela não vai realmente... Quer dizer, tem tanta coisa confusa na vida dela que não vamos conseguir mudar.

— O que, o fato de ela ter uma mãe assustadora?

— Não, não isso. Bem, não *só* isso. Quer dizer...

— Não, sei o que você está dizendo. Há sempre mais a ser feito. Mas você não pode deixar que isso a desanime. Você tem de focar num dia de cada vez e nos pequenos progressos que está fazendo. Senão você enlouquece.

— Sim, Rapha, mas os pequenos progressos são *tão* pequenos...

Um tom de irritação surgiu na voz de Raphael.

— Não sei aonde você quer chegar. Somos apenas um pequeno programa...

— Exatamente. Somos apenas um pequeno programa. Talvez consigamos mantê-las afastadas das drogas por um tempo, e talvez adiemos a gravidez por alguns anos, mas elas ainda têm pais horríveis, ainda frequentam escolas horríveis e ainda vão acabar com empregos horríveis ou sem emprego. O destino delas como classe social — fez um gesto amplo com as mãos — ainda vai ser o mesmo.

Raphael parou e inclinou a cabeça para trás.

— Destino como classe social? — Começou a rir. — *Destino como classe social*? Rosa, você está de brincadeira, cara! Vem cá, você está precisando de um abraço.

Rosa sacudiu a cabeça, ofendida. Mas Raphael a abraçou.

— Mulher doida — murmurou.

Rosa sentiu a umidade morna da camisa polo dele. Cheirava agradavelmente a goma de roupa e suor.

— Você leva tudo muito a sério, Ro — disse Raphael, acariciando o cabelo dela. — Isso não é bom para você, juro.

Dez

Karla estava sentada no cubículo-escritório, examinando um caderno grosso da Agência de Adoção BabyLove do Estado de Nova York. Na capa, havia um desenho de um bebê em um cueiro e embaixo o slogan "BabyLove: Juntando famílias de Nova York há 14 anos".

Dois dias antes, ela e Mike tinham ido a uma reunião no BabyLove. Viram um filme curto intitulado "Adoção: uma viagem de amor" e depois foram levados a um escritório para uma entrevista preliminar. A conselheira de adoção, Michelle, estava usando duas pequenas pérolas nas orelhas e um cachecol de seda amarrado no pescoço no estilo das aeromoças. Começara com a descrição dos estágios básicos do que prometeu que seria "um processo longo e às vezes desafiador". E em seguida pedira a Karla e a Mike para falar sobre seus motivos para querer adotar uma criança. Karla, alerta para a ironia de sua posição — uma assistente social sendo atendida por uma assistente social —, estava determinada a se sair bem.

— Sou eu, na verdade — confessou, alegremente. — Não posso ter bebês.

— Certo — disse Michelle.

— E também gostamos da ideia de dar um bom lar a uma criança — acrescentou Mike.

— Isso é maravilhoso. Há um monte de crianças precisando de um bom lar. Mas, queria ouvir um pouco mais sobre o que vocês esperam com a maternidade e com a paternidade. Vocês acham que podem ser mais diretos a respeito do que esperam ganhar com a experiência de educar uma criança? Karla?

Karla pigarreou.

— Bem...

Fez uma pausa. Ela e Mike vinham "tentando" havia tanto tempo que a coisa pela qual estavam tentando se tornara uma ideia um tanto abstrata. Karla nunca fora uma daquelas mulheres sem filhos que lança olhares invejosos para carrinhos em parques e geme ao ver mantinhas em lojas de enxovais de bebê. As mulheres férteis da família de Mike sempre a estavam convidando, em tons melosos de compaixão, a segurar seus bebês, mas ela raramente aceitava. A verdade era que bebês — aqueles de verdade, que babavam e regurgitavam — a deixavam um pouco assustada.

Percebeu o joelho de Mike balançando impacientemente ao lado do dela. Olhou para ele e depois para Michelle com uma sensação crescente de fracasso. Não conseguia pensar num único motivo para querer ser mãe.

— Desculpe — disse, sacudindo a cabeça. — Estou tendo um pouco de dificuldade com isso.

Michelle sorriu.

— Não se preocupe. É uma pergunta muito complicada. Às vezes é difícil expressar essas coisas com palavras. Não se apresse.

Alguma coisa na voz sibilante, sussurrante, de Michelle deixou Karla ofendida e com vontade de chorar. Houve mais um longo silêncio.

— Sempre quis ser mãe — afirmou Karla, finalmente — porque... amo crianças e acho que educar uma criança deve ser algo muito gratificante. Crianças — acrescentou, com certo desespero — são muito divertidas.

— OK... — Michelle virou-se para Mike. — Você gostaria de acrescentar alguma coisa?

Karla olhou para ele, suplicante. *Por favor, seja simpático. Por favor, não diga "questão controversa".*

— Acho — disse Mike, alisando o cabelo para trás — que minhas razões para querer ser pai têm a ver com o tipo de infância que meus pais me proporcionaram. Cresci em Pelham Park com dois irmãos e duas irmãs e um monte de primos que moravam perto. Nossa casa era muito cheia e barulhenta. Muito aconchegante, sabe? Sempre cheia de gente e risos.

Karla olhou para Michelle, que estava balançando a cabeça cada vez mais depressa enquanto Mike falava. Sentiu uma pontada infantil de inveja. Mike estava gabaritando no teste.

— Meu pai era louco por beisebol e costumávamos ter grandes jogos em família no parque, nos fins de semana. Minha mãe era mais delicada. Mesmo quando ficamos adolescentes, cantava canções de ninar para nós toda noite. Tinha uma voz incrível. Provavelmente, se não tivesse sido uma mãe, poderia ter sido uma cantora profissional... Bem, acho que tenho lembranças muito boas da minha infância. E quando penso em ser pai, penso em dar tudo isso para meus filhos.

Na volta para casa, depois, Karla se desculpou pela má atuação.

— Não sei o que aconteceu. Estraguei tudo. Sinto muito. Mas *você*, você foi incrível! Tão eloquente!

Mike olhou para ela com um ar de censura.

— Não estava sendo *eloquente*, Karla. Estava sendo *verdadeiro.*

Karla largou o caderno da agência de adoção e começou a arrumar a mesa. Ela e Mike iam sair para jantar com o primo dele e a esposa: tinha prometido a Mike que não iria se atrasar.

Lá embaixo no saguão, Khaled, o homem da banca de jornal, estava fechando a loja.

— Entre um instantinho — convidou, fazendo sinal da porta.

Karla sacudiu a cabeça.

— Não posso. Tenho de ir para casa.

— Venha.

Ela sorriu.

— Tudo bem. Mas só um minuto.

Tinha se passado mais ou menos um mês desde o fiasco de quando os dois se conheceram. Tinham almoçado juntos no jardim diversas vezes desde então e, ultimamente, ele passara a parar no escritório dela quando fazia suas entregas. Para Karla, cujo pequeno círculo social era composto quase que exclusivamente de ativistas sindicais e outros progressistas políticos, essa nova amizade era algo divertido. Khaled não sabia nada, até onde ela podia ver, a respeito de questões locais ou mundiais. (Fora as seções de astrologia e esportes, ele não lia os jornais.) Não tinha nenhum interesse pelas atividades sindicais e não disfarçava a indiferença quando ela falava sobre isso. Caso tivesse alguma tendência política, ela desconfiava fortemente de que seria reacionária. Entretanto, gostava dele. Gostava mesmo. Ela se divertia na companhia dele e sempre aguardava ansiosa os encontros entre eles. Apesar da falta de interesses comuns, ou talvez por causa disso, passaram direto pelos estágios iniciais de polidez e cerimônia e avançaram imediatamente para as conversas mais livres e íntimas. Normalmente, quando estava com ele, sentia um peso saindo das costas — uma carga de preocupações cujo fardo ela não tinha percebido até então.

Dentro da loja, um aparelho de som tocava música popular egípcia. Khaled puxou um banquinho de trás do balcão e fez um gesto para Karla se sentar.

— Você está com fome? — perguntou.

— Não, eu comi.

— Espere. — Ele entrou no depósito.

Karla ficou sentada balançando as pernas. No balcão ao lado dela havia um mostruário cheio de pequenos kits de costura e outros para consertar óculos. Ela girou o mostruário.

— Que música é essa? — perguntou.

— Essa é uma cantora egípcia muito famosa — respondeu Khaled, voltando com duas latas de suco de maçã e um saco de papel pardo. — Talvez seja a mais famosa de todas.

— Ah.

Ele começou a cantar junto, numa voz engraçada, aguda, imitando uma dança feminina sedutora.

— Você está de bom humor esta noite — observou Karla.

— Você me deixou de bom humor. — Ele dançou até o balde de plástico onde guardava buquês de flores embrulhados em papel celofane. — Leve algumas.

Ela sacudiu a cabeça.

— Não preciso de flores.

— Sei que você não *precisa* delas. Mas quero dar algumas para você. — Estendeu o buquê para ela, como a Estátua da Liberdade com sua tocha.

Ela aceitou o buquê.

— Obrigada.

— Veja só isto. — Abriu o saco de papel que tinha colocado sobre o balcão e tirou um pedaço de *halva* lá de dentro. — Comprei naquela loja grega da esquina. Quer um pouco?

— Eu não devia.

Ele olhou para ela com um ceticismo cômico.

— Tudo bem. Só um pedacinho.

Khaled adorava comprar guloseimas para si mesmo. Sempre que Karla o via, parecia estar comendo ou se preparando para comer algo delicioso: um sonho coberto de açúcar; um bolinho chinês na forma de uma pequena trouxa de ladrão;

uma suculenta tangerina balançando em sua casca larga e enrugada. Ela ficava um pouco chocada com essa gula pública e sem culpa. Passara a vida toda com gente que ou era indiferente ou abertamente hostil a comida e para ela, comer era um vício solitário. Sua mãe nunca tinha cozinhado de verdade, mas apenas atirado na mesa artigos comestíveis, exigindo que não fossem "desperdiçados". Mike tomava shakes de proteína no almoço e não punha nada na boca depois das 18h, com medo de não conseguir metabolizar a comida antes de dormir. ("Algumas pessoas vivem para comer; eu como para viver", estava sempre dizendo, como se sua rejeição ao prazer fosse uma glória pessoal.)

Observou Khaled cortar o doce. O pelo preto do braço dele formava cachos ao redor da pulseira do relógio e caía sobre uma cicatriz brilhante, cor de chiclete, que aparecia por baixo da manga arregaçada dele.

— É feia, não é? — disse ele de repente, apontando com a faca para a cicatriz.

Karla ficou ruborizada.

— Não! De jeito nenhum. Só estava imaginando como você... como você se machucou? Se não se importar em dizer.

— Estava brincando na cozinha um dia quando era pequeno. Minha mãe colocara gordura quente no fogão e derrubei a frigideira.

— Ah! — Karla sentiu uma onda de ternura pelo Khaled criança, machucado. — Deve ter sido horrível.

Ele entregou a ela um pedaço do doce.

— Acho que sim. Minha mãe diz que passei dois dias chorando, mas não me lembro. — Olhou para uma revista que estava em cima do balcão e começou a folheá-la. — Veja só isto. — Apontou para a foto da mansão de uma celebridade nas colinas de Hollywood. — Essa é a casa onde quero morar um dia.

Karla examinou a revista com uma pequena careta de censura.

— Está vendo isto? — perguntou ele. — É um tanque de peixes com um tubarão de verdade dentro. Bem na sala do cara!

— Pobre tubarão — murmurou ela.

— Espere. Essa casa tem o próprio cinema.

Karla olhou para a foto de uma sala forrada de veludo.

— É um tanto egoísta, não acha? Quer dizer, uma pessoa sozinha ocupar tanto espaço.

— O dinheiro é dele. Ele pode gastar como quiser.

— Sim, mas seria bom se o gastasse em algo mais útil, acho.

Khaled largou a revista, desapontado.

— Ele provavelmente dá um bocado de dinheiro para caridade.

Karla desviou o olhar, sentindo-se repentinamente aborrecida com o próprio julgamento de valor. Como era chata, estragando as fantasias dele com lições de moral!

— Quer mais doce? — perguntou ele.

— Não. — Ela ergueu as mãos num gesto de saciedade. — Já tenho de ir.

— Você vai visitar seu pai esta noite?

— Não. Vou sair para jantar com o primo do meu marido e a mulher dele.

— Ah — disse Khaled, balançando a cabeça. — Que bom.

— Vamos a um restaurante mexicano.

— Hum. — Ele olhou tristemente para o balcão.

Karla imaginou o que teria causado a súbita mudança de humor. Sem dúvida o tinha irritado com sua recusa a apreciar a casa da celebridade.

— Essa canção é bonita — disse, ansiosa para se redimir. — Do que ela trata?

— Ela está com saudades do amante.

— Ah.

— Ela está dizendo, "volte, volte. Sem você sou como um barco fora d'água". — Começou a dançar de novo, estendendo a mão para Karla.

Ela sacudiu a cabeça.

— Não sei dançar direito.

— Ah, é claro que sabe — afirmou ele, agarrando a mão dela.

Por um breve momento, Karla se deixou balançar de um lado para o outro.

— Está vendo? — murmurou Khaled. — Você *sabe* dançar.

Na porta de vidro da geladeira da loja, Karla avistou a si mesma: uma mulher gorda, balançando feito uma boba sobre um banquinho.

— Chega! — disse rispidamente, puxando a mão que Khaled estava segurando.

Ele deu um passo para trás, surpreso.

— Desculpe — disse ela. — Eu só...

— Não, não, não se desculpe. Eu é que peço desculpas.

Ele desligou o som. No silêncio súbito, ouviu-se o ronco distante de uma máquina de polir o chão no saguão do hospital.

— Tenho de ir. — Karla desceu do banquinho e sacudiu a saia.

Khaled fitou-a com um ar infeliz.

— Você passa aqui amanhã?

— Talvez. Vou ver.

— Não se esqueça das flores.

— Não, é claro que não.

Do lado de fora, no pátio do hospital, parou para enfiar o buquê numa lata de lixo verde, enorme, onde estava escrito "Mantenha Nova York Limpa". Era um desperdício, mas ela se sentiria idiota caminhando pela rua com o buquê. E, além disso, não teria como explicar as flores para Mike.

Onze

— Audrey, querida, você não tem de fazer isso — disse Jean, enquanto caminhavam juntas pelo Central Park West. — Você ainda pode cancelar.

As duas mulheres estavam voltando para o apartamento de Jean. Elas tinham ido à farmácia, onde Audrey comprara um remédio para estômago. Em pouco menos de meia hora, iriam se encontrar com Daniel e Berenice na casa de Jean.

— Não vou cancelar — declarou Audrey.

Secou a testa com as costas da mão e enxugou distraidamente o suor na camiseta. Ao longo da avenida, máquinas jogavam vapor d'água na calçada quente. No alto, o sol pálido tremia, efervescente, num céu leitoso, aparentemente fraco e solúvel demais para ser a fonte daquela temperatura monstruosa.

— Sabe — disse Jean —, você não vai ganhar nada confrontando essa mulher. Vai ser apenas terrivelmente estressante.

Audrey lançou-lhe um olhar de desdém.

— Não sou *eu* quem vai ficar estressada, pode acreditar.

Jean balançou a cabeça.

— É incrível como você tem sido corajosa, Audrey. Sei que se estivesse no seu lugar não conseguiria ser forte como você, mas gostaria que você fosse um pouco mais cuidadosa consigo mesma. Suas emoções ainda estão à flor da pele...

— Ah, Jean! Minhas emoções estão *ótimas*. — Fez uma pausa, tentando encontrar o tom certo. — Quer dizer, estou *aborrecida*, é claro. Estou *muito* aborrecida. Joel foi um idiota. Se não estivesse em coma, eu gostaria de dar um bom tapa nele. Mas — suspirou e inclinou a cabeça num gesto de resignação filosófica — as coisas são como são, Jean. Não adianta chorar, é preciso lidar com elas.

— Bem, você não tem de lidar com isso neste momento, não quando ainda está em choque por conta de toda a situação.

Audrey trincou os dentes. Era grosseiro, era *falta de tato*, da parte de Jean falar assim. O papel de uma amiga numa situação dessas não era cutucar a ferida e insistir em conhecer seus "verdadeiros sentimentos": o papel de uma amiga era calar a boca e aceitar sua palavra.

— Mas, Jean, é isso que estou dizendo para você, *não* estou em choque. *Você* sabe como Joel sempre foi. Teria de ser muito ingênua nesta altura do campeonato para ficar surpresa com a pulada de cerca dele.

Jean desviou os olhos timidamente. Ela e Audrey raramente haviam conversado a respeito das infidelidades de Joel, a não ser do modo mais oblíquo possível. Este salto súbito para a franqueza era incômodo.

— Você não fica casada com um homem como Joel durante quarenta anos se não souber lidar com uma escapulida uma vez ou outra — disse Audrey. — Todos os homens poderosos são assim. É uma coisa biológica. Veja o que Jackie Kennedy teve de aguentar...

— Entendo, Audrey — Jean a interrompeu. — mas *isso* não é só mais uma escapulida, é? Ele teve um filho...

— Ah, por favor! — Audrey parou de andar. — Você acha que me importo? Você acha que estou perdendo noites de sono porque aquela vagabunda teve um filho de Joel? Você está enganada. Não ligo a mínima.

— Eu te entendo — disse Jean, voltando a caminhar. — Entendo mesmo. Mas ainda não compreendo por que você tem de lidar pessoalmente com essa mulher. Um advogado podia tratar de qualquer negociação que fosse...

— *Não* — Audrey interrompeu-a. — *De jeito nenhum*. Não vou permitir que mais ninguém se meta nisto.

— Mas, Audrey...

— Você conta a uma pessoa e, quando se dá conta, a cidade inteira está sabendo. Você tem ideia do que os inimigos de Joel fariam com uma história dessas? O grande homem da esquerda que tem um filho ilegítimo secreto? Os reacionários vivem para esse tipo de coisa. É como Clinton fazendo sexo oral com aquela estagiária, ou Marx trepando com a criada. "Vejam só, Karl era um safado, deve ter se enganado a respeito do materialismo dialético..." E, além disso, *quero* lidar pessoalmente com aquela sem vergonha. Quero dizer a ela o que penso sobre, ah, *merda*.

Uma mulher alta e dentuça estava vindo na direção delas, empurrando um carrinho de bebê.

— Meu Deus, Audreeey — gritou, quando chegou mais perto. — Já faz *um tempão*! Que *maravilha* encontrar você!

— Melinda, esta é a minha amiga Jean — disse Audrey. — Jean, esta é Melinda. A filha dela estudou na Little Red Schoolhouse com Rosa e Karla. Ela também é inglesa. Mas muito mais elegante do que eu, é claro.

Melinda riu nervosamente. *Ma ha ha*. Em deferência à nacionalidade compartilhada e à vaga noção de que duas mulheres inglesas morando em Nova York *deviam* ser amigas, Melinda sempre demonstrava uma grande camaradagem para com Audrey, mas ficava com um ar aterrorizado ao fazer isso.

— É tão *engraçado* encontrar com você agora — disse — Estava indo justamente ao London Market para comprar uns biscoitos de chocolate!

— Nunca entendi por que as pessoas vão a esse tipo de loja — respondeu Audrey. — Se vocês sentem tanta falta das drogas dos biscoitos ingleses, por que não voltam para casa?

Melinda atirou a cabeça para trás e abriu a boca numa demonstração silenciosa de hilaridade.

— Ah, *Audrey*. — Olhou para a criança esparramada no carrinho. — Você já conheceu este membro da minha prole? Este é o meu neto, Zac. Daisy agora é mãe de dois, dá para acreditar?

Audrey fitou o menino sem fazer nenhum comentário. Melinda era uma chata em relação a filhos. Uma vez, muitos anos antes, Audrey fora persuadida a acompanhar Karla, que ia brincar na casa de Melinda. Os noventa minutos que passara sentada no sofá de Melinda, bebendo vinho branco morno e discutindo o método Suzuki enquanto as meninas se divertiam com um balde cheio de blocos de madeira educativos, tinham confirmado suas piores suspeitas a respeito da vida centrada nos filhos.

— Diga-me — continuou Melinda —, algum dos seus já se reproduziu?

Audrey sacudiu a cabeça distraidamente. Estava pensando no prazer que Melinda teria se a história do filho ilegítimo de Joel viesse à luz — a falsa empatia com que percorreria o Village, espalhando a humilhação de Audrey entre todos os conhecidos de ambas: *Você já soube? Não é horrível? Pobre Audrey.*

— É mesmo? — perguntou Melinda. — Nenhum?

— Não. Minha prole é toda estéril, aparentemente.

Melinda fez um ar compungido.

— Puxa...

— Brincadeira, Melinda.

Melinda deu outra gargalhada silenciosa.

— Bem, você precisa dizer a eles para se apressar. Ser avó é muito divertido. E como vão todos, por falar nisso?

— Joel está no hospital.

Melinda franziu a testa.

— Ah, é, soube que ele não estava bem. Está melhor agora?

— Não muito. Está em coma.

— Ah! — Melinda tapou a boca com a mão. — Minha nossa, Audrey...

Audrey tinha fornecido a informação apenas para deixá-la sem graça. Agora que as palavras tinham sido ditas, se arrependeu.

— Bem — disse bruscamente. — Não queremos prendê-la.

— Certo. — Melinda balançou a cabeça. — Certo. Preciso ir. Dê lembranças minhas a Lenny e às meninas, está bem?

A empregada estava esperando por Jean e Audrey quando chegaram à porta do apartamento de Jean.

— Eles estão *aqui* — cochichou. — As visitas que vocês estavam esperando estão sentadas na sala há quinze minutos. O homem disse que não havia tanto trânsito quanto ele imaginara.

— Aquele *filho da mãe* do Daniel — sussurrou Audrey, com ódio. — Fez isso de propósito, sei disso.

— Não é tarde demais — disse Jean. — Se você não quiser fazer isto...

— Não seja tola. — Audrey empurrou os ombros para trás. — Venha, vamos entrar lá antes que ela roube todos os seus castiçais.

Daniel e Berenice estavam examinando os porta-retratos numa das mesinhas de canto de Jean quando as duas amigas entraram.

— Bem, que cena aconchegante — disse Audrey.

Berenice se virou. Estava usando um vestido justo, sem mangas, e sandálias baixas, enfeitadas de conchas.

— Olá — cumprimentou, calmamente.

Audrey olhou-a de cima a baixo, examinando silenciosamente seus defeitos: a carne flácida na parte interna dos braços, a grossura das batatas das pernas. Após um momento, ela se virou para Jean.

— Será que podemos ligar o ar-refrigerado? Isto aqui está um forno.

— Sim, é claro. Boa ideia! — Jean esfregou as mãos. — Vocês aceitam uma limonada? Vou preparar... Audrey, você pode me ajudar?

— A aparência dela! — exclamou Audrey, assim que entraram na cozinha. — Você viu aquele vestido?

Jean, que estava mexendo no termostato, não respondeu.

— Uma mulher velha com roupa de adolescente — continuou Audrey. — E as pernas dela! Ah! Ela devia estar jogando rúgbi no time da Inglaterra com aquelas coisas...

— Não terminou a frase. Falar das imperfeições de Berenice não era tão satisfatório quanto pensara. Se a outra fosse muito jovem ou muito bonita, Audrey teria o consolo de considerá-la apenas uma garota de programa, um brinquedinho; poderia rir com desprezo sobre a banalidade dos desejos de Joel, típicos da velhice. Mas não sendo assim, a aparência comum de Berenice insinuava qualidades mais substantivas, o que era perturbador para Audrey. Se Joel não a quisera pela beleza, por que motivo a quisera, então?

Percorreu com os olhos a cozinha de Jean. Não estivera lá desde a reforma.

— Ficou bonita — observou.

— Hum — disse Jean. — Não sei se fiz bem em escolher aço inoxidável para os equipamentos. Dá muito trabalho para fazer a manutenção. — Tirou da geladeira uma jarra de limonada e começou a arrumar tigelas de castanhas e azeitonas numa bandeja.

— O que você está fazendo? — perguntou Audrey.

— Ah! — Jean olhou indecisa para a bandeja. — Isto não é adequado? Achei que um pouco de comida poderia ajudar...

Audrey virou o rosto.

— Tudo bem. Pode transformar isto numa porra de um coquetel, se quiser.

Quando voltaram para a sala, Berenice e Daniel estavam sentados lado a lado num dos sofás de couro de Jean. Berenice tinha uma pasta de plástico no colo.

— O que você tem aí dentro? — perguntou Audrey. — Essas são as suas provas?

— Audrey — interveio Daniel. — Acho que seria melhor se nós...

Audrey interrompeu a frase dele com um olhar glacial.

— Sugiro, Daniel, que você só fale quando alguém lhe dirigir a palavra. — Ela se virou de volta para Berenice. — Vamos. Mostre-nos o que você trouxe.

— O que você gostaria de ver? — perguntou Berenice. Ela se inclinou sobre a mesinha e enfiou um punhado de castanhas na boca.

— Bem, vejamos, Daniel disse que você tem se gabado das cartas de amor que Joel escreveu para você. Por que não começa com elas?

— Não trouxe nenhuma correspondência pessoal comigo.

— Não. Aposto que não.

Berenice entregou a ela um maço de papéis.

— Você vai encontrar aí a certidão de nascimento do meu filho e o Reconhecimento de Paternidade que Joel assinou. Há também cópias de todos os cheques que Joel mandou para mim ao longo dos anos.

Ao ver a assinatura de Joel na primeira folha, as mãos de Audrey começaram a tremer. Folheou rapidamente os papéis.

— Bom trabalho — disse, erguendo os olhos. — Você pensou em tudo, não foi? Estou vendo que é uma especialista neste tipo de coisa.

Berenice sacudiu a cabeça.

— Não, Audrey, não sou uma especialista.

— Por que você não diz logo quanto está pensando em tirar de mim? Posso dizer logo que não há muito para tirar.

Berenice sacudiu a cabeça.

— Quero que você saiba, Audrey, que para mim não se trata apenas de uma questão de dinheiro.

— É *mesmo*? E do que se trata, então?

— De muitas coisas. Entendo que você esteja sentindo muita hostilidade em relação a mim neste momento e quero que saiba que respeito sua raiva. Mas tenho esperança de que venha a me aceitar. Pelo menos pelo bem de nossos filhos. É importante para mim que Jamil tenha um relacionamento com o irmão e as irmãs...

— Você está *drogada*? — Audrey interrompeu-a. — Meus filhos sabem tudo a seu respeito e, acredite, não querem ter nada a ver com você nem com seu filho bastardo.

— Audrey! — Jean censurou a amiga.

— Diga-me, Berenice — continuou Audrey. — Por que você não fez um aborto quando engravidou do marido de outra mulher?

— Audrey — Jean se intrometeu. — Esta não é uma maneira adequada de conversar.

— Não, tudo bem — disse Berenice. — Vou responder. Pensei em fazer um aborto.

— Ah, o que foi que a fez mudar de ideia? — perguntou Audrey. — Você viu um ultrassom e ficou sentimental a respeito do seu fedelho?

Fez-se silêncio na sala. Audrey olhou em volta e viu Daniel, Jean e Berenice paralisados com a intensidade de sua ira. Do fundo das lembranças da infância, uma frase surgiu na cabeça dela, algo que lera num livro de história: "O rei Henry era muito temido por seu povo, mas nunca foi amado".

— Tudo bem — disse, cansada. — Vamos acabar logo com isto. — Apontou para Berenice. — Você vai receber seu dinheiro. A mesma quantia que Joel estava pagando antes. Mas não vai chegar perto da minha família. Você e seu filho vão ficar longe de mim, dos meus filhos e de Joel. Está claro?

Berenice baixou os olhos.

— Se é isso que você realmente quer...

Audrey sorriu com amargura.

— Escuta, benzinho, pode parar com o teatro agora. Você já conseguiu o que queria. Agora dá o fora daqui, certo?

Ficou vendo Jean levar Berenice e Daniel até a porta. Depois se deitou no sofá, com os pés pousados na mesinha de Jean. Era incrível, pensou. Em meia hora, conseguira destruir toda a sua superioridade moral. Convencera a todos naquela sala de que *ela* era a vilã. Até Jean tinha ficado horrorizada com o comportamento dela.

Como acabara assim, aprisionada no papel de megera? Um dia, seu jeito insolente tinha sido apenas uma atitude, uma maneira conveniente e engraçada de uma esposa muito jovem e insegura, recém-chegada na América, disfarçar a terrível timidez. As pessoas se divertiam com seus vitupérios na época, chegavam a encorajar aquele seu comportamento. Conseguira criar um "personagem" para si mesma: a inglesinha bonitinha, atrevida e desbocada. "Tragam Audrey aqui", costumavam gritar sempre que alguém estava falando bobagens. "Audrey vai dar um jeito nele." Mas em algum ponto do caminho, sem que percebesse, seu temperamento deixara de ser um teatrinho engraçado nas reuniões do partido. Começara a expressar ressentimentos verdadeiros: tédio com a maternidade, fúria pelas traições do marido, desespero pela mediocridade da vida doméstica. Não tinha notado a mudança no início. Como uma velha que insiste em usar o batom vermelho dos dias de glória, passara muito tempo acreditando que os estratagemas da juventude continuavam tão atraentes como sempre haviam sido. Quando acordou e descobriu que as pessoas tinham começado a fazer careta para ela pelas costas — que não era mais uma jovem atraente com um charmoso pavio curto, mas uma víbora de meia-idade — era tarde demais. A raiva se tornara uma parte dela, um nó no estômago, duro demais para ser cortado e entranhado demais no solo lamacento das desilusões para ser arrancado.

— Você está bem? — perguntou Jean, voltando do hall. Pôs a mão de leve no ombro de Audrey.

— Ah, quem se importa se *eu* estou bem? — respondeu Audrey. — Desde que aquela vaca receba seu cheque mensal.

— Audrey...

— Seus salgadinhos caíram bem. — Audrey apontou para a tigela quase vazia sobre a mesa. — Você viu? Ela não conseguiu ficar longe das castanhas.

Jean ficou calada.

— É, eu sei — disse Audrey. — Não devo ser mesquinha com a pobre Berenice. A pobre mãe solteira. Você gostou mesmo dela, não foi? Talvez você possa convidá-la de vez em quando para vir aqui. Tenho certeza de que ela iria gostar de ter umas amigas ricas, agora que vai abocanhar uma parte da minha conta bancária.

— Sabe, Audrey, não sei se o dinheiro é mesmo o mais importante para ela.

— Ah, não, você tem razão, não é *só* o dinheiro. É pior do que isso, não é? Ela quer um pedaço de Joel. Quer *fazer parte da minha família*. É uma mulher muito humilde que viveu na obscuridade a vida toda, tirando suas fotos pretensiosas, e agora vê a chance de ficar no centro dos acontecimentos. Ter um filho com Joel foi a coisa mais importante e glamourosa que aconteceu com ela.

— Foi verdade o que você disse sobre seus filhos? Que não querem conhecê-la?

— É claro que não! Não contei nada disso para eles.

— Talvez você devesse contar, Audrey.

— Por que deveriam saber que o pai transou com uma fotógrafa de merda? Não vou permitir que o respeito que têm por Joel seja destruído.

Jean sacudiu a cabeça.

— Essas coisas acabam sempre aparecendo, Audrey. E se as crianças descobrirem que você escondeu isso delas, vão ficar...

Parou e olhou para Audrey, que estava curvada, com a cabeça nas mãos, fazendo um ruído estranho. Jean já ia perguntar o que era tão engraçado quando percebeu que, pela primeira vez em trinta anos de amizade, estava vendo Audrey chorar.

Doze

Raphael e Rosa estavam sentados em cadeiras de plástico no GirlPower Center assistindo a Chianti e mais sete meninas ensaiarem um número de dança. A canção que estava tocando era um canto de louvor de uma garota ao talento do seu namorado como amante.

> Ah, quando você faz, eu... Ah
> É um sentimento totalmente novo, que nunca imaginei

As meninas giravam as cabeças e pressionavam os peitos com as mãos numa imitação pré-adolescente do êxtase sexual.

— Está muito bom — cochichou Raphael.

Rosa encarou o amigo.

— Ora, Rosa! Está sim. Olha como elas estão sincronizadas!

As meninas agora estavam deitadas no chão, levantando e abaixando os quadris.

— Elas estão copulando com o chão, Raphael.

— Bem, isso não é balé, como você sabe.

A música terminou com as meninas deitadas de costas, com braços e pernas estendidos como uma estrela do mar.

— Bravo! — gritou Raphael. — Bom trabalho!

As meninas se sentaram no chão, rindo nervosamente.

— Sério? — perguntou Chianti, sem fôlego. — Você gostou?

Raphael sacudiu a cabeça.

— Você está brincando? Foi *incrível*. Estou muito orgulhoso de vocês, garotas. — Deu um tapinha no joelho de Rosa. — Rosa também gostou.

— Você gostou? — perguntou Chianti.

Rosa fez uma pausa, buscando uma resposta honesta que não fosse desencorajadora.

— Estava bom. Mas um tanto explícito demais para meu gosto...

— Sabe o que acho? — interrompeu Raphael. — Vocês deviam se apresentar no show da GirlPower em setembro. Isso não seria ótimo, Rosa?

Todas as meninas começaram a falar ao mesmo tempo.

— Sério?

— Nós podemos?

— Ah, vamos ficar famosas!

— Você vai deixar, Rosa?

Rosa fez sinal para elas fazerem silêncio.

— Acho que você poderiam, sim. Desde que estejam dispostas a ser menos vulgares na dança...

— Ahhh — gritaram as meninas em coro, desapontadas.

— Como assim "vulgares"? — indagou Chianti, com petulância. — Não estávamos sendo vulgares.

— É, não estávamos sendo vulgares — resmungaram as outras meninas.

Raphael ergueu os polegares para Rosa, com ironia.

— Parabéns, Ro.

— Tenho de ir — disse Rosa, levantando-se. — Podemos discutir isso amanhã, Chianti.

— Vai para a sinagoga? — perguntou Raphael, vingativamente.

— Não, Raphael. Para falar a verdade, vou para casa. Lenny vai até lá.

— O que é sinagoga? — disse uma das meninas.

— É o lugar aonde os judeus vão para rezar — respondeu Raphael.

— O que são judeus?

— Cha! — exclamou Chianti. — Você não sabe? Os judeus são o povo que matou Jesus.

Rosa sacudiu o dedo, censurando-a.

— Isso não está correto, Chianti. Jesus *era* judeu, fique sabendo. E, estritamente falando, foram os romanos que o mataram.

— Isso não foi o que *eu* ouvi — retrucou a menina.

— Podemos continuar esta conversa amanhã, Chianti, mas agora tenho mesmo de ir. — Rosa foi até a porta. — Vejo vocês amanhã, OK?

Quando ela saiu da sala, Chianti resmungou alguma coisa baixinho e todo mundo, inclusive Raphael, começou a rir. O som do riso deles seguiu Rosa pelas escadas, até o térreo.

Jane, a colega de apartamento de Rosa, trabalhava até tarde no Departamento de Relações Públicas da Tiffany & Co., deixando Rosa com o pequeno apartamento da rua 102 só para ela quase todas as noites. Naquela, entretanto, assim que ela abriu a porta, Jane saiu para o hall, segurando uma garrafa de vinho e trazendo com ela uma lufada do CD de Shania Twain que estava tocando alto em seu quarto.

— Ei! — gritou esganiçada, acima do barulho da música. — Quer um pouco de vinho?

Rosa sacudiu a cabeça. Já aprendera que era melhor não dar trela a Jane quando ela estava num de seus humores exaustivamente festivos e alegres.

— Tem certeza? Estou sozinha esta noite.

— Não, obrigada — garantiu-lhe Rosa. — Eric não está por aqui? — Eric era o rapaz com cara de bebê de quem Jane ficara noiva recentemente.

— Não. — Jane fez um beicinho. — Ele foi para uma noitada só de rapazes... Ei! Quer ver o que ele comprou para mim?

Antes que Rosa pudesse responder, Jane entrara no quarto e tornara a sair com um grande coelho branco, de pelúcia. Entre as patas dele, havia um coração vermelho, com o seguinte slogan bordado: "Gosto mais de você do que de cenouras!"

— Não é bonitinho? — perguntou.

Rosa olhou séria para o coelho.

— É muito simpático.

Rosa tinha motivos para considerar a si mesma como sendo uma mulher cosmopolita. Durante a infância, compartilhara pão com Daniel Ortega, cantara canções de liberdade com ativistas do CNA em Soweto e jogara softball com Abbie Hoffman. Aos 18 anos, vira os pais serem presos por atos de desobediência civil e ela própria fora presa duas vezes. Entretanto, na realidade, seu cosmopolitismo se aplicava a uma faixa muito estreita do mundo e havia enormes áreas da vida cotidiana americana que sua educação impecavelmente progressista, internacionalista, relegara a uma espantosa ignorância. Até um ano antes, quando respondeu ao anúncio de Jane para dividir um apartamento em Craig's List, seu contato com americanas jovens de classe média para quem brinquedos de pelúcia eram uma expressão significativa do amor adulto fora quase nenhum. E mesmo agora, doze meses depois, quase tudo a respeito de Jane — desde o certificado de "Melhor Filha do Mundo" pendurado na parede e a coleção de livros Chicken Soup enfileirada na estante Pier One até os biscoitos de Natal que ela fazia para Eric e as longas conversas telefônicas, três vezes por semana, que tinha com os pais preocupados em Fort Lauderdale — era um insondável mistério antropológico para Rosa. Interagia com Jane com o jeito cauteloso e medroso de uma criança dissecando um sapo.

Felizmente, a burrice natural de Jane, aumentada por anos de reforço de autoestima, evitara que se ofendesse com a frieza de Rosa. Se é que registrava essa frieza, ela a atribuía à falta de traquejo social. Concluíra que Rosa era uma moça tímida que precisava ser incentivada a ser mais extrovertida. Por isso, estava sempre aparecendo na porta do quarto de Rosa — quadris arrepiados se derramando por cima do jeans de cintura baixa, uma caneca de chá Celestial Seasonings na mão, querendo comentar a entrevista de alguma celebridade na revista *In Style* ou fazer um relatório da sua vida agitada no universo de relações públicas. Não fazia muito tempo, enquanto listava os convidados super VIPs do evento seguinte da Tiffany, com o tema "Inverno Russo", Jane colocara a mão consoladoramente no ombro de Rosa e dissera:

— Meu emprego não é glamouroso assim o tempo todo, pode acreditar em mim!

Rosa, que nunca pensara no emprego de Jane como glamouroso, ficou frustrada. Não conseguiu não ficar irritada com a condescendência imbecil da moça. E não conseguiu não ficar desapontada consigo mesma por ficar irritada.

— Tem *certeza* de que não quer uma taça de vinho? — insistiu Jane.

Rosa abriu a porta do quarto dela.

— Certeza absoluta.

— O que você vai fazer esta noite?

— Nada demais — disse Rosa, fechando a porta delicadamente atrás de si.

O tamanho do quarto de Rosa combinava com o aluguel mínimo que pagava por ele. Fora uma pilha de livros no chão ao lado da cama e um saco de amêndoas em cima da mesa — ração de emergência para quando ficava com fome no meio da noite e não queria se arriscar a sofrer uma emboscada de Jane na cozinha — era mobiliado de forma tão impessoal quanto um motel. Uma janela encardida dava para um poço de ventilação; a outra fonte de luz era uma lâmpada fluorescente no teto. "Meu *Deus*, Rosa", tinha exclamado Raphael na única ocasião em que a visitara ali. "*Adoro* o que você fez com este lugar!"

Rosa sentou-se na cama e comeu uma amêndoa. Havia duas mensagens na secretária eletrônica. A primeira era de Chris Jackson, convidando-a para o Bowery Ballroom na quinta à noite para ver uma banda cujo nome ela não reconheceu. "O guitarrista é tipo amigo íntimo meu", dizia ele. "Então, provavelmente, vamos a uma festa com eles depois." A segunda mensagem também era de Chris. Ele queria deixar claro, se é que não tinha deixado antes, que a festa da quinta-feira era quente e que se, por algum motivo, Rosa não pudesse ir, deveria avisá-lo o quanto antes para ele convidar outra pessoa.

Rosa apertou o botão de apagar. Chris a tinha chamado para sair pelo menos cinco vezes depois daquele encontro no ponto de ônibus para Monsey. No início, tivera o cuidado de adoçar suas recusas com a desculpa de ter outros planos, mas ele havia continuado a ligar e agora estava ficando cada vez mais impaciente com ele. Como se podia explicar tanta teimosia? Tanta presunção? Talvez imaginasse que ia conseguir cansá-la. Talvez visse uma demonstração preliminar de desprezo feminino como sendo uma formalidade necessária no ritual de namoro. De todo modo, era um chato. Rosa se inclinou e pegou um livro que estava ao lado da cama dela, intitulado *Como os judeus rezam*. Através das paredes finas do apartamento, podia ouvir o som do CD de Shania e a risada boba de Jane, conversando com alguém no telefone. Com um suspiro irritado, achou a página em que parara e começou a ler.

Lenny chegou uma hora depois, cheirando a cigarro e a roupas enxovalhadas.

— Trouxe alguém comigo — avisou a Rosa assim que a irmã abriu a porta.

Atrás dele, oculto nas sombras do hall, Rosa avistou o amigo dele, Jason. Ela o cumprimentou friamente. Queria falar em particular com Lenny aquela noite. Ele andava se comportando de um modo preocupante ultimamente e ela queria fazer algumas perguntas diretas sobre uso de drogas. (Naquela altura da longa e infeliz história de dependência química dele, ela não tinha ilusões acerca de sua capacidade para evitar uma recaída do irmão, mas era sempre útil saber o que estava havendo com Lenny e informar a ele que ela sabia.) Agora, entretanto, seu plano fora por água abaixo. Lenny — que era bem mais ardiloso do que seu ar estudado de derrota dava a entender — sem dúvida percebera as intenções dela e levara Jason de propósito para evitar perguntas.

— Quais são as novas, Ro? — perguntou Jason ao entrar. — Como você vai indo? — Era um homem insignificante de quase 30 anos, com uma barriguinha de bebê e uma barba rala vermelha, parecendo uma mancha de ketchup, no queixo. Falava com o jeito desafiador e irônico de alguém acostumado a ser mal recebido. — Ei, posso usar o banheiro?

Rosa apontou para o fim do corredor. Quando ele se afastou, ela se virou para Lenny com seus ombros curvados e seu queixo pontudo.

— Mas o que...?

— Desculpe — respondeu Lenny. — Ele meio que veio atrás.

Rosa levou-o para a cozinha.

— Você não devia estar andando com caras como Jason, Lenny.

— Ah, Jason é boa gente.

— Não é não.

Lenny sentou-se à mesa da cozinha.

— Ele e meu amigo, Rosa.

— E daí? Arranja outro. Você sabe que está com uma aparência horrível, não sabe?

Ele sorriu.

— Também te amo, irmãzinha.

Jason voltou do banheiro.

— O que tem aqui para comer, cara?

Rosa não tinha pensado em comida. Abriu a geladeira e examinou o que tinha lá dentro. — Posso preparar um espaguete com manteiga e queijo.

— Meu Deus, Rosa — comentou Lenny. — Você não devia ter se incomodado tanto.

Rosa fechou a porta da geladeira.

— Bem, não estava pensando em oferecer um *jantar*, Lenny. Você quer espaguete ou não quer?

— Está bem, sim.

Rosa encheu uma panela com água e acendeu o fogão.

— Tem alguma coisa para beber? — perguntou Jason.

— Tem água na geladeira e um pouco de suco de laranja.

— Só isso?

— Oi, pessoal! — Jane enfiou a cabeça na porta da cozinha.

Rosa deu um sorriso pouco encorajador para ela.

— Este é o meu irmão, Lenny, e esse é Jason, amigo de Lenny.

— Oi! — Jane acenou para eles.

— Oi, Jane. — Lenny e Jason a olharam de cima a baixo, observando as unhas feitas e os chinelos peludos, cor-de-rosa.

— Vocês querem um vinho? — perguntou Jane.

— Claro — respondeu Lenny.

Jane foi até o quarto e voltou com uma garrafa de Chardonnay.

— Você está preparando uma massa? — perguntou a Rosa.

— Correto.

— Você quer um pouco? — perguntou Lenny.

— Mesmo? — Jane olhou para Rosa. — Você não se importa?

Rosa sacudiu os ombros.

— Claro, sem problema — disse Lenny, expansivo.

Jason puxou uma cadeira.

— Venha, junte-se a nós!

— Fantástico! — exclamou Jane, e se sentou. — Estou morrendo de fome, almocei só uma barra de cereal.

— Dia cheio? — perguntou Lenny. Falou de um jeito charmoso, levemente brincalhão, como se fosse uma novidade para ele conversar sobre aquelas banalidades.

— Puxa, tive sim. — Jane pôs a língua para fora para indicar exaustão. — Estava tão quente hoje! Achei que ia desmaiar na plataforma do metrô.

— É mesmo? Que dureza, cara — Jason disse.

Rosa ficou rígida. Jane, ao que parecia, tinha provocado uma alegria debochada em Lenny e Jason e agora, com o pretexto de tratá-la com atenção, iam se divertir rindo do provincianismo dela.

Lenny se serviu de vinho e examinou a garrafa.

— Isto não vai dar para todos. Me dê algum dinheiro, Ro, que vou até a loja de bebidas.

Rosa sacudiu a cabeça.

— Se você quiser beber, Lenny, pague sua bebida.

— Tenho algum dinheiro! — Jane ofereceu.

Lenny recompensou-a com seu sorriso mais gentil.

— Ótimo! Você quer ir comigo?

Jane ficou radiante.

— Claro!

Sozinho com Rosa, Jason se esparramou na cadeira.

— Bem, sinto muito pelo seu pai. Acho que ele não está nada bem.

Rosa balançou a cabeça.

— É.

— Deve ser duro isso, cara, essa coisa de coma.

— Hum.

Houve uma pausa.

— Soube que você está envolvida com religião atualmente — disse Jason.

Rosa, que estava tentando, de má vontade, fazer o espaguete caber numa panela pequena, sacudiu os ombros.

— Foi isso que o Lenny disse?

— Judaísmo, certo?

— Certo.

— *Yuh mon*, andando com os rabinos. Você vai começar a usar uma peruca e tudo o mais?

— Jason...

— Sem querer ofender — acrescentou Jason, depressa. — Se você não quiser falar sobre isso, tudo bem. — Esperou um momento. — Nunca me interessei por religião. Quer dizer, não sou contra a religião *per se*, apenas não me interesso pela religião organizada, entende? Fui educado no catolicismo e, *cara*, não há nada mais hipócrita. Se fosse adotar uma religião, seria algo mais livre.

Rosa ficou olhando para a água do espaguete.

— Você já esteve em Stonehenge? — perguntou Jason.

Ela sacudiu negativamente a cabeça.

— Puxa, cara, você tem de ir lá. É um círculo de pedras enormes que uns caras construíram na Inglaterra milhares de anos atrás...

— Sei o que é, Jason.

— Costumavam dançar nus em volta dessas pedras, ou algo assim, bebendo poções e louvando seus deuses. Poderia me envolver com uma religião como essa, sabe o que estou dizendo?

Ela se virou.

— Sei o que você está dizendo, Jason, mas não estou interessada.

Jason ergueu as mãos num gesto de rendição.

— Tudo bem, tudo bem.

Quinze minutos depois, quando Lenny e Jane voltaram da loja de bebidas, Rosa serviu o espaguete.

— Isto está cru, Rosa — reclamou Lenny, enfiando o garfo na massa.

— Cara — disse Jason. — Está *al dente.*

— E daí, tem gosto de madeira, cara.

Rosa, que tinha herdado o desprezo da mãe pelas habilidades domésticas, não se abalou.

— Se não gostar, não coma.

— Posso fazer um queijo quente se você ainda estiver com fome — sugeriu Jane.

— Não, tudo bem — Lenny empurrou o prato e pegou seu maço de papel, para enrolar cigarros.

Rosa lançou-lhe um olhar ameaçador. Lenny sempre declarava — e talvez, até certo ponto, acreditasse mesmo — que fumar maconha e beber álcool não afetavam sua sobriedade. Essa era uma fantasia que suas cinco recuperações e recaídas não haviam conseguido abalar.

— Você se importa se fumarmos um baseado aqui, Jane? — perguntou, enquanto fazia um.

— Não — disse Jane, com naturalidade. — Sem problema.

— Você fuma?

Jane sorriu timidamente.

— Puxei um fumo na faculdade.

Lenny e Jason trocaram olhares divertidos.

— Ei, Jason — disse Lenny. — Você sabia que Jane trabalha na Tiffany?

— É mesmo? Que legal. Você consegue desconto para comprar joias?

— Ah, é claro que sim! Trinta e cinco por cento. Mas não trabalho na loja. Trabalho no departamento de RP.

Lenny acendeu seu baseado.

— Jane é uma executiva — disse, tragando. — Ela se dá com todos os clientes famosos.

— *Fantástico*! — exclamou Jason. — Quem foi que você conheceu?

Jane começou a listar os famosos que conhecera — detalhando as manias e as preferências de cada um com uma mistura de reverência e familiaridade.

— J.Lo pode ser uma espécie de diva. Mas sabe quem é realmente uma boneca? Eve. A cantora de rap. É, ela é a pessoa mais doce e sensata possível...

Lenny passou o baseado para ela.

— Quer um pouco?

Jane fez um gesto exagerado de pouco caso.

— Tanto faz.

— É da boa — disse Lenny, vendo-a levar o baseado cautelosamente até os lábios. — Libanesa. Vai dar um bom barato.

Jane engasgou ao soltar a fumaça.

— Nossa, é forte! — Entregou o baseado para Jason.

— Fume mais um pouco — insistiu Lenny. — Tente manter a fumaça no pulmão mais um pouco.

Rosa fez um som de reprovação. Quando era adolescente, vira Lenny orientar as namoradas a usar drogas daquele mesmo jeito — ensinando-as a enrolar um baseado, a cheirar cocaína, a se comportar quando estivessem chapadas. Era muito deprimente vê-lo, quinze anos depois, ainda fazendo o mesmo papel de maconheiro veterano: ainda pontificando sobre a proveniência e a qualidade do equipamento.

— Eu iria devagar com isso se fosse você, Jane — disse Rosa.

Lenny fez um gesto de desprezo.

— Não preste atenção nela, Jane. Ela é uma estraga-prazeres.

Durante uma hora, Rosa ficou ali sentada vendo-os ficarem chapados. Lenny levou mais tempo do que os outros dois para demonstrar sinais de intoxicação, mas quando começou a enrolar o terceiro baseado, até começara a rir das piadas por muito mais tempo do que seria normal. Jane estava chegando ao fim de uma anedota comprida sobre o dia em que conhecera o assistente de Seal num bar e ele dissera que ela se parecia com Samantha de *Sex in the City*.

— Eu disse, para com isso! E ele disse, não, de verdade! E eu disse, puxa vida!

Os rapazes olhavam para ela com os olhos turvos.

— É, foi uma loucura. Ele queria me apresentar ao Seal, porque *evidentemente* aquele era um dos programas de TV favoritos de Seal.

— Uau — disse Jason, solenemente.

Ele e Jason começaram a rir às gargalhadas. Percebendo o deboche, mas não querendo dar o braço a torcer, Jane olhou para um e para outro, dizendo:

— Qual é a graça, caras? Digam-me. *O quê*?

— Estou chapado — anunciou Lenny, quando as gargalhadas finalmente pararam. — Você — acrescentou, apontando para Jane — está *realmente* chapada.

Rosa não aguentou mais.

— Bem — disse, levantando-se de repente da cadeira. — Está tarde.

Os três olharam para ela com risinhos travessos.

— Está indo para a cama, Ro? — perguntou Lenny.

— Sim. E você devia ir também.

Lenny fez uma cara comicamente arrependida.

— Você tem razão. — Ele se virou para Jason e Jane. — Ela tem razão, caras. Devíamos ir para a cama *logo logo*.

Rosa olhou para Lenny.

— Bem, então vamos.

— Daqui a pouco. Eu e Jase vamos só terminar o vinho. Você não precisa nos levar até a porta.

— Tudo bem. — Rosa foi até a porta da cozinha e disse: — Por favor, tentem não fazer muito barulho ao sair.

Quando ela saiu, eles caíram na gargalhada. Era a segunda vez naquele dia, pensou, que saía de uma sala ao som de gargalhadas de deboche.

A caminho do banheiro na manhã seguinte, Rosa encontrou Jane no corredor, com cara de ressaca.

— Bem! — disse Rosa, com uma alegria um tanto sádica. — Acho que a festa foi animada ontem à noite.

Jane concordou com a cabeça, um tanto sem jeito.

— A que horas eles finalmente foram embora?

— Na verdade... — A resposta de Jane foi interrompida pelo som de alguém tossindo dentro do quarto dela.

Rosa ficou gelada.

— Esse é...?

Ela se virou e viu Lenny saindo só de cuecas do quarto de Jane. Atrás dele, ela viu roupas espalhadas, lençóis amassados e cinco guimbas de cigarro sobre a mesinha de cabeceira de Jane.

— Oi — cumprimentou Lenny. Acenou sonolentamente e entrou no banheiro.

— Oi — repetiu Rosa, mecanicamente.

Fazia anos que não via o irmão quase nu. A revelação do peito ossudo e amarelo e das pernas finas e macilentas foi quase tão desagradável quanto o fato de ele ter passado a noite com sua companheira de apartamento.

— *Então* — disse, olhando para Jane.

Jane ficou sem graça.

— Espero que você não se importe, Rosa, foi só...

— Por favor! Você não precisa se justificar para *mim*.

Rosa se virou e caminhou rapidamente de volta para seu quarto. Na porta, ela se virou e olhou para Jane, que estava parada onde ela a deixara, olhando envergonhada para o chão.

— Jane?

— Sim?

Rosa se encostou, sorrindo, na soleira da porta.

— Não quero assustá-la, mas é melhor você procurar um médico. Meu irmão tem uma longa história de doença venérea.

Com isso, entrou no quarto e fechou a porta delicadamente atrás de si.

Treze

Karla estava deitada na cama, chupando uma tangerina e rabiscando num bloco amarelo. Dentro de duas horas, ela e Mike tinham de estar em Perry Street para uma festa familiar em homenagem aos 59 anos de Audrey, mas Mike ainda não tinha voltado da academia e ela aproveitava para trabalhar numa carta que sua vizinha, a Sra. Mee, havia lhe pedido para escrever. A dona do salão de manicure onde a Sra. Mee trabalhava recentemente introduzira um novo sistema de gorjetas: os fregueses estavam sendo solicitados a deixar as gorjetas no caixa, em vez de dá-las diretamente às manicures. Teoricamente, as gorjetas eram reunidas no fim do dia e distribuídas igualmente entre todas as funcionárias, mas as mulheres desconfiavam que estavam sendo enganadas. A carta de Karla, que ia ser apresentada à patroa por toda a equipe, pedia que o antigo esquema fosse restaurado e ameaçava recorrer ao Ministério do Trabalho caso isso não acontecesse. Parou para reler o parágrafo que acabara de escrever.

> Nós, abaixo assinadas, acreditamos que temos o direito de receber nossas gorjetas de nossas freguesas. Esse é o procedimento padrão em outros salões de manicure e de beleza em toda a cidade de Nova York. Ele garante, entre outras coisas, que cada funcionária seja recompensada pelo nível de serviço que oferece.

Suspirou. Prestara inúmeros favores deste tipo à Sra. Mee ao longo dos anos: escrevera cartas de recomendação, localizara especialistas, organizara sessões de terapia, pesquisara exames médicos. Nunca vira nenhuma prova de que algo havia realmente funcionado. A Sra. Mee sempre dava um jeito de reclamar dos serviços que Karla prestava a ela. O especialista em asma com o qual ela conseguira uma consulta foi acusado de ter um jeito "desrespeitoso". O consultório do conselheiro matrimonial que concordara em atender a Sra. Mee e o marido de graça foi considerado fora de mão. O programa de treinamento que Karla encontrara para ela num ótimo salão de beleza do Upper East Side foi tachado de "muito chato". Karla estava acostumada a lidar com gente difícil de ajudar: passava boa parte das horas de trabalho ajudando pessoas as quais consideravam o ato de cuidarem de si mesmas um desafio. Entretanto, mesmo segundo os padrões os quais Karla estava acostumada, a Sra. Mee era um caso difícil. Havia algo de deliberado, de *rebelde*, na eterna infelicidade da vizinha. Era como se o sofrimento tivesse entranhado tanto na personalidade dela, que a perspectiva de qualquer melhoria real, material, em sua vida representasse uma ameaça à sua identidade: ela apostara toda a individualidade num cavalo chamado Vítima e não ia mudar a aposta agora de jeito nenhum.

Karla ergueu os olhos ao ouvir a porta da frente abrindo. Segundos depois, Mike entrou no quarto. Estava usando calça de ginástica e uma camiseta com uma mancha de suor na frente.

— Oi — disse Karla. — Malhou muito?

— Bastante. — Ele apontou para o bloco de Karla. — Esse é o seu ensaio?

— Sim. — Ela apertou o bloco contra o peito.

A agência de adoção BabyLove pedia aos candidatos a pais que escrevessem ensaios autobiográficos como parte da inscrição. Mike completara seu canto de louvor aos dias ensolarados da infância no Bronx algumas semanas atrás, mas Karla, apesar da insistência dele, ainda não passara do primeiro parágrafo. Outro dia, ligara para a agência para ver se tinham algum modelo de autobiografia, mas a mulher do outro lado da linha apenas riu.

— Não temos modelos — respondeu. — Isso não seria apropriado. A declaração autobiográfica é um documento pessoal. Não existe modo certo ou errado de fazê-lo.

— Já está quase pronto? — perguntou Mike.

— Quase.

— Deixe-me ver o que você escreveu até agora.

— Não — disse Karla, recuando. — Deixe-me terminar primeiro.

Mike suspirou, irritado.

— Não sei por que você está demorando tanto. Você está usando as orientações?

Karla confirmou com a cabeça.

— É claro que sim.

As orientações fornecidas pela agência diziam, entre outras coisas, que os candidatos deviam tentar responder às seguintes perguntas:

> Qual era o estilo de educação dos seus pais?
> Como era o seu relacionamento com seus pais e irmãos?
> Qual é o seu nível de instrução? Você está satisfeito com ele?
> Qual é o seu trabalho? Você o acha gratificante?
> Quais foram os maiores sucessos e os maiores fracassos que você experimentou na vida?

Sempre que Karla pensava na lista, ficava nervosa e deprimida. Tinha a impressão de que para expressar todas as informações solicitadas com honestidade e precisão, precisaria de meses de trabalho e de pelo menos dez mil palavras.

— Por que você está comendo? — perguntou Mike de repente, apontando para a tangerina na mão dela. — Você vai jantar daqui a pouco.

Karla limpou a boca culpadamente e largou a fruta na mesinha de cabeceira.

— Era só um lanchinho. Para me ajudar a não comer demais lá.

— O que ela vai nos dar para jantar, aliás? — perguntou Mike desconfiado. Ainda não tinha se recuperado de um jantar recente em Perry Street em que Audrey tinha despejado numa travessa uma lata de espaguete com almôndegas e fatiado aquele cilindro duro de comida para servi-los.

— Acho que ela vai encomendar comida.

— Ufa, isso é um alívio. — Ele começou a se despir. — Estava pensando que podíamos contar a eles esta noite sobre a adoção.

Karla fez uma careta.

— Ah, não sei, meu bem. Esta noite é de mamãe...

— E daí? Ela vai ficar encantada. Que presente melhor poderíamos dar a ela?

Karla tentou imaginar a mãe encantada com o presente de ser avó.

— Bem... se é o que você quer — disse.

Mike entrou no banheiro para tomar uma chuveirada.

— Benzinho — gritou ela do quarto. — Se mamãe começar a falar de apoio político esta noite, não entre nessa, OK?

— Bem, se ela me perguntar, vou dizer o que acho.

— Ah, Mike, por favor, não faça isso. Ela *sabe* o que você acha...

Mike voltou com uma toalha enrolada na cintura.

— Não vou deixar sua mãe me dar uma aula sobre política sindical.

— Mas vai virar uma discussão e é aniversário dela...

Mike sacudiu os ombros.

— Então ela que não puxe o assunto.

Audrey abriu a porta da casa de Perry Street parecendo ter acabado de sair da cama.

— Feliz aniversário! — disse Mike.

— Não há nada de bom em fazer 59 anos — disse Audrey com desânimo, passando os dedos pelos cabelos despenteados.

Mike abriu a boca de espanto.

— Cinquenta e nove? Deixa disso! Você não parece ter mais de 30!

— Está bem, Omar Shariff — comentou Audrey. — Chega de exagero.

Quando entrou na sala, Karla não conseguiu evitar uma exclamação de susto. Desde sua última visita à casa, poucas semanas antes, a desarrumação padrão de Perry Street tinha se transformado em desleixo absoluto. Peças de roupa, cinzeiros cheios e jornais velhos estavam espalhados pelo chão. Uma batata assada semicomida estava em cima da televisão. O lugar cheirava a algo doce e podre.

— Sylvia tem vindo aqui ultimamente? — perguntou.

Audrey olhou em volta, como se estivesse notando a bagunça pela primeira vez.

— Sim, ela esteve aqui na segunda-feira, mas tive de mandá-la embora. Não estava me sentindo bem.

Houve uma pausa desconfortável.

— Temos um presente para você, mãe! — disse Mike, estendendo uma garrafa de vinho e um embrulho grande.

— Ah, quanta gentileza. — Audrey pegou os presentes e os colocou sobre uma cadeira.

— Vou buscar umas taças para o vinho — Karla ofereceu-se.

— Você não vai querer abrir o vinho agora, vai? — perguntou Audrey. — Por que não espera as pessoas chegarem? Tenho cerveja na geladeira.

Karla olhou para Mike ao sair da sala. Ela não se importava de não se encaixar na ideia de "pessoa" de Audrey, mas ele com certeza sim.

O cheiro ruim estava ainda mais forte na cozinha. E a bagunça era épica. Uma substância marrom, sinistra, estava escorrendo de um dos três sacos rasgados de lixo para o chão. O sapato de Karla grudava no piso imundo. Numa panela no fogão, descobriu a fonte do fedor: canja de galinha podre. Tampou rapidamente a panela.

— Mamãe, há quanto tempo esta sopa está aqui?

— O quê? — respondeu a mãe.

— Há quanto tempo esta canja está aqui?

— A sopa? — gritou a mãe. — Ah, não, não coma isso. Jean preparou para mim na semana passada. Já deve estar podre.

Karla sacudiu a cabeça. Tirou três cervejas da geladeira e começou a procurar copos. O armário onde normalmente eram guardados estava vazio. Olhou nos outros armários e depois procurou na pia, mas depois de revirar os pratos sujos por algum tempo, só conseguiu localizar um copo com restos de vinho tinto no fundo. Voltou para a sala. Mike e a mãe estavam sentados no sofá, discutindo sobre apoio político do sindicato.

— Mamãe — disse Karla. — Onde estão os copos?

Audrey virou-se para ela.

— Mike está dizendo que vocês vão fazer *campanha* para o governador. É verdade?

Karla olhou nervosamente para Mike. Não tinham, de fato, conversado sobre isso. Sempre trabalhara para candidatos apoiados pelo sindicato, mas estava torcendo para poder recusar desta vez.

— Ah, Karla! — exclamou a mãe.

— Bem — começou Karla.

— Ela não tem por que se envergonhar — disse Mike. — Os democratas sempre dizem o quanto gostam de nós, mas nunca fazem nada para nos ajudar. Prefiro ter ajuda sem amor a ter amor sem ajuda, para falar a verdade.

— Meu Deus — disse Audrey. — Nunca pensei que viveria para ver este dia...

— A respeito dos copos, mamãe — interveio Karla.

— Hum?

— Seus copos. Não consigo achá-los.

— É mesmo? — Audrey fez uma cara espantada. — Bem, não se preocupe. É só cerveja. Podemos beber na garrafa.

— Eles não podem ter desaparecido assim. Vou continuar procurando.

— Não seja tão fresca. Mike não vai se incomodar de beber na garrafa, vai, Mike?

No hall, a porta da frente bateu.

— Estou aqui — gritou Lenny. Entrou na sala e atirou a jaqueta de couro numa cadeira. — Olá, pessoal. — Estava com um machucado feio na testa e a pele em volta dos olhos tinha um tom arroxeado.

— Olá, amor — disse Audrey. — Você parece cansado. — Ela se calou ao ver Tanya na porta, usando um chapéu de caubói e uma camiseta com os dizeres "Jesus é meu camarada". — Não sabia que Tanya viria.

— É mesmo? — Lenny coçou a cabeça. — Acho que tinha lhe avisado, mamãe.

— Não. — O tom de Audrey era firme. — Você não disse.

Tanya olhou em volta com uma timidez artificial. Parecia estar gostando do mal-estar que sua presença causara.

— Podia jurar que tinha dito — insistiu Lenny.

Audrey suspirou, resignada.

— Bem, ela está aqui agora.

— Escuta, se houver algum problema... — disse Tanya, com sua voz de garotinha.

— Não, querida — interrompeu Audrey. — Não há problema algum. Sente-se.

— Sério — continuou Tanya, relutando em abandonar a ideia que sua presença não era bem-vinda. — Não me importo de sair.

— Ah, cala a boca, Tanya — disse Audrey.

Lenny riu e se inclinou para beijar o alto da cabeça da mãe.

— Feliz aniversário, mamãe. Desculpe pelo atraso.

— Não faz mal. Rosa ainda não chegou.

— Ela está em uma das aulas de judaísmo esta noite? — perguntou Tanya.

Audrey olhou para Lenny de cara feia.

— Que aula?

— Hein? — disse Lenny.

Audrey sorriu.

— Você ouviu. Que aula é essa que Tanya está dizendo?

Lenny sacudiu os ombros.

— Não sei. Acho que ela está estudando o Talmude ou algo parecido.

— *Jesus.* — Audrey se jogou na cadeira. — Tenho esses dois — apontou para Karla e Mike — votando no partido republicano. E agora Rosa está treinando para ser uma porra de um rabino. O que está havendo com esta família?

Karla pegou o embrulho que Audrey deixara na cadeira.

— Ei, mãe, por que você não abre seu presente?

— É, mãe, abre logo — disse Mike. Tirou o embrulho da mão de Karla e o colocou no colo de Audrey.

Ainda balançando a cabeça, Audrey rasgou o papel. O presente de Karla e Mike era um livro de capa dura com o título *Schmatte: operários da indústria do vestuário no East End de Londres. Uma história fotográfica.*

— Ah, que bonito — disse.

— Nossa, é lindo — arrulhou Tanya. — *Adoro* fotografias antigas em preto e branco.

Karla balançou a cabeça, satisfeita.

— É, eu também.

Tanya, que achava que seus entusiasmos mais insignificantes eram idiossincrasias patenteadas, ficou irritada.

— Não, mas no meu caso é uma *obsessão* — acrescentou, possessivamente.

Mike ajoelhou-se ao lado de Audrey.

— Pensamos que você o acharia interessante — disse —, já que seu pai foi alfaiate.

— Fui eu que achei o livro na internet — acrescentou Karla depressa.

— Hum... — Audrey folheou rapidamente o livro.

— Escrevi uma dedicatória na frente — disse Karla.

Audrey abriu o livro na página onde Karla tinha escrito a dedicatória. "Para mamãe, com amor e admiração, de Karla e Mike."

— Muita gentileza — disse Audrey. — Que presente atencioso. Obrigada. — Fechou o livro e o colocou no chão, ao lado dos pés. — Agora, que tal tomarmos aquela cerveja? Ou você gostaria de um vinho, Lenny?

— Vinho, por favor.

— Certo. Então abra a garrafa.

— Talvez Mike devesse fazer isso — sugeriu Karla. Ela sabia que o marido ia ficar aborrecido se Lenny abrisse o vinho que ele tinha trazido.

— Tanto faz — disse Lenny.

— Vá buscar umas canecas, Karla — mandou a mãe. — E o cardápio do restaurante de comida chinesa. Está na gaveta ao lado da geladeira.

Quando Rosa chegou uma hora depois, a comida estava no forno e Karla estava ajoelhada, com as mãos apoiadas no chão, esfregando o piso da cozinha.

— Shalom! — Karla ouviu Audrey exclamar quando Rosa entrou na sala. Seguiu-se uma breve troca de palavras que Karla não conseguiu ouvir direito. Então Rosa entrou na cozinha.

— Mas o que você está fazendo aí? — perguntou.

Karla, com o rosto redondo ruborizado pelo esforço, olhou para ela se desculpando.

— Estava tão sujo aqui. Achei...

Rosa deu um gemido de irritação.

— Você não é empregada da mamãe, Karla...

— Desculpe — disse Karla, levantando-se do chão.

— Não peça desculpas — retrucou Rosa, zangada.

— Desculpe... Quer dizer, está bem. — Karla sorriu. — Como vai você? Como foi seu dia?

— Foi bom até eu chegar aqui — respondeu Rosa, mal-humorada.

Karla riu nervosamente.

Enquanto tiravam do forno as quentinhas e as colocavam na mesa, Lenny entrou.

— Jantar, garotas? — perguntou, apoiando-se no balcão da cozinha.

Rosa olhou para o outro lado.

— Não estou a fim de falar com você agora, Lenny.

— Não fui eu que contei a mamãe sobre suas aulas — Lenny se defendeu. — Foi Tanya. Ela não sabia que era segredo...

— Não era nenhum segredo, seu idiota.

— Então qual é o problema?

Rosa não respondeu.

— OK. — Ele suspirou. — Faça como quiser.

Rosa virou-se para ele.

— Me diz uma coisa, Tanya sabe que você *dormiu* lá em casa outro dia?

— Não. Por quê? Você quer contar a ela?

— De jeito nenhum. Deus me livre de prejudicar esse lindo romance.

Lenny bocejou.

— Nossa, Ro! Relaxa, tá?

— Não me manda relaxar, está ouvindo? — reagiu Rosa, irritada. — Que idade você tem? Catorze anos?

— Pessoal — disse Karla. — Lembrem-se de que é aniversário de mamãe...

— Você sabia que Jane tem um namorado? — perguntou Rosa. — Um noivo, na verdade?

— Claro. — Lenny deu um sorrisinho forçado. — Ela me mostrou o coelhinho que ele deu a ela. Lindo.

Rosa olhou zangada para ele.

— Se ela é uma piada para você, por que você dormiu com ela, Lenny? Você se sente um cara importante por seduzir pessoas que nem ao menos respeita?

Lenny deixou a cabeça cair para um lado, num gesto de exaustão.

— Espera aí, Ro, eu respeito Jane.

— Claro, por isso é que você e aquele babaca do Jason passaram a noite inteira rindo dela.

— Estávamos nos *divertindo*, Rosa! Estávamos sendo mais gentis com ela do que você, que ficou ali sentada a noite inteira como se estivesse na porra do Julgamento de Nuremberg. Qual é o seu problema? Agora que você é uma judia praticante passou a ser contra rir e transar?

— Chega — disse Rosa, cruzando os braços. — Não dá para conversar com você.

Audrey entrou na cozinha com as mãos nos quadris.

— Onde está a porra da comida?

O jantar foi tenso, até mesmo pelos padrões de Perry Street. Rosa estava arrogante e distante. Lenny estava monossilábico. Audrey alternava períodos de distração com pequenas explosões de mau humor. A conversa na mesa teria parado completamente mais de uma vez se não fosse por Tanya.

— *Eu* sou totalmente contra a guerra no Iraque — informou à família, assim que se sentou. — Sou uma pacifista radical, não sou, Len? Não deixo você matar nem baratas no meu apartamento, não é?

Lenny resmungou que sim.

— Então você teria sido contra a nossa entrada na Segunda Guerra Mundial, não é, Tanya? — perguntou Mike.

— Totalmente! — gritou Tanya. — Totalmente. Teria sido contra isso. Violência gera mais violência, Mike.

Karla ouvia, fascinada como sempre pela confiança de Tanya no valor de sua contribuição. Como a vida devia ser mais simples quando você acreditava que suas opiniões tinham o *status* de conhecimento especializado!

— Está ouvindo isso, Audrey? — disse Mike. — Tanya gostaria que não tivéssemos lutado contra os nazistas!

— O quê? — Audrey ergueu os olhos do prato. — Ah, sim, bem, Tanya tem muitas ideias interessantes... — Ficou olhando para a quentinha à sua frente. — Quer saber de uma coisa, Rosa? — perguntou. — Acho que você não vai querer nada disto. Tem *carne de porco*.

Rosa continuou a comer.

— Aliás — disse Audrey. — Como se diz "pauzinhos" em hebraico?

Rosa largou seus pauzinhos.

— Ha ha. Muito engraçado, mamãe.

— Lenny e eu fomos a uma festa hilária a noite passada — disse Tanya, após alguns segundos. — Estávamos passando por esse lugar em TriBeCa e o cara na porta era um velho amigo do Lenny, então ele nos deixou entrar. Era uma festa do Doritos, vocês sabem, o salgadinho? Estavam lançando um novo sabor. Era um salão enorme com *esculturas de gelo* de Doritos por toda parte. Foi *fantástico*...

Karla ouvia com uma concentração nervosa. Estava entendendo vagamente que o entusiasmo de Tanya pela festa do Doritos era de brincadeira — uma espécie de piada, como a camiseta dela —, mas mesmo assim ficava deprimida de ver Lenny desperdiçando a vida com tanta bobagem.

— ... e então, mais ou menos à uma hora da manhã — Tanya estava dizendo —, *Enrique Iglesias* apareceu descendo uma escadaria. De verdade! Foi *foda*.

— Quem é Enrique Iglesias? — perguntou Audrey.

— Ele é um cantor de pop, mãe — explicou Mike.

— Havia gelo seco por toda parte — continuou Tanya. — E Enrique estava cantando uma música que dizia o quanto o novo salgadinho era gostoso...

Mike sacudiu a cabeça tristemente.

— Isso é capitalismo. Adorar imagens de batata frita enquanto Kandahar arde em chamas.

Tanya riu. Não pareceu se incomodar com o fato de sua história ter sido recebida sem nenhum entusiasmo. Parecia satisfeita, como se a incapacidade da família de achar graça fosse uma confirmação da sensibilidade rara e desafiadora de si mesma.

— E então, Rosa — disse Audrey, cutucando a filha com o dedo. — Por que você não nos conta o que aprendeu na aula de judaísmo esta noite?

— Já disse a você, mamãe. Não estava na aula hoje. Estava no hospital.

— Ah, deem um prêmio para ela! Ela visitou o pai!

— Falei com o Dr. Krauss. Ele parece muito preocupado com...

— Por favor! Não me fale daquele sem vergonha. Odeio aquele filho da mãe com peito de pombo e bunda achatada.

Todo mundo riu, menos Rosa.

— É verdade! Ele me dá arrepios — continuou Audrey. — Tem uma aparência suja. Como se tivesse herpes genital, juro por Deus!

Houve mais risadas. Rosa ficou olhando para o prato com uma expressão chateada.

— Vamos, Rosa, dê um sorriso — disse Audrey. — Isso não vai rachar seu rosto.

— Daria um sorriso, mamãe, se alguém tivesse dito alguma coisa engraçada.

— Ui. — Audrey fingiu se encolher de medo. — Yentl está zangada.

— Estava tentando contar o que o Dr. Krauss disse a respeito de papai...

Audrey deu um tapa na mesa.

— Bem, talvez eu não queira ouvir falar no seu pai na porra do meu aniversário!

Mike chegou para a frente e bateu com a colher na caneca de vinho.

— Gostaria de pedir a atenção de todos por um momento...

Karla fez um ar envergonhado. Pronto. Ele ia anunciar o plano deles de adoção.

— Não, não, Mike. — Audrey o interrompeu, com um gesto irritado. — Não seja tolo. Não queremos nada disso.

Mike ficou vermelho e largou a colher.

Lenny se levantou.

— Preciso mijar.

— Ah, que coisa encantadora, Lenny — cantarolou Audrey. — Não deixe de nos avisar quando for fazer o número dois, OK? — Ela o observou sair da sala e depois virou-se para Rosa. — Então, conte-nos o que você aprende quando vai àquela aula.

Rosa sacudiu a cabeça.

— Não vou falar sobre isso com vocês.

— Como se faz um bom assado?

— Por favor, mamãe, esqueça isso.

— Qual é o grande segredo? Não é a porra do Mossad, é?

Rosa fechou os olhos recatadamente.

— Estudo *parshat ha-shavua* — disse, pronunciando as palavras em hebraico com cuidado. — Cada semana estudamos um pedaço da Torá.

— *Ahhh*. Que coisa útil!

Rosa deu um sorriso de superioridade.

— Acho que depende de como você define útil. Sei muito pouco sobre minha herança religiosa e gostaria...

— *Perdão* — interrompeu-a Audrey. — Tem um monte de coisas a respeito das quais você sabe muito pouco. Você não sabe nada a respeito de física quântica e não vejo você tendo aula sobre isso.

— Mãe, vamos deixar de discussões — interrompeu Karla. — É seu aniversário.

— Sim — disse Rosa. — Isso é verdade. Mas neste momento estou interessada em saber mais sobre meu povo e de onde vim.

— De onde você veio? — repetiu Audrey. — Seu povo? Do que é que você está falando, Rosa?

— Dos judeus. Detesto ser obrigada a contar isso para você, mas nós *somos* judeus.

Audrey bateu palmas.

— E Mike é gentio. Ele devia estar pensando em entrar para a Nação Ariana?

— Então você acredita mesmo em Deus agora, Rosa? — perguntou Mike, com um sorriso debochado.

Rosa fez uma pausa. Quando falou, foi com grande dignidade.

— Não posso responder com certeza, Mike. Às vezes acredito.

— Ah, que maravilha! — exclamou Audrey.

— Às vezes você acredita! E o que isso *significa*?

— Sabe — respondeu Rosa, virando-se para a mãe. — Seria agradável se de vez em quando você apoiasse algo que eu fizesse ou dissesse, em vez de considerar tudo, sempre, uma merda.

Audrey olhou para ela com um assombro exagerado.

— Do que você está falando? Sempre apoiei meus filhos em tudo.

— Claro, mamãe. Se você está dizendo...

— Por quê? Tudo o que sempre quis foi que vocês fossem felizes.

— É mesmo? Essa não é minha impressão.

— E qual é sua impressão, então?

— Acho que você morreria se achasse que eu era realmente feliz.

Todos os olhos se voltaram nervosamente para a cabeceira da mesa onde Audrey estava sentada.

— Meu Deus — exclamou Audrey, após alguns segundos. — Essa história de religião está deixando você paranoica, Rosa.

Houve uma agitação em volta da mesa.

— *Eu* acho muito legal o que Rosa está fazendo — disse Tanya. — Adoraria desenvolver meu lado espiritual.

— Aposto que sim — resmungou Audrey.

— Estou falando sério — disse Tanya. — Acho importante ser tolerante com a fé das outras pessoas.

— Por quê? — perguntou Audrey, virando-se de repente para ela. — *Por que* isso é tão importante? Por que devo respeitar um ponto de vista que acho uma bosta?

— Bem — respondeu Tanya, sem se abalar —, você quer que as outras pessoas respeitem suas crenças, não quer?

Audrey riu.

— Sim, bem, isso é um pouco diferente, amor. As *minhas* crenças estão baseadas em fatos observáveis e deduções científicas. Rosa acha que há um velho no céu que tem um ataque cardíaco toda vez que um judeu come um camarão. Quando as pessoas começam a acreditar nessa merda, você não respeita o ponto de vista delas, você chama a porra do médico.

— É só camarão que vocês não podem comer? — perguntou Tanya. — Ou todos os frutos do mar? Porque acho que não conseguiria abrir mão de lagosta...

— Ah, não se preocupe. Abrir mão de coisas combina perfeitamente com Rosa — disse Audrey. — Ela adora fazer um sacrifício. Renúncia é o barato dela. Foi por isso que morou quatro anos num casebre de lama em Cuba...

— É, não foi uma tolice? — interrompeu-a Rosa. — Quando eu podia ter ficado em casa o tempo todo, igualzinho a você, comandando a revolução da minha mansão em Greenwich Village.

Audrey olhou pensativa para ela.

— Sabe do que acho que você está precisando, Ro? Um namorado. Aposto que Mike pode apresentar você a algum sujeito simpático do sindicato, não é, Mike?

— Mãe...

— Estou falando sério, Rosa. Um pouco de sexo faria muito bem a você...

— *Pare com isso! Pare já com isso!*

Audrey sorriu.

— Está vendo? É isso que estou dizendo. Você está muito tensa. Precisa de uma válvula de escape.

Mais uma vez, Mike levantou a colher e bateu de leve na caneca.

— Acho que vou ter de insistir — disse.

— Lenny não está aqui — murmurou Karla, puxando a manga dele. — Você tem de esperar por Lenny.

— Vou buscá-lo — se ofereceu Tanya. Ela se levantou e saiu da sala.

— Mãe — continuou Mike —, Karla e eu escolhemos hoje, o dia do seu aniversário, para dar uma notícia muito especial...

— Você está grávida! — disse Audrey. — Bem, já era hora.

Mike abriu e fechou a boca como um peixe.

— Não, mãe. Não é isso. Decidimos adotar uma criança.

— Ah! — Audrey fez uma pausa. — *Ah*! Entendo.

Tanya voltou.

— Ahn, pessoal...

Audrey ignorou-a.

— Vai ser americana ou estrangeira? — perguntou a Karla.

— Como? — disse Karla. — Ah, o bebê? Americano, acho. Quer dizer, a agência lida com crianças americanas.

— Bem, *isso* é uma pena. Por que você não pega uma da África? Sãs as que mais precisam.

— Pessoal? — Era Tanya de novo, só que mais alto desta vez.

Audrey tornou a olhar para ela.

— O *quê?*

— Acho que Lenny pode ter sofrido um acidente. A porta do banheiro está trancada e ele não está respondendo.

Lenny não sofrera um acidente, afinal de contas. E nem, como Mike sugerira com total falta de tato antes de arrombar a porta do banheiro, estava moribundo ou morto. Simplesmente caíra num estado de estupor induzido pelas drogas enquanto estava sentado no vaso. Quando a porta cedeu aos golpes de caratê de Mike e o cunhado deu uns tapas no rosto dele, talvez com mais vigor do que seria necessário, Lenny conseguiu se levantar e caminhar sem ajuda até a cozinha. Ali, depois de vomitar um pouco na pia e enxugar o rosto com o pano de prato, declarou que estava bem.

— Seu bobinho — disse Audrey, despenteando o cabelo dele. — Você nos deu um baita susto.

— Achamos que você tinha dado uma de Elvis. — Tanya deu uma risadinha.

Rosa agarrou a cabeça, num gesto de frustração.

— Alô? Podemos parar de agir como se ele tivesse feito alguma gracinha?

— O que você quer que eu faça? — perguntou Audrey. — Que dê uma surra nele?

Mike, furioso porque seu anúncio de adoção tinha sido desbancado pelo colapso de Lenny, deu uma risadinha malévola.

— Isso seria um bom começo.

— Ele ficou inconsciente — disse Rosa. — Isso não a deixa preocupada, mamãe?

Audrey se levantou da mesa.

— Quer uma xícara de chá, Lenny?

— Tudo bem.

— Ele devia tomar camomila — sugeriu Tanya. — Ou hortelã.

— Você tomou heroína esta noite, Lenny? — perguntou Rosa.

Lenny sacudiu os ombros.

— Só fumei um pouco. Não injetei.

Rosa virou-se para Karla.

— Sou a única que acho que há um problema aqui?

Karla ficou olhando para os restos de comida chinesa em cima da mesa.

— É um tanto preocupante mesmo, Lenny — disse, relutante.

— Há anos que ele não injeta — informou-lhes Tanya.

— Talvez você devesse pensar em voltar para a reabilitação, Lenny — sugeriu Karla.

— Ele não pode voltar para a reabilitação — disse Audrey, depressa. — O plano de saúde não vai pagar por mais uma vez. Quer açúcar, Len?

— Sim, pode pôr um monte.

Mike deu um tapa na coxa.

— Certo. Temos de ir agora.

— Ainda não, Mike... — murmurou Karla, ficando vermelha de vergonha com a insensibilidade do marido.

— Não — insistiu, com uma voz rouca de raiva. — Temos de ir agora.

Karla olhou para ele. A perna esquerda estava vibrando como uma perfuratriz. A volta para casa ia ser sinistra, ela pensou.

— Vou pegar nossos casacos — disse ele, levantando-se.

— O que foi que deu nele? — perguntou Audrey quando Mike saiu da sala pisando duro.

— Nada — respondeu Karla, depressa. — Ele só tem de acordar cedo amanhã.

Mike voltou e, com um cavalheirismo estudado, ajudou Karla a vestir o casaco.

— Até logo para todos — disse, de cara amarrada. — Obrigado, mãe, por uma noite muito agradável.

— É — disse Audrey. Ela sorriu desanimadamente. — Foi uma pândega, não foi?

Catorze

Na segunda terça-feira de julho, Carol realizou a primeira das muito esperadas excursões para mostrar "o modo de vida judeu": um passeio por um *mikvah*. Rosa estava atrasada aquela tarde e quando chegou à casa da rua 78 Oeste em que ocorreria a visita, o grupo já tinha entrado. Depois de apertar o botão do interfone e de se identificar para a voz desconfiada do outro lado da linha, ela foi admitida no porão do prédio. Encontrou Carol e quinze mulheres do Centro de Estudos aglomeradas numa sala pequena e sem janelas. O cômodo era decorado no estilo morbidamente feminino de um consultório de ginecologista, com sofás cor de pêssego e almofadas estampadas de flores e gravuras impressionistas. Numa das paredes, alguém pendurara uma pequena placa, escrita a mão: VENHA JUNTAR-SE A UM GRUPO DE MULHERES QUE RECITAM O TEHILIM PARA OS DOENTES E OS SOLDADOS EM ISRAEL. NÓS NOS REUNIMOS TODA TERÇA À TARDE. Ao lado dela havia um cartaz impresso, de tamanho maior, em que se lia: SINTA ORGULHO. VOCÊ É UMA FILHA DE ISRAEL.

Rosa ainda estava tentando entender essa ordem obscura quando Carol deu uma tossida discreta para atrair a atenção de todas.

— Sejam bem-vindas. Acho que estão todas aqui agora. A recepcionista do *mikvah* estará conosco logo, mas enquanto esperamos, acho que será útil dar algumas informações básicas sobre o *mikvah* e o papel que ele desempenha na vida judaica. — Baixou os olhos e começou a ler nervosamente:

O *mikvah* é a palavra em hebraico para banho ritual. Tem diversos objetivos. É usado em cerimônias de conversão judaicas; homens ortodoxos ocasionalmente o utilizam para se preparar para o sabá ou para datas importantes. Além disso, muitos judeus tradicionais mergulham seus utensílios novos no *mikvah* antes de usá-los. Mas a função básica do *mikvah* está relacionada a *taharat hamishpachah* — as leis judaicas de pureza familiar, que ordenam que durante a menstruação feminina e por sete dias depois a mulher seja considerada *niddah*, ou sexualmente indisponível. Por um mínimo de doze dias, marido e mulher estão proibidos de realizar o ato sexual e de ter qualquer outra forma de contato íntimo. Esse período de abstinência termina oficialmente a cada mês com a imersão ritual no *mikvah*.

Rosa ficou espantada. Sempre gostara do som da palavra *mikvah*. Imaginara que se tratasse de uma espécie de spa religioso: um banho turco só para mulheres. Isso parecia mais uma penitência obrigatória, feita uma vez por mês.

Embora as seitas reformistas e conservadoras tenham deixado de observar as normas de *mikvah* e *niddah*, os ortodoxos as consideram *gufei ha-torah* — isto é, leis essenciais da Torá. Nós lemos em Levíticos: "Não vos aproximeis de uma mulher para fitar sua nudez enquanto ela estiver impura." A Torá nos dá a lei de *taharat hamishpachah* não uma, mas três vezes. Também especifica que aqueles casais que desobedecerem a lei sofrerão o terrível castigo do *karet*. Suas almas serão afastadas do seu povo...

Rosa levantou a mão.

— Sim, Rosa?

— Não entendo. Por que uma mulher é considerada impura quando está menstruando?

— Boa pergunta! — falou Carol entusiasmada. — Estou muito feliz que você tenha perguntado isso. O termo hebraico *tum'ah*, ou impura, é remanescente do tempo do Templo. Ele só significa ritualmente impura, inadequada para entrar na sinagoga. Ninguém considera uma mulher menstruada como literalmente suja.

— Sim, mas por que ela deve ser considerada impura mesmo que só ritualmente? Isso não sugere uma atitude fundamentalmente negativa em relação ao corpo feminino? — Rosa percebeu alguns suspiros e revirar de olhos das outras mulheres. Já fora identificada, aparentemente, como a chata defensora do proletariado.

— Posso garantir — disse Carol, sorrindo — que não é assim que gerações de mulheres judias veem isso. Se você perguntar às mulheres ortodoxas, acho que vai descobrir que elas têm coisas muito positivas a dizer a respeito do *mikvah*.

Uma velha usando um roupão estampado e chinelos entrou na sala.

— Senhoras — disse Carol. — Esta é a Sra. Levine, que nos acompanhará hoje na visita. A Sra. Levine trabalha há dezessete anos neste *mikvah*!

Houve uma salva de palmas em homenagem à longevidade do serviço da Sra. Levine, mas essa não esboçou nenhuma reação à deferência. Seu jeito — firme e possessivo, como se já se sentisse insultada por antecipação — não sugeria nenhum entusiasmo em ter seu santuário invadido por estranhas.

A turma se organizou em fila e seguiu a Sra. Levine até um conjunto de banheiros ladrilhados. Naquela área, ela explicou, as mulheres se preparam para o *mikvah* removendo tudo — sujeira, joias, maquiagem, esmalte de unha, band-aids, dentaduras — que pudesse ficar entre a pele e a água santificada. Também se autoexaminavam para ver se havia algum resíduo de sangue menstrual, usando panos de algodão especiais que lhes eram fornecidos. Depois que um daqueles panos circulou entre as visitantes para que todas pudessem experimentar sua maciez, a excursão adentrou a sala de *mikvah*.

A sala ladrilhada de branco, que tinha apenas uma pequena piscina quadrada, um banquinho para a Sra. Levine sentar e um dispositivo um tanto sinistro para baixar mulheres deficientes até a água, foi algo como um anticlímax.

A Sra. Levine descreveu como examinava as mulheres nuas antes da imersão.

— O que geralmente procuro nesse estágio é um pelo solto ou talvez uma pequena partícula de sujeira em algum lugar — disse. — Vocês ficariam espantadas — continuou, usando momentaneamente um tom de cordial cumplicidade — com quanta coisa encontro dentro do umbigo e nos pelos pubianos.

De volta à sala, Carol perguntou se havia alguma dúvida. Rosa olhou em volta. A maioria das mulheres tomava notas calmamente em seus blocos. Em seguida alguém levantou a mão. Rosa reconheceu a jovem da sua aula de *parsha*. Era uma cristã do Tennessee que ficara noiva recentemente de um judeu e estava se preparando para se converter.

— Sabe quando você falou sobre contato íntimo? — perguntou. — Estou um pouco confusa sobre o significado disso. Já ouvi pessoas dizerem coisas diferentes.

Carol concordou com a cabeça.

— É verdade, há diversas opiniões na comunidade ortodoxa quanto à rigidez em relação a essa proibição. Em algumas famílias, um marido nem passa coisas para a esposa enquanto ela está *niddah*. Se quiser entregar as chaves do carro para ela, irá colocá-las sobre uma mesa para ela pegar. Em outras famílias, maridos e esposas se tocam e até usam maneiras leves de expressar afeição, como ficar de mãos dadas.

Os olhos da jovem se arregalaram.

— Só ficar de mãos dadas?

Carol riu.

— Não vou fingir que essas restrições sejam fáceis de serem respeitadas. Para casais amorosos com impulsos sexuais normais, o *taharat hamishpachah* exige enorme disciplina. Vivemos numa sociedade que nos bombardeia diariamente com imagens pornográficas, que nos encoraja constantemente a "nos soltar" e a fazer o que nos dá prazer. Mas garanto a vocês que há muitos benefícios para quem se submete a essas regras. Em primeiro lugar, elas ajudam a manter viva a dimensão espiritual de um casamento. Todo mês, durante duas semanas, o marido e a mulher têm de encontrar maneiras não sexuais de comunicar seu amor um ao outro. Por outro lado, a observância mantém forte o componente sexual do casamento. Quantas vezes ouvimos falar de homens no mundo secular que buscam prazer fora de casa porque se tornaram indiferentes sexualmente às suas esposas? (Diversas mulheres balançaram a cabeça, concordando: "Ah, sim, isso acontece com frequência".) Isso, posso garantir a vocês — continuou Carol —, é muito menos provável de ocorrer numa família ortodoxa na qual o marido tem limitações rígidas sobre quando pode ter prazer sexual com a esposa.

Uma mocinha usando um *kippah* ergueu timidamente a mão.

— Eu me preocupo porque costumo ter borrões entre um período e outro. Como se aplica a lei nesses casos?

Carol sorriu simpaticamente.

— Boa pergunta. Muitas mulheres têm ciclos irregulares. Muitas mulheres apresentam "borrões", como você diz, e nem sempre é fácil saber exatamente quando o sangramento terminou. Na maioria dos casos, essas coisas podem ser resolvidas. Meu rabino às vezes faz uma anotação para mim nessas circunstâncias.

Rosa ficou olhando para a reprodução das vitórias-régias de Monet na parede. Era esse o resultado de milênios de sabedoria judaica? Um grupo de mulheres sentado numa casa de banhos, analisando tabus da Idade da Pedra e se preocupando com manchas nas calcinhas? Isso não dizia respeito a Deus de modo algum: era a expressão de algum masoquismo de adolescente, de alguma necessidade histérica de regras e restrições; quanto mais prosaicas e difíceis, melhor.

Depois que a aula terminou, ela e Carol andaram pela Columbus juntas. Começara a ventar enquanto estavam no *mikvah*. Papéis de bala e sacos plásticos voavam ao redor dos tornozelos delas enquanto caminhavam apressadas pela calçada.

— Percebi que você não ficou à vontade com o que ouviu esta tarde — disse Carol.

— Na verdade, fiquei angustiada — respondeu Rosa. — Acho a ideia toda dessas leis incrivelmente degradante.

— Entendo que elas possam parecer assim para você, Rosa. Mas garanto que...

— Como pode *não* ser degradante ser colocada em quarentena e tratada como uma Maria Tifoide cada vez que você fica menstruada? — perguntou Rosa. — Ser obrigada a receber uma anotação do rabino antes de poder dormir com o marido? Como é que o rabino toma essa decisão, aliás? Ele examina sua calcinha?

Carol pareceu incomodada.

— Acho que há rabinos que exigem evidência física. Mas meu rabino sempre confiou na minha honestidade.

— Ah, o sistema de honra! Como ele é liberal!

— O objetivo não é ser liberal, Rosa. O objetivo é obedecer aos mandamentos de Deus. No judaísmo, se faz uma distinção entre *chomer*, o ato, e *tzuvah*, a essência do ato. Você tem de ir além da realidade física desses deveres e apreciar a dignidade, a santidade do ritual. Quando você faz isso, percebe que consegue alcançar uma espécie de santidade por meio das ações mais humildes.

Uma caixa vazia de papelão vinha saltando pela rua na direção delas. Rosa se afastou para deixá-la passar.

— Não sei o que dizer a você — continuou. — Acho difícil acreditar que Deus se importe se um marido entrega ou não as chaves do carro para a esposa menstruada. Acho difícil acreditar que Ele seja tão pedante.

Pararam no cruzamento para esperar o sinal fechar.

— Você não acha pedante — disse Carol — quando seu cirurgião se preocupa em dar-lhe a dose exata de anestésico ou quando um cientista se preocupa com diferenças mínimas na medida de uma reação química. Por que pequenas ações não teriam consequências grandes em questões de espiritualidade?

Rosa olhou para um sem-teto que estava parado ao lado dela na calçada, cantarolando para si mesmo enquanto revirava uma lata de lixo. Devia haver uma certa lógica na analogia de Carol, tinha certeza disso; mas não conseguia imaginar qual seria.

— A questão — continuou Carol — é que você está examinando o assunto de uma perspectiva secular, feminista. E você não pode fazer com que a ortodoxia se enquadre nisso. São dois modos de pensar completamente diferentes. As feministas dizem que o *mikvah* denigre as mulheres. Mas pareço uma mulher denegrida para você? Você acha que me sinto zangada e oprimida quando vou ao *mikvah*? De jeito nenhum! A verdade é que o *mikvah* é um dos melhores momentos do meu mês. Adoro ser mulher...

— Bem, eu também.

— É mesmo? — Carol virou-se para ela. — Perdoe-me por dizer isto, mas às vezes tenho a sensação de que você acha que precisa esconder sua feminilidade para ser levada a sério.

Rosa ergueu uma sobrancelha. Isso soava como uma impressão formada ao longo do tempo.

— Como assim?

— O modo como você se veste, como penteia o cabelo, é como se estivesse tentando ignorar o fato de que é uma mulher.

— Por favor...

— Desculpe, não estou querendo ser grosseira. Apenas me ocorreu que um dos motivos pelos quais você se sente tão mal a respeito dessas leis é por não se sentir realmente à vontade com a própria sexualidade.

Rosa deu uma risada gelada.

— Posso assegurar-lhe de que não tenho nenhum problema nesse departamento.

Carol olhou para ela com um ar triste.

— Desculpe, Rosa. Não tive a intenção de ofendê-la.

O sem-teto havia tirado uma asa de frango de uma embalagem velha de comida e estava indo embora, empurrando pela rua seu carrinho barulhento com latas de refrigerante.

— Vamos. — Carol apontou para o sinal. — Já podemos atravessar.

— Não, obrigada — disse Rosa secamente. — Acho que vou voltar daqui.

— Por favor, não vá. — Carol segurou o braço dela. — Não quero me despedir de você neste clima ruim.

Rosa olhou para a mão de Carol por um momento e então a retirou delicadamente do braço.

— Até logo, Carol.

Ao chegar em casa, Rosa foi direto para o quarto, ajoelhou-se na frente da cômoda e começou a revirar a última gaveta. Finalmente, desencavou um maço velho de Marlboro Lights. Pôs a embalagem de cigarros em cima da cama e ficou olhando para ela. O simples ato de fumar, por pior que fosse, não era suficientemente ruim para ela naquele momento. Ela se levantou e foi encher a banheira. Isso sim era decadência: ia fumar na banheira.

Deitada com os joelhos saindo da água como duas ilhas pálidas, tragou com força a fumaça do cigarro velho e examinou a paisagem de xampus e condicionadores que Jane arrumara na borda da banheira. Havia uma região com nuvens escuras pairando nos arredores de sua consciência: um desespero familiar esperando para se instalar. Se ao menos não tivesse ido àquele estúpido lugar, pensou. Se ao menos não tivesse tido aquela conversa horrível com Carol!

No entanto, talvez Carol tivesse razão. Talvez Rosa estivesse mesmo se prendendo demais à limitada realidade física das coisas. Não era possível que suas objeções ao *mikvah* viessem de uma falta de imaginação? De uma inabilidade em reconhecer metáforas? Estava sempre acusando os ortodoxos de serem literais a respeito da Torá: talvez *ela* é que fosse literal. A poesia tinha sido a única matéria em que não se destacara na escola. Mesmo quando usava toda a sua inteligência para examinar certos poemas, eles se recusavam a revelar seu significado. Ela se lembrou da professora de inglês dizendo, exasperada: "Você quer extrair a ideia do poema como a noz da casca, quer descobrir se ela está certa ou não, mas se o poeta quisesse dizer algo que pudesse ser resumido numa frase assim, não teria escrito um poema, teria escrito um slogan". Talvez acreditar fosse como poesia naquele caso. Exigia uma delicadeza ou uma sutileza que ela ainda não atingira.

Contemplou a si mesma. Os pelos longos das pernas branquíssimas estavam flutuando na água como algas. As unhas dos pés estavam precisando ser cortadas. O que Carol dissera? Que não se sentia confortável com sua feminilidade? Aquela idiotazinha metida! Praticamente tinha acusado Rosa de ser frígida. E por quê? Porque Rosa não se adequava às noções fofinhas e antiquadas dela sobre feminilidade? Porque Rosa não tinha corrido para aproveitar a chance de ter a Sra. Levine vasculhando seus pelos pubianos uma vez por mês? Ela se inclinou do lado da banheira para apagar o cigarro. Não, Carol era doida. E todo aquele papo de *chomer* e *tzuvah* era uma baboseira: uma tentativa prosaica de justificar que as mulheres fossem tratadas como lixo. Ergueu o corpo, zangada. Era realmente uma bênção que tivesse visto o *mikvah* hoje, antes de perder mais tempo tentando defender o indefensável. Foda-se Carol. Fodam-se todas elas. Elas que passassem a vida se humilhando diante do inspetor cósmico que tinham inventado para si mesmas. Ela, Rosa, teria de passar sem Ele.

Quinze

— Tanya é a favor de mandá-lo para um retiro no Arizona — disse Audrey, tirando um cisco do cobertor de Joel. — Aparentemente, por mil dólares por semana, você consegue meditar no deserto e ter seu *shakti* purificado. — Arqueou as sobrancelhas para Jean e Karla, que estavam sentadas do outro lado da cama de Joel. — Podem imaginar? Então eu disse a ela: "Isso parece ótimo, Tanya, mas você tem mesmo como pagar?"— Sorriu ao se lembrar da própria sutileza. — Depois disso calou a boca.

— Mas o que você está pensando em fazer? — perguntou Jean.

O sorriso de Audrey desapareceu.

— Ah, não sei, não há muito que possa fazer, na verdade.

— Na realidade, Jean — interveio Karla —, há um bom programa ambulatorial em Queens que talvez seja possível conseguir para ele. Estava contando à mamãe sobre ele ontem.

Audrey sorriu e inclinou a cabeça na direção de Karla.

— Ela acha que vai conseguir que Lenny vá até Queens três vezes por semana, que Deus a abençoe.

— Você já pensou numa intervenção?

— Faça-me o favor, Jean! Ele já teve vinte intervenções. Se tiver de ler outra carta para ele dizendo o quanto gosto dele, sou capaz de me atirar num lago.

— Bem, o que Rosa diz? — perguntou Jean.

— *Puff*, você conhece a Rosa. Ela quer que eu o expulse de casa e não o deixe voltar enquanto não estiver recuperado.

Jean pensou a respeito.

— Ela tem certa razão, não tem?

Audrey empertigou o queixo. Já ia retrucar quando uma enfermeira entrou no quarto.

— Olá! Como vão as senhoras?

— Estamos indo muito bem, amor — disse Audrey. — O que você quer?

— Tenho de drenar a traqueia do Sr. Litvinoff. Talvez as senhoras prefiram aguardar lá fora.

Para passar o tempo enquanto esperavam, elas caminharam de um lado para o outro no corredor, olhando pelas portas abertas para as cenas de infelicidade de outras pessoas: um velho deixando à mostra um testículo enorme, de cor de pele de elefante, ao descer da cama; um garoto adolescente com grandes fones de ouvido que pareciam protetores de orelha, assistindo a desenho animado; um voluntário balançando o corpo com emoção enquanto tocava órgão para uma moça.

— Estive pensando — disse Jean, após algum tempo. — Vou a Bucks County na semana que vem e vou ficar lá todo o mês de agosto. Talvez Lenny quisesse ficar lá comigo.

— Acho que não — disse Audrey.

— Obviamente, essa não é a resposta definitiva — acrescentou Jean. — Mas seria bom para ele ficar longe da cidade. E pelo menos ele sairia do seu pé.

Audrey sacudiu a cabeça. Não *queria* Lenny longe da cidade. *Gostava* de tê-lo no seu pé.

— Não, isso não iria funcionar. Lenny não se dá bem quando está longe de casa. Você se lembra do tempo que ele passou na Turquia?

— Acho uma boa ideia, mamãe — disse Karla. — Especialmente se conseguirmos que ele volte a frequentar as reuniões do NA.

Audrey fingiu que não tinha ouvido.

— Ele ia ficar atacadíssimo de alergia no campo — continuou. — Ficaria muito infeliz.

— Ora, Audrey — comentou Jean. — *Para com isso.* Alergia...

— Ele não vai querer ir, estou dizendo. E não posso obrigá-lo.

— Pode sim. Basta dizer que vai parar de lhe dar dinheiro se não for.

Audrey riu.

— Que diabo, ele só teve uma pequena recaída, Jean.

Jean olhou severamente para ela.

— Você parou de levar a sério esses episódios dele. Mas eles são sérios. Um dia desses, se você não fizer nada, ele vai acabar se matando.

— Você tem lido artigos demais de *Seleções*...

— A verdade, Audrey, é que ele pode acabar se matando, não importa o que você faça. Mas se você não fizer nada, ele *com certeza* fará isso.

— Ah, pelo amor de Deus. — Audrey começou a mexer no fecho da bolsa com um ar infeliz.

— Jean tem razão — concordou Karla. — Sei como é difícil para você fazer isso, mamãe, mas seria um verdadeiro ato de amor...

— Tudo bem, tudo bem — interrompeu-a Audrey. — Poupe-me o maldito clichê.

Tinham parado de caminhar. Ao lado delas, no corredor, um carrinho abandonado, com bandejas de almoço usadas empilhadas até o topo, exalava um cheiro melancólico de leite azedo e molho instantâneo.

— Sei que você jamais se perdoaria — disse Jean — se não pudesse dizer que tinha feito tudo em seu poder para...

— *Tudo bem!* — exclamou Audrey. — Vou conversar sobre isso com ele.

Até o momento em que finalmente tocou no assunto com Lenny, parecia possível para Audrey que ele a surpreendesse e decidisse, por vontade própria, que *queria* ir para Bucks County. Mas a primeira gargalhada dele afastou aquela fantasia.

— Ah, *mamaãe,* você sabe que odeio aquilo lá — disse. — Eu ia ficar maluco morando com Jean por um mês.

— Ela não vai ficar no seu pé.

— É? Bem, acho que se ela não ficasse lá, eu pensaria no assunto.

— Lá é tão bonito no verão...

— Não é não. É deprimente. E, de qualquer maneira, você sabe como sou alérgico.

Quando Audrey viu que não estava conseguindo nada, tentou sugerir que ele poderia ir só para agradá-la. Isso provocou um olhar magoado e um petulante.

— Obrigado, mamãe. Não sabia que você estava tão desesperada para se livrar de mim.

Finalmente, ela tomou coragem e apresentou o ultimato que Jean havia sugerido. Se ele não fosse, ela iria cortar o dinheiro dele. Lenny reagiu dizendo que ela era uma megera sovina e saiu de casa batendo a porta, dizendo que nunca mais voltaria.

Quando reapareceu, três horas depois, estava choroso e arrependido. Não queria ter perdido a calma. Só tinha reagido daquele jeito porque estava magoado e não podia suportar a ideia de ser mandado embora. Ela não ia mandá-lo embora, ia?

— Len, tenho de fazer isso — disse ela. — Estou fazendo isso para o seu bem.

— Porra!

Ela deu um passo para trás quando ele chutou uma cadeira da cozinha.

— Por que você está fazendo isso comigo? — berrou ele.

— Lenny, meu bem...

— Não se aproxime de mim! Sua desgraçada, *filha da puta.*

As coisas continuaram assim por quatro dias, até sua partida. Toda manhã, ele a elogiava e bajulava, depois implorava e chorava. Finalmente explodia em xingamentos, antes de voltar para a bajulação. Na presença do filho, Audrey mantinha uma máscara de firmeza imutável. Longe dele, chorava lágrimas de desespero. Jean telefonava todo dia, tentando manter seu moral alto. E Karla se encarregou de todas as providências práticas que precisavam ser tomadas — encontrar os endereços do Narcóticos Anônimos mais próximo da casa de Jean, mudar o número do celular de Lenny para que os traficantes não conseguissem falar com ele e assim por diante. Mas ninguém, na opinião de Audrey, podia *realmente* ajudá-la. Sua vida estava sendo vagarosa e sistematicamente privada de tudo o que ela amava: Joel tinha partido, ou quase, preso no mundo subterrâneo do coma. A integridade do seu casamento — a coisa mais próxima de uma realização que jamais tivera — fora destruída por aquela bruxa da Berenice. E agora, Lenny, seu bebê, a estava abandonando.

Na tarde em que Jean foi buscá-lo, Karla saiu cedo do trabalho para ir a Perry Street e se certificar de que tudo corria bem. Fugindo da atmosfera de censura filial dentro de casa, Audrey estava sentada na varanda quando ela chegou.

— Está tudo bem, mamãe? — perguntou Karla ansiosamente, ao subir as escadas. — Onde está Len?

— Num avião a caminho do Rio — disse Audrey, com um ar entediado. Fez um sinal com a cabeça para dentro de casa. — Lá dentro, o que você acha?

Lenny estava enroscado no sofá, de costas para elas, quando entraram na sala.

— Como você está, Len? — perguntou Karla.

Veio um resmungo do sofá.

— Ele não está se sentindo bem — disse Audrey. — Está resfriado.

— Coitado. Você tomou algum remédio para isso, Len?

Não houve resposta.

— Dei um pouco de DayQuill para ele mais cedo — declarou Audrey. — Não sei se ele está em condições de viajar nesse estado.

Karla sorriu.

— Ele vai ficar bem, mamãe. Jean vai cuidar dele.

— Não acredito muito nisso. Ela provavelmente o fará cortar a grama amanhã mesmo.

— Quer que prepare um chá?

Audrey encolheu os ombros, com um ar infeliz.

— Já fiz um pouco de café.

Depois que Karla foi para a cozinha, Audrey se ajoelhou ao lado do sofá. A cabeça de Lenny estava encostada de lado no sofá, sua orelha esquerda dobrada como uma peça de origami. Audrey estendeu a mão cautelosamente para endireitar a orelha dele, mas depois desistiu.

— Você está pronto para ir, então, amor? Jean disse que o tempo está ótimo lá.

Houve um breve silêncio.

— Vai à merda — resmungou Lenny.

Audrey se levantou e saiu da sala.

Na cozinha, Karla lhe entregou uma xícara de café.

— Vai ficar tudo bem, mamãe. Ele vai se animar quando chegar lá.

Audrey sacudiu a cabeça.

— Não acho. Ele está péssimo. Isso está trazendo à tona todos os seus problemas de abandono, posso perceber. — Ela se sentou à mesa e olhou em volta, desanimada. — Você quer ficar para jantar?

Karla mostrou os dentes, numa expressão de pesar.

— Eu gostaria, mamãe... mas o Mike está me esperando. Temos de preencher nosso formulário de adoção...

— Ah. Tudo bem.

— Posso ligar para ele se você quiser e dizer que vou chegar mais tarde.

— Não seja tola. Só estava pensando em você. Tenho muito o que fazer, pode acreditar.

— Tem certeza?

— Para com isso, Karla, tenho sim.

Karla sentou-se.

— Então — disse Audrey, passado um momento. — Como vai essa história de adoção?

— Vai bem. — Karla sacudiu vigorosamente a cabeça. — Quer dizer, está no começo...

— O que vocês vão querer, um menino ou uma menina?

— Não sabemos, mamãe. Quer dizer, estamos só no início do processo. E você não pode mesmo especificar o sexo...

— Eu tentaria conseguir um menino, se fosse você. Aposto que é isso que Mike deseja. Os homens sempre dizem que não se importam, mas no fundo todos querem meninos.

Karla limpou algo dos olhos.

— O que foi? — perguntou Audrey.

— Nada.

— Você não está com lágrimas nos olhos, está?

— Não.

— Por que você está lacrimejando?

— Por nada... Só estou um pouco emotiva no momento.

Audrey analisou-a.

— Você não pode estar chorando sem motivo. Você não é tão piegas assim.

— Sinceramente, estou bem.

— O que é? Você não quer ir adiante com essa adoção?

— *Não*, é claro que quero.

— Você não me parece muito animada com isso.

— Estou animada.

— E Mike?

— Mike está louco para ser pai.

— Está tudo bem entre vocês?

Karla deu um pequeno soluço.

— Sim. Claro.

Audrey apertou os olhos, desconfiada. Havia um problema no casamento, isso estava claro. Se tivesse de apostar, diria que Mike estava tendo um caso.

— Estou surpresa com essa adoção agora — comentou. — Não me parece que vocês tenham tentado engravidar por muito tempo.

— Ah, tentamos bastante, mamãe.

— Mas só faz um ano e meio.

— Não, mais do que isso.

— É mesmo? Quanto tempo mais?

— Dois anos e pouco.

— Nossa. O tempo voa.

Uma lágrima escorreu pelo rosto de Karla.

— De todo modo — disse, rapidamente —, Mike quer que a gente comece logo. Ele acha importante ter filhos quando você ainda é jovem para brincar com eles.

A hipótese que Audrey formulara adquiriu então toda a convicção de um conhecimento científico: Mike estava tendo um caso. E sem dúvida Karla estava aceitando essa história de adoção na esperança de que um bebê segurasse o casamento. Audrey não se comovia muito com as dificuldades matrimoniais de outras mulheres, via de regra. Esposas enganadas tendiam a irritá-la com sua infelicidade dramática e sua expectativa de despertar simpatia. *Grande coisa*, sempre tinha vontade de dizer para elas: *Entre para o clube*. Ou, como sua mãe dissera quando ela ficou menstruada aos 13 anos: "Bem, agora você sabe. Não é nada divertido ser mulher." Entretanto, algo na infelicidade de Karla comoveu-a — encheu-a de uma simpatia revoltada que desconhecia.

— Quem está ligando para o que Mike diz? — perguntou. — Um homem não tem nada a dizer quando o assunto é reprodução.

Karla olhou surpresa para ela.

— Mas, mamãe...

— Esse é um assunto feminino.

Houve um silêncio. Audrey se levantou, subitamente constrangida, e levou sua caneca para a pia. O que estava tentando fazer? Não podia salvar a filha da infidelidade de Mike. A vida de casada era dura. Karla ia ter de lidar com isso como todo mundo.

— Esqueça, não sei o que estou dizendo — desculpou-se. — Vou ver como está o Len. Sirva outro café e traga para ele, está bem?

Na longa viagem de volta para o Bronx, Karla pensou no que a mãe dissera sobre ter filhos. Fora estranho ouvi-la falar com tão pouco caso dos desejos de Mike. Audrey nunca tivera uma opinião muito boa a respeito do genro, isso era certo. Entretanto, a maior parte dos conselhos conjugais dela tinha como base a convicção de que Mike cometera um ato de caridade ao se casar com a filha e que devia ser recompensado pela bondade com total obediência da parte de Karla.

Em casa, Karla encontrou Mike deitado no chão do quarto, fazendo flexões.

— Bem, ele foi — declarou ela, sentando-se na cama.

Mike estava contando baixinho e não respondeu.

— Jean é uma pessoa tão boa — acrescentou Karla. — Espero que ele não estrague tudo.

— Cem... — Mike ficou deitado de costas no chão, respirando ruidosamente. — É *claro* que ele vai estragar tudo, Karla.

— Não diga isso. Temos de dar uma chance a ele.

Mike ergueu o corpo até sentar-se.

— Sua redação está pronta, certo?

— Meu Deus... — Karla cobriu a boca com a mão.

— Não me diga que você não fez.

— Não, não, fiz. Terminei hoje durante o intervalo do almoço. Está na minha pasta no trabalho. Eu a esqueci lá.

— Meu Deus.

— Não se preocupe, trago amanhã. Um dia não vai fazer diferença.

— Estou lhe pedindo para escrever essa redação há várias semanas. Qual é o seu problema?

— Sinto muito, sinto mesmo. É que tenho estado tão ocupada...

— E o resto todo tem prioridade, não é? Desculpe, Mike, meu pai está doente. Desculpe, Mike, tenho de cuidar do fodido do meu irmão. Desculpe, Mike, um dos meus pacientes está em crise...

— O que você quer que eu faça? Que volte para buscar a pasta?

— Sim, isso mesmo. Acho que você devia fazer isso.

— Você está brincando.

— Não estou, não.

Ele voltou a se exercitar no chão. Karla ficou olhando, esperando ele desistir.

— Vá logo — acrescentou ele, passado um instante. — Se é para ir, é melhor ir logo.

A loja de Khaled ainda estava aberta quando Karla chegou ao hospital. Sem querer ser obrigada a explicar o rosto manchado de lágrimas, passou rapidamente pela loja, sem parar. Lá em cima, no cubículo, ligou o computador e começou a imprimir a redação. Quando a primeira folha caiu na bandeja, ela a pegou e leu com uma expressão embaraçada.

> Meu relacionamento com meus pais e irmãos sempre foi muito bom. Somos uma família unida, com um interesse comum em ativismo político e justiça social. Algumas das lembranças mais felizes da minha infância são de participações com minha família em manifestações pela paz e outros eventos similares...

Alguém bateu na porta. Antes que pudesse responder, Khaled entrou.

— Vi você lá embaixo — disse. — Tentei lhe chamar, mas você não ouviu.

— Desculpe, estava com pressa.

— Você está bem?

Ela se virou para a impressora.

— Sim, estou.

— Por que você voltou para o trabalho?

— Tinha de apanhar uns papéis que esqueci aqui. — *Vai*, disse a si mesma. *Por que você não diz logo*? — Na verdade, é um documento para entregar numa agência de adoção. Meu marido e eu estamos tentando adotar um bebê. Tive de escrever uma redação autobiográfica para anexar à ficha de inscrição. — Disse tudo aquilo bem depressa, balbuciando como uma criança numa peça teatral na escola.

— Uau — reagiu Khaled.

— É.

— Você não me contou que estavam tentando adotar.

— Bom, é uma coisa recente.

Khaled juntou as mãos e as colocou no alto da cabeça.

— Essa é uma grande novidade.

Ela sorriu de leve.

— Acho que sim.

— Parabéns.

— Obrigada.

A impressora tinha parado.

— Então, o que foi que você disse sobre si mesma? — perguntou Khaled.

— O quê?

— Na sua redação. O que foi que você disse?

— Não sei. Coisas bobas.

— Como o quê?

Karla pegou os papéis da impressora.

— Não quero contar para você. É tudo uma bobagem.

— Ah, vamos lá, me conta.

Havia algo levemente hostil no tom de voz dele, ela pensou.

— Bem, disse que sou atenciosa e interessada em justiça social. Disse que sou uma pessoa alegre e positiva...

— É mesmo? — Ele a interrompeu. — Alegre e positiva?

— O quê?

— Não sei. Para mim você sempre pareceu um pouco triste.

— Não sou triste!

— Você tem um rosto triste.

— Obrigada!

— Isso não é um insulto.

— Não sou uma pessoa triste. Estou sempre sorrindo.

— Se é o que você acha...

Zangada, Karla arrumou as folhas da redação e as guardou num envelope.

— Pronto, acabei.

Khaled não se moveu.

— Então, quando é que você vai conseguir esse bebê?

Ela suspirou.

— Não é assim. Não tem uma data certa. Temos de ser aprovados primeiro. Eles têm de fazer uma pesquisa. Leva muito tempo.

Os dois ficaram ouvindo os murmúrios dos escritórios depois do expediente: o glub-glub do reservatório de água no corredor, o som distante de um elevador, o zumbido de um fax chegando no cubículo ao lado.

— Sinto muito — disse Khaled, finalmente. — Sinto muito por você ter de fazer isso.

Karla balançou a cabeça.

— Sei disso. — As lágrimas nos olhos fizeram a sala ficar fora de foco e tremida. Fitou o envelope que tinha nas mãos. Quando tornou a erguer os olhos, Khaled estava parado diante dela. *Não me importo*, pensou, quando ele baixou o rosto na direção do dela. *Não me importo.*

As mãos dele eram secas e quentes. Ele tinha um gosto apimentado, de algo que havia comido no almoço. Quando encostou a boca na orelha dela, sua respiração parecia o rugido do mar numa concha.

— Está tudo bem? — murmurou. — Você quer isto? Você tem de me dizer.

Ela sentiu uma pontada de impaciência. *Pelo amor de Deus, não me obrigue a falar.*

Ele recuou.

— Karla?

Ela fechou os olhos.

— Sim — disse, com a voz rouca de vergonha. — Sim, continue.

Dezesseis

Para dar um certo toque de realidade ao anúncio de um "jardim romântico" colocado no quadro-negro na frente da loja, o proprietário do pequeno restaurante indiano na Quinta Avenida tinha pendurado guirlandas de luzes coloridas no pátio de concreto e colocado nas mesas de plástico tigelas de água com velas acesas. Acima, nos galhos de uma macieira, um alto-falante tocava melodias conhecidas. Naquele oásis urbano de música e luz, Rosa e Chris Jackson encontravam-se sentados uma noite no fim de julho, discutindo o mais recente projeto de documentário de Chris, sobre uma família da região rural de Minnesota de viciados em metanfetaminas.

— O avô é o meu personagem favorito — dizia ele. — É um cara de aparência fofa, com uma cabeleira branca e um bigodão. Você o vê sentado na sala, de chinelos, assistindo a corridas de automóveis. Você pensa, *Que cara fofo*. Aí ele entra no carro com a neta de 15 anos, parecendo que vai levá-la para treinar futebol ou algo assim, só que ele a está levando para a cidade para ela se prostituir. Ele é o cafetão da neta! — Deu uma risada. — Você vai amar essa parte.

Rosa, cuja atenção tinha sido momentaneamente desviada pelo som melodioso de um saxofone tocando "Tie a Yellow Ribbon", sorriu e tomou um gole de vinho.

— Você tem um material muito rico — comentou. Já fazia algum tempo que não dizia nada e ela percebeu, pela imprecisão com que estava formando as palavras, que tinha ficado um pouco bêbada nesse intervalo.

— É — respondeu Chris, satisfeito. — Estou muito animado. — Apontou para o prato de doces na frente deles. — O que você achou do *gulab jamon*? Espetacular, não é?

Rosa deu um sorriso constrangido. O *gulab jamon* era nojento, ela pensou: uma espécie de jujuba embebida em rosas.

— Quando estive na Índia — continuou Chris —, fiquei viciado nessa coisa. A maioria dos lugares em Nova York não sabe fazer direito, mas o chef aqui é fantástico. Ele trabalhou para um marajá indiano, ou algo assim. É um cara muito interessante. Saímos juntos algumas vezes e fumamos *bidis* juntos. Ele tem histórias incríveis para contar...

Rosa se recostou na cadeira, deixando a voz de Chris embalá-la. Havia uma espécie de genialidade na chatice dele, pensou. Não havia nada que você dissesse para ele que ele não conseguisse transformar na mesma hora em algo incrivelmente interessante. Não que isso importasse. Naquela noite, ela estava se despindo do seu eu crítico e perfeccionista e se deixando levar pela correnteza. Chris era ótimo. Ela já decidira que ia dormir com ele.

— Isto é divertido — disse ele. — Estou feliz por você ter concordado em sair esta noite.

— Eu também.

— Fiquei um tanto surpreso, para ser franco. Você disse não tantas vezes que achei que ainda estava zangada comigo.

— Zangada? — Rosa sorriu, sem acreditar no que ele estava dizendo. Chris parecia uma figura insubstancial demais para ter provocado sua ira.

Ele olhou timidamente para ela.

— Você não lembra, não é?

— Do quê?

— Bem, se você não lembra, talvez seja melhor esquecer...

— Diga-me. Quando foi que fiquei zangada?

— Da última vez em que conversamos em Bard, você ficou danada comigo porque eu tinha perdido seu exemplar de

A pedagogia do oprimido e porque eu não tinha aparecido para distribuir panfletos ou algo assim. Você me passou um sermão no meio da rua. — Ele fez uma pausa. — Você não se lembra mesmo de nada disso?

Rosa sacudiu negativamente a cabeça.

— Você me chamou de "cretino complacente".

— Você se lembra da expressão exata dez anos depois?

— Claro. Esse é o tipo de coisa que não dá pra esquecer.

— Desculpe. Devo ter sido extremamente insolente.

— Esquece — disse Chris. — Isso são águas passadas.

Rosa olhou em volta. As guirlandas de luzes coloridas estavam começando a se multiplicar e a ficar borradas. Em parte por um desejo de se penitenciar dos antigos pecados e em parte pelo tédio de ter de passar pelo preâmbulo pré-coito, ela se debruçou sobre a mesa e pôs a mão de leve sobre a dele.

— Vamos a algum lugar para fazer sexo?

Levaram quinze minutos para andar até o apartamento de Chris na Segunda Avenida. Tendo se comprometido com o desfecho da noite, Rosa estava ansiosa para acabar logo com aquilo: Chris ainda estava procurando as chaves quando ela o empurrou contra a porta de ferro batido do prédio e enfiou a língua na boca dele.

— Vá com calma — disse ele, empurrando-a delicadamente.

Envergonhada, ela recuou e os dois subiram os seis lances de escadas até o apartamento dele sem nenhum outro contato físico.

Lá dentro, Chris insistiu em abrir um vinho e ligar o som. Rosa ficou assistindo meio tonta enquanto ele escolhia o CD. Finalmente, tendo se decidido pelas canções de um cantor popular inglês deprimente, ele se virou para ela com um olhar amoroso.

— Vamos tirar a roupa?

Temera que aquele jeito consciencioso dele indicasse um enfoque tediosamente entendedor de sexo, mas seus medos eram infundados. Chris transou com a velocidade e a eficiência distraída de um cachorro e o ato foi finalizado em menos de dez minutos.

— Você gozou? — perguntou ele depois.

Rosa, que sempre falava a verdade, sacudiu negativamente a cabeça.

— Tem alguma coisa que você quer que eu faça?

— Não, não — respondeu, depressa. — Está tudo bem. Quer dizer... Não preciso gozar todas as vezes.

— É. — Ele concordou sabiamente. — Muitas garotas são assim.

Rosa olhou para ele achando graça. Que sorte ele ser tão crédulo.

— Tive uma namorada há pouco tempo que só tinha um orgasmo por ano — disse. — Não que o sexo fosse ruim, nem nada disso. O sexo era ótimo, na verdade. Mas ela nunca gozava. Então, no início, eu dizia para ela, "Isso é loucura, você precisa procurar alguém". Mas ela dizia, "Não, orgasmos não são importantes para mim..."

Rosa o observou enrolando os cabelinhos do peito. Ele nunca ia parar de falar. O ato de trepar tinha sido uma mera pausa na atividade realmente erótica de ouvir a própria voz.

— Posso perguntar uma coisa para você? — disse ele.

— Claro.

— Você malha?

— Não.

— Só fiquei imaginando porque você tem um corpo fantástico, sabe, mas se você malhasse, poderia realmente moldá-lo.

— Ah, sim — falou Rosa. — Minha companheira de apartamento me diz a mesma coisa.

— Você divide um apartamento? — Chris riu, espantado. — Cara, deve ser duro. Não consigo imaginar o que é ter de dividir um banheiro na nossa idade... — A risada dele se transformou num contemplativo *Haaaa*. — É engraçado como as coisas acontecem, não é? — perguntou. — Quer dizer, eu me sentia tão intimidado por você em Bard. Você era tão glamourosa.

Rosa registrou o insulto do verbo no passado e não sentiu ressentimentos. Era justo: dez anos antes ela o tinha chamado de cretino. Ele tinha direito a uma desforra.

— Quer dizer — consertou Chris —, se você tivesse me perguntado na época o que estaria fazendo quando tivesse 30 anos, jamais teria adivinhado que você estaria trabalhando num programa de complementação escolar e dividindo um apartamento. Teria dito que você estaria governando um país africano ou algo assim.

Rosa olhou para o teto. Qual era a frase talmúdica que lera num dos livros do rabino Reinman? "Aceite a verdade de quem quer que a ofereça." Chris tinha razão. Ela não atingiu as expectativas. Perdera o rumo. A prova disso era sua presença naquela cama.

Uma súbita náusea tomou conta dela. Ela se levantou da cama, cambaleando.

— Ofendi você? — perguntou ele, um pouco nervoso.

Ela sacudiu a cabeça.

— De jeito nenhum. Só preciso urinar.

No banheiro, surpreendeu uma barata passeando pela escova de dentes de Chris. O inseto correu pela pia e depois parou, como que lamentando a própria covardia. Rosa só teve tempo de se ajoelhar diante do vaso antes de vomitar uma mistura horrível de *tikka masala* e vinho tinto.

— Ei — gritou Chris do quarto. — Quer ouvir um hip hop fantástico de Gana?

— Claro — respondeu. Enxugou a boca no braço.

A barata estava empoleirada na torneira da pia, balançando as antenas para ela. Da janela em cima da banheira, vinha um ruído distante de tráfego e a agitação de um saco plástico rasgado, preso numa árvore.

Por favor, Deus, rezou, *se você existe, se quer algo de mim, me dê um sinal: diga-me o que devo fazer.*

Fechou os olhos, esperando uma voz, uma súbita rajada de vento, o ruído do sabonete caindo da saboneteira. Mas não houve nada, só o saco plástico batendo lá fora e a voz de Chris vindo pelo corredor.

— Parece que esses caras são fantásticos ao vivo...

Ela se levantou, enojada do seu egocentrismo infantil. O Deus em que ela acreditava — ou queria acreditar — não ficava sentado na sua casa esperando para ajudar céticos bêbados com provas de Sua existência. Não era um excêntrico provedor de sinais e favores especiais. Era *Deus*, pelo amor de Deus.

— Você está bem? — perguntou Chris, quando ela voltou para o quarto.

— Estou.

— Achei que você estava enjoada.

— Não, estou bem.

Começou a se vestir.

— O que houve? Aonde você vai?

— Preciso voltar.

— Por quê?

Ela começou a pular, tentando enfiar o pé na perna retorcida da calça.

— Tenho algo que preciso fazer amanhã de manhã.

— Você está zangada comigo?

— Não.

— Foi o que eu disse sobre...

— Não, de verdade. Só quero dormir na minha cama esta noite.

Ele ficou olhando enquanto ela calçava a sandália.

— Vamos nos encontrar de novo?

Rosa se virou para ele. Ele não era uma má pessoa, pensou. Um tolo, certamente. Mas não uma má pessoa.

— Acho que não — respondeu, e sorriu amavelmente. — Mas obrigada por perguntar.

Dezessete

Karla acordou agitada, confusa. Desligou o despertador e olhou em volta.

— Mike?

Geralmente adorava as manhãs em que Mike saía cedo para trabalhar. Naquela, entretanto, o silêncio do apartamento era sinistro. Ela se sentou na cama, tentando localizar a origem de sua inquietação, e abruptamente, quando os acontecimentos da noite anterior lhe voltaram à mente, tornou a se deitar. O que tinha feito? *O que tinha feito*? Pressionou os olhos com as mãos até ver pontinhos azuis dançando diante deles. O peso do pecado que cometera lhe atingiu como uma pedra, prendendo-a na cama. Não tinha condições de ir trabalhar, aquilo estava claro. Não podia encarar Khaled. Teria de telefonar e mentir que estava doente.

No banheiro, viu a si mesma no espelho e deu um gritinho angustiado. O queixo estava vermelho e arranhado da barba de Khaled e havia um hematoma roxo no quadril de uma batida que dera no canto da mesa quando estavam abraçados. Como poderia explicar aquelas marcas para Mike?

A colega que atendeu ao telefone no hospital demonstrou simpatia quando Karla disse que não estava bem.

— Deve ser essa virose que todo mundo está tendo. Coitada de você, Karla.

Karla fez uma careta, envergonhada. Era a primeira vez que faltava ao trabalho em cinco anos e a primeira vez na vida profissional que mentira para isso.

— Não é nada demais — declarou. — Amanhã já devo estar boa.

Passou o dia todo deitada no sofá da sala, agitada, vendo novelas, tentando apagar as visões que flutuavam em sua mente. Fizera uma coisa nojenta: nojenta, irresponsável e odiosa. Não quisera fazer aquilo. Fora uma loucura temporária. Ele enfiara a língua em seu umbigo. Até tentara lamber — ó Deus. Que homem horrível para se fazer uma coisa dessas. Nunca mais falaria com ele.

Mike ficou chateado por encontrar Karla ainda de camisola quando chegou em casa, à noite. Karla quase nunca admitia estar com qualquer problema de saúde. Vê-la se arrastando pela casa deixou-o nervoso e irritado.

— O que aconteceu? Você está deprimida? — perguntou, agressivamente.

— Não — respondeu Karla. — É só um vírus qualquer.

Era a primeira vez em que se falavam depois da briga por causa da redação. Ele já estava dormindo quando ela voltara do hospital na noite anterior. Karla ficou chocada ao descobrir que a culpa que não sentia não tinha apagado a raiva pela briga.

— Por que você não foi ao médico?

— Não havia motivo. Estou melhorando. Amanhã vou trabalhar.

Ele apontou para o rosto dela.

— O que é isso?

— O quê?

Ele se aproximou e passou o dedo com força no queixo dela.

— Isso.

— Ui. — Ela afastou a mão dele. — Não toque.

— Bem, o que é?

— Não sei. Andei usando um creme novo. Acho que tive uma reação alérgica.

Ele recuou, aborrecido.

— Tome cuidado para não infeccionar.

No trabalho, no dia seguinte, Karla encontrou um bilhete debaixo da porta.

Querida Karla,

Vim procurá-la mas você não estava aqui. Espero que esteja tudo bem. Por favor ligue para meu celular assim que encontrar este bilhete.

Com amor, Khaled

Ainda estava lendo o bilhete quando ele entrou.

— Você está de volta — disse Khaled, fechando a porta. — Estava preocupado. Você está bem?

— Sim, é claro. — *Olhe para ele*, pensou. *Ele não é nada. Um homem gordo e careca.*

Khaled sorriu.

— Que bom. — Parou e apontou para o queixo dela. — Fui eu que fiz isso?

— Sim.

Ele fez uma pausa.

— Fiz uma coisa e, se tiver agido mal, preciso que você me diga.

— O que foi?

— Reservei um quarto de hotel.

— Ó Deus.

— Eu o reservei para amanhã à noite. Achei que como você tem ioga nas quintas-feiras... É um lugar legal, sabe. Não é vulgar.

— Ó Deus, ó Deus.

— Desculpe. É muito cedo, você tem razão.

Ela olhou para ele, ali parado olhando para o chão, com os braços pendurados, parecendo um estudante que fora repreendido. Tão repentinamente que ela chegou a assustá-lo, Karla agarrou a manga da camisa dele e o puxou para si.

O Regency Suites ficava em Battery Park City, a uma distância segura tanto de casa quanto do trabalho. Para chegar lá, Karla teve de pegar um trem, saltar na rua 42, pegar o ônibus da Grand Central para a Times Square e depois pegar outro trem para a Chambers Street. Foi andando o resto do caminho, usando um mapa que Khaled baixara da internet. Era uma tarde quente, de céu cor-de-rosa, e as ruas estavam cheias de pessoas saindo de restaurantes e bares. Parecia que em cada quarteirão havia um bando diferente de mulheres bêbadas de minissaia e tomara que caia, gritando obscenidades umas para as outras.

Karla sempre detestara o verão. Era a estação da revelação, de tecidos leves, pouca roupa e sandálias abertas, a época do ano em que seu exílio do mundo da diversão sem compromisso e dos prazeres sensuais lhe causava mais sofrimento. Em preparação para aquela noite, experimentara diversas roupas, inclusive — uma loucura — alguns itens do seu relicário de roupas "justas". Experimentara uma cinta que prometia Fazer Você Perder Cinco Quilos Instantaneamente!, mas os quilos não tinham sido perdidos, tinham sido apenas redistribuídos para áreas descobertas pela cinta. No fim, optara por um vestido preto largo, até o meio da canela, que um dia a mãe dissera que a deixava parecendo a proa de um navio. Ela era, pensou, uma adúltera comicamente inconcebível.

O hotel tinha um saguão de mármore com poltronas espalhadas, todas de veludo cor de bala. Atrás do balcão da recepção, havia um mural abstrato — listras de tinta amarela, vermelha e azul — e três recepcionistas, todos de terno preto com gola mandarim. Karla pensou, nervosa, quanto dinheiro Khaled pagara por um quarto naquele estabelecimento tão chique. Quando se aproximou do balcão para dar o nome de Khaled, ficou espantada ao ser atendida com um sorriso pelo recepcionista e mais espantada ainda por terem lhe entregado a chave do quarto sem perguntarem nada. Khaled ainda não chegara.

Foi de elevador para o 11º andar, segurando o cartão magnético. O quarto 1126 ficava no fim do corredor. Ela se aproximou devagar, como se o segredo do encontro estivesse dentro de uma vasilha equilibrada em sua cabeça e só poderia evitar que ele caísse no tapete se caminhasse com passos lentos e regulares. Na porta, passou o cartão, agora molhado de suor. Uma luzinha verde brilhou e ela girou a maçaneta.

Caminhou pelo aposento bege, sentindo cheiro de mofo. Dois tabletes de chocolate tinham sido colocados sobre os travesseiros. Pegou um e comeu enquanto examinava a colcha marrom estampada de flores. Vira certa vez um programa em que um grupo de investigadores acendera uma luz infravermelha sobre uma colcha de hotel, revelando nojentos palimpsestos de sêmen e manchas de sangue. Resolveu tirar a colcha.

Assim que a retirou, se arrependeu. A cama parecia terrivelmente nua, como se uma cirurgia estivesse prestes a ser realizada sobre ela. E se Khaled interpretasse seu gesto como impaciência sexual? Rapidamente, ela sacudiu a colcha e a colocou de volta sobre a cama.

Sentindo calor e um tanto sem ar, Karla foi até a janela para tentar abri-la. Quando puxou as cortinas, deu um gritinho de surpresa. O quarto dava diretamente para o lugar onde antes se erguia o World Trade Center. Nunca estivera no Marco Zero antes. A ideia de percorrer a cidade para visitá-lo sempre lhe parecera de mau gosto. As terríveis pilhas de metal retorcido que vira nas fotos de jornal já haviam sido retiradas. Em seu lugar, havia uma enorme cicatriz cinzenta, cercada de arame farpado e iluminada pelo brilho branco surreal de holofotes.

Ainda estava olhando a vista quando ouviu a porta se abrir às suas costas.

— Quem é? — perguntou.

— Sou eu.

Ela foi até a porta e tirou a corrente. Khaled estava parado no corredor, com um ar ansioso e meio aflito, carregando um saco plástico. Sorriram nervosamente um para o outro.

— É um bonito quarto — disse ela, fazendo um gesto como se fosse uma corretora de imóveis.

— É mesmo? — perguntou ele. — É simpático? Não havia nenhum retrato no computador, então tive de arriscar. — Parou para olhar os móveis. — Ah, sim... é bonito.

Ele tirou uma garrafa de vinho de dentro do saco plástico.

— É francês.

— Que bom.

— O vendedor recomendou-o.

Sentiu uma certa tristeza ao imaginá-lo na loja de bebidas, buscando ansiosamente a opinião de um especialista.

— Acho que preciso de uma chuveirada — disse ele. — Você se importa?

— Pode ir. — Karla sentou-se na cama e examinou as marcas no carpete que o aspirador de pó havia deixado. Estava tudo errado. Cometera um engano terrível.

Quando Khaled voltou, estava usando um roupão branco do hotel, com uma tolha em volta do pescoço, parecendo um boxeador.

— Agora está melhor — disse ele. — Está tão quente lá fora... — Fez uma pausa, notando a expressão infeliz do rosto dela. — O que foi?

Ela desviou os olhos.

— Estou com um pouco de dor de cabeça.

— Quer que eu faça uma massagem na sua nuca?

— Não precisa.

Ele se sentou pesadamente na cama.

— Você mudou de ideia.

Ela soltou um pequeno gemido.

— Desculpe.

— Está tudo bem.

— Não, *não* está tudo bem. Odeio a mim mesma por fazer isso com você. É só que eu nunca... Não sei se sou capaz de fazer uma coisa como esta.

Ele balançou a cabeça.

— Entendo.

— Quero dividir o custo do quarto com você. Quer dizer, eu já ia mesmo...

— Por favor — disse ele. — Não me ofenda. — Pegou a garrafa de vinho que estava na mesinha de cabeceira e a examinou. — A culpa é minha. Não devia ter pressionado você.

— Você não me pressionou, Khaled.

Ele colocou a garrafa de volta na mesinha.

— Sonhei com você ontem à noite.

— Sonhou?

— Estávamos juntos num parque, deitados numa manta, comendo uma sobremesa, uma sobremesa que fazemos no Egito em ocasiões especiais, em casamentos. Você gostou muito dela. Pediu mais e mais...

Karla deu uma risada.

— Isso combina.

— E então, após algum tempo — continuou Khaled —, comecei a despir você. — Lançou outro olhar cauteloso para ela. — Estava muito quieto, não havia ninguém por perto. Você tinha um lindo sorriso no rosto.

Karla respirou fundo.

— Foi tudo bem devagar — continuou. — Você estava usando várias camadas de roupa e toda vez que eu tirava uma peça, tinha de parar para olhar para você. Havia madressilvas por perto e o perfume era muito forte. Eu queria... — Fez uma pausa. — Bem, quando finalmente desnudei sua... — Ele baixou a cabeça. Suas mãos estavam tremendo.

Karla se levantou e se dirigiu à porta.

— Não! — exclamou ele. — Não vou dizer mais nada.

Ela parou.

— Não, não é isso. É só que... se vamos fazer isso... — deu um sorriso envergonhado. — Eu preciso apagar a luz.

Dezoito

— Obrigado por virem aqui esta tarde — o Dr. Krauss disse, fechando a porta do consultório e fazendo um sinal para Audrey e Rosa se sentarem. — Espero que o momento não tenha sido muito inconveniente para vocês. — Ele se ajeitou na lateral da escrivaninha, com uma nádega sobre ela e a outra fora. — Pedi este encontro porque...

— O senhor esteve em algum lugar? — interrompeu-o Audrey.

Ele parou, espantado.

— Ah, para falar a verdade, sim. Acabei de voltar do Havaí com minha família.

— Eu imaginei. O senhor parece ter se exposto demais ao sol.

— Ah, sim. — Pôs a mão defensivamente no pescoço. — A senhora tem razão, me queimei demais.

— Isso não é bom. Sendo médico, eu imaginaria que o senhor fosse tomar muito cuidado com o sol.

Ele riu, bem-humorado.

— Bem, nós médicos não somos infalíveis, como a senhora sabe.

— Eu bem que sei — rebateu Audrey, séria.

Ele endireitou o corpo.

— *Bem*, como eu...

— Havaí, o senhor disse? Deve ter sido muito agradável. Porém, imagino que deve ter sido caro.

O médico piscou, espantado.

— Bem, conseguimos ótimos preços nos voos, então não foi assim tão...

Rosa olhou para o teto, furiosa com a mãe por importunar o médico.

— O senhor estava dizendo, Dr. Krauss? — interveio.

— Sim, certo. Bem... — O pé esquerdo dele começou a batucar na lateral da mesa. — Em casos como o de Joel, quase sempre chega um momento, um momento muito difícil para todos os envolvidos, em que precisamos avaliar muito bem se vale a pena continuar com o esforço de reabilitação. Joel, como vocês sabem, está lidando com vários problemas de saúde. A gripe é obviamente a principal preocupação no momento, mas há também a infecção em volta da abertura na traqueia e as úlceras de decúbito...

— O que são úlceras de decúbito? — perguntou Rosa.

— Escaras — disse Audrey. — Ele está se referindo a escaras. O que, aliás, Joel não teria se estivesse sendo bem tratado aqui...

Dr. Krauss fez um som estranho no fundo da garganta: uma sinédoque de gargalhada.

— Isso não é *muito* justo, Sra. Livitnoff...

— Sim, sim, deixa pra lá.

O Dr. Krauss continuou.

— Como sabem, os EEGs mais recentes não foram animadores. Com base nesses resultados, temos de concluir que as chances de Joel recuperar um grau razoável de atividade mental são muito pequenas nesta altura. Se levarmos em conta então sua idade, o tempo em que está inconsciente e as diversas infecções que está enfrentando, parece-me recomendável reavaliar seu tratamento.

Rosa olhou para a mãe. Audrey estava imóvel, olhando fixamente para um buquê de lápis apontados sobre a escrivaninha do Dr. Krauss.

— O que isso quer dizer exatamente? — perguntou Rosa.

O médico fez um campanário com as mãos.

— Bem. Há diversas opções para vocês considerarem. Joel nunca teve uma Ordem de Não Ressuscitar, então esse seria um assunto para se lidar. Algumas famílias que se encontram nessa situação decidem proibir o uso de antibióticos, o que, na verdade, é uma forma de permitir que a natureza siga seu curso. Há também a opção de tirar o tubo de alimentação...

— Joel está com escaras! — gritou Audrey. — Minha mãe tem escaras. Ninguém sugeriu matá-la por causa disso.

— Não, não, é claro que não. Talvez eu não tenha sido claro. As escaras são apenas um de uma série de problemas sérios que Joel está enfrentando.

— Foi *você* quem deixou que ele ficasse com escaras e agora quer usá-las como desculpa para exterminá-lo.

— OK — interveio Rosa, rapidamente. — O senhor nos deu muita coisa para pensar, doutor. Estamos gratas por ter sido tão franco e direto. Talvez o melhor agora para nós seja ir embora e discutir isso com o resto da família.

— Joel não está rendendo bastante dinheiro para eles — disse Audrey assim que saíram do consultório. — É disso que se trata, você sabe. Querem se livrar dele para colocar alguém mais rentável em seu leito.

Rosa contemplou melancolicamente o corredor.

— Não vamos nos preocupar com o que *eles* querem, mamãe. A questão é o que *nós* queremos? O que *papai* iria querer? Quer dizer, se não há mesmo nenhuma chance de ele melhorar...

— *Ah*, estou vendo aonde isso vai chegar. Você concorda com Ichabod Crane, não é? Você acha que deveríamos simplesmente matá-lo?

— Quer parar com isso, mamãe? Você não é a única que o ama, sabe muito bem disso. A situação é difícil para todos nós. Só estou dizendo que se ele não tem qualidade de vida...

— Como você sabe se ele tem ou não qualidade de vida? Você não está dentro do cérebro dele, está? Li um livro que dizia que há muitas provas de que pacientes em coma têm uma rica vida em sonhos. Quem é você para dizer que isso não vale a pena?

— Ah, *mamãe*.

— O quê? Isso não é nenhuma bobagem. Leia o livro, se não acredita em mim.

— Ele está em estado vegetativo, mamãe. Vegetais não têm uma rica vida em sonhos.

— Bem, obrigada pelo apoio. Muito obrigada. Isso realmente me deixa superfeliz.

— Não estou tentando animar você. Estou tentando pensar no que é melhor para o papai.

— E eu não? É isso que você está dizendo? — Audrey ajeitou a alça da bolsa no ombro e saiu andando pelo corredor.

— Aonde você vai?

Audrey acenou vagamente.

— Não sei. Já volto.

Enquanto esperava pela volta da mãe, Rosa ficou sentada no quarto do pai, examinando a pilha de CDs na mesinha de cabeceira. Nos primeiros tempos do coma de Joel, Audrey exigira que se tocasse música no quarto dele o tempo todo. Mas a esperança de que ele pudesse recuperar a consciência a partir de acordes familiares há muito havia desaparecido: atualmente, os CDs raramente eram usados. Rosa examinou tristemente os títulos: *Últimas melodias de Strauss*, *Louis e Ella*, *Aretha Franklin canta gospel*, a *Paixão de São Mateus*, os *Hinos da Coroação de Handel*... Ela sorriu. Ela e o pai uma vez tiveram uma briga horrível a respeito dos Hinos da Coroação. Ela o atacara por ele gostar de música "reacionária" que celebrava a monarquia.

— Mas docinho — respondera ele. — Essa é uma das músicas mais bonitas que jamais foram compostas.

— Não existe isso de "beleza" estética independente de política e ideologia, papai.

— Não? Bem, então, você vai ter simplesmente de perdoar seu pai pela pequena fraqueza...

— *Por quê*? Por que você deveria ser perdoado? Por que não deveria ser obrigado a explicar suas contradições?

— Bem, sabe, Rosa, sempre disse que cair em contradição é um dos riscos ocupacionais de ser um americano progressista...

— Besteira. Você só quer se dar bem.

— Olha, respeito sua necessidade de afirmar sua independência em relação a mim. Desafiar os pais é um estágio necessário e importante ao desenvolvimento. Mas, neste momento, você está sendo um pé no saco...

— Você é tão hipócrita! Você fica se gabando do quanto odeia o sistema, do quanto está comprometido com a luta. Mas assim que faço uma objeção à sua arte grã-fina, você me manda calar a boca.

Joel acabou perdendo a paciência.

— Como você *ousa* falar comigo desse jeito! Sua malcriada! Você acha que pode dar lições para *mim* sobre socialismo? Passei a vida inteira...

— Sim, eu sei. Você passou a vida protegendo os poucos direitos patéticos que a elite dominante considera justo conceder aos seus operários.

Ah, que pentelha que ela fora! Todos aqueles anos ela o torturara com seus sermões — e para quê? Nem um de seus preciosos princípios sobrevivera ao teste do tempo. Agora o pai ia morrer e ela nunca teria a chance de dizer que sentia muito e de pedir perdão a ele.

Tirou o disco da caixa e o enfiou no CD player. Teria combinado bem com seu remorso se tivesse se comovido com a beleza de algo que tão amargamente desprezara um dia, mas na verdade a música ainda lhe pareceu muito tola. Um bando de ingleses esnobes elogiando o rei. Já ia desligar o som quando uma mulher alta, com longos cabelos rastafári grisalhos, entrou no quarto.

— Desculpe — disse a mulher. — Disseram-me que não havia ninguém com ele. Volto mais tarde.

— Tudo bem. — Rosa fez sinal para ela entrar. — Você não precisa ir embora.

— Tem certeza?

— Claro.

A mulher estudou o rosto dela.

— Você deve ser filha do Joel.

— Sim, sou Rosa.

A mulher não se apresentou. E havia algo de imponente nas maneiras dela que deixou Rosa sem jeito de perguntar seu nome. Talvez ela esperasse que Rosa soubesse. A desconhecida foi até o pé da cama e olhou para Joel.

— Como ele vai indo?

— Não muito bem — respondeu Rosa. — Ele está com diversas infecções. Estão muito preocupados com ele.

A mulher balançou a cabeça.

— Certo.

Rosa olhou com aprovação para ela. Muitas visitas de Joel sentiam-se obrigadas a *expressar* sua dor e sua preocupação de forma bem cansativa. Era um alívio não ter de ouvir nada disso.

— É bonito — disse a mulher, apontando para o CD player.

— Sim.

Elas ficaram ouvindo.

> À sua mão direita estava a rainha vestida de ouro
> E o rei irá se comprazer!
> Comprazer! Comprazer!
> E o rei irá se comprazer da sua beleza.

— É Handel — declarou Rosa, após um momento.

A mulher ergueu as sobrancelhas, achando graça.

— Eu sei.

— Desculpe — Rosa disse, enrubescendo. — *Eu* não entendo nada de música clássica, então sempre acho tolamente que os outros também não entendem.

De trás delas veio um grito — um grito agudo de mágoa e surpresa. Elas se viraram e viram Audrey parada de olhos arregalados na soleira da porta.

— Sai daqui, sua vagabunda! — berrou.

Rosa olhou horrorizada para ela.

— Mamãe, *por favor*, temos visita!

— É com ela que estou falando! — berrou Audrey. — Anda! Sai daqui! Saaai! — Abriu tanto a boca que Rosa pôde ver o céu da boca e a úvula vibrando no fundo da garganta.

A mulher falou com uma compostura gelada.

— Acalme-se, Audrey. Não vim aqui para brigar com você.

Houve um momento de silêncio e então Audrey correu para a frente, com o braço levantado, pronta para bater.

Por algum tempo, Karla temeu um desastre. Ela era sem graça. Obesa. Os braços viviam ficando presos em posições esquisitas. Não sabia beijar direito. Khaled ia se decepcionar com ela. Como forma de se prevenir, ela permaneceu fria e crítica. A boca dele era muito molhada. Ele era muito pesado. O entusiasmo sonoro dele era embaraçoso e pueril. Mike, com seu rosto contido, nunca a tinha envergonhado encarando-a ou obrigando-a a olhar para ele. Ele nunca tinha *falado* durante o ato.

Passado um tempo, Khaled se levantou para pegar um preservativo no bolso do paletó. Recostada nos travesseiros, Karla observou-o andar pelo quarto com as pernas juntas, os braços protegendo a barriga e as mãos escondendo as partes, como um homem numa cena de comédia.

— Você é tímido! — exclamou.

Ele se virou. — Um pouquinho. — Olhou para o próprio corpo. — Não sou nenhum gato, infelizmente.

Ela se sentiu comovida com a sinceridade dele. Com que confiança ele tinha se desnudado! Como se jamais tivesse ocorrido a ele que eles pudessem ser outra coisa além de bons e generosos um com o outro. O pequeno nó de tensão em seu estômago começou a se desmanchar. Ela se sentiu livre, como uma criança que escapou finalmente do olho de um adulto. Naquele quarto de hotel — naquela cama — podiam fazer *qualquer coisa,* pensou, e ninguém iria impedi-los.

— Depressa — murmurou, estendendo os braços para ele. — Vem cá, depressa. — Não estava fazendo uma descoberta, estava recuperando um conhecimento há longo tempo esquecido. Por que, um dia, antes que a infelicidade e o desprezo por si mesma tivessem inibido sua imaginação, ela não tinha *imaginado* que o amor adulto ia ser assim? Não tivera, na sua inocência virginal, um pressentimento dessa infinita possibilidade sensual?

Mais tarde, dormiu. Quando acordou, viu Khaled sentado na beirada da cama, olhando para ela. Um clarão azul iluminava a colcha.

— Que horas são? — perguntou.

— Oito horas. Oito e cinco. Quando você tem de ir embora?

— Breve. — Ela fez uma pausa. — Ainda falta um pouco.

Sorriram um para o outro.

— Você já olhou pela janela? — perguntou ela.

— Não.

— Vá olhar.

Ela o observou com ternura quando ele se dirigiu para a janela. Seu tronco redondo e suas pernas finas a fizeram se lembrar dos bonecos que ela e os irmãos costumavam fazer quando eram pequenos, com batatas e palitos de coquetel.

— Ah! — exclamou, quando abriu a cortina.

Ficou ali olhando por alguns instantes, depois fechou a cortina e voltou para a cama.

— Meu primo tem uma deli em Yonkers — disse, depois de se deitar ao lado dela. — Depois do 11 de Setembro, a polícia foi à casa dele e o levou para interrogatório. Queriam — começou a rir baixinho — saber por que ele tinha uma foto das Torres Gêmeas na parede do restaurante dele.

— Você está brincando! — falou Karla. — Quanto tempo eles o seguraram lá?

— Ah, não foi muito tempo. Uns dois dias, talvez.

— Meu Deus, isso é terrível!

— Bem, ele não gostou de ficar numa cela como se fosse um criminoso. Mas teve gente que sofreu muito mais.

— Bem. Essa é a justiça americana.

Khaled sacudiu a cabeça.

— Você está sempre dizendo coisas ruins sobre a América. Este é um belo país. Você não sabe.

Karla sentou na cama.

— Como você pode dizer isso depois do que me contou?

— Meu primo não foi surrado nem torturado. Foi libertado depois de dois dias. Em outros países do mundo, jamais o teríamos visto de novo.

— Khaled! A América está bombardeando civis no Afeganistão e, a qualquer momento, vamos invadir o Iraque. Você acha isso bom?

— Ah... — Khaled fez um gesto com a mão. — Todos os países são assim. Todos fariam o mesmo se tivessem tanto dinheiro e poder quanto a América. É assim que o mundo funciona, é assim que as pessoas são.

— Mas Khaled, nada mudaria nunca se todo mundo tivesse essa postura.

Khaled tornou a sacudir os ombros.

— As coisas *não* mudam.

— Mudam sim. Você não acha que as pessoas conseguem coisas lutando por seus direitos? Veja o movimento sindical. Ele transformou as vidas de milhões de trabalhadores americanos ao longo do último século...

Khaled suspirou.

— Você deve ter razão. — Começou a coçar as costas dela. — Está bom assim?

— Mas espere um pouco...

— Não vamos brigar.

— Não estamos brigando — disse ela, teimosamente. — Estamos tendo uma discussão.

— OK, então não vamos discutir.

— Khaled, você não se interessa nem um pouco por política, não é?

— Se eu disser que não, você vai ficar desapontada comigo?

— Sim.

— OK. Então, é claro que me interesso. Mas agora gostaria de fazer amor com você de novo.

Karla olhou para ele. O rosto dele estava na sombra, então só o branco dos olhos e a curva da maçã do rosto estavam visíveis. Quando ela era mais jovem, rapazes tinham pedido a ela para "ir para a cama" com eles ou, às vezes, para "transar". Hoje em dia, ela e Mike normalmente negociavam, de uma maneira prática, se iam ou não "fazer sexo". Mas ninguém jamais propusera "fazer amor" com ela.

Seu telefone começou a tocar. Ela se virou para olhar para a tela.

— É minha irmã.

— Não atenda — disse ele.

— Tenho de atender. Pode ser sobre meu pai.

Ela pegou o telefone. A voz de Rosa estava longe e ela estava falando muito depressa.

— Devagar — disse Karla, empurrando Khaled quando ele se curvou para beijá-la. — Repete isso. — Ela saiu da cama e foi para o banheiro.

Quando voltou, tinha vestido um roupão.

— O que foi? — perguntou Khaled. — Seu pai está bem?

— Sim. É... Não consegui entender direito. Minha irmã disse que minha mãe atacou alguém no hospital.

Parte Quatro

Dezenove

Um veado estava parado no fundo do jardim inclinado, ouvindo os sons estranhos que vinham do gramado. Vagarosamente, com um passo elegante, caminhou na direção do barulho. No alto da colina, avistou Jean ajoelhada num canteiro. Ela estava usando um chapéu de comandante de navio e cantava enquanto cavava buracos para plantar narcisos.

> Bem cedo de manhã, quando o sol estava nascendo,
> Eu ouvi uma donzela cantando lá embaixo no vale.

Durante todo o mês de agosto, o terreno da casa de Jean em Bucks County estivera barulhento com o zumbido das libélulas e o coaxar dos sapos, mas agora em setembro ele estava silencioso. As amoras silvestres ao longo da entrada haviam murchado. Os aros de croquet foram guardados. A voz de Jean soou no ar frio como um sino num desfiladeiro.

> Ó não me engane, ó não me abandone
> Como você pode fazer isso com uma pobre donzela?

Ela parou de repente e fitou a casa, com medo de ter acordado Audrey. A pobrezinha precisava dormir. Nas últimas cinco semanas, enquanto Joel lutava contra uma pneumonia, Audrey tinha permanecido em sua cabeceira, intimidando os médicos e arengando as enfermeiras, insistindo em não deixá-lo morrer. Parecia que só com a força de sua vontade conseguira ter o desejo realizado e agora Joel fora declarado fora de perigo. Ela, entretanto, estava acabada: exausta e magérrima. Chegara na noite anterior, planejando voltar a Nova York com Lenny logo de manhã, mas analisara a amiga e insistira para ela ficar um dia ou dois para descansar.

Jean ouviu um barulho atrás dela. Ela se virou e viu o veado a cinco metros de distância no meio do gramado.

— Olá, belezura! — murmurou. — Como vai você? — O veado bateu com a pata na grama e olhou para longe, como uma criança amuada. — Pode ir saindo! — disse Jean, falando mais alto. — Você não vai comer nenhuma das minhas flores hoje. — Ela balançou as mãos. — Anda! Xô!

O veado olhou impassível para ela por um momento, depois deu meia volta e, com dois saltos, desapareceu na floresta.

No último andar da casa, Audrey encontrava-se deitada numa cama de dossel, ouvindo o barulho dos pombos na janela. Estava se lembrando de uma desastrosa excursão a Kent que sua família fizera num feriado bancário quando tinha 10 anos. Os pais, que raramente se aventuravam além de Hackney, tinham abordado as bem cuidadas Home Counties com o mesmo entusiasmo de viajantes entrando numa área inexplorada da Floresta Amazônica. Sem querer perturbar o silêncio verde do campo, passaram o primeiro dia da visita percorrendo a cidadezinha debaixo de uma garoa. (A mãe de Audrey, que estava sempre atrás de uma ideia fantasiosa de autenticidade inglesa, queria ir a uma casa de chá, mas o Sr. Howard vetou isso por causa do preço.) No domingo, com grande espírito de aventura, alugaram bicicletas e saíram para passear. Mas logo depois da partida, o Sr. Howard teve uma erupção nas pernas e, convencido de que havia sido mordido por uma cobra, voltou imediatamente ao hotel para pedir assistência médica. Quando o médico chegou uma hora depois, ligeiramente bêbado e de péssimo humor por ter sido tirado do almoço de domingo, deu uma única olhada nas canelas do Sr. Howard e bateu com a mão na testa.

— Por Deus, homem! — exclamou. — Você nunca ouviu falar em urtiga? — Muda de vergonha, a família voltou para Londres naquela mesma tarde.

Audrey estava arrependida de ter concordado em passar o fim de semana com Jean. Imaginou como as duas se manteriam ocupadas. Haveria uma caminhada, supunha — sempre havia uma maldita caminhada —, e, talvez, em algum momento, um jogo de cartas. Depois o quê? Ela se espreguiçou e examinou o mar de quinquilharias que cercava sua cama. O quarto de hóspedes de tamanho modesto de Jean continha, entre outras coisas, uma cômoda do século XIX, uma placa de um pub inglês chamado Casa Torta, dois banquinhos de tirar leite de vaca, uma cadeira de balanço pintada de margaridas, dez bordados emoldurados e uma reprodução de um armário galês. Antigamente, quando o marido de Jean era vivo, a paixão de Jean por essas porcarias era um tanto refreada por ele. Max insistia que a maioria das coisas que ela comprava em mercados de pulga ficasse restrita ao celeiro e ao sótão. Mas desde a morte dele, doze anos antes, a obsessão de Jean fora liberada. A casa agora parecia um santuário em homenagem à Sra. Tiggywinkle.

Audrey se levantou e vestiu apressadamente a mesma roupa que usara na noite anterior. A caminho da escada, passou pelo quarto de Lenny. Havia um adesivo na porta, uma lembrança dos tempos em que Jean e Max hospedavam crianças da cidade através do Fresh Air Fund. CUIDADO, dizia o adesivo, MENINAS SE DIVERTINDO! Audrey bateu na porta. Como não obteve resposta, espiou para dentro. O quarto estava muito limpo e arrumado — incrivelmente arrumado em se tratando de um lugar habitado por Lenny. Uma toalha dobrada estava pendurada num cabide no canto. Na parede sobre a cômoda, Lenny pregara a primeira estrofe da Oração da Serenidade:

> Deus, me dê SERENIDADE para
> Aceitar as coisas que não posso mudar;
> CORAGEM para mudar as coisas que posso mudar;
> E SABEDORIA para distinguir umas das outras.

Audrey fez uma careta e fechou rapidamente a porta antes de se dirigir para a cozinha. Ali, sobre uma mesa cheia de pratos de manteiga no formato de vacas, potes de mel no formato de colmeias e bules no formato de chalés ingleses, encontrou um bilhete de Jean: "Estou no jardim. Tem bisnagas e croissants no armário".

Ela se serviu de café do bule que estava no fogão e saiu. Havia chovido na noite anterior e o chão estava macio sob seus chinelos chineses. Sua respiração formava nuvens úmidas, cheirando a café.

Ao ouvir a porta de tela fechar, Jean, que estava cavando os canteiros ao lado do celeiro, virou-se.

— *Olá*, querida! Dormiu bem?

— Como uma pedra. Onde está Lenny?

— Foi a uma reunião em Doylestown.

— *Outra* reunião? Ele não tinha ido a uma na noite passada?

— Ele vai a duas por dia, uma de manhã e uma à noite. Ele não falta nunca.

— E como ele vai?

— Normalmente eu o levo de carro. Hoje um dos seus amigos do NA deu uma carona para ele.

— Ah. — Audrey observou com uma careta Jean tirar uma minhoca gorda do solo e colocá-la de lado. — Dei uma olhada no quarto dele antes de descer — disse. — Estava tão arrumado. Você tem arrumado para ele?

Jean sacudiu a cabeça.

— Não, não, ele o mantém assim mesmo.

— Puxa vida. *Eu* nunca consegui que ele tirasse as roupas do chão. Você deve ter algum poder sobre ele que não tenho. — Hesitou, esperando Jean negar, mas Jean apenas sacudiu os ombros e continuou cavando o canteiro.

Audrey caminhou pelo gramado até o lago. Por baixo dos lírios d'água que cobriam a superfície, um peixe malhado rastejava na lama. Ela sorriu, se lembrando de um inverno anos antes quando Joel tinha nadado nu naquele lago. Havia sido uma aposta qualquer — ou para pagar uma prenda — ela não se lembrava direito. Ela, Jean e Max tinham ficado dentro da casa, observando pela janela Joel atravessar correndo o jardim. Os gritos dele ao mergulhar tinham espantado todos os pássaros da montanha, que levantaram voo gritando. Mais tarde, na cama, ela achara um pedaço de planta aquática preso num pelo pubiano dele. Joel nunca tinha deixado o campo intimidá-lo. Simplesmente enchera aquele silêncio sinistro com sua energia e seu barulho, transformando-o em mais um posto avançado do domínio de Joel.

— O jardim não está encantador hoje? — perguntou Jean. — Adoro esta época do ano. Toda a maravilhosa *lama* do outono. Mas gostaria que você pudesse ter visitado aqui no verão. Os vagalumes estavam *fantásticos*.

Audrey balançou a cabeça distraidamente.

— É mesmo?

— Ah, sim. O jardim *vibrava*. Parecia um show de luzes...

Audrey olhou em volta, imaginando quanto tempo Jean ficaria falando sobre a natureza.

— O que tem ali? — perguntou, apontando para um barracão recém-pintado de branco atrás do celeiro. — Aquilo não estava ali da última vez em que vim aqui.

— Ah, não, sempre esteve lá, só que o melhorei um pouco. Transformei-o no meu cantinho de escrita.

Audrey ergueu as sobrancelhas ironicamente.

— No seu o quê?

— Vou lá para escrever meu diário, poemas e outras coisas. É o único lugar onde consigo realmente me concentrar.

Audrey sorriu. Jean às vezes era ridícula.

— Olha aqui — disse Jean. — Tenho centenas de bulbos para plantar. Você quer me dar uma ajuda?

— Acho que não, Jean. Não entendo nada de jardinagem...

— Não seja tola. Plantar bulbos é a coisa mais fácil do mundo. Deixe-me mostrar para você.

— Nããão. — Audrey foi até a escada da varanda e começou a enrolar um baseado.

— Estava pensando — disse Jean. — Você não precisa partir amanhã à noite. Lenny não está com pressa de voltar. Você podia ficar alguns dias para se recuperar de verdade.

— Não — falou Audrey, depressa. — Tenho de ir. Não posso deixar Joel tanto tempo sozinho.

— Mas as meninas estão lá. Sem dúvida podem cuidar das coisas por algum tempo.

Audrey sacudiu a cabeça.

— Elas não sabem tomar conta dele do jeito que eu tomo. Não sabem lidar com os médicos. Preciso estar lá.

Jean continuou cavando.

— Como estão as coisas com as meninas? — perguntou.

— Ah, tudo bem. Karla está com uma cara de alguém que acabou de saber que Papai Noel não existe. Rosa ainda está ocupada sentindo-se revoltada e enojada.

— Bem, acho que ela sente muita raiva por você, Audrey. Os filhos tendem a se sentir muito protetores em relação ao progenitor que foi traído...

Audrey acendeu o baseado e soltou a fumaça impacientemente.

— Bobagem. Rosa não está preocupada *comigo*. Nem entro nessa. Tudo tem a ver com o quanto *ela* se sente traída, com o quanto está desapontada pelo fato do papai não ser o santo que ela achou que ele era. — Parou ao avistar Lenny vindo pelo caminho de cascalho. — Olá, amor — gritou. — Onde está sua carona? Não me diga que você veio andando.

Lenny sacudiu a cabeça.

— Não, saltei no portão.

Ele apanhara um pouco de sol desde que ela o vira pela última vez e ganhara um pouco de peso.

— Você está bonito — disse. — Vem cá. — Estendeu os braços. — Vem dar um abraço na sua velha mãe.

Lenny caminhou um pouco na direção da varanda e então parou. Apontou para o baseado na mão dela.

— Ajudaria muito se você não fumasse isso perto de mim.

Audrey olhou para o baseado e depois, de novo, para Lenny.

— O que você quer dizer? Ah, certo.

Antes de se aproximar para abraçá-la, Lenny esperou até ela ter apagado o baseado na sola do chinelo e guardado a guimba no bolso.

— Então, como vai você, docinho? — Audrey murmurou no ouvido dele.

— Bem — disse Lenny, dando um passo para trás. — *Muito* bem.

Audrey concordou, um tanto desconcertada com sua agressiva afirmação de bem-estar.

— Que bom. — Ela bateu nos bolsos. — Você tem um cigarro?

— Não, estou tentando diminuir. Só fumo de noite, agora.

— Ahhh! Você está muito bem-comportado.

— Bem, estou tentando cuidar de mim mesmo, comer bem e tudo o mais.

— Lenny corre quase toda manhã, não é, Lenny? — comentou Jean.

Audrey riu.

— Meu Deus, não consigo imaginá-lo como um corredor, Len.

— São as endorfinas — afirmou Lenny, sério. — Elas realmente fazem você se sentir muito bem. Dave, meu padrinho, me incentivou a correr.

— É mesmo?

— Sim. Dave é um cara fantástico, o melhor padrinho que já tive. Ele é duro comigo, sabe? Não me deixa fazer nenhuma merda.

— Isso é bom.

— Na verdade, Dave vem até aqui esta tarde. Se você não se importar.

— Claro, por que não?

— Só para bater um papo e tomar um café. Ele quer conhecer você.

— Ótimo — disse Audrey, um tanto espantada. — O que você quiser.

— Tudo bem! — Lenny deu um tapa na coxa, decidido. — Vou entrar agora para trocar de roupa. Tenho umas coisas para fazer para Jean.

— Que coisas?

— Estou lixando a mobília da sala de jantar para ela. Hoje vou passar verniz.

— Ora, qual é? Você não pode parar por cinco minutos para conversar com sua mãe? Jean não está dirigindo uma porra de um campo de concentração aqui, está?

— Não — disse Jean. — É claro que não.

— Está vendo? Jean não vai se importar se você fizer um intervalo.

Lenny sacudiu a cabeça.

— Não. Prometi que ia terminar o trabalho antes de voltar. Quero cumprir minha promessa. — Passou por Audrey e entrou em casa.

Audrey levou um susto quando a porta fechou com um estrondo. Ela olhou para Jean.

— Bem, *ele está* cheio de energia, não está?

Dave apareceu lá às 16h. Era um homem baixo, de barba, de uns 40 e poucos anos — de uma beleza tosca, gênero homem do mar. Ele se levantou quando Audrey entrou na cozinha e sacudiu a mão dela, olhando-a bem nos olhos.

— É um prazer conhecê-la, Audrey. Ouvi muito de você.

— Ah, é? — perguntou Audrey, antipatizando imediatamente com ele. — Só coisas boas, espero.

Dave riu.

— Só coisas boas.

— Então, no que você trabalha quando não está tomando conta do Lenny?

— Na verdade, Audrey, tenho uma carpintaria em Doylestown.

— Ah, que bom para você.

Havia algo de irritante na forma como ele insistia em usar o nome próprio dela. Era o tipo de truque que os políticos usavam quando estavam tentando fazer camaradagem com senhoras idosas durante a campanha.

— Dave não é apenas um carpinteiro, mamãe — explicou Lenny, com entusiasmo. — Ele é mais um artesão. Faz peças complicadas. Você devia ver o corrimão que ele fez para umas pessoas em Frenchtown. É todo coberto de rostos e flores e uns desenhos estranhos. Jean está pensando em encomendar um.

— É mesmo?

— Lenny tem me ajudado aqui na oficina — disse Dave. — Ele é promissor.

— Uh-huh.

— De fato, temos conversado sobre a possibilidade de ele vir trabalhar para mim.

— Gostaria de ser um aprendiz, mamãe — declarou Lenny.

Audrey riu.

— Bem, isso não vai funcionar, não é, amor? Você não pode vir de Nova York para cá todo dia.

Dave e Lenny trocaram olhares rápidos.

— Não, essa é a questão — disse Lenny. — Tenho pensado que talvez pudesse ficar por aqui, conseguir um lugar para morar em Doylestown.

— Ora, Len, esqueça isso. Você odeia o campo.

— Bem, Audrey. — Dave debruçou-se sobre a mesa na direção dela. — Lenny acha, e concordo com ele, que voltar para Nova York neste estágio da reabilitação pode não ser a melhor coisa para ele neste momento.

— Como assim?

— Ficar aqui tem sido tão saudável para mim, mamãe. Estou apenas começando a me sentir bem comigo mesmo. Se voltar para Nova York, tudo que conquistei vai...

— O problema é que Nova York é o local principal do vício dele — informou-lhe Dave.

— Todas as pessoas que me empurram para isso estão lá — acrescentou Lenny.

— Nunca achei que você precisasse ser empurrado, Len. Você sempre me pareceu perfeitamente capaz de empurrar a si mesmo.

— Sim, mamãe, mas...

— Acho que estar em casa com sua família deve ser melhor para você do que ficar em Bumfuck, Pensilvânia, com um monte de estranhos.

— Eles não são estranhos — disse Lenny. — Tenho bons amigos aqui.

— E, com todo o respeito, Audrey — interveio Dave —, a família geralmente é uma boa parte do problema de um viciado.

— Como?

— Não me interprete mal. Sei que você ama seu filho e que quer o melhor para ele, mas tenho certeza de que sabe que as relações familiares às vezes podem evoluir para certas dependências que são realmente prejudiciais.

— Ah, entendo, *eu* sou o problema, não é?

— Não entenda mal, Audrey. Só estamos dizendo...

— Merda. Vocês só estão dizendo merda.

Lenny olhou para ela com reprovação.

— Dave só está tentando ajudar, mamãe.

Audrey se levantou e bocejou alto.

— Vocês vão ter de me dar licença. Tenho uma palavra cruzada para fazer.

Na sala de estar de Jean, Audrey abriu um espaço no meio das almofadas do sofá e se sentou, esperando Lenny ir atrás dela. O desenho nas capas de almofada de *toile de jouy* era uma dama do século XVIII e seu admirador fazendo um piquenique nos degraus de uma casa decadente de veraneio enquanto um matuto passava arrastando uma cabra num barbante. Audrey sorriu com amargura. *Maldita vida rural.*

Passaram-se vários minutos e ela já estava começando a achar que Lenny não ia aparecer quando ele entrou finalmente na sala.

— O Capitão Santarrão já foi embora? — perguntou.

— Não, vamos nos encontrar daqui a pouco. Só queria falar com você antes de sair.

— Ah.

— Você não deve levar isto para o lado pessoal, mamãe.

— Eu não levo.

— Tem certeza? Porque parece que...

— E quanto a Tanya? — Audrey o interrompeu. — Ela também vai se mudar para cá?

— Não. — respondeu Lenny, devagar. — Tanya não é uma pessoa que eu precise ter na minha vida neste momento.

— É isso que o presidente Dave diz?

— Isso não tem nada a ver com Dave.

— É claro que não. Então você já disse a ela que a está abandonando?

Lenny deu um tapa na testa com a palma da mão.

— Por que você está tão preocupada com *Tanya* de repente? Você nem gosta dela, mamãe.

— Gosto mais dela do que daquele cara na cozinha. Qual é a dele? Ele é gay?

Lenny sacudiu a cabeça com pesar.

— Por que você iria perguntar uma coisa dessas?

— Não sei. É só que me parece um tanto estranho o jeito como ele se apropriou de você tão depressa. É tudo um tanto intenso, não é?

— Dave não é gay. Ele tem uma namorada.

— Bem, isso não quer dizer nada, quer?

— Por que você está tentando transformar isto numa coisa ruim? Dave é um cara muito legal. Ele entende um bocado de recuperação e quer me ajudar...

— Porra, Lenny! — gritou Audrey. — Você é tão sugestionável! Basta um barbudo milagroso dizer alguma merda para você sobre *codependência* e você está pronto para me largar.

— Não estou largando você, mamãe. Meu Deus, não sou casado com você...

Audrey agarrou os braços do sofá.

— Seu *merdinha.*

— Não! — protestou Lenny. — Eu não quis dizer... Não estava me referindo ao *papai*. Só estava...

— Esqueça. — Ela desviou os olhos. — Não vou discutir com você. Se você quiser dar o fora com um bando de matutos, pode ir. Só estou lhe avisando, só isso. Se você fizer isso, não vou receber você de volta. Você está por sua conta.

Lenny baixou a cabeça.

— Queria que não precisasse ser assim, mamãe.

— Você vai querer mais ainda quando ficar cansado de esculpir corrimãos com o velho barbudo. Você vai voltar rastejando para Nova York e não vai mais poder contar comigo para salvar sua pele. — Ela parou, tentando ver algum sinal de hesitação no rosto dele. — Então vai logo, dá o fora — disse. — Vá se queixar da bruxa da sua mãe na sua reunião.

Depois que ele saiu, ela ficou um bom tempo ali sentada, contemplando as longas sombras arroxeadas que o sol da tarde lançara no assoalho. Depois ela se levantou e foi procurar por Jean.

Ela a encontrou na horta, examinando carinhosamente seus tomateiros.

— Você está com sorte! — gritou Jean ao avistar Audrey. — Vamos ter salada de tomate hoje no jantar!

— Imagino — começou Audrey — que você sabia dos planos de Lenny de se tornar um carpinteiro.

— Ah — disse Jean, sentando-se sobre os calcanhares. — Sabia sim. Eu ia falar sobre isso, mas ele mesmo fez questão de contar para você.

— E desde quando começamos a cumprir as vontades de Lenny? — gritou Audrey. — Ele é um bebê, Jean! E você devia estar atenta! Só o deixei vir para cá porque você me obrigou. Agora veja o que aconteceu.

Jean sacudiu os ombros.

— Ele não é um bebê. Ele tem 34 anos. E nada de tão terrível aconteceu, até onde posso ver. Ele se livrou das drogas, está indo às reuniões, talvez venha até a aprender um ofício.

— Ah, certo — disse Audrey. — *Ah, certo*. Ele é um homem totalmente novo, não é? Deixe-me explicar uma coisa para você, Jean. Essa rotina dele de renascimento vai durar mais umas duas semanas no máximo e então ele vai voltar a pedir dinheiro para comprar maconha.

— Bem, não vamos anunciar o fracasso dele antes mesmo de...

— Estou entendendo. Você está louca para mostrar como é melhor para Lenny, não é? A babaca da Audrey estragou tudo durante trinta anos e aí chegou Jean, a Noviça Voadora, que em um mês consertou a vida dele.

Jean soprou pelo canto da boca para tirar um mecha de cabelo que tinha caído sobre seus olhos.

— Isso é uma injustiça, Audrey.

— Bem, sou assim mesmo, não sou? A malvada, injusta, Audrey. Imagino que você e Lenny tenham se divertido muito juntos discutindo minhas falhas de caráter.

— Você está sendo ridícula.

Audrey saiu pisando duro.

— Vou para a cama — gritou, ao atravessar o portão da horta.

Mas não foi para a cama. Quando entrou na casa, a ideia de voltar para o quarto cheio de quinquilharias e se deitar naquela ridícula cama de dossel, como a princesa e o grão de ervilha, foi intolerável. Então foi para a sala. Ainda estava lá, folheando desconsolada uma pilha de folhetos de viagem, quando Jean entrou meia hora depois.

— Esfriou um bocado — observou Jean. — Vamos acender a lareira?

Audrey virou a cara.

— Tanto faz.

— Vamos fazer as pazes? Ou você vai ficar de mau humor a noite toda?

Audrey sacudiu os ombros.

— Essas são as únicas opções?

Jean sorriu e foi até a lareira.

— Estou contente que você esteja olhando esses folhetos. Estava pensando que poderíamos viajar juntas dia desses.

— Ah, claro — disse Audrey. — Porque tenho um bocado de tempo livre e de dinheiro para passear.

Jean começou a amassar jornais velhos e a colocá-los na lareira.

— Você está preocupada com dinheiro, Audrey?

— Bem, o contador de Joel me disse outro dia que eu estava diante de uma crise de liquidez...

— É?

— Ele acha que devo vender Perry Street, comprar um apartamento pequeno e investir o que sobrar num baixo qualquer coisa mútuo alguma coisa...

— Um fundo mútuo de baixo risco?

— É, pode ser.

— E o que foi que você falou?

— Disse a ele para não encher o saco. — Audrey riu. — Ele ficou bem chateado, o pobre infeliz.

Jean balançou a cabeça com uma expressão preocupada.

— Contadores podem ser muito chatos, eu sei. Mas vale a pena prestar atenção no que sugerem, Audrey. Eles normalmente dão conselhos sensatos...

— Sim — falou Audrey, esticando preguiçosamente os braços. — Joel e eu nunca fomos sensatos em relação a dinheiro, graças a Deus.

— Não. E é maravilhoso, é claro, não dar muita bola para esse tipo de coisa. Mas o dinheiro tende a se tornar importante quando você não tem o suficiente.

Audrey olhou de cara feia para ela.

— Como é que você sabe disso?

Jean olhou para a bola de papel que tinha nas mãos e suspirou.

— Bem, em todo caso, estava pensando em arcar com nossas férias.

Audrey pegou um folheto de excursões a pé na Itália, abriu-o na foto de um velho usando meias três quartos e sandálias, caminhando pela Via Appia.

— Imagine só ser obrigada a olhar para esse imbecil todo dia no café da manhã.

— Há muitas outras coisas para fazer — disse Jean, pacientemente. — Tem um cruzeiro pelo Caribe que a revista *Nation* organiza...

— Eu preferia enfiar um alfinete no olho.

— É mesmo? Pois me pareceu bem divertido.

— O que, navegar em volta das ilhas com um bando de gente velha brigando para ver quem entra na jacuzzi com Katrina van den Heuvel? Você sabe, não sabe, que esses barcos estão completamente infectados de vírus e bactérias?

— Tudo bem, então, não os cruzeiros da *Nation*, mas deve haver alguma coisa nesse monte de folhetos que você ache interessante...

— Jean, do que é que você está falando? Tenho um marido numa cama de hospital. Não posso viajar com você.

Jean pegou um punhado de gravetos numa cesta e começou a arrumá-los sobre o jornal, na lareira.

— Acho, Audrey, que em algum momento você vai ter de começar a encarar certas coisas em relação à doença de Joel.

Audrey olhou para ela.

— Como assim?

— Só acho que vai chegar uma hora em que, você sabe, você vai ter de permitir que ele descanse...

Audrey bateu palmas.

— Ahhh! Lá vem o discurso de "Vamos matar o Joel". Bem, muito obrigada.

— Audrey, você sabe que eu não...

— Não é verdade. Vocês todos querem. Especialmente agora que ficamos sabendo do caso dele com aquela vaca. Vocês querem se livrar dele e abafar a coisa toda. Bem, deixe-me dizer uma coisa para você, não vou deixar que aquela mulher fique com a última palavra em relação ao meu casamento...

— Ah, pelo amor de Deus — gritou Jean. — Pare com isso!

Audrey olhou espantada para ela.

— O quê?

Jean sacudiu a cabeça.

— Desculpe. Não quis ser grosseira. É só que... desde que esse caso com Berenice veio à tona, você tem estado zangada com ela, comigo, com as crianças, com todo mundo, *exceto* com Joel. Não me importo que ele esteja em coma: ele se comportou muito mal. Acho que ajudaria se você admitisse isso.

Audrey se levantou devagar.

— Você acha que *não* estou zangada com ele? — perguntou. — Você acha que não o odeio pelo que me fez? *É claro* que estou furiosa, Jean! Você acha que sou uma idiota?

Jean se encolheu.

— Desculpe, Audrey... você nunca disse...

— Passei a vida inteira servindo àquele homem. Engoli os casos dele durante quarenta anos e agora, no fim, descubro que ele não me amava. Descubro que a grande paixão da vida dele era uma porra de uma fotógrafa gorda!

— Ah, você não pode achar isso. Você *sabe* que Joel adorava você...

— Por favor! — Ela ergueu a mão. — Sei o que meu casamento era e não era.

— Mas, Audrey...

— Ele escreveu poemas para aquela mulher! Você acha que ele alguma vez escreveu poemas para *mim*?

— Eu... eu não sabia que você sentia assim, Audrey.

Audrey tornou a sentar.

— Bem, agora você sabe.

Jean colocou duas achas por cima dos gravetos e acendeu um fósforo. As duas mulheres contemplaram as chamas queimando o jornal e subindo na lareira.

— O que quer que seu casamento tenha sido ou deixado de ser — disse Jean —, você não vai poder mudá-lo agora, Audrey. Você vai ter de deixá-lo seguir seu rumo.

Audrey sacudiu a cabeça.

— E o que vou fazer depois que o deixar ir? Andar por aí fazendo cruzeiros com você pelo resto da vida?

— Esqueça os cruzeiros, OK? Há centenas de outras coisas que você pode fazer. Coisas produtivas, gratificantes. Você só tem 59 anos.

— Obrigada por me lembrar disso.

— Você é jovem! Você ainda é uma mulher atraente. Talvez conheça outra pessoa.

Audrey gemeu. Era terrível, sem dúvida, pensar que sua vida sexual tinha terminado para sempre, mas era mais terrível ainda pensar que não tinha. A ideia de namorar alguém na sua idade era grotesca. Não queria virar uma daquelas sirigaitas de minissaia de couro, gabando-se de sua ainda vibrante sexualidade, caçando no *The New York Review of Books* alguém com quem compartilhar seu amor por Pinter ou Klee e dias chuvosos em Montauk. Não, isso era ridículo, era tão... *americano*, toda essa história de se reinventar e seguir em frente. Ela fizera sua cama e agora ia ter de se deitar nela.

— Você podia se envolver mais com política — sugeriu Jean. — Podia arranjar um emprego. Ou escrever um livro. Você podia até chegar à conclusão de quer voltar para a Inglaterra.

Audrey cobriu os olhos com a mão.

— Você está tentando me deixar deprimida?

— Só estou dizendo que sua vida não acabou. Você abriu mão de muita coisa para ser esposa de Joel, você mesma disse isso muitas vezes, e agora tem a chance de fazer algumas das coisas que sempre quis fazer.

Audrey sacudiu a cabeça desanimadamente. Era verdade: sempre falara das coisas que poderia ter feito se não tivesse dedicado a vida a Joel. Mas nunca *acreditara* realmente nisso. Lá no fundo, sempre soubera que aquelas queixas eram apenas fantasias, ilusões destinadas a melhorar sua imagem e aumentar sua autoestima. A verdade era que Joel não a impedira de fazer nada. Ele a salvara. Sem Joel, ela ainda estaria trabalhando como datilógrafa em Camden Town ou morando em algum maldito subúrbio, casada com um homem igual ao marido de sua irmã, Colin.

Olhou para os folhetos espalhados pelo chão.

— Não, Jean — murmurou. — Não adianta. Estou acabada.

Vinte

— Sejam bem-vindas — disse Berenice, parada no meio da sala e estendendo os braços cheios de pulseiras na direção de Rosa e Karla. Estava usando um longo vestido vermelho, uma túnica, na verdade, e sapatos dourados, com uma separação para o dedão, como pés de camelo. — Isto é surreal, não é?

Karla riu nervosamente. Sua imaginação não a havia preparado para a realidade exótica da amante do pai. Imaginou se Berenice se vestira assim de propósito para a ocasião ou se tinha essa aparência extraordinária o tempo todo.

— Uau — exclamou Berenice, sacudindo a cabeça. — É muito estranho conhecê-las finalmente.

Sentindo que Berenice não ia poder continuar insistindo indefinidamente no tema do seu espanto, Karla tentou pensar em algo para dizer que pudesse fazer a conversa seguir adiante. Olhou para a irmã, buscando ajuda, mas Rosa, que parecia ter se eximido de qualquer responsabilidade por aquele encontro, estava olhando fixamente para o chão.

— Você... tem um belo apartamento — gaguejou Karla.

Berenice concordou serenamente.

— Não é fantástico?

As três mulheres olharam em volta. As paredes da sala de Berenice eram cobertas de fotografias em preto e branco e de textos soltos tirados de jornais e revistas. "Estamos todos sob ataque agora", um dos recortes dizia; "Os nativos nos odeiam" dizia outro recorte. Uma cadeira antiga, estofada de vinil cor-de-rosa, ficava num canto da sala, e uma estante, feita de tábuas de madeira e caixotes de leite, do outro. O centro do cômodo era totalmente vazio, como se estivesse pronto para algum tipo de performance.

— Joel foi responsável por me conseguir este lugar, sabem? — disse Berenice.

Karla levou um susto ao ouvir o nome do pai.

— Ah, foi?

— Sim, estes apartamentos têm o aluguel controlado, então são difíceis de conseguir. Joel fez um acordo com o zelador. — Ela esfregou o polegar e o indicador. — Deu uma gorjeta para ele.

Karla arregalou os olhos.

— Ei, vocês querem beber alguma coisa? — ofereceu-lhes Berenice. — Eu ia fazer um chá de pêssego para mim. Vocês querem experimentar?

— Claro — aceitou Karla. — Parece muito bom, obrigada.

Rosa sacudiu a cabeça.

— Eu não quero nada, obrigada.

Berenice desapareceu na cozinha e Rosa se ajoelhou para examinar os livros na estante. Karla observou-a olhando os títulos carregados de gerúndio dos livros de não ficção: *Comendo com sensatez, Escrevendo o corpo, Entendendo a teoria ginocrítica, Lendo Tarô.* Após algum tempo, foi até a janela. O apartamento de Berenice ficava no 15º andar de um prédio que dava para a FDR Drive. Quando o tempo estava bom, devia dar para ver até o aeroporto JFK dali, mas estava nublado e chuviscando. Enquanto Karla contemplava a aquarela manchada do céu cinzento e do rio pontilhado de chuva, uma lágrima escorreu por seu rosto.

Dez dias antes, num bar barulhento em Midtown (sua escolha covarde de local de encontro), com o som alto do noticiário noturno saindo de um aparelho de televisão preso na parede, ela terminara seu caso com Khaled.

— Não posso mais me encontrar com você — dissera a ele.

— Como assim? — perguntara Khaled. — O que você está dizendo?

— Eu não posso fazer isso. — Era constrangedor e ao mesmo tempo estranhamente emocionante usar aquelas expressões consagradas pelo tempo.

— O que você quer dizer com "isso"?

— Você sabe, *isso*. Nós.

— Não entendo. Você não é feliz comigo?

Ela sentiu uma pontada de irritação com a ingenuidade dele.

— Não é que eu *queira* fazer isso.

— Então por quê?

— Porque, ah, você sabe por quê.

Ele deu um tapa na mesa.

— Cristo!

Os dois olharam, infelizes, para o televisor na parede sobre o bar. O presidente estava fazendo um discurso no Tennessee para pedir apoio para o Citizen Corps: *Minha missão mais importante é manter nossas famílias em segurança. Essa é minha missão mais importante agora. Quero que vocês saibam que ainda existe um inimigo lá fora que odeia a América. Tenho certeza de que seus filhos devem estar pensando, por que alguém odiaria a América? Não fizemos mal a ninguém. Bem, eles odeiam a América porque amamos a liberdade. Cultivamos nossas liberdades. Valorizamos nossas liberdades. Amamos o fato de que as pessoas podem adorar um Deus Todo-Poderoso numa terra livre do modo que elas quiserem adorá-lo...*

— Quando foi que você decidiu isso? — perguntou Khaled.

— Não sei. Uns dois dias atrás.

— O que aconteceu?

— Não aconteceu nada. Estava apenas vendo o que minha mãe está passando e, você sabe, não quero mais mentir.

— Então não minta! Diga a seu marido que ama outra pessoa e se separe dele.

Karla baixou a cabeça.

— Eu não poderia. Eu...

— Você não tem coragem.

— Não se trata de *coragem*, Khaled. Estou tentando fazer o que é certo.

— Não está não. *Esta* é a coisa certa. Você sabe disso. Você está com medo, só isso.

— Bem, sim, estou. Estou com medo de magoar o Mike...

— Não, você está com medo do que ele e todo mundo vão dizer a seu respeito se você fizer o que realmente deseja.

Karla ficou atônita com a injustiça daquela acusação. Ainda assim, a raiva de Khaled era uma bênção. Agora estavam sendo igualmente cruéis.

— Você não ama seu marido — disse Khaled. — Ele não ama você. Você mesma disse.

— Isso não é... Por que você está fazendo isso?

— O que queria que eu fizesse? Você quer que eu sorria, seja gentil, diga que está tudo bem? OK. Você é uma santa. Vai passar o resto da vida com o seu sindicalista de merda. Parabéns.

Era difícil acreditar agora, mas quando ela saiu do bar aquela noite, estava se sentindo quase eufórica de alívio. Seus dias trepidantes haviam terminado, disse a si mesma: estava então de novo com o pé no chão, pronta para retomar a dieta simples e nutritiva da vida real. Mas quando voltou ao Bronx e encontrou Mike encomendando extintores de incêndio pela internet para se preparar para a inspeção da agência de adoção, a euforia logo passou. O marido estava de mau humor. Queria saber por que estava fazendo todo o trabalho para a visita de inspeção da agência e ela não estava fazendo nada. Penalizada por ele estar sendo ingrato sem saber, Karla não tentou se defender. Aturou a reclamação calada e foi dormir.

Depressão, na experiência de Karla, era uma coisa chata e parada — um sapo que se alojava em sua cabeça até conseguir, finalmente, achar energia para ir embora. A infelicidade que vinha sentindo nos últimos dez dias era uma criatura completamente diferente. Era nervosa e agressiva. Tinha punhos e dentes afiados e botas com solado de pregos. Não ficava parada, atacava. E a *machucava*. De manhã, batia com tanta força em seu rosto que ela ia para o banheiro cambaleando. À noite, deitada ao lado de Mike, com um filme pornográfico das coisas que ela e Khaled haviam feito juntos passando em sua cabeça, a criatura mordia seu pescoço e chutava sua virilha.

Karla enxugou os olhos e se virou para contemplar a sala. Rosa tinha saído de perto da estante e estava parada na frente de uma das fotografias em preto e branco de Berenice. Com as mãos para trás na maneira reverente de um visitante de museu, examinava atentamente a fotografia. Era um close-up tremido e escuro de alguma coisa — do que, exatamente, Karla não sabia.

— Isso foi tirado debaixo d'água? — perguntou, apontando para uma massa formada por uma substância elástica e retorcida que se parecia com algas marinhas.

Rosa sacudiu a cabeça.

— Veja o título, Karla.

Karla se inclinou para a frente para examinar as letras escritas a lápis à direita do monte. *Vagina preta #3.*

— Vejo que você está admirando minha foto pornográfica — disse Berenice, que voltara com uma bandeja. — Aqui está o chá.

— Obrigada — agradeceu Karla, pegando uma caneca. — Essa... essa é uma das suas? — perguntou, indicando a fotografia.

Berenice sorriu.

— Sim. Minha foto, minha vagina.

Karla ficou vermelha.

Berenice virou-se para Rosa.

— Tem certeza de que não quer nada?

— Tenho, obrigada — respondeu Rosa, secamente.

Berenice pôs a bandeja no chão e se sentou elegantemente ao lado dela, com as pernas cruzadas.

— Vocês gostariam de ver um retrato do Jamil?

— Ah, sim! Claro — respondeu Karla, ainda tonta do encontro com a genitália de Berenice.

Berenice se levantou e foi até o corredor.

— Este aqui foi tirado seis meses atrás — disse, ao voltar. — Ele já mudou um bocado desde então.

Karla e Rosa olharam para o garotinho sem dente, cabeludo, na fotografia de escola que Berenice mostrava.

— Ele é lindo — disse Karla. — Onde ele está agora?

— Foi brincar com um amigo. — Berenice tornou a se sentar. — Não sabia o que esperar deste encontro e não quis me arriscar a expô-lo a nenhum tipo de, sabe, de energia negativa...

— Ah, certo. — Karla balançou a cabeça.

— Quer dizer, espero que vocês duas desejem ter um relacionamento com Jamil. Mas as coisas ficaram tão feias... Achei que precisava saber o que vocês acham de tudo isso antes de...

— Claro, entendemos — garantiu-lhe Karla.

— O que sua mãe achou de vocês virem me visitar? — Berenice perguntou.

Karla ficou vermelha.

— Nós não... Ela não sabe que estamos aqui.

— Ah. — Berenice sorriu. — Não se preocupem, nunca vou contar a ela.

Karla desviou os olhos, ofendida com a ideia de estar mancomunada com Berenice contra a mãe.

— Bem, vocês disseram ao telefone que tinham algumas perguntas que queriam me fazer — disse Berenice.

Karla e Rosa se entreolharam.

Berenice riu.

— Tudo bem. Não precisam ficar envergonhadas. Não me importo de falar sobre nenhum assunto. Podem perguntar.

— Como... como foi que você o conheceu? — perguntou Karla. — Quer dizer, nosso pai.

Berenice inclinou a cabeça com um ar romântico.

— Eu o conheci numa festa em Chelsea. Era a festa de lançamento do livro de um poeta amigo meu. Seu pai e eu tivemos uma discussão engraçada porque ele estava comendo salsichas e eu disse que ele não devia comer carne. Ele debochou de mim por causa disso.

— Quando foi isso?

— Deixe-me pensar. Nós nos conhecemos em 1996. Vocês conhecem a expressão italiana *rapporto di pelle*? Significa tipo relação de pele. Bem, foi isso mais ou menos o que ocorreu entre seu pai e eu. Foi uma coisa química, instantânea.

— Quanto tempo durou?

— Bem, nosso envolvimento romântico acabou há cerca de três anos. Mas continuamos amigos. Quer dizer, sempre vou amar seu pai.

— E por que terminou? Se você não se importa de contar.

— Não me importo. Mas é uma coisa difícil de responder. Quer dizer, é sempre complicado, não é? Tentar descobrir por que uma coisa termina. Acho que entre nós dois chegou uma hora em que a alegria do relacionamento se esgotou. Ficou muito difícil, depois de um tempo, lidar com tanto segredo. Joel sempre se sentiu muito culpado.

— Você... quis que ele deixasse minha mãe?

Berenice balançou a cabeça, refletindo.

— Não... não, nunca insisti nisso. No início, conversamos a respeito. Mas eu sabia que ele dava muito valor à convivência com vocês. E não sou o tipo de mulher louca para arranjar um marido, ou algo assim.

— Não — disse Rosa, subitamente. Elas se viraram para olhar para ela. — Por que você iria querer um marido em tempo integral quando podia pegar emprestado o de outra mulher?

Berenice olhou para ela com um olhar de pena.

— Posso dizer uma coisa, Rosa? Estou vendo que você está sofrendo muito, mas gostaria de lhe dar um conselho. Por mais que você esteja com raiva, não deixe que isso endureça seu coração em relação a seu pai.

— Ah, certo...

— Espere. — Berenice levantou a mão. — Não acabei. Seu pai era, é, uma pessoa incrível, com um espírito muito, muito especial. Não é uma má pessoa. Não escolheu se apaixonar por mim, assim como não escolhi me apaixonar por ele. Isso foi algo que simplesmente aconteceu. A verdade é que todos fazemos alguma merda em nossas vidas de vez em quando, mas isso não nos torna pessoas más. É isso que nos torna humanos.

— Ah, sim — falou Rosa, com um sorriso assustador. — Essa deve ser uma filosofia bem conveniente para você. Adultério como um gesto humanista. — Ela se levantou e se virou para Karla. — Eu já vou. Você vem comigo ou quer ficar?

Karla hesitou. Rosa estava se comportando de um modo abominável, pensou. Era imperdoável se convidar para ir à casa de uma pessoa e depois tratá-la daquele jeito. Mas família era família. Ela se levantou.

— Vou com você.

Na porta, Berenice entregou calmamente a elas seus casacos e guarda-chuvas.

— Sei que isto foi difícil para você — disse a Rosa. — Quero que você saiba que aprecio a honestidade e a paixão que demonstrou hoje. — Ela se virou para Karla e a beijou no rosto. — Você é uma pessoa especial, Karla.

Quando elas entraram no elevador, Berenice ainda estava parada na porta, olhando para elas. Ergueu a mão.

— Paz.

Assim que a porta do elevador fechou, a indignação de Rosa se manifestou.

— Dá para acreditar nisso? A coisa toda foi mais patética e nojenta do que imaginara. *Rapporto di pelle*! Ela foi horrível! Horrível! Nem um pingo de remorso! Nem um pedido de desculpas! Ela tentou justificar a coisa... Como ele pôde fazer isso? Uma mulher ridícula como aquela, com suas fotografias nojentas e seu... seu *chá de pêssego.*

Karla ouviu aquilo tudo meio sem graça. Não que tivesse exatamente gostado de Berenice. Mas não a tinha achado ridícula.

— Você não precisava ser tão grosseira, Rosa. Era uma situação muito difícil para ela e ela...

— Não foi nada difícil para ela! Estava se divertindo um bocado. É uma das pessoas mais autocomplacentes e narcisistas que já vi. Você deu uma olhada naqueles livros imbecis?

— Não — mentiu Karla.

— Meu Deus! Eram só livros de dieta e do tipo *Como ler mãos.*

— Bem, você não ama uma pessoa por causa dos livros que ela lê...

— Não?

Karla pensou em Khaled e nos seus mapas astrológicos e testes psicológicos. Sacudiu os ombros.

Na rua, em frente ao prédio de Berenice, operários trabalhavam. As irmãs pararam para ver. Atrás de uma cerca coberta com um plástico laranja cheio de luzinhas para alertar do perigo, dois grandes buracos, cada um com dez metros de largura por trinta de comprimento, haviam sido abertos na rua, deixando expostos canos velhos e enferrujados. No meio da obra, uma máquina de concreto soltava um vapor branco. A escavação fora abandonada apressadamente quando começou a chover: uma lata de Coca-Cola estava pousada sobre um cavalete e sobre as tábuas de madeira que cobriam os buracos, baldes de plástico amarrados a longos pedaços de barbante estavam caídos de lado.

— Você alguma vez desconfiou de que papai fosse infiel? — perguntou Karla.

Rosa sacudiu negativamente a cabeça.

— Nem eu. Costumava haver coisas nos jornais que insinuavam...

— Ah, sim. Sempre achei que era só a imprensa de direita inventando história.

Karla concordou.

— Acho que eu também. Eu me lembro de uma vez quando era pequena em que li alguma coisa no jornal dizendo que ele era "um notório paquerador". Perguntei a mamãe a respeito e ela disse que aquilo queria dizer que papai sempre tratava as damas como um perfeito cavalheiro. — Ela riu. — Acho que fui bem ingênua.

— Não foi não! — protestou Rosa. — Não é ingenuidade confiar no próprio pai, esperar que ele seja leal à sua mãe. Você não tem culpa de papai ter se mostrado uma fraude.

— Ele não era uma *fraude*...

— O quê? Você não ouviu o que ela disse sobre aquele apartamento? Papai *subornou* alguém para colocá-la lá dentro. Deu uma gorjeta a uma pessoa para a namorada passar na frente da fila e ele alugar um ninho de amor!

— Não temos certeza disso.

— Temos sim! Ela disse isso, Karla!

— Bem, não estou defendendo nada, mas... Não sei, talvez eles se amassem mesmo.

— Amor! — Rosa fez uma cara de nojo. — As pessoas usam essa palavra para carimbar qualquer coisa que tenham vontade de fazer. Amar não é ceder aos seus desejos porque "parece ser a coisa certa a se fazer" e sair magoando outras pessoas. Amor é compromisso, é se importar com a família, com a comunidade, é reconhecer algo maior e mais importante do que os próprios desejos.

Karla ficou olhando para um chapéu amarelo que estava subindo e descendo na água da chuva no fundo do buraco. Que sorte ser Rosa, pensou. Rosa jamais seria abatida pelos desejos. Nada que ela quis fazer na vida entrara em conflito com o que sabia ser correto. Mesmo quando era pequena, fora incorruptível. O espírito anárquico que ocasionalmente compelira Karla e suas amigas a jogar brinquedos no vaso sanitário ou a roubar biscoitos no armário da cozinha ou a escrever FODA em letrinhas mínimas com lápis de cor na parede da sala jamais possuíra Rosa. Não que ela não tivesse coragem para fazer travessuras. Simplesmente não via graça em ser má.

— Não entendo por que você está tentando negar isso — disse Rosa. — Ele era um *mentiroso*. Nos traiu, nos *roubou*. Toda vez que via aquela mulher, estava dando para ela a atenção e o tempo que era *nosso* de direito.

Karla refletiu um pouco. Por mais que tentasse, não conseguia pensar em si mesma como uma vítima do pecado do pai. Qualquer energia que ele tivesse gastado com Berenice não fora roubada do suprimento familiar. Considerando que Berenice fizera Joel feliz, era perfeitamente possível que Karla e a irmã — até mesmo a mãe — tivessem se beneficiado do caso deles. Pensou na enorme boa vontade que sentira em relação aos seus pacientes, em relação a estranhos no metrô — em relação até a Mike — durante as seis semanas em que ficara com Khaled. Nunca se sentira tão magnânima. Este era um dos desconcertantes paradoxos do seu adultério: o pecado a havia tornado uma pessoa melhor.

Rosa virou-se subitamente para ela.

— Desculpe, Karla. Não sei por que estou sendo tão dura com você. Logo você, que não precisa das minhas aulas sobre ser boa.

Karla ficou vermelha.

— Ora — murmurou. — Não sou tão boa assim.

A Sra. Mee estava à espreita quando Karla chegou em casa. O modo como abriu repentinamente a porta de casa no momento em que Karla estava saindo do elevador sugeria fortemente que andava espiando pelo olho mágico, aguardando a chegada de Karla. Queria discutir os últimos acontecimentos da guerra que travara com o patrão no salão de beleza. A carta que Karla escrevera em junho não conseguira fazer com que o velho sistema de gorjetas fosse retomado e as mulheres não tinham cumprido a ameaça de denunciar o patrão ao Ministério do Trabalho. Agora, o patrão estava propondo manter o salão aberto até as 22h.

— Disse a ele — contou a Sra. Mee — que tenho família, que isso não serve para mim. E ele me respondeu que se não estivesse satisfeita, que fosse procurar outro emprego.

Karla ergueu a mão, como se fosse uma estudante na sala de aula.

— Desculpe, Sra. Mee, estou muito interessada em saber de tudo isso, mas Mike está esperando para jantar. A senhora se importa de conversarmos amanhã?

A Sra. Mee sorriu com simpatia. Sabia como os homens eram quando se tratava de suas refeições.

— É claro, Karla. Conversamos sobre isso amanhã. — Antes de Karla entrar no apartamento dela, a Sra. Mee tornou a chamá-la. — Karla! Você quer vir jogar bingo comigo na sexta-feira à noite?

Karla pôs o dedo no peito.

— Eu?

— É! Você devia vir! Talvez você ganhe!

Karla sacudiu a cabeça.

— Obrigada, mas tenho compromisso na sexta.

— OK. — A Sra. Mee deu de ombros. — Talvez na semana que vem.

Mike estava sentado na cozinha, com os cotovelos na mesa, a cabeça nas mãos, lendo o jornal. Cortara o cabelo naquele dia e a cozinha cheirava levemente a colônia de barbeiro.

— Oi — cumprimentou-a, erguendo os olhos.

Karla largou as sacolas de compras no chão.

— Oi.

— Então você foi vê-la?

— Fui.

— Como foi?

Karla desviou os olhos, com repulsa da ânsia vampiresca na voz dele. A postura oficial de Mike quanto à infidelidade de Joel era de profunda tristeza e decepção, mas havia uma parte dele, ela sabia, que ficara exultante com aquela descoberta — que ainda estava exultante. O romance que cercava a família Litvinoff sofrera um golpe mortal e ele estava contente com isso.

— Foi tudo bem — respondeu.

— O que foi que ela disse?

— Não sei. Um monte de coisas.

— Como ela é?

Karla pensou um pouco.

— Muito... sofisticada.

Mike fez um barulhinho debochado com a boca.

— Não. — Karla corrigiu a si mesma. — O que quis dizer foi diferente. Do tipo artístico.

— Ela se desculpou?

— Não... não diretamente. Disse que estava com medo de que a coisa toda fosse endurecer nossos corações em relação a papai.

— Que besteira. E você conheceu o garoto?

— Não, ele não estava.

— E como era o apartamento?

Karla fez uma pausa. Não queria provocar mais deboches contando a Mike sobre a foto da vagina ou sobre a gorjeta.

— Era um apartamento comum — respondeu. — O que você vai querer jantar?

Mike voltou a ler o jornal.

— Vou tomar um shake.

Karla começou a desempacotar as compras.

— Encontrei a Sra. Mee no hall ainda agora e ela me convidou para ir ao bingo com ela na sexta-feira à noite. Pode acreditar nisso?

Mike levantou os olhos.

— Você não pode ir na sexta. Você tem de distribuir panfletos nessa noite.

— Eu sei, Mike. Não estava pensando em ir. Só estava espantada por ela ter me convidado, só isso...

Mike sacudiu a cabeça.

— É com isso que gente como ela desperdiça dinheiro. Bilhetes de loteria e bingo. — Molhou o indicador na língua e virou a página do jornal.

— Não, o que quis dizer foi por que ela achou que eu poderia querer ir com ela?

Mike sacudiu os ombros.

— Por que não? Vocês são amigas, não são?

— A Sra. Mee? E eu? Não, não somos. Somos apenas vizinhas.

— Bem, vocês estão sempre conversando, trocando segredinhos.

— Isso não é verdade! Nunca contei nada sobre minha vida para ela.

— Tanto faz. — Mike aproximou mais a cabeça do jornal.

— Não entendo como você pode pensar na Sra. Mee como minha amiga — disse Karla.

Mike não respondeu.

A porta do congelador não estava fechando direito. Karla pegou uma faca na gaveta e começou a furar o gelo que a estava prendendo.

— Não temos nada em comum — continuou. — Ela é quase da idade da minha mãe...

— Tudo bem, Karla, já entendi! Você não precisa fazer um drama por causa disso!

Karla se virou para olhar para ele. A pele da nuca estava vermelha onde o barbeiro tinha passado a lâmina e havia pedacinhos de cabelo presos na parte de dentro da gola da camisa. Dormira e acordara com este homem todos os dias nos últimos cinco anos. Agora continuaria a fazer isso pelos próximos... o quê? Trinta, quarenta anos? Mais cedo ou mais tarde, a adoção aconteceria e ela se tornaria uma mãe. Seus dias passariam com ela lavando roupas de bebê com sabão em pó especial, antialérgico, e distribuindo Sucrilhos. Continuaria trabalhando meio período no hospital e fazendo ioga nas quintas-feiras e um dia, sem dúvida, começaria a ir ao bingo com a Sra. Mee...

Voltou a atacar o gelo em volta da porta do congelador.

— Não faça isso — disse Mike, irritado. — Você vai molhar o chão todo. Forre primeiro com jornal.

Karla largou a faca sobre a bancada e saiu da cozinha, deixando a porta do congelador aberta.

No quarto, a mobília pareceu estar vigiando-a com olhos malignos, aguardando para ver o que faria em seguida. Ela se deitou na cama e ficou olhando para a mancha no teto provocada por um vazamento no andar de cima. Mike tinha razão, pensou. Ela e a Sra. Mee combinavam uma com a outra. Ambas eram covardes demais, dedicadas demais à própria infelicidade para agarrar a felicidade quando surgia na frente delas.

Após um tempo, ouviu Mike se movimentando na cozinha, abrindo e fechando armários. Uma onda de remorso invadiu-a. *Pobre Mike. Pobre Mike. Podia ter se casado com uma beldade. Podia ter se casado com alguém fértil. E no entanto me atura, minha obesidade, minha infertilidade, sem reclamar. Escolheu passar a vida comigo, não porque sou bonita ou sexy, mas porque acha que sou uma boa pessoa que compartilha seus valores e suas crenças. E como foi que eu, mulher tola e vazia, o recompensei? Indo para a cama com o primeiro homem que disse que meu corpo feio é atraente.*

Ela se levantou e voltou para a cozinha. Mike estava na pia, lavando o copo que tinha acabado de usar.

— Mike. Desculpe...

Ele sacudiu a cabeça.

— Não se preocupe com isso.

— Mike...

— Guardei as compras — disse, depressa. — Não queria que estragassem.

Vinte e Um

O rabino Reinman mostrou uma romã.

— Esther, você pode me dizer por que comemos esta fruta no Rosh Hashana?

Vinte pessoas estavam sentadas ao redor da mesa de jantar dos Reinmans, observando as sobras do banquete de Rosh Hashana. Elas pararam para ouvir a resposta de Esther.

— É porque ela tem uma coroa na cabeça?

O rabino sacudiu o dedo e se virou para a filha mais velha.

— Rebecca, e quanto a você? Você sabe?

Rebecca se mexeu sem jeito na cadeira.

— Não tenho certeza, papai... esqueci.

Rosa levantou a mão.

— Eu sei. É porque dizem que a romã tem tantas sementes quanto o número existente de *mitzvot.*

O rabino piscou os olhos, surpreso e divertido.

— Estou vendo que você fez seu dever de casa, Rosa! Já que você está tão sabida, tenho certeza de que sabe me dizer quantos *mitzvot* existem.

Rosa assentiu.

— Seiscentos e treze.

— Ah, Rosa, isso não foi delicado — disse a Sra. Reinman. — Você o privou do prazer de ensinar-lhe alguma coisa.

Todos na mesa riram. Rosa ruborizou de satisfação. Era difícil acreditar que esta era a mesma casa onde jantara quatro meses antes, sentindo-se tão infeliz. Quando olhava para trás agora, era com o mesmo prazer com que alguém que está deitado numa cama quente e seca se lembra da volta para casa no frio e na chuva.

— Alguma vez o senhor realmente contou as sementes, rabino?

O rabino sacudiu a cabeça, numa censura bem-humorada.

— Ora, essa é uma pergunta travessa, Rosa.

— Já, papai? — perguntou Esther.

— Não, Esther. Mas, sabe, há outras explicações para a importância da romã no Rosh Hashana. — Olhou astutamente para Rosa. — Seu avô costumava dizer que as sementes de uma romã representam todas as boas ações que existem dentro até do menos praticante dos judeus.

A Sra. Reinman e as outras mulheres começaram a tirar a mesa. Rosa se levantou para ajudar, mas o rabino fez sinal para que o acompanhasse até o deque no quintal da casa.

O dia estava frio e a casinha de boneca de Esther balançava ao vento no gramado ressecado do jardim. A Sra. Reinman correu atrás deles com um cachecol para o marido.

— Ela sempre acha que vou me resfriar — disse o rabino, com um sorriso, depois que a esposa voltou à casa. — Mas gosto de ar fresco. Esclarece minha cabeça. — Ele se acomodou na ponta de uma espreguiçadeira e fez sinal para Rosa se sentar numa cadeira. — Então. Você vai voltar para casa esta tarde?

Rosa suspirou, lamentando.

— Sim, sinto muito. É uma hora péssima, mas as meninas do meu programa vão apresentar um show especial e tenho de assistir. Espero que o senhor compreenda.

O rabino examinou-a pensativamente.

— Sei que não devia viajar hoje — continuou Rosa. — Mas não dá para evitar.

Ele limpou o pigarro.

— Diga-me, Rosa, onde você acha que está em termos de progresso religioso? Sei que você teve uma pequena crise há alguns meses que acha ter resolvido. Mas agora estou com a sensação de que você está outra vez num impasse. Estou certo?

— De modo algum! Quer dizer, minha família tem passado por muita coisa ultimamente...

O rabino concordou. Rosa havia lhe contado sobre o caso amoroso do pai.

— Então acho que fiquei muito envolvida com isso. Mas ir à sinagoga e conversar com o senhor têm sido uma grande ajuda para suportar tudo isso. Venho me sentindo muito segura em relação à parte religiosa da minha vida.

Ele concordou com a cabeça.

— Sim, posso ver que você se sente "segura". É reconfortante para você sentir uma conexão étnica, frequentar a sinagoga, comer um cozido na sexta-feira à noite. Compreendo. Mas estou falando de mais do que isso.

— Ah, sei...

— Judaísmo não é folclore, Rosa. É religião. Você não pode ser uma judia só porque acha que temos feriados divertidos e canções bonitas. Se é isso que você quer, uma dança, uma canção e um bagel com cream cheese, você deve entrar para a Reforma. Eles são muito bons nesse tipo de coisa.

Rosa ficou atônita e magoada com a severidade da voz dele. O rabino tinha falado muitas vezes sobre o desprezo que sentia pelo desleixo espiritual, pela superficialidade religiosa da Reforma Judaica. Empurrá-la naquela direção era um grande insulto.

— Mas não quero entrar para a Reforma.

Ele inclinou a cabeça de lado.

— Tem certeza?

— Sim, claro.

— Porque se você estiver falando sério, Rosa, se estiver buscando um relacionamento verdadeiro com o Criador, mais cedo ou mais tarde vai ter de assumir um compromisso. Vai ter de decidir se quer mesmo continuar fazendo parte do mundo secular, um mundo onde os homens se comportam do modo como seu pai se comportou, ou se está disposta a mudar.

Rosa deu uma risadinha de incredulidade.

— Não entendo. Tudo isso é porque vou voltar para a cidade esta noite?

— Não, não. Não se trata desta noite, trata-se do seu comportamento em geral, que venho observando ao longo dos últimos meses.

Era difícil não achar que estava sendo tratada injustamente. Durante semanas o rabino a tratara com paciência e simpatia — deixando-a acreditar que seu interesse já era uma virtude por si só. E agora, inesperadamente, se transformara no policial malvado. Chega de Senhor Simpatia. Estava na hora de sair de cima do muro.

— Rabino, perdoe-me, mas acho que o senhor não está sendo justo. Estou nisto há pouco tempo...

— Entendo. Não estou necessariamente querendo apressar o processo. Só quero ter certeza de que você está no caminho certo. Deus quer certas coisas de você e, neste momento, você está escolhendo não dar essas coisas a Ele. Acho que, intelectualmente, você percebe que *Yiddishkeit* funciona, que é coerente. Mas emocionalmente você ainda está resistindo. Sabe que se você se comprometer de verdade, vai ser obrigada a mudar completamente sua vida. E ninguém quer mudar. É difícil.

— Não. Não, é o contrário. Emocionalmente, entendo o sentido de ser um judeu ortodoxo. Intelectualmente é que tenho problemas com isso. O senhor disse que eu devia persistir e tentar conviver com meu desconforto. E é o que tenho feito.

Tenho tentado, de verdade. Li os livros que o senhor recomendou e tive várias discussões teológicas interessantes com o senhor, que apreciei imensamente, mas ainda não estou certa de que sou capaz de viver a vida como o senhor vive. Ainda não estou certa de poder acreditar como o senhor acredita.

O rabino sacudiu os ombros.

— A fé é difícil, Rosa. Os infiéis normalmente falam da fé como se ela fosse uma coisa fácil, uma fuga do difícil problema de enfrentar um universo sem sentido, mas ela não é fácil. A dúvida é que é fácil. A invisibilidade de *Hashem*, o medo que às vezes sentimos de Ele ser indiferente ao sofrimento terreno, as explicações que a ciência parece oferecer para quase todos os fenômenos que antes considerávamos misteriosos, essas coisas tornam a fé um enorme desafio. Especialmente para uma pessoa como você, que não tem nenhuma herança em que se apoiar. Sabe de uma coisa? Está escrito no Talmude: "No lugar onde estão os *ba'alei teshuva*, nem aqueles que sempre foram íntegros conseguem se manter". Esse é um reconhecimento do quanto é difícil a viagem que você resolveu fazer. Mas não vai avançar simplesmente ficando parada no acostamento.

— O que devo fazer? Não posso entrar antes de ter certeza absoluta.

— Talvez você nunca tenha certeza *a menos* que entre.

Rosa ficou chocada.

— O senhor não quer que eu cumpra os rituais sem estar realmente...

O rabino sorriu.

— Você se lembra do que os israelitas disseram no Sinai? "Nós iremos fazer e nós iremos ouvir." A escolha da sintaxe foi significativa, Rosa. Estavam expressando sua concordância em fazer a vontade de Deus antes mesmo de entendê-la. Esta é a lição crucial da revelação do Monte Sinai: Deus não precisa da nossa perfeita compreensão ou mesmo da nossa perfeita fé. O que Ele quer é nosso compromisso, nossas ações.

Estava chovendo quando Rosa partiu de volta para Nova York. A linha de ônibus de Monsey não estava funcionando por causa do feriado, então teve de pegar um táxi para Naunset, que ficava a 4,5km de distância, e então pegar um ônibus. Quando chegou a Nova York, não tinha dinheiro suficiente para pegar outro táxi de Port Authority, então caminhou dez quarteirões na chuva para chegar ao show do GirlPower, que estava acontecendo na rua 32. Membros das divisões do programa de outras partes da cidade estavam se apresentando naquela noite e, a fim de acomodar todas as famílias e os amigos que estavam sendo esperados, o diretor do programa alugara um auditório chinfrim no quinto andar de um prédio comercial. Quando Rosa chegou lá, as apresentações já tinham começado e uma menina estava no palco lendo um poema.

> Você quer dizer como devo ser
> Está sempre implicando e se metendo comigo
> Mas sou um ser humano e preciso ser livre.
> Só eu tenho a chave do meu coração.
> Então vá embora, imbecil, você não é meu dono.

Rosa ficou desanimada ao examinar a sala. Das setenta cadeiras que tinham sido colocadas, só estavam ocupadas umas vinte e cinco — pelo menos sete por membros do programa. Raphael estava na primeira fila, sorrindo loucamente para a garota no palco. Quando ela terminou, Rosa o viu tentando valentemente complementar as poucas palmas com assobios e batendo os pés.

Em seguida, um grupo de meninas cantou, sorridente, uma canção cuja letra dizia que devemos ser verdadeiros e seguir nossos sonhos.

Sou especial, especial, especial à minha maneira
Tenho tanto a dar e tanto a dizer
Se me esforçar, sei que vou vencer...

O triste cenário não podia ter sido mais bem calculado para pôr em dúvida os sentimentos alegres da canção. Naquele auditório feio, acanhado, as chances mínimas de que aquelas meninas nada especiais se tornassem vencedoras ficavam cruelmente expostas.

Chegou a hora de o grupo de Rosa executar seu número de dança. Ela observou satisfeita as meninas entrarem no palco usando camisetas e calças de moletom. (Depois de uma longa luta, finalmente conseguira vetar os tops decotados e as minissaias que Chianti queria que usassem.) Quando a música tocou e as meninas começaram a girar suas pelves, uma expressão de espanto tomou conta do rosto de Rosa. Essa não era a melodia açucarada que tinha sido combinada: era um rap. Um rap obsceno. E cada um dos movimentos mais provocativos que ela retirara pessoalmente da coreografia durante os ensaios fora reinserido. Olhou para Raphael, que estava de pé, batendo palmas no ritmo da música. Sentiu uma pontada de ódio, seguida de uma onda lenta de resignação e cansaço. Não importava. Nada daquilo importava. Fechou os olhos enquanto as meninas se inclinavam e sacudiam as nádegas para o auditório.

Me dá o seu traseiro, gracinha...

Pouco antes de o número terminar, saiu da sala. Já estava no meio da escada quando ouviu Raphael chamando por ela.

— Aonde você vai, Rosa?

— Para casa!

— Espere! — Ele a alcançou no térreo. — Você não pode ir ainda. Nem deu os parabéns às meninas! Elas vão ficar chateadas se você simplesmente desaparecer.

Rosa abriu a porta.

— Tenho certeza de que vão entender se não as cumprimentar por *aquela* apresentação.

— Ora — disse Raphael, saindo atrás dela na chuva. — Elas só mudaram algumas coisas. Não fique aborrecida com isso.

— Não estou aborrecida. Só não estou com disposição para dar um tapinha nas costas delas.

— Não se trata da sua *disposição*, Rosa. Elas realizaram algo que significa um bocado para elas e precisam saber que você ficou orgulhosa delas.

— Mas não fiquei. Não fiquei nada orgulhosa. Elas fizeram uma dança pornográfica malfeita. Isso é motivo de orgulho?

Raphael emitiu um gemido de irritação.

— Quer descer do seu pedestal por um segundo? Não importa realmente se você gostou ou não da performance delas. A ideia é dar a essas meninas um pouco de autoestima.

— Entendo. Mas elas não têm de fazer alguma coisa admirável primeiro?

As pessoas passavam por eles, sem entender por que estavam parados debaixo daquele aguaceiro. *Devem pensar que somos amantes*, Rosa pensou. *Só amantes seriam apaixonados o suficiente para discutir na chuva.* Sentiu um impulso repentino de pôr um fim às hostilidades, de dar um abraço em Raphael e rir da própria seriedade. Mas agora não tinha como mudar.

— Não entendo você — disse Raphael. — Não entendo mesmo. Você diz que quer ajudar essas meninas, mas a verdade é que você não parece gostar de nenhuma delas. Você diz como a vida delas vai ser ruim, fala sobre o "destino de classe" delas, mas não dá um pingo de folga para elas. Se não conseguirem bolsa de estudo na Bronx School of Science, você as considera perdidas. Você não fica cansada de ser tão crítica o tempo todo?

Ela deu uma risada triste.

— Sim, um pouco.

— Que bom que você acha que isso é engraçado.

Ela sacudiu a cabeça.

— Eu não acho. Só estava... — Fitou a rua molhada de chuva. — Olha, gostaria de ser como você, Raphael. Gostaria de ter convicção de estar fazendo algo útil com esse trabalho. Mas não tenho. Isso me deixa frustrada. *Deprimida.* — Suspirou de alívio por ter conseguido expressar finalmente aquele sentimento.

— Bem, se é assim, por que você não dá o fora? — gritou Raphael. — Essas meninas merecem mais do que isso. Há muita gente que adoraria ter o seu trabalho e que não ficaria o tempo todo desanimando as pessoas. Você está sempre criticando a vida de todo mundo, mas e a sua, o que tem de tão bom nela?

Ela concordou com a cabeça.

— Você tem razão. Tenho de ajudar a mim mesma antes de tentar ajudar os outros.

Ele deu meia volta, com um ar de desprezo.

— Estou falando sério, Ro. Dá o fora. Você não se encaixa aqui.

Ela o viu entrar no prédio, um sorriso estranho se formando nos lábios dela. *Aceite a verdade de quem quer que a ofereça.* O vento tinha aumentado e estava empurrando a chuva pela calçada em formatos estranhos, recortados. Seus dedos patinavam dentro dos sapatos molhados. Após alguns instantes, prendeu o cabelo molhado atrás das orelhas e começou a subir a rua escura e encharcada.

Vinte e Dois

Numa manhã de céu azul em outubro, Susan Sarandon estava num palco no East Meadow no Central Park, discursando para vinte mil manifestantes contra a guerra.

— Precisamos fazer o presidente dos Estados Unidos saber que não aceitamos sua argumentação falsa para esta guerra. Somos cidadãos inteligentes! Questionamos! Exigimos respostas! Não estamos dispostos a sacrificar nossos filhos e nossas filhas numa guerra por petróleo!

Um urro subiu da multidão. Bem atrás, perto da entrada do gramado, onde Audrey estava sentada com Hannah e Jean debaixo de uma árvore, a reação não passou de um aplauso educado, como num torneio de golfe.

Audrey examinou o recipiente térmico de Jean e perguntou, sacudindo um tubo de plástico:

— O que é isto, Jean?

— Salada de frutos do mar. Experimente, é deliciosa.

Audrey torceu o nariz.

— Você trouxe algum sanduíche?

Uma interferência horrível saiu dos alto-falantes gigantescos ao lado do palco e as três mulheres gemeram, apertando os ouvidos com as mãos.

— Não, querida — disse Jean, em seguida. — Mas tem uma baguete e um pouco de patê. Você pode preparar um sanduíche, se quiser.

Audrey sacudiu a cabeça.

— Não faz mal. Não estou mesmo com fome. — Olhou para Hannah, que estava cochilando na cadeira de rodas atrás do par de óculos escuros. A velha senhora estava bem charmosa naquela manhã, parecia uma Joan Crawford convalescente. — Você está bem, Nana? — perguntou Audrey, alto.

Hannah levantou a cabeça e apontou para o palco.

— Quem é a mulher que está falando?

— Susan Sarandon — respondeu Jean. — Ela é atriz. Uma ótima atriz.

Hannah concordou com a cabeça.

— Ela é uma mulher atraente, não acha?

— Bem, todo mundo parece bonito desta distância — resmungou Audrey. — De perto ela deve ser bem mais insignificante.

— Ah, veja — exclamou Jean, apontando para um homem andando sobre pernas de pau, vestido de Tio Sam. — Ele não está esplêndido?

Audrey olhou irritada para ela. Jean estava vestindo o que chamava animadamente de seu "traje demonstração" — uma túnica larga de pintor, legging preta e um gorro de lã ridículo que alguém trouxera recentemente da Jamaica para ela. Era realmente demais. Audrey ainda teria uma conversa séria com ela sobre aquilo.

— Nunca entendi como as pessoas fazem isso — comentou Hannah, observando o homem de pernas de pau. — Deve ser horrível para as pernas.

— Mas parece bem divertido — disse Jean. — Adoraria experimentar.

— Ah, Jean, você é tão jovem de espírito, não é? — perguntou Audrey, debochando.

Jean sorriu distraidamente e se virou para Hannah.

— Foi uma ótima manifestação, não foi?

A velha senhora concordou.

— Foi sim, maravilhosa!

— Para com isso! — exclamou Audrey. — Isto é *patético*. É preciso ter pelo menos cem mil pessoas num evento como este para que saia na mídia. Este comiciozinho não vai merecer nem duas linhas no jornal de amanhã.

Jean continuou sorrindo.

— E tivemos muita sorte com o tempo.

— Provavelmente não vai nem *sair* no jornal — acrescentou Audrey, sombriamente.

Fez-se um silêncio.

— Bem! — Jean se levantou. — Vou caminhar um pouco por aí para tirar umas fotos, se vocês não se importarem.

— Fique à vontade! — disse Audrey, conseguindo brilhantemente demonstrar que estava ofendida e ofender ao mesmo tempo.

A algumas centenas de metros de onde as mulheres estavam fazendo seu piquenique, Rosa e sete meninas do GirlPower encontravam-se sentadas na grama, assistindo a um grupo de mulheres que manifestavam usando fraldas e máscaras de caveira feitas de papel machê, se fingindo de mortas.

— O que elas estão *fazendo*, cara?

— Elas são doidas.

— Por que estão usando essas máscaras horrorosas?

— Estão protestando, suas burras.

— Estão usando fraldas. Pra quê?

— Talvez tenham se borrado.

— Meu Deus! Elas se borraram! Elas se borraram!

— Parem com isso! — disse Rosa, zangada. — Parem imediatamente! Vocês estão sendo extremamente mal-educadas.

Era a última vez que Rosa iria acompanhar as meninas num passeio daqueles. Seu aviso prévio de duas semanas no GirlPower só terminava na terça-feira seguinte, mas aquele evento era, de fato, sua festa de despedida e estava sendo — como era de esperar, ela pensou — extremamente estressante. Raphael, que ainda mal falava com ela, desistira de ir no último minuto, com a desculpa esfarrapada de que estava com dor de garganta — e as meninas, que nunca haviam participado de um comício político antes, estavam agitadas e barulhentas. Ela já fora obrigada a chamar a atenção delas três vezes por terem começado a improvisar canções contra a guerra enquanto alguém discursava no palco.

Uma das meninas bateu no ombro dela.

— Ro — disse. — Não fique zangada. Só quero saber por que elas estão fazendo isso.

— Bem, o que você acha, Malisha? O que dizem os cartazes? "Não queremos trocar bebês mortos por petróleo." O que você acha que isso significa?

Malisha olhou de soslaio para ela.

— Não sei.

— Eles estão dizendo que o verdadeiro motivo para o nosso governo querer invadir o Iraque é para se apoderar das reservas de petróleo... — Rosa parou. — Você sabe o que são reservas de petróleo?

Malisha não estava mais prestando atenção. Ela e as outras meninas apontavam para uma senhora branca que passava, usando um gorro rastafári.

— Meu Deus! Ela está usando uma boina! Ela pensa que é rastafári!

— Ei, moça rastafári! Você gosta de Bob Marley?

Rosa tentou baixar a cabeça, mas era tarde demais. Jean já a tinha visto.

— Oi, Rosa! — gritou ela. — Olá, Rosa! Aqui!

A revelação de que Rosa *conhecia* aquela criatura bizarra provocou tantas gargalhadas que, quando Jean se aproximou, algumas garotas chegaram a cair no chão de tanto rir.

— Rosa, *querida* — disse Jean, beijando-a no rosto. — Que prazer encontrá-la!

— Oi, Jean — respondeu Rosa. — Meninas, esta é a Jean. Jean, estas são Malisha, Chantelle, Danielle, Chianti...

Jean sorriu com aquela boa vontade especial que os brancos liberais de meia-idade reservam para jovens de cor.

— Olá! É bom ver gente jovem como vocês neste tipo de evento. Contamos com vocês para nos tirar da confusão em que estamos metidos!

As meninas ficaram olhando para ela.

— Sua mãe está ali adiante com Hannah — Jean avisou a Rosa. — Vá até lá dar um alô.

— Bem... não posso deixar as meninas sozinhas.

— Não seja boba, Rosa, eu quis dizer vocês todas.

— É! — gritou Chianti. — Vamos ver a mãe de Rosa.

— Não, Jean — disse Rosa. — Não acho que seja uma boa ideia. Mamãe e eu não estamos muito bem no momento.

Jean segurou o braço de Rosa.

— Rosa, querida, não seja teimosa. Venha comigo. — Sua mão frágil tinha uma força surpreendente.

As meninas estavam dançando de animação.

— A mãe da Rosa, a mãe da Rosa.

Rosa suspirou.

— Está bem. Então vamos.

Hannah estava dormindo e Audrey lendo um exemplar de *Mother Jones* quando elas se aproximaram.

— Veja quem eu trouxe comigo! — exclamou Jean.

Audrey olhou para elas por cima dos óculos.

— Ah, olá.

— Essa é minha mãe — apresentou Rosa às meninas, apontando sem jeito para Audrey. — E esta — ela se inclinou e beijou a cabeça caída de Hannah — é minha avó.

As meninas se encostaram umas nas outras, subitamente tímidas.

— Bem — disse Jean. — Quem quer tomar uma Coca?

— Podemos, Ro?

— Se quiserem...

— Ótimo! — disse Jean. — Por que você não fica aqui e descansa um pouco, Rosa? Tenho certeza de que posso dar conta sozinha dessas damas.

Deixadas a sós, Audrey e Rosa ficaram um tempo caladas. Audrey voltou a ler a revista. Rosa dirigiu a atenção para o palco e para o velho pastor negro que berrava ao microfone.

— O presidente, em sua sabedoria, diz: "Vocês estão conosco ou estão contra nós." Ora, vocês por favor me perdoem porque talvez eu não seja muito inteligente, mas sou obrigado a perguntar: quem é esse "nós" a que ele se refere? E como é que um homem que *perdeu* a eleição, que chegou ao poder *mentindo*, tem a *audácia* de falar tão confiantemente sobre "nós"?

A multidão aplaudiu e por todo o gramado cartazes amarelos de NÃO TROCAMOS SANGUE POR ÓLEO subiam e desciam. Audrey comentou, azeda:

— Este é um evento muito pouco inspirador, na minha opinião.

Rosa sorriu. Apesar da pretensa dedicação aos princípios coletivistas, Audrey jamais gostara muito de ações coletivas. Suas opiniões políticas funcionavam para ela do mesmo jeito que uma secreta predileção por música alternativa um dia funcionara para os amigos do 8º ano de Rosa: era uma marca especial; atendia à necessidade de ser membro de uma glamourosamente combatida minoria. Audrey sempre defendia suas causas, mas não queria realmente conquistar *adeptos*, do mesmo modo que os coleguinhas de Rosa não tinham desejado que suas amadas bandas independentes se tornassem um estrondoso sucesso.

— Estou surpresa por você ter trazido suas meninas para um evento desses — disse Audrey.

— Por quê? — Rosa respondeu na mesma hora. — Agora que sou uma maníaca religiosa não deveria mais me interessar por questões mundanas?

Audrey sacudiu os ombros.

— Algo assim.

— Na verdade, esta é a última vez que saio com elas.

— Como assim?

— Eu me demiti.

— Ah, é? — comentou Audrey, tentando parecer indiferente. — E o que é que você vai fazer agora?

— Você não vai gostar.

— Conseguiu um emprego no Morgan Stanley.

— Acho que vou para uma *yeshiva* em Jerusalém.

Audrey contemplou o parque em silêncio. Quando finalmente falou, soou surpreendentemente calma.

— Por que judaísmo? É isso que quero saber. Por que você teve de escolher uma religião tão reacionária? Você poderia ter escolhido ser budista ou, não sei, hindu...

— O que você está chamando de reacionário? Preocupar-se com os pobres e os doentes? Honrar as promessas do matrimônio? Tentar viver com honestidade e decência?

Audrey olhou para ela.

— Ah, pode continuar, Rosa. Se o que você queria era viver com honestidade e decência, podia ter continuado a ser uma socialista...

— É mesmo? Aonde o socialismo me levou? Aonde os valores socialistas de papai o levaram no fim?

— Seu pai fez mais para tornar o mundo um lugar melhor do que você jamais será capaz de fazer.

— Inclusive mentir para a esposa e para a família nos últimos seis anos?

Audrey riu.

— O que você acha? Que ele transou com aquela mulher por causa de suas convicções políticas?

— Bem, suas convicções não o impediram, não é?

Audrey largou a revista.

— Ah, não seja infantil, Rosa! Não existe sistema no mundo que possa manter o pinto de um homem dentro das calças. Você acha que os judeus não traem as mulheres? Quando você descobrir que um dos seus rabinos está de caso com alguém você vai se sentir "traída" por Deus também?

Rosa fez uma careta de nojo.

— Você tem de falar assim, mamãe?

— Me diga uma coisa. A religião judaica impede os soldados judeus de matar crianças palestinas?

Rosa ficou calada.

— O quê? Você vai me dizer que os soldados judeus *não* matam crianças palestinas?

— Eu tinha um problema com Israel — disse Rosa. — Mas tenho lido muito sobre o assunto e conversado com pessoas muito informadas e agora entendo que grande parte da argumentação antissionista está baseada no antissemitismo.

Audrey olhou espantada para ela.

— Você agora é pró-Israel?

— Acho que Israel tem o direito de existir. Acho que ele tem direito de se defender dos inimigos. Se isso é sionismo...

— Não sei mais o que dizer a você, Rosa. Não sei mesmo.

Audrey enterrou o rosto nas mãos. Passaram-se vários segundos. Finalmente, levantou a cabeça.

— Você vai até o fim com essa coisa? Quer dizer, vai seguir todas as regras?

— Sim. Bem, vou tentar. Sei que um monte de regras parecem ridículas, mamãe; especialmente quando são vistas fora de contexto. Nem sempre são fáceis de aceitar para *mim*. Resisto a muitas delas, mas...

— Bem — Audrey a interrompeu —, então talvez não seja o certo para você. Só porque é certo para eles, você sabe, esses amigos que você arranjou, não significa que seja certo para você.

— Mas, mamãe, se for a verdade, tem de ser certo para mim, não tem? Se você achasse que tinha descoberto a verdade sobre alguma coisa, você se afastaria dela só porque não era a verdade que queria ou esperava encontrar?

Audrey sacudiu os ombros.

— Não posso responder. A verdade nunca se revelaria para mim desse jeito. — Ela apontou para a multidão. — Olha, lá vêm elas.

Jean e as meninas voltavam vagarosamente. Cada menina estava carregando uma lata de Coca e uma camiseta com o slogan "Agitado Agitador Agitando".

Rosa se virou impacientemente para Audrey.

— Mas e se ela se revelasse, mamãe? E se a verdade se revelasse para você desse jeito?

Audrey continuou observando Jean se aproximar.

— Que mulher boba — resmungou. — Comprou camisetas para todas elas!

— Mamãe! — Rosa estava se contorcendo de impaciência. Às vezes, quando era pequena, ficava tão desesperada para atrair a atenção da mãe que puxava o rosto de Audrey, obrigando-a a olhar para ela. — Mamãe! Você está ouvindo o que estou dizendo?

Audrey se virou para ela.

— Você quer saber o que aconteceria se a verdade se revelasse para mim e não fosse a verdade que eu queria encontrar?

— Sim.

Audrey sorriu.

— Eu a rejeitaria.

Vinte e Três

Quando Karla acordou, às 6h, Mike já tinha se levantado e estava andando de cuecas pelo quarto. Era o dia das eleições para prefeito e governador; dentro de uma hora, os dois estariam saindo em direção a uma das centrais telefônicas do sindicato para ajudar a aumentar o número de votantes. Mike estava tenso, dava para perceber — passando com força a escova do tempo do exército no cabelo, escrevendo alguma coisa no Palm Pilot, abrindo e tornando a abrir a porta do armário para ver se separara o par certo de calças na noite anterior. Ela ficou deitada de olhos fechados, ouvindo-o vagar pelo quarto como um inseto. Finalmente, ouviu a porta do quarto ser fechada e, do outro lado do corredor, um leve rangido da torneira, acompanhado pelo ruído de água caindo sem a pressão adequada. Saiu da cama e foi até a janela. Abrindo a cortina, suspirou. O céu sobre a cidade de tom sépia era de um azul frio, sem nuvens. O desastre meteorológico que vinha fantasiando — a nevasca ou o tufão que a impediria de ajudar o governador na muito prevista vitória — não estava à vista. Suspirou e já ia voltar para a cama quando o telefone tocou.

— Sou eu — disse a mãe. — Estou no hospital. Querem que você, sua irmã e seu irmão venham para cá. Parece que acham que seu pai está morrendo.

Joel estava com pneumonia havia três dias. Os antibióticos inicialmente receitados não conseguiram debelar a infecção e outros exames haviam constatado que ele estava com uma "superbactéria" resistente a remédios. Grandes doses de um superantibiótico caríssimo estavam sendo administradas, mas a infecção não diminuíra e o médico de plantão na UTI naquela manhã acabara de informar a Audrey que não esperava que Joel durasse até a noite.

Mike ainda estava no chuveiro quando Karla entrou no banheiro.

— Era mamãe — disse. — Os médicos acham que papai está no fim. Pediram que fôssemos para lá.

— Que merda. — Mike enfiou a cabeça para fora da cortina. — Eles têm certeza?

— Não sei. Só estou repetindo o que mamãe disse.

— O que vamos fazer?

Karla sentiu uma pontada súbita de vergonha, como se tivesse feito o pai fingir essa crise em benefício dela.

— Tenho de ir, Mike. Não posso deixar de ir.

— Não, é claro que não.

Ela pôde ver que ele estava totalmente dividido. Trabalhara meses para as eleições. Não queria perder o ápice da campanha. Ela sorriu compreensivamente.

— Você não tem de ir neste minuto. Ninguém vai se importar se você for mais tarde, depois que terminar a votação.

— É... mas e se eu chegar tarde demais?

Karla ficou arrepiada. Havia algo de repulsivo no fato de Mike querer estar presente nos estertores do famoso sogro. Falava como se estivesse abrindo mão de ótimas cadeiras num jogo dos Knicks.

— Não se preocupe — disse ela, com firmeza. — Não tem importância. Você deve ir para o sindicato.

— Tem certeza?

— Tenho.

Rosa já estava no hospital quando Karla chegou. Audrey falara com Lenny na Pensilvânia e ele chegaria de trem naquela tarde. A manhã toda, as três mulheres se revezaram na cabeceira de Joel na UTI, usando as máscaras obrigatórias e os aventais de plástico fornecidos pelo hospital. Era sabido entre as enfermeiras com as quais Karla trabalhava que doenças longas eram úteis para preparar as pessoas para o choque da morte dos entes queridos. Dizia-se que uma morte lenta era preferível a uma morte súbita porque dava tempo aos parentes para se "reconciliarem com a perda" e porque, quando o paciente finalmente partia, uma parte importante do processo de luto já fora vivida. Karla, que colaborara animadamente para a propagação dessa verdade por muitos anos, ficou um tanto aborrecida ao descobrir que aquilo tudo era uma bobagem. Ficou perfeitamente claro para ela que os últimos oito meses tinham contribuído muito pouco, ou nada, para preparar a família para aquele momento. Pelo contrário, pensou, a duração da doença de Joel havia encorajado neles um tipo bizarro de despreocupação. Joel sobrevivera por tanto tempo e voltara das portas da morte tantas vezes que tinham passado a ver a morte como um adversário bastante incompetente — uma vilã de pantomima, apresentada de vez em quando pelos médicos para dar um susto neles, mas sempre derrotada.

As horas passaram lentamente, mas o dia andou depressa. Lenny chegou da estação pouco antes das 15h, chorando copiosamente e precisando de dinheiro para pagar o táxi. Logo depois, Hannah foi trazida do Brooklyn pela acompanhante. Audrey tentara impedi-la de vir, insistindo que ela era frágil demais para ser exposta à infecção de Joel, mas Hannah se recusara a obedecer. Lenny estava sentado com Joel quando ela chegou. Ela o expulsou de lá sem cerimônia e passou a hora seguinte sozinha no quarto. Finalmente, Audrey mandou Karla entrar para ver se ela adormecera lá dentro.

Quando Karla entrou, encontrou a avó sentada, sem máscara nem avental, cantando para Joel uma velha canção iídiche de ninar, *Rozhinkes mit Mandlen.*

Unter yidele's vigele
Shteyt a klor vayse tzigele
Dos tzigele is geforn handlen
Doz vet zayn dayn baruf
Rozhinkes mit mandlen
Shlof zhe yidele, shlof

— Nana? — sussurrou Karla.

Hannah se virou.

— Queria beijá-lo antes de sair — disse. — Você pode me ajudar?

— Não sei se é uma boa ideia, Nana. Você devia estar usando a máscara. Você não quer pegar...

Hannah fechou os olhos.

— Tenho 93 anos, Karla. Não importa o que pegue ou deixe de pegar. Apenas faça o favor de me ajudar a me levantar.

Karla hesitou um segundo. Depois se aproximou e ajudou Hannah a se erguer da cadeira de rodas. A velha senhora debruçou-se sobre a grade da cama e beijou a testa do filho.

— Adeus, meu doce menino.

Olhou para Karla e fez sinal de que queria voltar para a cadeira.

— OK. Você pode me levar para casa agora.

— Tem certeza, Nana? Esta pode ser a última...

— Eu sei — disse Hannah. — Já terminei o que vim fazer aqui.

Depois de levar Hannah e a acompanhante até a rua e as colocar num táxi de volta para o Brooklyn, Karla voltou para a

UTI. Rosa estava parada no corredor, falando com um homem de terno escuro.

— Este é o rabino Weiss — disse Rosa. Os olhos dela estavam brilhando. — Ele vai dar a papai uma *berocha.*

Karla olhou desconfiada para o homem. Um crachá pendurado no pescoço o identificava como Encarregado de Serviços Rabínicos no Centro Médico da Universidade de Nova York.

— O que quer dizer isso, uma "berocha"?

— Uma bênção. Ele vai dizer uma bênção para papai.

Karla sacudiu a cabeça.

— Não, Rosa, não faça isso. O que mamãe vai dizer?

— Só vai levar um minuto. É uma bênção muito bonita, Karla. Mamãe nem vai ficar sabendo. Ela está na cafeteria com Jean e Mike.

— Rosa, isso é loucura.

O rabino levantou a mão.

— Se isso for causar problemas familiares...

— Não, não — disse Rosa, depressa. — Não vai não. — Entregou uma máscara a ele.

— Não entendo. Que sentido tem isso? — perguntou Karla, subitamente furiosa. — Papai nunca foi religioso. E está em coma. Nem vai saber o que está acontecendo.

— Deus vai ouvir a bênção, mesmo que seu pai não possa ouvir — disse o rabino.

Rosa segurou a mão de Karla.

— Por favor, Karla, não fique aborrecida. Isto significa muito para mim.

— Mas não se trata de você, trata-se de *papai.*

Rosa largou a mão dela.

— Sinto muito por você não concordar, mas vou fazer isso assim mesmo, OK?

Na cafeteria, Audrey e Jean estavam examinando a edição daquele dia do *New York Post*. Mike estava no balcão comprando chá para Audrey.

— Sua mãe teve um choque — explicou Jean quando Karla se sentou. — Tem essa coisa no jornal... — Apontou para um pequeno texto no fim da página 6. Karla leu por cima do ombro de Audrey. O título era "Muitos vermelhos na cama"?

> Quem é o advogado de esquerda adoentado que enfrenta problemas para manter a paz entre a esposa e a amante? Parece que as duas damas se encontraram recentemente quando foram visitar o Casanova no hospital e ficaram tão iradas que começaram a trocar socos. (Algumas coisas nem mesmo os socialistas gostam de dividir.) A moça bonita que apanhou parece que ficou tão irritada com o ataque que está pensando em dar queixa.

— Ó Deus, mamãe. Não entendo. Como podem saber disso? — perguntou Karla.

Audrey apertou a testa.

— O que você acha? Aquela maldita Berenice plantou isso.

— Não podemos ter certeza — disse Jean. — Pode ter sido uma enfermeira, ou...

Audrey deu um soco na mesa.

— É claro que foi ela! Onde mais poderiam ter conseguido essa história de dar queixa? E que porra de enfermeira iria descrever Berenice como sendo uma "moça bonita"?

Jean pensou um pouco.

— Não, ela não pode ter feito isso, Audrey. É uma coisa tão feia, tão baixa...

Audrey olhou para o teto com cara de sofrimento.

— Ah, sei, Berenice é tão encantadora e elegante, não é?

Mike chegou com uma xícara de chá.

— Você já soube? — perguntou avidamente para Karla, que assentiu.

— Mas por que ela teria todo esse trabalho para conseguir umas poucas linhas numa coluna de fofocas? — perguntou Jean. — As pessoas que conhecemos não leem essas coisas...

— Você está brincando? — gritou Audrey. — *Todo mundo* lê essas coisas! E, pode acreditar, isso ainda não acabou. Ela está apenas se aquecendo. Deve estar vendendo essa história para algum jornal agora mesmo.

Mike deu um tapinha no ombro de Karla.

— Fui eu que achei — murmurou.

— Como?

— Fui eu que achei, você sabe, a notícia.

Ela olhou espantada para ele.

— O que... e você *mostrou* para ela?

— É claro. Ela tinha de saber.

Karla olhou para o rosto magro e cansado da mãe. Durante anos, carregara dentro dela uma pequena semente de desprezo pelo marido. Agora, de repente, aquela semente estava florescendo. Conseguia vê-la com os olhos da imaginação: o desenrolar das pétalas vermelhas como uma flor numa fotografia em time-lapse.

— Você não devia ter feito isso, Mike — disse, baixinho.

Ele deu um riso nervoso.

— Não seja tola, Karl. Fiz isso por ela. Se tem uma coisa escrita sobre ela no jornal, sua mãe tem o direito de ver.

— Não — discordou Karla, sacudindo a cabeça. — Foi uma coisa cruel o que você fez. — Olhou para Jean e Audrey, que tinham ficado caladas. — Não vamos discutir isso agora.

— Ela ia descobrir alguma hora — murmurou Mike.

Karla se levantou.

— Vou voltar lá para cima, mamãe.

Mike foi atrás dela até o elevador.

— O que deu em você? Só estava tentando...

Karla sacudiu a cabeça.

— Agora não, Mike. Não é a hora.

— Bem, desculpe. Não ponha a culpa no mensageiro. — A porta do elevador abriu e eles entraram. — Ei! — ele disse, quando o elevador começou a subir. — Você viu os últimos resultados das eleições?

Karla contemplou fixamente os números dos andares no painel.

— Não, Mike, não vi os últimos resultados das eleições. Estive aqui o dia todo.

— É, eu sei, mas achei que talvez você tivesse visto uma TV... — Fez uma pausa. — Bem, parece que vai ser uma vitória esmagadora.

O elevador parou no térreo. Karla se colocou de um dos lados.

— Mike, acho que você devia ir para casa.

— Como assim?

Karla pôs o pé na porta do elevador para evitar que ela fechasse.

— Acho que você devia ir embora.

— O que está havendo, Karla? Isso é por causa daquela notícia no *Post?*

— Não, não sei. Apenas não quero você aqui neste momento.

A porta do elevador ficava abrindo e fechando, batendo no pé de Karla.

— Você está maluca, Karla. Ainda não vi seu pai.

— *Por favor,* Mike.

— Tenho o direito de vê-lo. Ele é meu sogro.

Karla o segurou pelo suéter e começou a empurrá-lo para a porta.

— Vá embora!

Um casal de meia-idade e a filha adolescente entraram no elevador. A filha olhou espantada para Karla e Mike, percebendo o cheiro de fúria no ar e louca para ver uma briga entre adultos.

— Está bem! — disse Mike baixinho. — Eu vou. — Com uma dignidade exagerada, endireitou o suéter. — Espero que você saiba o que está fazendo — acrescentou, ao sair. — Não vou me esquecer disso tão cedo.

A família passou aquela noite no hospital. Karla, Rosa e Lenny ficaram na recepção. Audrey ficou numa cama de armar no quarto de Joel, acordada por várias horas, ouvindo o chiado do respirador, tentando imaginar os acontecimentos dos próximos dias. De vez em quando, ao longo dos anos, imaginara como seria o funeral de Joel. Sempre, nessas fantasias culpadas, o evento — uma coisa extremamente solene, realizada em algum lugar exorbitante como Alice Trully Hall ou a velha sede do PC na rua 26 — funcionara como uma formidável confirmação da sua carreira matrimonial, a apoteose da vida de esposa de um grande homem. Imaginara a si mesma usando vermelho, deixando os participantes boquiabertos com calma dignidade e a força com que suportava a enormidade da perda. Mas agora era impossível imaginar a ocasião como sendo outra coisa que não uma humilhação, uma piada contra ela, provocada pela existência de Berenice.

Finalmente adormeceu. Mas só por pouco tempo. Mais ou menos às 2h, acordou em pânico, convencida de que Joel havia morrido. Ela se levantou e encostou o ouvido no peito dele. Não — o coração dele ainda estava batendo. Aquele coração! Tudo o mais tinha parado de funcionar, mas o coração continuava batendo, o último convidado da festa, relutante em aceitar que a diversão terminara. Contemplou o rosto devastado do marido. Recentemente, a cor dele mudara de um branco-vela, razoavelmente bonito, para um cinzento amarelado de madeira desbotada. Estava tão magro que ela podia acompanhar todas as linhas do crânio sob a pele.

Ela se levantou e saiu do quarto. Na sala de espera, Lenny e Rosa estavam deitados no sofá, dormindo profundamente. Karla estava sentada numa poltrona no canto, com um saco de tortillas na mão.

— Fazendo uma ceia? — perguntou Audrey.

Karla estremeceu.

— Meu Deus, mamãe, você me deu um susto.

— Qual o sabor desses salgadinhos?

Karla se levantou.

— Ssh. Espere. Vou sair. — Saiu para o corredor, piscando por causa da luz. — São tostitos.

— Ah, ótimo. Então me dê um. — Audrey tirou o saco da mão de Karla e se sentou no chão, encostada na parede do corredor. — O que foi? — perguntou, ao ver a expressão chocada de Karla. — Posso me permitir uma guloseima de vez em quando.

Karla sentou-se ao lado dela. Ambas tiraram um punhado de salgadinhos do pacote.

— Então, Mike vai voltar amanhã? — perguntou Audrey.

Karla sacudiu os ombros.

— Acho que sim.

— Vocês estão com algum problema? Achei vocês muito secos um com o outro.

— Não. Está tudo bem.

Audrey comeu mais salgadinhos.

— Estão deliciosos.

Karla sorriu.

— Oitenta calorias por porção, infelizmente.

— Ah, não é tanto assim... Quanto é uma porção?

— Dez biscoitos.

Audrey arregalou os olhos.

— Que droga, tire isso de perto de mim.

Karla riu.

— Bem, voltando a você e Mike.

— Estamos bem, mamãe.

— Então está bem. — Audrey balançou a cabeça. — Porque...

— Com licença — disse uma voz. — Não é permitido sentar aqui.

Viram uma enfermeira vindo pelo corredor na direção delas.

— Tudo bem — falou Audrey. — Já vou me levantar.

— Preciso que vocês saiam agora, se não se importa — insistiu a enfermeira.

Karla começou a se levantar, mas Audrey pôs a mão na perna dela, para impedi-la.

— Mas acontece que me importo. Estou no meio de uma conversa com minha filha.

A enfermeira estremeceu, ofendida.

— Sinto muito, senhora, mas é um risco para a segurança ter pessoas sentadas no corredor.

Audrey virou a cabeça de lado.

— Disse que já ia me levantar daqui. Agora cai fora, OK?

Duas manchas vermelhas surgiram nas têmporas da enfermeira. Ela olhou furiosa para Audrey e depois se afastou rapidamente pelo corredor.

— Que vaca — murmurou Audrey. — O que ela vai fazer, chamar a polícia?

— Talvez fosse melhor sair daqui, mamãe — insistiu Karla.

— Não, eu ia dizer alguma coisa.

— O quê?

— Eu ia dizer que se as coisas não estivessem bem entre você e Mike, não gostaria que achasse que tinha de continuar com ele.

— O *quê*?

— Quer dizer, se você estiver mesmo infeliz.

— Não entendo, mamãe.

Audrey fez um ruído de impaciência.

— Entende sim.

Houve um longo silêncio.

— Mas *você* ficou — disse Karla, finalmente. — Você aguentou...

— Isso foi completamente diferente — afirmou Audrey, depressa. — Eu era feliz.

Levantaram os olhos ao ouvir passos no corredor. A enfermeira estava voltando.

— Está bem, está bem — disse Audrey. — Já estamos saindo.

— A senhora é a Sra. Litvinoff? — perguntou a enfermeira.

— Sim, por quê? Vai dar parte de mim?

— Sinto muito, Sra. Litvinoff. — A enfermeira juntou as mãos, contrita. — Seu marido acabou de falecer.

Audrey foi direto para o quarto de Joel. Karla ficou para trás para acordar Lenny e Rosa. Quando os três filhos chegaram alguns minutos depois, encontraram Audrey deitada na cama, embalando Joel nos braços. Ninguém disse nada. Era inconcebível que Audrey fosse aceitar os esforços deles para consolá-la e não havia lugar ali para a dor deles. Ficaram parados alguns momentos, vendo a mãe chorar, e depois saíram em silêncio.

Vinte e Quatro

— Não estou sendo engraçada nem nada disso — disse a irmã de Audrey, Julie, pela terceira vez naquela manhã. — Mas acho muito estranho o modo como ela organizou as coisas.

Julie e Colin estavam sentados no banco de trás de um táxi a caminho do serviço fúnebre de Joel. Jean, que recebera a incumbência de acompanhá-los naquele dia, estava sentada na frente.

— Suponho que você saiba, Jean — continuou Julie — que Col e eu nem fomos convidados para o enterro.

— Você já mencionou isso.

— Tivemos um trabalhão para chegar aqui o mais cedo possível e então descobrimos que ela já o enterrara. Isso não está certo, está?

— Bem — disse Jean. — Esta cerimônia de hoje é que é a despedida oficial.

— Sim, mas não é o enterro, é? — Julie insistiu. — A família devia ir ao enterro. E por que ela está fazendo essa cerimônia numa catedral? Não me leve a mal, não tenho nada contra igrejas, Colin é cristão e tudo, mas Audrey, com todos os seus princípios e valores...

Jean olhou pelo espelho retrovisor e sorriu alegremente.

— Acho que foi um dos poucos lugares que ela achou que era suficientemente grande. Estão esperando muita gente. E, você sabe, as pessoas desse lugar, os padres, são totalmente de esquerda. Fazem um grande trabalho com os sem teto e os pobres e assim por diante, então acho que Audrey imaginou que não seria um lugar inteiramente inapropriado.

— Entendo — disse Julie, franzindo os lábios.

Viram as barreiras policiais assim que o táxi virou a esquina da Amsterdam Avenue. Parecia haver pelo menos mil pessoas formando fila no quarteirão: cantores de rap, atores, políticos, prostitutas, mulás, ativistas comunitários, professores universitários, deputados, sem teto, até um ou dois mafiosos de cabelos grisalhos. (Joel uma vez causara um grande escândalo na comunidade esquerdista ao defender um Dom de Nova York acusado de chantagem.)

— Eles não estão todos aqui por causa de Joel, estão? — perguntou Julie, espiando pela janela.

— Estão sim — disse Jean, satisfeita ao perceber a surpresa na voz de Julie. Recebeu o troco da mão do motorista e abriu a porta. — Vamos, então.

Julie hesitou.

— É muito... heterogêneo, não é? — murmurou.

Dentro da catedral, mais três mil pessoas já estavam sentadas. Os bancos da frente estavam cheios e Julie ficou horrorizada ao ver que os melhores lugares vagos estavam vinte filas para trás. Enquanto se indignava com aquele insulto, Jean, à procura de Berenice, examinou a multidão. Audrey não demonstrara preocupação com a possibilidade de Berenice comparecer, mas Jean imaginara o horror que seria se as duas dessem de cara uma com a outra nos degraus da catedral. Ainda estava procurando nervosamente quando vinte nativos americanos, usando trajes típicos, desceram pelo corredor central para iniciar as exéquias com o toque de tambores.

Audrey organizara um conjunto expressivo de oradores e tributos musicais. Depois da apresentação dos nativos americanos, Charlie Rangel, o deputado do Harlem, fez um discurso.

Depois Lauren Bacall leu um soneto de John Donne e Patti Smith cantou uma das músicas favoritas de Joel, "Horses". ("Ah, meu Deus", Julie deu uma risadinha quando Smith foi para o microfone. "Não vendem escovas de cabelo onde ela mora?") Em seguida, houve uma série de depoimentos de clientes que Joel defendera gratuitamente. Uma mulher contou que Joel a defendera de uma acusação de fraude. Um sem-teto contou que Joel o visitara todos os dias durante seis meses enquanto trabalhava para anular sua condenação por agressão. Jean ficou comovida. Joel fora um homem bom, pensou. Um safado sob muitos aspectos — mas um homem bom que tinha feito coisas boas.

Já quase no fim da cerimônia, Chuck D, cujo antigo grupo, Public Enemy, Joel defendera de acusações de obscenidade nos anos 1980, executou o famoso rap "Fight the Power". Em seguida, Audrey, usando um vestido preto que Karla comprara para ela na véspera no Loehman's, se levantou e anunciou que diria algumas palavras.

Jean olhou para onde Karla, Rosa e Lenny estavam sentados. Não sabia que Audrey planejava falar e pela expressão dos rostos deles, viu que eles também não sabiam. Audrey parecia frágil e muito nervosa quando subiu a pequena escada em espiral até o púlpito, com um papel na mão. Por um momento, ao mesmo tempo emocionante e assustador, Jean imaginou se ela faria uma cena e denunciaria Joel.

— Joel escolheu o direito como profissão — começou Audrey. — Era um advogado. Mas para mim foi e sempre será um guerreiro, um guerreiro que lutou sem descanso, a vida toda, por igualdade e justiça. Ao longo dos últimos quarenta anos, tive o privilégio de lutar com ele e posso dizer honestamente que não houve um só dia nesses quarenta anos em que Joel não tenha me feito rir, não tenha me ensinado alguma coisa, não tenha me deixado orgulhosa de ser sua companheira. Parada aqui agora, é difícil para mim, como sei que é difícil para muitos de vocês, imaginar a vida sem ele. Mas sei que Joel não iria querer que ficasse aqui me lamentando. Sei que gostaria que eu, que todos nós, estivéssemos olhando para o futuro, imaginando como dar continuidade à luta dele. É por isso que hoje meus filhos e eu queremos anunciar que estamos iniciando uma fundação em homenagem a Joel. A Litvinoff Foundation. Através dessa fundação, iremos valorizar o legado de Joel financiando iniciativas progressistas políticas e comunitárias em prol da justiça social. Assim, esperamos continuar avançando na direção da sociedade verdadeiramente justa e igualitária que era o sonho de Joel.

— Viva a revolução! — alguém gritou, e a catedral rompeu em aplausos.

Jean contemplou o rosto pálido da amiga. Então aquela era a escolha de Audrey: ser a guardiã da chama, da fábula. Como o velho padre cansado que perde a fé mas não consegue repudiar a Igreja, Audrey iria ocultar qualquer sentimento sacrílego escondido em seu coração e dar continuidade às formas oficiais de devoção. De agora em diante, até morrer, cultivaria o mito da perfeita união dos Litvinoffs; iria levantar fundos incansavelmente para a "fundação" de Joel; assistir a conferências para aceitar homenagens póstumas em nome dele e supervisionar a catalogação dos papéis dele. Em algum momento, sem dúvida, escolheria uma pessoa jovem e submissa para escrever a biografia dele.

Jean parou, consciente do tom crítico e detalhista que invadia seus pensamentos. Quem era ela para dizer que Audrey estava fazendo a escolha errada? Ou que aquela história de viuvez reverente não exigia uma boa dose de estoicismo e coragem?

Os aplausos estavam diminuindo. Audrey continuou:

— Ninguem tao dedicado quanto Joel na sua luta em favor dos pobres, dos oprimidos, das vítimas de racismo e iniquidade, poderia ter vivido sem merecer a hostilidade da imprensa de direita. Durante muitos anos, Joel tem sido um dos bichos-papões favoritos das forças reacionárias deste país. E não tenho dúvidas de que elas farão o possível para manchar seu legado de todas as formas possíveis. A família que Joel e eu construímos juntos não foi uma família convencional sob muitos aspectos. Joel sempre dizia que não acreditava realmente em famílias. Acreditava em tribos. Mas deixem-me dizer uma coisa para vocês, a nossa era uma tribo feliz.

Ela fez uma pausa.

— Gostaria de apresentar a vocês um membro muito especial da nossa tribo: minha querida amiga Berenice Mason, que está aqui hoje com o filho dela, o filho de Joel, o *nosso* filho. Jamil... Berenice? Onde vocês estão? Por favor fiquem de pé.

Uma salva de palmas se fez ouvir na catedral. Jean, com mais três mil pessoas, se virou na cadeira para ver Berenice se levantar vagarosamente num dos últimos bancos. Parecia aterrorizada. No silêncio que se seguiu, uma voz de criança disse: "Por que está todo mundo olhando para nós, mamãe?" Houve um rugido de risos e aplausos.

— Do que é que ela está falando? — Julie cochichou no ouvido de Jean. — O que está acontecendo?

Audrey concluiu o discurso pedindo a todos que se juntassem a ela para cantar "A Internacional", cuja letra estava no verso dos programas. Quando o órgão tocou as primeiras notas, ficou parada no púlpito, olhando para a multidão, como Boadicea em sua carruagem.

Despertem trabalhadores do seu sono
Despertem prisioneiros da pobreza

Pois a razão agora grita de revolta
E finalmente termina a era da hipocrisia.
Abandonem todas as superstições
Massas servis levantem-se, levantem-se
Nós mudaremos daqui em diante a velha tradição
E levantaremos poeira do chão para conquistar a vitória.

A recepção que se seguiu em Perry Street fora planejada apenas para a família e os amigos mais chegados de Joel, mas quando Jean chegou à casa havia pelo menos duzentas pessoas apertadas na sala. Rapazes suados de smoking abriam caminho no meio da multidão carregando bandejas com canapés. No bar, as pessoas lutavam para manter a aparência de dignidade própria de um funeral enquanto lutavam para conseguir uma vodca. Aparentemente, a revelação de Audrey energizara a festa. Havia uma agitação no ar — a sensação de que algo escandaloso e possivelmente histórico acabara de acontecer. Berenice e Jamil, as maiores sensações do evento, estavam parados ao lado da lareira, com um ar meio atônito, cercados por pessoas querendo se apresentar a eles. Sem conseguir avistar Audrey em lugar nenhum, Jean entrava e saía da sala. Lenny, que estava sentado nas escadas com Tanya, cumprimentou-a sem graça. Mais cedo naquela semana, anunciara sua intenção de ficar em Nova York por algum tempo. Aquela história de carpintaria se mostrara menos interessante do que ele esperava, ao que parecia. E, além disso, dissera a Jean que queria estar "disponível" para a mãe.

Na cozinha, o pessoal do bufê preparava travessas de peixe defumado e Rosa, com uma aparência bíblica devido ao lenço preto em volta da cabeça, estava parada ao lado da geladeira sendo interrogada por Julie e Colin a respeito do discurso de Audrey.

— Essa coisa de "tribo", o que quer dizer? Trata-se de amor livre e tudo o mais? — perguntava Julie.

— Não sei dizer — respondeu Rosa. — Você vai ter de perguntar a mamãe.

Ocorreu a Jean então que Audrey devia estar no escritório de Joel, fumando um baseado. Mas, no porão, ela só encontrou dois garçons com cigarros discutindo a obra de Stephen Sondheim. Quando viram Jean, retomaram sua respeitosa postura profissional.

— Ah, desculpe! Nós estávamos...

Ela levantou a mão para silenciar as desculpas deles.

— Está tudo bem. Fiquem onde estão. Só estava procurando uma pessoa.

Tornou a subir a escada e finalmente avistou Audrey. Estava no hall, perto da porta da sala, recebendo os pêsames de um homem de cabelos brancos usando jeans e suspensórios de arco-íris. Jean ficou esperando a uma certa distância o homem terminar, mas assim que Audrey notou a presença dela, fez sinal para ela se aproximar e cortou o discurso do homem.

— Ex-Weatherman — disse, apontando para as costas dele, que voltava a passos rápidos para a sala. — Um chato. Achei que nunca ia conseguir me livrar dele... — Ela sorriu para Jean com um ar de expectativa. — E então? O que você achou? Correu tudo bem, não foi?

Jean riu.

— Você é um mistério, Audrey. Não fazia ideia de que estava planejando isso.

— Até o último minuto não tinha certeza de que faria isso. Estava convencida de que perderia a coragem.

— Foi sem dúvida um *coup de theatre* o que você fez.

Audrey fechou a cara.

— Que ideia é essa? Aquilo não era uma porra de um espetáculo da Broadway. Era o funeral do meu marido.

Jean abriu a boca e tornou a fechá-la. Parecia que o momento de trocar confidências terminara. Portanto, nem mesmo ela saberia o que estava por trás da pose oficial de Audrey como membro feliz da tribo.

— Não, é claro que não — gaguejou. — Só quis dizer... Falar em público é sempre uma espécie de performance, não é? O que você disse sobre Berenice foi bonito.

Audrey sacudiu os ombros, menos ofendida.

— É, trabalhei muito naquilo. Queria encontrar o tom certo. Pelo bem de Joel.

Mike apareceu atrás de Audrey e deu um tapinha no ombro dela.

— Desculpe incomodá-la, mãe, mas você viu a Karla? Não consigo encontrá-la em lugar nenhum.

Audrey deu de ombros.

— Ela deve estar por aí.

— Já procurei aqui dentro e lá fora. Não imagino onde ela se meteu.

— Bem, não se preocupe...

— Mas é a recepção do funeral do pai dela. Ela não pode ter simplesmente *ido embora.*

Audrey suspirou.

— Pare de reclamar, Mike. Ela deve ter ido chorar sozinha em algum lugar. Por que você não a deixa em paz?

A duzentos metros dali, Karla estava na estação do metrô da rua 14, esperando pelo trem para levá-la até o Brooklyn.

— Diga-me simplesmente onde você está — pedira-lhe Khaled quando ela ligou para ele da rua. — Espere aí mesmo que vou buscá-la.

Mas Karla precisava manter o pique. Não queria ficar parada num lugar.

— Não — dissera. — Vou até você.

Um rato estava andando sobre os trilhos. Distraidamente, ela observou seus movimentos bruscos e sorrateiros. O que Mike faria, ela imaginou, quando finalmente compreendesse que fora embora? Ele não sairia imediatamente do funeral, disso tinha certeza. Por algum tempo, pelo menos, ficaria por ali, dividido entre o desprezo pelos amigos sofisticados dos Litvinoffs e o desejo de ser aceito no círculo mágico. No fim, o desejo de ser reconhecido venceria a animosidade e abordaria alguns dos convidados mais famosos, que logo ficariam irritados com o puxa-saquismo dele e se afastariam com desculpas esfarrapadas. Furioso com tantas rejeições, ele acabaria desistindo e indo embora. Voltaria para o Bronx e mais ou menos uma hora depois, quando chegasse em casa, vermelho de ódio e com um discurso de repreensão previamente ensaiado, encontraria o apartamento vazio.

O trem entrou na estação e Karla deu um passo à frente, pisando na linha amarela na beirada da plataforma. E se tudo aquilo fosse um grande erro? E se despertasse do sonho romântico dali a alguns meses e descobrisse que destruíra seu casamento por nada? Ainda não era tarde demais. Podia retornar e dizer a todo mundo que fora dar uma volta. Mike iria repreendê-la; a vida continuaria.

Dim-dom, as portas fecharam. Estava no trem.

O vagão estava lotado de rapazes franceses de olhos arregalados e bocas abertas. Ela se sentou e fechou os olhos, deixando-se embalar pela conversa de som bonito e incompreensível. Após umas duas paradas, a porta que dava no outro vagão abriu e um homem negro de meia-idade entrou. Os rapazes turistas se agitaram, nervosos.

— Olá, senhoras e senhores — disse o homem. — Meu nome é Floyd. Sou um sem teto e sofro de diabetes. Por favor, não fiquem nervosos, estou aqui para diverti-los, não para pedir esmola.

Fechou os olhos e soltou uma nota aguda, em falsete. A música era "The Lion Sleeps Tonight" — uma música boba que Karla sempre associara a estações de rádio que tocavam músicas antigas. Mas agora, ouvindo-a naquele vagão de metrô, ficou espantada com sua beleza. Como lhe pareceu simples e verdadeira! Cheia de mistério e de tristeza!

O trem saiu do túnel e o vagão se iluminou com a luz do dia. Estavam atravessando a ponte Williamsburg. Pela janela, Karla pôde ver a praia do Brooklyn se estender diante dela: a torre do relógio de Williamsburg, as *brownstones* de Brooklyn Heights, os rolos de fumaça do Navy Yard, os guindastes gigantescos de Red Hook apontando para o mar. Pensou em Khaled, esperando por ela no apartamento dele, e quis que o trem andasse mais depressa. Se não chegasse logo lá, ele poderia desaparecer ou decidir que não queria ficar com ela.

Floyd terminou a canção e começou a andar pelo corredor, com um saco de papel na mão.

— Senhoras e senhores, se gostaram da minha música, por favor mostrem seu agrado com uma doação em dinheiro. Qualquer contribuição é válida. Aceito moedas, notas, cheques, American Express...

O trem estava parando na estação quando ele se aproximou de Karla.

— Obrigado, madame — disse, com uma reverência, ao aceitar a nota de um dólar dela. — Obrigado e que Deus a abençoe.

As portas se abriram e ele saltou. Quando o trem começou a se mover de novo, Karla o avistou parado na plataforma, contando o dinheiro que tinha no saco de papel. Ele ergueu os olhos quando ela passou e Karla mal teve tempo de levantar a mão num gesto desajeitado de saudação e adeus, antes que o trem ganhasse velocidade e ela mergulhasse mais uma vez na escuridão do túnel.

Agradecimentos

Sou muito grata a Yaddo e à Colônia MacDowell por terem permitido que tirasse dois períodos de férias, breves mas muito produtivos, da vida doméstica para escrever este livro. Também gostaria de agradecer a Jennifer Barth, Amanda Urban, Juliet Annan, Gill Coleridge, Sarah Coward, Norman Rosenthal, Melvin Konner, Scott Rudin, Patrick McGrath, Patrick Marber, Tshering Dolma, Marina O'Connor, Colin Robinson e Lucy Heller por todos os tipos de ajuda, literárias, técnicas e outras. Acima de tudo, sou grata às minhas filhas, Frankie e Lula, que sempre perguntam quando vou acabar de escrever, e ao meu marido, Larry, que nunca pergunta.

Este livro foi composto na tipologia Minion Pro,
em corpo 11/15, e impresso em papel off-white 80g/m² no
Sistema Cameron da Divisão Gráfica da Distribuidora Record.